ちくま学芸文庫

モーリス・ブランショ

粟津則雄 訳

筑摩書房

目次

凡例

一、本書は一九八九年五月二十五日に、筑摩書房より刊行された。

二、「＊1」のようにアスタリスクのついた註番号は原註を示し、その他の数字だけの註番号は訳註を示す。

三、本文中〔 〕内は訳者による補註である。

来るべき書物

I　セイレーンの歌

1　想像的なものとの出会い

セイレーンたち。[1]たしかに彼女たちは歌っていたようだが、それは、人を満足させるような歌いかたではなく、歌の真の源泉と真の幸福とがどのような方向に開かれているかを聞きとらせるだけの歌いかたであった。だが、彼女たちは、未だ来るべき歌にすぎぬその不完全な歌によって、航海者を、そこでこそ歌うという行為が真に始まると思われるあの空間へ導いていった。だから、彼女たちは、航海者をあざむいたわけではなく、実際に目的地に導いたのである。だが、ひとたびその場所に行きついてみると、どんなことが起ったか？　その場所はどういう場所であったか？　もはやそこでは、姿を消すしかないような場所である。なぜなら、この源泉的で根源的な領域においては、音楽そのものが、世界のなかの他のどんな地点におけるよりも、さらに完全に姿を消してしまっているからだ。つまり、その領域は、生あるものが、耳をふさいだまま沈んでゆく海、セイレーンたちもまた、自分たちの善意の証しとして、いつかはそこに姿を消さねばならぬ海である。[2]セイレーンたちの歌とは、どのような本性のものなのか？　その欠陥はどのような点にあったのか？　その欠陥が、なぜ彼女たちの歌を、あのように強力なものにしたのか？　或る人々は、いつもこんなふうに答えてきた。あれは、人間のものではない歌だった、——おそらく、自然の発する物音であったが（それ以外の音があるだろうか？）自然の縁辺で響く物音、どこから見ても人間とは異質無縁な、きわめて低い物音、人間のなかに、生の通常の条件においてはみたしえぬあの落ちゆくという極限的なよろこびを目覚めさせる物音だったのだ、と。また、他の人々は、だがあの魅惑はもっと奇怪なものだった、と言う。つまり、あの歌は、人間たちのありきたりの歌を再現しているにすぎないのだが、女性の美を反映しているためにきわめて美しくはあっても要するに動物にすぎぬセイレーンが、人間と同じように歌うことが出来たものだから、彼女たちは、その歌をきわめて異常なものと化し、それを聞く人のなかに、人の歌うどんな歌も人間的ならざるものではないかという疑念を起させたのだ、と。とすると、おのれ自身の歌に夢中になっていた人々が、絶望によって滅び去ったということになるのだろうか？　法悦と紙一重の絶望によって。あの現実の歌、ありきたりで密やかな歌、単純で日常的な歌のなかには、何か不可思議なものがあったのであり、彼らは、それが、おのれとは無縁異質な、言わば想像的な力によって歌われたとき、突如としてこの不可思議なものを認めなければならなかった。すなわち、これは、ひとたび耳にされるやあらゆることばのなかに深淵を開き、否応なく人を誘ってそこに姿を消させる深淵の歌である。

これは無視してはならぬことだが、この歌は、航海者という、危難と大胆な行動を事とする人々に向けて歌われたものであった。この歌そのものが、ひとつの航海でもあった。つまり、これはひとつのへだたりであり、それがあらわに示しているのは、このへだたりを経めぐる可能性、歌を歌へ向かう運動に変え、この運動をもっとも大きな欲求の表現と化する可能性であった。奇怪な航海だ、だがこれは、いかなる目的地を目ざす航海なのか？　この場合もやはり、この目的地に近付いた人々はつねにただ近付いているだけだったのに、性急さから[3]、行き着きもしないうちに「ここだ、わたしはここに錨をおろそう」と断言し、そのために難破したのだと考えることはつねに可能であった。ところが、他の人々によれば、事情は反対で、錨をおろすのがおそすぎたというのである。つまり、いつも、目的地を通りすぎてしまったわけだ。魅惑が、或る謎めいた約束によって、人々を、人々自身に対して、おのれの人間的な歌に対して、そればかりかその歌の本質に対してまで、不実にさせ、彼らのなかに、或る不可思議な彼岸に対する希望と欲求を目覚めさせた。そして、この彼岸は、或る荒地を現わしているにすぎなかった。とするとまるで、音楽の母胎的領域とは音楽をまったく奪い去られた唯一の地域であったかのようだ。沈黙が、物音のように響きわたって、かつては意のままに歌いえた人々のなかの、歌へ近付く道を、ことごとく焼き尽してしまった荒蕪乾燥の地であるかのようだ。すると、この深みの誘いのなかには、何か悪しき原理が働いていたのだろうか？　セイレーンとは、世の慣習がわれわれに信じさせようとしていた通り、聞いてはならぬいつわりの声にすぎなかったのか？　不実狡猾な人々だけが抵抗できる誘惑のまやかしにすぎなかったのか？

これは高貴とは言いかねる努力だが、人間たちはいつも、セイレーンに、嘘っぱちという平凡な非難を浴せかけて、彼女たちに対する信用を失わせようと努めてきた。彼女たちが歌っているときは嘘っぱちであり、ためいきをつけばまやかしであり、手で触れられるような場合は、架空のものと言われた。つまり、あらゆる点で非実在のものであり、しかも、オデュッセウスの良識によって充分抹殺しうるほどの子供っぽい非実在性しか持ってはいないのである。

たしかに、オデュッセウスは、彼女たちに勝ちを占めた。だが、それはどのようなやりかたによってであるか？　オデュッセウス。オデュッセウスの頑固さと用心深さ。なんの危険もこうむることなく、おのれの行為の結果を身に負うこともなく、セイレーンを眺めて楽しむその不実さ。かつて『イーリアス』の英雄たるに値いしたことのない頽唐期のギリシャ人にこそふさわしい、その、臆病で、凡庸で、落着きはらった、羽目を外さぬ楽しみよう。その幸福で、安全な、要するに或る特権的地位のうえに築かれた臆病さ。この特権的地位が、彼を、共通の条件から除外しているのだが、他の人々は、選ばれた人間の幸福を味わう権利を持たず、ただ単に、自分たちの主人が、空虚のなかで恍惚として顔をゆがめながらこっけいな姿で身をよじっているのを見て楽しむという権利しか、このようにして彼らを支配する者を支配して満足するという権利しか持っていないのだ（おそらくこれが、彼らの聞きとった教えだろう、彼らにとっての、セイレーンの真の歌なのだろう）。オデュッセウスのこのような態度、聞こえるがゆえに聾ている人間のこのおどろくべき聾は、セイレーンに、それまでは人間だけのものであった絶望を与え、この絶望を通して彼女たちを現実の美しい娘と化するに足りる。ただ一度だけ、現実の、自分たちの約束にふさわしいものになった娘、かくてその歌の真理と深みのなかに姿を消しうるようになった娘、そういう娘と化するに足りる。

セイレーンは、非現実の（天来の）力とつねに何の危険もなくたわむれようとする技術の力によって打破られはしたが、でもやはり、オデュッセウスは、彼女たちの力をまぬかれることは出来なかった。彼女たちは、彼を、彼が落ちゆこうとはのぞまぬところへ引っぱって行った。彼女たちの墓となった『オデュッセイア』のなかに身をかくして、彼や他の多くの人々を、あの幸福にして不幸な航海に引きこんだのだ。これが、物語《レシ》の、つまり、もはや直接のものではなく物語られたものであり、それゆえに見たところ何の危険もないものとなった歌の航海である。挿曲《エペイソデイオン》[4]と化した歌《オーデー》の航海である。

物語《レシ》の秘められた法則

これはアレゴリーではない。あらゆる物語《レシ》と、セイレーンとの出会い、つまりその欠陥によって強力なあの謎めいた歌とのあいだには、きわめて隠密なるたたかいが行われている。このたたかいではオデュッセウスの用心深さ、彼のなかの人間的真理や韜晦《とうかい》、けっして神々のごとくふるまうまいとする執拗な態度といったものが、つねに利用され、改良されてきた。人々が小説と呼んでいるものは、このようなたたかいから生れたのである。小説の場合、前景にあるのは、予備的航海、つまりオデュッセウスを出会いの地点まで導いてゆく航海である。この航海は、きわめて人間的な話《イストワール》であって、人間たちの時間とかかわり、人間たちの情念と結ばれ、現実に生じている。そして、語り手のいっさいの力といっさいの注意力とを吸いとるに足りるほど、豊かで多様なのである。物語《レシ》が小説と化したとき、それは貧困化の姿を呈するどころか、或る探索の豊富と充溢とに化する。この探索は、あるときは、おのれが航海してゆく無辺のひろがりを包みとり、あるときは、船橋の上の方尺の場所に限られる。また時としては、かつて海の希望がどんなものか知られたこともなかった船底深く降りてゆく。航海者たちの忘れてはならぬ合言葉は、けっして目標とか目的とかをほのめかしてはならぬ、ということだ。たしかに、これは当然のことだ。カプリ島へ行こうとするはっきりした意志をもって出航することなど誰にも出来ぬ。誰ひとりとして、この島にへさきを向けることは出来ぬ。誰かがそう決心したとしても、彼は、ただ偶然おもむくにすぎないだろう。うかがい知れぬ了解作用で結びつけられた偶然を通しておもむくにすぎないのだ。かくて、合言葉を作りあげているのは、沈黙と控え目と忘却である。

　あらかじめ宿命づけられたこのつつましさ、何ものも願わず何ものにも到りつくまいとするこの欲求、これらが、多くの小説を、何ひとつ非難すべき点のない書物と化し、小説というジャンルをあらゆるジャンルのなかでもっとも好ましいジャンルと化するに足りることを認めなければならぬ。この小説というジャンルは、その控え目な性質と楽しげな無力さとによって、他の諸ジャンルが本質的なものと称することで破壊しているものを忘れ去ることをつとめとしてきた。気晴らしこそ、小説の内奥の歌である。絶えず方向を変え、まるで出まかせのように進み、或る不安な動き、幸福な放心へと変形する動きを通して、いっさいの目標をのがれ去ること、これが、小説が小説たることを示す第一のもっとも確かな証拠であった。人間的時間を、或る遊びと化すること、この遊びを、いっさいの直接的な利害関心や、いっさいの有用性から解放された、本質的に表面的な、そのくせこの表面の動きを通して存在のすべてを吸いとることの出来るような、自由な仕事と化すること、これは容易なことではない。小説が、今日このような役割を充分に果してはいないとしても、明らかにそれは、技術によって、人間の時間と、時間から気をまぎらせる諸手段が変えられてしまったからである。

　物語は、小説が実際におもむきはしないがその拒否と充溢した無関心とによって通じている場所で始まる。これは英雄的でいかにも自負にみちたことだが、物語は、ただひとつのエピソード、オデュッセウスと、セイレーンたちの不充分だが魅惑的な歌との出会いというエピソードだけを伝える物語である。この壮大にして素朴な自負を別にすれば、見たところ何ひとつ変ってはいない。物語は、その形のうえでは、物語るという常と変らぬ仕事を果し続けているようである。かくして『オーレリア』は、或る出会いの単なる報告となりすましている。『地獄の季節』もそうだ、『ナジャ』もそうだ。[5]何ごとかが起ったのだ、人々はそれを生き、次いでそれを物語る、それはちょうど、オデュッセウスが、あの出来事を生き、次いで、ホメーロスとなってそれを物語るためにその出来事のあとまで生き残らねばならなかったのと同様である。確かに、物語は、一般に、日常的時間の諸形態や通常の真理の世界を、おそらくはどのような真理の世界をも、脱し去っているような、例外的な出来事の物語である。それゆえに、物語は、それを作り話《フィクション》の持つ軽薄さに近付けるおそれのあるいっさいのものを、あのように執拗に捨去るのである（これに反して、小説は、信じうるもの身近なものしか語らぬくせに、何とかして作りものと思われようとする）。プラトンは、『ゴルギアス』のなかで、このように語っている。「美しい物語に耳をかたむけるがよい。君は、これをひとつの寓話だと思うだろう。だが、私に言わせれば、これはひとつの物語なのだ。これから君に話すことを、私はひとつの真理として話すつもりだ」。ところで、彼が語っているのは、最後の審判の話なのだ。[6]

ところで、物語のこのような性格は、人々がそのなかに、現実に起りそれを伝えようと試みられている或る例外的な出来事の本当の報告を見ている場合は、けっして予感されてはいない。物語とは、出来事の報告ではなく、出来事そのものなのである。この出来事の接近であり、この出来事が、未だなお来るべきものであるような出来事として、生れ出ることを求められている場所である。物語そのものもまた、その吸引力を通して自己実現を期待しうるような場所である。

これは、きわめて微妙な関係であり、おそらくは一種常軌を逸した状態だろうが、これこそ、物語の密やかな法則なのである。物語とは、或る地点へ向かう運動であるが、この地点は、ただ単に、誰も知らぬ、人眼のとどかぬ、見知らぬ地点であるばかりではない。この運動に先立っては、またこの運動を離れては、いかなる種類の現実性も持たぬような地点である。だがまた、この地点は、物語が、ただそれからのみその魅力を引出し、それに到りつくまえは「始まる」ことさえ出来ぬような、緊急絶対の地点である。ところがまた、物語と物語の予見しえぬ運動こそ、この地点が、現実の、強力で吸引力ある地点となるような空間を与えるものにほかならないのだ。

オデュッセウスがホメーロスになるとき

もしオデュッセウスとホメーロスが、都合よく役割をわけあった二人の別々の人間ではなくて、唯一にして同一の存在であるとしたら、また、もしホメーロスの物語が、セイレーンの歌が開く空間のただなかでオデュッセウスが遂行した運動にほかならないとしたら、いったいどういうことになるか？　ホメーロスが物語る力を持つのは、彼が、オデュッセウスという名前で、それも身動き出来なくされているくせにさまざまな桎梏《しっこく》から解放されたオデュッセウスという名前で、話す力や物語る力がそこから彼に約束されていると覚しいあの場所へ、ただしそこで姿を消すことを条件として約束されているあの場所へおもむく限りでのことだとしたら、どういうことになるか？

これこそ、物語の持つ奇怪な特質のひとつ、言わばその要求のひとつである。物語は、おのれ自身しか「報告」しない、そしてこの報告は、それがなされると同時に、おのれが語っているものを産出するのであり、それは、この報告のなかで起っているものを現実化する場合のみ、報告として可能なものとなるのである。なぜなら、そのとき、報告は、物語が「記述している」現実性が、物語としてのおのれの現実性と絶えず一体化し、それを保証し、またそこにおのれの保証を見出しうるような、地点乃至《ないし》面を保有するからである。だがこれは、素朴な愚行ではないであろうか？　或る意味ではそうである。それゆえに、物語は存在しないのであり、またそれゆえに、物語に欠けることはないのである。セイレーンの歌を聞くとは、かつてのオデュッセウスから、今やホメーロスと化することである。だがしかし、オデュッセウスが、諸元素の力や深淵の声と関わる人間と化するあの現実の出会いが行われるのは、ホメーロスの物語のなかでのことにすぎない。

これはいかにもわかりにくいことのように思われる。これは、創造されるために、人の眼を開ける力をそなえたあの「光あれ」という神の言葉を、みずから、まったく人間的な言いかたで発言しなければならなかった場合の、最初の人間の当惑を思い起させる。

事態をこんなふうに言いあらわすと、実際は、ことをひどく単純化することになる。そのために、人工的乃至理論的な一種の複雑化が生じてくるわけである。エイハブがモビー・ディックと出会うのは、メルヴィルの本のなかでのことにすぎぬというのは、確かに本当だ。[7]だが、この出会いだけがメルヴィルにあの本を書くことを許したというのも、確かに本当なのである。この出会いは、それが起るあらゆる面を超え、人々がそれを位置づけようとするあらゆるときを超えた出会い、この書物が始まるよりはるか以前に起ったと思われるほど、圧倒的で、法外な、独特の出会いであるが、それはまた、作品の未来のなかで、それに相応じた一個の大海原と化した作品が体現することとなるあの海のなかで、ただ一度だけ起りうるような出会いである。

エイハブと鯨とのあいだには、いかにもあいまいな使いかただがあの形而上的という言葉で形容出来るようなある劇が演じられているのだが、同じあらそいが、セイレーンとオデュッセウスのあいだでも行われている。この劇やあらそいの部分をなす当事者のそれぞれは、自分が全体であろうとする、絶対的な世界であろうとする。そしてこのことが、相手方の絶対的世界との共存を不可能にしているのだが、ところがどちらも、この共存やこの出会い以上に大きな欲求を抱いてはいないのである。エイハブと鯨を、セイレーンとオデュッセウスを、同一の空間のなかで再び結びあわせること、これこそ、オデュッセウスをホメーロスに、エイハブをメルヴィルに化する願いだ、この結合から生ずる世界を可能なる世界のなかでもっとも偉大でもっともおそろしくもっとも美しい世界に化する密やかな願いなのだ、残念なことにこの世界は一冊の書物にすぎず、書物以外の何ものでもないのだが。

エイハブとオデュッセウスのなかで、より大きな権力意志をもっている方が、より奔放にふるまっているわけではない。オデュッセウスには、いかにも思慮深い頑固さがあるが、これは世界支配に通じているのだ。彼の狡猾さは、自分の能力に制限を加えているように見える点にある。他の力と向きあった場合に自分になおも可能なことを、冷静に、計算しながら、追求している点にある。もし彼が、或る限界を守っていれば、現実界と、まさしくセイレーンの歌が彼を誘ってそこを経めぐらせようとしている想像界とのあの合い間を保っていれば、彼は全体になるだろう。その結果は、彼の場合は一種の勝利であり、エイハブの場合は一種の暗鬱な敗北であった。これは否定しえぬことだが、オデュッセウスは、エイハブが見たものをいくらか耳にした、だが彼は、こうして聞きながらも頑強に抵抗したのに対して、エイハブは、おのれの見たイマージュのなかに姿を没し去ったのである。これは、一方が変身を拒否したのに対して、他方が変身のなかに入りこみそこに姿を消したことを意味する。この試練のあとで、オデュッセウスは、かつてのままのおのれを再び見出し、世界は、おそらくまえよりも貧困化しているが、より確固とした確実なものとして再び見出される。エイハブは、再びおのれを見出すことはない。そして、メルヴィル自身にとっては、世界は、ただひとつのイマージュの幻惑が彼を引寄せるあの世界なき空間へ、絶えず呑みこまれようとしているのだ。

変身

物語は、オデュッセウスとエイハブが暗示するこの変身と結ばれている。物語が現存させる活動は、変身が、それが達しうるあらゆる面上で行う活動である。便宜上——と言うのは、このような主張は正確でないからだが——、もし、便宜上、小説を進展させるのが、集団的なものにしろ個人的なものにしろとにかく日常的な時間であると言うとしても、よ り正確には、そのような時間に発言させようとする欲求であると言うとしても、物語は、進展してゆくために、あの別の時間、あの別の航海を持っている。この航海は、現実の歌から想像的な歌への移行であり、現実の歌を、直ぐにではあるが少しずつ（この「直ぐにではあるが少しずつ」ということこそ、変身の時間そのものである）、想像的なものに、謎めいた歌に化する運動である。この謎めいた歌は、つねに遠くへだたっているが、このへだたりを、経めぐるべき空間として示し、おのれが到りつく地点を、歌うという行為が或る罠であることを止めるような地点として示している。

物語は、この空間を経めぐることをのぞむ、そして物語を動かすのは、この空間の空虚な充溢が要請する変形である。あらゆる方向に働いていて、おそらく、書く人間を強力に変形するだろうが、それと同時に、物語そのものを、或る意味ではこの移行そのものを除いては何ひとつ起っていないこの物語のなかで活動しているいっさいのものを、変形するような変形である。だが、メルヴィルにとって、モビー・ディックとの出会い以上に重要なものがあるだろうか？ これは現に今起っている出会いだが、「それと同時に」、つねに来るべきものであり、かくして、彼は、執拗にして常軌を逸した追求をとおして、この出会いにおもむくことを止めない。だが、この出会いは、根源との関わりも同様に持っているから、彼を、過去の深みへ送り返しもするようだ。すなわちこれは、プルーストが、その幻惑のもとで生きた経験、いくぶんかは書く仕事を果しえた経験である。

人々は、こんなふうに反論するかもしれぬ。そうは言っても、メルヴィルやネルヴァルやプルーストが語っている出来事は、何よりも先ず、彼らの「生」に属しているのではないか。彼らが、すでに、オーレリアに出会ったからこそ〔ネルヴァルの場合〕、また、不揃いな舗石にぶつかったり、[8]三つの鐘楼を見たりしたからこそ、[9]彼らは書き始めることが出来たのではないか。彼らは、自分たちの現実の印象をわれわれに伝えるために、技術の限りを尽しているのだ、そして、われわれに、彼らの見たヴィジョンに近いものを共に味わわせるために、形態やイマージュや話や語のうえでの或る等価物を見出したという点で、彼らは芸術家なのだ、と。だが、あいにくなことに、事情はそれほど単純ではない。いっさいのあいまいさは、今ここで働き始めている時間のあいまいさから発しているのであって、時間のこのあいまいさは、経験の幻惑的イマージュが或る瞬間には現存していながらその場合その現存はいかなる現在にも属しておらず、そればかりかそれが入りこむと思われる現在を破壊しさえする、と言いかつ体験することを許すのである。確かに、オデュッセウスは、現実に航海していた、そして、或る日、或る日付を持った日に、あの謎めいた歌に出会ったのだ。だから彼は、今なんだ、今このことが起ったのだと言うことが出来る。だが、今、いったい何が起ったのか？　未だなお来るべき歌にすぎぬ或る歌の現存ということが起った。また、彼は、この現在のなかで何に触れたのか？　現存化した出会いという出来事ではない、出会いそのものというあの無限の運動の始まりに触れたのだ。この出会いそのものは、それが立現われる場所や瞬間からつねにへだたっている。なぜなら、それはこのへだたりそのものであるからだ。そこにおいて不在が現実化されその涯において はじめて出来事が起り始めるあのイマージュ的な距離、そこにおいて出会いの本来的な真理が成就され出会いを語り告げる言葉がつねにそこから生れ出ようとする地点であるからだ。

つねに未だなお来るべきものであり、つねにすでに過ぎ去ったものであり、またつねに、息をのませるほどけわしい或る端緒のうちに現存しているもの、しかしまた、永劫の回帰、永劫のくりかえしとして展開されるもの――ゲーテは言っている、「ああ、かつて生きたさまざまな時において、おまえは私の姉妹であり、私の妻であった」――物語がそれへの接近にほかならぬ出来事とは、こういうものである。この出来事は、時間の持つ諸関係を崩壊させるが、一方、時間そのものを、確立する。時間が、語り手の持続のなかにその持続を変形するようなかたちで入りこんでくる物語の固有の時間として、また、さまざまな時間的な法悦が或る想像上の同時性のなかで芸術が実現を目指す空間というかたちのもとに共存する変身の時間として、おのれを成就しうるような、或る独特の方法を確立する。

2 プルーストの経験

i 書かれたもの《エクリチユール》の秘密

純粋な物語というものがありうるだろうか? たとえ慎重さのためにすぎなくとも、あらゆる物語は、ロマネスクな深みに身を隠そうとするものだ。プルーストは、このような隠蔽に関する巨匠のひとりである。物語という想像的な航海は、他の作家たちを、きらめき光る或る空間の持つ非現実性へ導くものだが、マルセル・プルーストの場合は、この物語という航海が、彼の実生活という航海とうまく重なりあってでもいるかのように、いっさいが運ばれている。この実生活という航海は、彼を、この世のさまざまな罠をかいくぐり、破壊的な時間の働きを通して、いっさいの物語を可能とするあの出来事と出会う架空の地点にまで導いて行ったのである。そのうえ、この出会いは、彼を深淵の空虚にさらすどころか、彼に、そこにおいてこそ彼の存在の運動が単に包含されうるのみならず復権されうるような、現実に体験され現実に遂行されうるような、そういう唯一の空間を与えているように思われる。あのオデュッセウスのように、セイレーンの島を、彼女たちの謎めいた歌がきこえるあの島を眼にしているとき、はじめて、彼の長い物悲しい放浪は、この放浪を、過ぎ去ってはいるがやはり現存するものと化するさまざまの真実の瞬間によって、ことごとく現実化されるのである。幸運な、おどろくべき一致である。だが、この場合、それ以前の不毛の移動が、彼をそのような場所へ導く力を持った現実的で真実の運動になるためには、明らかに彼がすでにそこにいなければならぬとすれば、いったいどのようにして、「そこに立至る」ことが出来るのだろうか?

それは、プルーストが、物語に固有な時間の諸特性、彼の生のなかに浸透する諸特性から、或る幻惑的な混合を通して、彼に現実の時間を救いとることを可能にするような諸手段を引き出しているからである。彼の作品のなかには、時間のあらゆる形態の交錯があって、これはおそらく人眼をあざむくものだが、それにしてもいかにも不可思議な代物である。彼が喚起する出来事がいかなる時間に属するか、それはただ物語の世界にだけ起るものなのか、それともそれは、物語の時、それ以後はすでに起ったものが現実となり真実となるあの時を到来させるために到来するのか、こういうことは、われわれにはけっしてわからないし、彼自身もまた、きわめてすみやかに、わからなくなってしまうのである。また同様に、プルーストは、時間について語り、おのれが語るものを生きながらも、彼のなかの言葉にほかならぬあの別種の時間を通してしか語ることが出来ないのであり、かくて彼は、時間が時間となるためのいっさいの可能性いっさいの矛盾いっさいの方法を、時としては意図的な、時としては夢想的な混合物として、混ぜあわせるのである。かくして彼は、ついに物語の時間の様態にもとづいて生きるに至るのであり、そのときおのれの生活のなかに、さまざまな魔的な同時性を見出すのである。この同時性が、彼に、おのれの生活を語ることを許す。少くとも、おのれの生活のなかに、生活がそれを通して作品の方へ、そこでこそ生活が成就される作品の時間の方へ向けられる、あの変形運動を認めることを許すのである。

四つの時間

時間。これはただの一語にすぎないが、このなかには、このうえなく多様な経験が沈澱している。もちろん彼は、これらの経験を、注意深い誠実さで区別してはいるのだが、これらの経験は互いに重なりあい、変形して、或る新しい聖化されたとも言うべき現実を作りあげている。これらの諸形態のなかのいくつかだけでも思い起してみよう。まず第一に、現実の時間、あの破壊的な時間、死と、忘却による死とを作りあげるあのおそるべきモロック神〔フェニキアの神。子供を犠牲として捧げた〕（いったいどうしてこのような時間を信用出来るだろうか？　このような時間が、何の現実性もない、どこでもないところ以外のどんなところへわれわれを導いてくれるというのか?)。またこんな時間もある、もっともこれも同じ時間なのだが、この時間は、その破壊的な働きを通して、それがわれわれから奪い去るものをわれわれに与えてくれもする、いや、もっと限りなく多くのものを与えてくれる。なぜなら、この時間は、事物や出来事や人々を、或る非現実的な現存というかたちでわれわれに与えてくれるからだ。この現存は、それらを、それらがわれわれの心を動かす地点にまで高めているのだ。だが、これはまだ、自然発生的な思い出の幸福にすぎない。

時間は、もっと奇怪な働きを行うことも出来る。たとえば、或る何の意味もない偶発事件があるとする。この事件は、かつて或るとき起った、つまり昔のことであって今では忘れ去られている、忘れ去られているのみならず、まったく気付かれなくなっている。[*1] ところが、突如として時間の流れが、この事件を思い出としてではなく、現実の事実として、連れ戻すのである。これは、或る新たなる時点において、新たに起るのだ。かくて、ゲルマント家の中庭の不揃いな敷石にけつまずいた一歩が、突然——まったくこれ以上の唐突さはない——かつてサン・マルコ寺院の洗礼場の不揃いな敷石にけつまずいたあの一歩となる。[1] これは、同一の一歩であって、「すぎ去った或る感覚のかげやこだまではなく……その感覚そのものであり」、ささいではあるがいっさいをくつがえす力を持った事件であり、それは、時間の横糸を断ち切り、その切断によって、われわれを或る別の世界に導き入れるのである。時間のそとへ、とプルーストは、大急ぎで語っている。彼は断言するのだ、そうだ、今や時間はほろび去っている、なぜなら私は、ヴェネチアでの一瞬とゲルマント家での一瞬とを、ひとつの過去とひとつの現在としてではなく、持続の流れ全体によってわけへだてられた両立しがたいさまざまな瞬間を或る感覚的な同時性のなかに共存させる或る同一の現存として、束の間ではあるが否定しえぬ現実的なとらえ方で、同時にとらえているからである。かくてここには、時間そのものによって消し去られた時間がある。ここには死があるのだが、この死は、中断され中性化され空しい無害なものとされた時間の働きなのである。なんという一瞬だろう！　これは、「時間の秩序から解放された」瞬間であり、私のなかに、「時間の秩序から解放された人間」を再び創造する瞬間なのである。[2]

だがすぐに、プルーストは、時間のそとにあるこの瞬間について、つい口がすべったとでも言うようにこんなことを述べている（いかにも矛盾したことなのだが、彼はこの矛盾にほとんど気付いていない、それほどこの矛盾は彼にとって必要不可欠でかつ実り多いものである）、つまり、この瞬間は、彼に、「稲妻ほどの持続を――彼にはけっしてつかまえられぬもの、すなわち、純粋状態にある束の間の時間を――手に入れ、隔離し、不動化すること」〔『見出された時』第三章〕を許したというわけである。なぜ、このような逆転が起るのか？　時間のそとにあるものが、なぜ、純粋時間を彼の自由にさせることが出来るのか？

ヴェネチアでの一歩とゲルマント家での一歩とを、過去のあのときと現在の今とを、互いに重なりあうべき二つの今として結びつけるあの同時性を通して、時間をほろぼし去る二つの現在のあのような結合を通して、プルーストは、時間の法悦の比類ない独特の経験をも味わったからである。時間の廃滅を生きること、限りなくへだてられた二つの瞬間が（直ぐにではあるが少しずつ）互いに出会うに至るあの運動、欲望の変身を通してやがて同一化する二つの現存として結びあわされるあの運動を生きること、これは、時間の全現実を経めぐることである。経めぐることによって、時間を、空虚な空間乃至場所として、つまり、通常つねにそれをみたすさまざまな出来事から自由な空間乃至《ないし》場所として、体験することである。純粋な、何の出来事もない時間、運動する空白、動いてやまぬ距離、時間のさまざまな恍惚が或る幻惑的な同時性のなかに配列される生成する内的時間、これらはみな、いったい何であろうか？　だが、これこそ、物語の時間そのものであり、この時間は、時間のそとにはないが、或る空間のかたちで、芸術がそこにおのれの諸手段を見出し配列するあの想像的空間のかたちで、外部として体験されるのである。

書く行為の時間

プルーストのこの経験は、彼がそれに与えている重要性のために、つねに神秘的な様相を示してきた。この経験は、さまざまの現象のうえに築きあげられているのだが、これらの現象は、おそらくすでに、ニーチェを危険なまでに熱狂させたものではあっても、[3]心理学者によっては何らの例外的価値も与えられてはいない。だが、彼が述べているこの経験を解く鍵となる「感覚」がどんなものであるにせよ、この経験を本質的なものとしているのは、それが、彼にとっては、時間の根源的な構造の経験だからである。それは（彼は或る瞬間にはそれを強く意識する）書くことの可能性とかかわっており、まるでこのようにして切開かれた穴が、彼を、物語のあの固有の時間のなかに突如として導き入れでもしたかのようだ。この時間がなくても、もちろん彼は書くことは出来るし、書くことをおこたりもしない、だがそれにもかかわらず、まだ書き始めてはいなかったのである。この決定的な経験、これこそ『見出された時』の大いなる発見であり、彼におけるセイレーンの歌との出会いである。そしてこの経験から、彼は、見たところきわめて理屈にあわぬやりかたで、自分は今やひとりの作家であるという確信を引出している。なぜなら、きわめて幸福でかつ心乱すものでさえあるこの無意識的想起の現象、彼が突如として口中に覚える過去と現在との味わいが、いったいどうして、彼が断言するように、彼から、そのときまで彼を悩ましていたおのれの文学的才能についての疑いをとり去ることが出来るのだろうか？　或る日路上で無名のルーセル[4]を昂奮させ、彼に一挙に栄光と栄光への確信を与えるあの感情がいかにも不条理に見えうるように、これも不条理なことではないであろうか？

「私がマドレーヌを味わったときのように、未来へのいっさいの不安やいっさいの知的な疑惑はちりぢりに消え失せていた。私の文学的才能の現実性や文学そのものの現実性に関してさきほどまで私を悩ませていた疑惑は、魔法にでもかかったように一掃されていた」〔『見出された時』第三章〕。

おわかりかと思うが、彼には、おのれの天職への確信やおのれの才能の確認のみならず、文学の本質そのものもまた同時に与えられており、彼は、時間が想像的空間（イマージュに固有の空間）へ、おのれをかくす出来事もおのれをさえぎる現存も持たぬあの運動する不在へ、あのつねに生成する空虚へ変形するのを体験することによって、このような本質に触れ、それを純粋状態で体験したのである。さまざまな変身やプルーストが比喩と呼ぶものの場と原理とを構成するこの遠方、このへだたり、ここではもはや、なにがしかの心理学をあむことなど問題ではない、それどころか、もはやここには内面性が存在しないのである。なぜならいっさいの内的なものがここでは外部で展開しており、イマージュというかたちをとっているからだ。そうなのだ、この時間においては、すべてがイマージュとなる。そして、イマージュの本質とは、なんの内奥性も持たないが内心の思想よりもよりいっそう近付きがたく神秘的なものとして、あますところなく外部にあるということである。これは、なんの意味作用も持たないが、可能なるいっさいの意味をはらんだ深みを呼び求めるもの、開示されてはいないが明白であり、セイレーンの魅惑力と幻惑とをつくるあの現存にして不在という性格をそなえているものである。

プルーストは、書かれたもの《エクリチュール》の持つ秘密を発見したと意識しており——彼に言わせれば、書くよりまえに発見したのだ——、またおのれを事物の流れから外《そ》らせる分離運動によって、そこでは時間そのものが出来事のなかに消え去ることなくみずから書き始めるようなあの書くことの時間のなかに位置を占めたと考えているが、このことは、彼が、シャトーブリアン、ネルヴァル、ボードレール等、おのれが尊敬する他の作家たちのなかにも同じような経験を見出そうと試みていることからも、はっきりとうかがわれる。ところが、ゲルマント家のレセプションで一種の逆転的経験を味わっているように思いながらも（なぜなら、年齢が喜劇的な仮面で偽装させている人々の顔のうえで、時間が「外面化」するのを見ることとなるからだ）、或る疑いが彼の心に浮かぶ。時間の変形された内奥性のおかげで文学の本質との決定的な接触が可能になるとしても、今そのおそるべき変容力を眼にしているこの破壊的な時間のために、もっとはるかに確かな脅威を、いつかは自分も書くという行為の「時間」を奪い去られるという脅威を受けている、そういう苦しい考えが彼の心に浮かぶのである（『見出された時』第三章末尾）。

いかにも辛い疑いだが、彼はこの疑いを深めはしない。なぜなら、彼は、死のなかに、突如として、おのれの本の完成に対する重大な障害を認めるのだし、また、死が、ただ単におのれの生涯の終りにあるばかりではなくおのれの人格のいっさいの間歇状態においても働いているることを知っているが、この死こそ彼が神的と呼ぶあの想像力の中心でもあるのではないかと自問することを避けているからである。ところが、われわれは、別の疑い、別の疑問に逢着する、つまり、彼の全作品が結びついたこのきわめて重要な経験が成就された条件に関する疑問である。この経験はどこで生じたのか？　いかなる「時間」のなかで起ったのか？　どんな世界のなかで起ったのか？　この経験を体験したのは何者なのか？　それはプルーストなのか？　現実のプルースト、アドリアン・プルーストの息子であるあのプルーストなのか？　すでに作家になり、十五巻の壮大な作品のなかで、自分の天職が、あの成熟作用のおかげで（この成熟作用が、意志に欠け特異な感受性をそなえた不安な少年を、今なおおのれに残っている生命と守って来た少年時のすべてが伝えられるあのペンに向かって、断乎として集中し心をかたむけている異様な大人と化するのである）、少しずつ形成されてゆく成行を語っているプルーストなのか？　明らかに、そうではない。これらのプルーストはどれひとりとして問題にならない、もし必要なら、日付を考えてみてもそのことははっきり証明出来るだろう。『見出された時』において、まだ書かれていない作品に始動を与える決定的な出来事として示唆されているあの啓示的事件は——この本のなかでは——大戦中に起っているのだが、その頃にはすでに『スワン家の方へ』は出版されており、作品の大部分は構成されているのだ。すると、プルーストは真実を語ってはいないのか？　だが、彼は、われわれにこのような真実を語る義務はないわけだし、語ろうとしても語りえないだろう。彼が、この真実を表明し、それを現実的で具体的な真実のものとなしうるのは、それをあの時間のなかに、真実とはその活動化であり制作がそこからその必然性をえているあの時間そのもののなかに映し出したときだけであろう。この物語の時間においては、たとえ彼が「私は」と言うとしても、話す力を持っているのは、もはや現実のプルーストではなく、作家プルーストでもない。この本の「登場人物」と化した語り手というあのかげのごとき存在へ変身したものである。この語り手が、物語のなかで、作品そのものにほかならぬひとつの物語を書き、彼は彼で、多様なる「自我」という他のさまざまな変身を作りあげ、かかる自我の経験を物語るのである。かくてプルーストは、とらええぬものとなった。なぜなら彼は、書物から作品へ向かう運動にほかならぬこの四重の変身とわかちえぬものとなったからである。また、同様に、彼が述べる出来事は、物語の世界、つまり、フィクションを通しての真理性しか持たぬあのゲルマント家の社交界で起る出来事であるばかりではない、それは、物語そのものの出来《しゅつらい》であり到来であり、物語のなかでの、物語のこの根源的時間の実現なのである。彼は、この時間の幻惑的な構造を、過去と現在とを或る同一の架空の地点で共存させるあの能力を結晶させているだけである。そればかりか、これはプルーストは無視しているようだが、未来をも共存させているのだ、なぜならこの地点においては、作品の全未来が現存しており、文学とともに与えられているからである。

少しずつだが直ぐに

プルーストの著作をいわゆる教養小説《ビルドウングスロマン》といっしょにするのはいかにも心そそられることではあるが、実はこの両者はまったく異ったものであることを付け加えておかねばならぬ。たしかに、『見出された時』〔『失われた時を求めて』の誤記であろう〕全十五冊は、この十五冊を書く人物がどんなふうに形成されたかをあとづけることに終始しており、かかる天職の有為転変を述べている。「だから、これまでの私の全生活は、天職という題目のもとに要約出来たかも知れないし、出来なかったかも知れない。文学が私の生活のなかでなんの役割も演じなかったという意味では出来なかったのだろう。この生活や生活のうえでのさまざまな悲しみやよろこびの思い出が、植物の胚珠のなかにあって胚珠が種子となるための養分をそこから吸い出すあの胚乳のような或る貯えを形成していたという点では、そう要約することが出来たかも知れぬ……」。だが、厳密にこのような解釈ばかりにとどまっていると、彼にとって本質的なもの、すなわちその啓示を見おとすこととなる。その啓示を通して、彼は、或る別種の時間をとらえ、一挙に、少しずつではあるが直ぐに、時間の変形された内奥へと導き入れられる。そしてそこで、彼は、純粋な時間を、さまざまな変身の原理として自由に処理し、想像界を、すでに書く力の現実性と化した空間として自由に処理するのである。

たしかに、プルーストが、作品という想像的な航海がそれとともに始まるあの独特の瞬間に至りつくためには、彼の生活のすべての時間が、現実的航海のすべての時間が必要である。この瞬間は、この作品のなかでは、作品が到りつき終りを告げる絶頂を示すとともに、作品を書くと見なされている人間が、おのれを呼ぶ虚無とすでにおのれの精神と記憶とを荒れ果てさせている死とに直面しながら今こそ作品を書き始めねばならぬきわめて低い地点をも示している。このような非現実の運動に到りつくためには、いっさいの現実的時間が必要である。だが、生成のこの二つの形態のあいだには、おそらくは把ええぬ、そしてプルースト自身も結局は把えることを断念している或る関係があるとしても、これまた彼が断言しているように、このような啓示は、けっして、或る漸次的発展の必然的な結果ではない、それは、偶然の持つ不規則性と、長期にわたる思慮深い深化作業にいささかも報いることのない分不相応の賦与の持つ恩恵的な力とをそなえている。『見出された時』は、すべてを持続に負う或る天職の物語である。だが、この天職がすべてを持続に負うているのは、或る予見しがたい飛躍によって、突如として持続を離れ去ったためにすぎない。想像的空間と化した、時間の純粋な内奥が、あらゆる事物に、あの「透明な一体性」を与えているような地点を見出したためにすぎない。そこでは、事物は、「事物としての当初の姿を失い」、「同じ光に浸透されて、一種の秩序のなかで、互いに並列され……」、「……単調にきらめく巨大な表面を持った同一の実体に変えられ」うるのだ。「いかなる不純性も残ってはいない。表面は、反射的なものになっている。そこには、あらゆるものが描き出されているが、それは反映を通してであって、その同質の実体を変えることはない。かつて異っていたいっさいが、変えられ、吸収されている」[*2]。

プルーストが味わったような想像的時間の経験は、何らかの想像的時間のなかで、それに身をさらす人間を想像的な存在に化することによって、また、アンドレ・ブルトンが語った美のようにつねにそこにありながらつねに不在であり固定していながら痙攣的な彷徨するイマージュに化することによって、はじめて生じうるのである。この経験は、時間の変身であって、それは、それが生ずると思われる現在そのものをまず第一に変身させ、現在を、「現在」が「過去」をくりかえしているような無限定な深みへ引寄せる。だが、この深みでは、過去は未来にむかって開かれており、未来をくりかえしている。到来するものを、つねに新たに、また新たに、再来するものたらしめるためである。たしかに、啓示は、今、ここで、はじめて行われている。だが、ここではじめてわれわれに現前するイマージュは、「すでにむかし一度」の現存であり、このイマージュがわれわれに示すのは、「今」が「かつて」であるということだ。ここもまた、或る他の場所、つねに他所である場所だということだ。この場所では、人は、外側から、冷静に、この変形作用に立ちあいうると信じているが、彼がこの変形作用を能力に変えうるのは、彼がこの変形作用によっておのれのそとに引出され、おのれの一部が、何よりもまず、書いているあの手が、言わば想像的なものとなるあの運動のなかに引きずりこまれた場合だけである。

プルーストは、或る固い決意によって、このような滑りゆきを、過去を復活させる運動としようとした。だが彼は何を再構成したのか？　何を救いとったのか？　すでにまったく想像的となり、「私」のゆらめき動く移ろいやすい連なりの全体によって彼自身からも分離された或る存在の想像的な過去である。この「私」の連なりが、この存在から、少しずつ自己を奪い去り、過去からも解放し、この英雄的犠牲を通して、彼を想像的なものの自由に委ねたのであり、そのとき、彼の方も、想像的なものを自由に使用しえたのである。

未知なるものの呼びかけ

だがしかし、彼は、この眼もくらむような運動に関して、それが休止や休息を許さぬということを認めようとはしなかった。それが、きらめき光る同一性という関係を通して、現実の過去の或る瞬間を現在の或る瞬間に結びつけ、かくして現実の過去の或る瞬間のうえに固定しているように見えても、それはまた、現在を現在のそとへ引出し過去を局限されたその現実性のそとへ引出すためであることを、——また、この開かれた関係を通してわれわれをありとあらゆる方向にわたってつねによりいっそう遠くへ引きずって行き、われわれを遠方に委ね、また、すべてがつねに与えられすべてが絶えずとりのぞかれているあの遠方をわれわれに委ねるためであることを、彼は認めようとしなかった。だが、少くとも一度だけ、プルーストは、この未知なるものの呼びかけをまえにしたことがあった。彼が、じっと凝視はするがそれらを今まさに目覚めかかっていると感じられる印象乃至思い出とうまく関係づけられぬ、あの三本の樹のまえで、けっしてとらええないがそこにあるものの、彼のなかに彼のまわりにあるものの、だがしかし無知の無限の運動によってしか迎え入れえぬものの、異様な性質に近付いたときのことである。[6] ここでは、交流関係は、未完成のままに留まり、開かれたままであって、彼に失望と不安を与えるが、おそらくこの場合、この交流関係は、他のいかなる交流関係よりもいつわりなきものであり、いっさいの交流関係の要請によりいっそう近付いている。

ii　おどろくべき忍耐

『ジャン・サントゥイユ』という題名で出版された草稿が、[7]『見出された時』のあの究極的な経験の物語に比しうるような物語をふくんでいることは、すでに指摘されてきたところである。このことから人々は、われわれがそこで、アドリアン・プルーストの息子であるプルーストによって現実に生きられたものとしてあの出来事の原型を手にしているという結論まで引出している。ところで、このことは、ジュネーヴ湖から遠からぬところで起った。位置づけえぬものを位置づけようとする欲求は、それほどにも大きいものである。

ジャン・サントゥイユは、退屈な散歩の途中突然野の果てにこの湖を見出し、胸のしめつけられるような幸福感とともに、そこに、かつてその海岸に滞在したことのあるベグ＝メイユの海の姿を認めるのだ[8]。だが当時、その海は彼にとって何ら心惹かれることのない眺めにすぎなかったのである。ジャン・サントゥイユは、この新たなる幸福についておのれの心に問いかける。彼がそこに見るのは、自然発生的な思い出による単純なよろこびではない。なぜなら、何らかの思い出が問題なのではなく、「思い出を直接感じられる現実へ変質させること」が問題であるからだ。このことから彼は、自分が今、きわめて重要な何かをまえにしていると結論する。その何かとは、現在との交流でも過去との交流でもない交流関係、現在と過去とのあいだにその場がひろがっている想像力の噴出であるような交流関係である。かくて彼は、今後は、このような瞬間を再び生きさせるためにしか、あるいは、このようなよろこびの運動が自分に与える霊感に応えるためにしか、書くまいと決心する。

　実際、これはきわめて印象的なことである。『失われた時』のほとんどすべての経験がここに見出されるのだ。すなわち、無意識的想起の現象、この現象が示す変身（過去の現在への変質）、ここには想像力の本来的な領域へ開かれた門があるという感情、そして最後に、かかる時間によって照らされながらかかる瞬間を明るみに出すために書こうとする決意。

だがもしそうだとすると、次のように素朴に自問することが出来るだろう。この瞬間以後芸術の鍵をにぎっているはずのプルーストが、その真の作品ではなくて『ジャン・サントゥイユ』しか書かず――その意味では何も書かぬままだというようなことが、いったいどうして生ずるのか、と。このような問いに対する答えは、素朴なものでしかありえまい。答えはまさしくこの草案的著作のなかにある。プルーストは本を書きたい作家と見なされたいと心からねがっているが、そのプルーストが、何のためらいもなくこの草案を捨て去ってしまう。そればかりか、まるでそれが書かれなかったかのように忘れ去ってしまうのだ。また同様に、彼は、自分が語っている経験は、それが彼を、まさしくこの経験にほかならぬあの運動の無限性のなかに引き入れぬかぎり、まだ実際に起ってはいないのだという予感を抱いている。『ジャン・サントゥイユ』は、おそらく、『失われた時』の話者の場合よりも、それを書いているときの現実のプルーストに近いだろう。だがこの近さは、彼がまだ球体の表面にとどまっていることの、ゆらめく感覚のきらめきがかいま見させる新しい時間のなかに真に入りこんでいないことの、しるしにほかならない。だから、彼は書いてはいるが、それは、何よりもまず、サン＝シモンやラ・ブリュイエールやフローベールが彼にかわって書いているのであり、あるいは少くとも、教養人たるプルーストが書いているのだ。つまり、おのれの危険や危難に際して、想像的なものによって要求され何よりもまずおのれの言語に作用を及ぼすはずのあの変形作用に身を委ねるかわりに、これは止むをえぬことではあるが、種々の先輩作家の芸術に支えられた人間が書いているのだ。

純粋な物語の挫折

だがしかし、『ジャン・サントゥイユ』のこのページ及びこの書物全体は、われわれに別のことを教えてくれる。当時プルーストは、何ひとつ詰物もせず、意志的な回想や、知性によって形成され再把握された一般的秩序に属する諸真理に呼びかけることのない物語を(のちになって彼は、自分が、作品のなかでこのような真理に大きな位置を与えたと思うようになる)、もっぱらあの瞬間だけに集中したより純粋な物語を考えていたようである。つまり、星以外には空虚しかない天空のように、おのれが生れ出て来たあのいくつかの点だけで出来ているような「純粋な」物語である。われわれが分析した『ジャン・サントゥイユ』のあのページは、おおよそそのことを断言している。「なぜなら、それ(想像力)がわれわれに与えるよろこびは、その優越性のしるしであって、私はこのしるしを充分に信頼したから、自分が見たり考えたり推理したりしたものを直ぐには書かず、過去が或る匂いや眺めのなかに突如としてよみがえり、それらを炸裂させ、この過去のうえに想像力がふるえ動いているようなとき、このよろこびが私に霊感を与えてくれるときに、始めて書くのである」。プルーストは、霊感に応えるためにのみ書こうとする。そしてこの霊感は、無意識的想起が彼のなかに惹き起すよろこびによって与えられるのである。彼に霊感を吹きこむこのよろこびは、彼によれば、これらの現象の重要性と本質的な価値のしるしでもある。これらの現象のなかで想像力がおのれを示し、われわれの生の本質をとらえるというしるしでもある。だから、彼に書く力を与えるこのよろこびは、何でもかまわず書くことを許すものではなく、このよろこびにみちた瞬間と、これらの瞬間の背後で「ふるえ動く」真理とを交流させることを許すにすぎない。

彼がここで目指している芸術は、短い瞬間によってしか作られえないものである。つまり、よろこびは瞬間的であり、このよろこびが価値あらしめている瞬間は、ただ瞬間であるにすぎない。純粋な印象にたいする忠実さ、これこそ、プルーストが当時、小説という文学に要求していたものであるが、これは彼が、常套的な印象主義の持つ確実さのみにかかずらわっていたということではない。なぜなら彼は、或る特別な印象、過去の感覚の回帰を通して想像力がゆれ動きはじめるような印象にのみ身を委ねようとしているからである。だが彼が、他の諸芸術における印象主義に感心しており、それが彼の眼にはひとつの範例と映っていたことはやはり問題である。またとりわけ、彼が、本質的瞬間にあらざるものをすべて排除した本を書こうとしていることはやはり問題である（このことは部分的ではあるがフユラ氏の論文によって立証されている。氏によれば、この作品の最初の草稿は、その展開も「心理解剖」もはるかにとぼしく、無意識的想起のもたらす束の間の魅惑からもっぱらその資源をえようとする芸術を求めていたということである）。たしかにプルーストは、『ジャン・サントゥイユ』によって、そのような書物を書こうという希望を抱いていた。少くとも、草稿から抜き出して題辞にされた文章がわれわれに想起させるのはそういうことである。「私はこの書物を小説と呼びうるだろうか？　おそらくこれは、それ以下であると同時に、はるかにそれ以上のものである。それが流れ出る裂け目のような数時間のなかから何ひとつ混ぜることなく取り集められた私の本質である。この書物は、けっして作られたものではなく、収穫されたものである」。これらの表現は、どれもこれも、『ジャン・サントゥイユ』のあのページがわれわれに示した考えに応じている。純粋な物語だというのは、それが「何ひとつ混りものがなく」、本質的なもの以外に、存在の表面を蔽う慣習が引裂かれるあの特別な瞬間において書かれたもの《エクリチュール》に伝えられるあの本質以外に、いかなる素材も含んでいないからである。そしてプルーストは、自動書記を思わせるような自発性に心を注ぎ、おのれの書物を労作の結果とするようなものをすべて排除しようとする。つまりそれは、たくみに仕立てあげられた著作ではなく、賦与というかたちで受け取られた作品、彼によって作られた作品ではなく彼から到来した作品となるであろう。

だが、『ジャン・サントゥイユ』は、このような理想に応じているであろうか？　まったくそうではない、おそらく彼は、この理想に応じようと努めれば努めるほど、理想から遠ざかるのだ。彼は一方では、ありきたりの小説的素材や、情景や、人物や、一般的な観察などにもっとも大きな位置を与え続けている。回想録作者（サン＝シモン）の素材やモラリスト（ラ・ブリュイエール）の芸術が、リセやサロンへ行ったりドレフュス事件の目撃者となったりしている彼の生活から、[9]このような一般的観察を引出させている。だが、他方では、彼は、はっきりと、物語の持つ外面的な「出来あい」の統一性を避けようとつとめている。この点で、おのれの考えに忠実だと考えているのだ。この書物の持つ切れ切れの性格は、ただ単に、われわれが、断片的な書物を相手にしているからではない。[10]人物が現われては消えてゆき、情景が他の情景と結ばれようともせぬこれらの断片は、小説的な不純な語りかたを避けたいという企図に応じているのだ。また、ここかしこに「詩的な」ページもあるが、これは、彼が、少くとも、われわれを束の間近付けたいとねがっているあの魅惑的な瞬間の反映なのである。

　この書物の挫折に関してわれわれがおどろかされるのは、彼が、さまざまな「瞬間」をわれわれに感知しうるものとしようと努めたあげく、それらを情景として描き出してしまったことだ。人物を彼らの現われにおいてとらえるかわりに、まったく反対のこと、つまり肖像を作りあげてしまったことだ。だがとりわけ次のようなことが問題だ。つまり、この草案と、それに続く作品とを、わずかの言葉で区別しようと思えば、まずこんなふうにも言えるだろうと言うことである。『ジャン・サントゥイユ』は、生が互いに分離したときによって出来ているという感情をわれわれに与えるために、空虚そのものが形に表わされず、空虚のままに留まっているような細分化された構想に固執しているのに対して、『失われた時を求めて』は逆であって、このぎっしりつまった途絶えることのない作品は、星のようにちりばめられた諸点に充溢としての空虚を加え、かくして今度は、それらの星たちを不可思議にきらめかせることに成功したのである。なぜならもはや星たちには、空間の空虚の涯《はて》しない拡がりが欠けてはいないからである。かくてこの作品は、もっとも稠密にしてもっとも実質的な持続を通して、もっとも非連続的なものを表現することに成功した。書くことの可能性が彼に到来するあの光にみちた瞬間の断続を表現することに成功した。

作品の空間、球体

なぜそうなのか？　この成功は何に由来するのか？　このこともまた、ほんの数語で言い表わすことが出来るだろう。つまり、プルーストは――そしてこれは、この経験への彼の漸次的な浸透だったと思われるが――彼にむかって非時間的なものが輝いているこれらの瞬間が、一方では、或る回帰を確立することによって、時間の変身のもっとも内奥の運動を表わしていることを、これこそ「純粋な時間」にほかならぬことを、予感したのである。このとき、彼は発見したのだ、作品の空間は、当然、持続の持つすべての力を同時に支えるものとなることを。それは、作品が作品自体に向かう運動、おのれの根源に対する本来的な探究にほかならぬものとなることを。要するに、あの想像的なものの場となることを。かくてプルーストは、ここで形象的比喩を使うことに満足しうるとしての話だが、かかる作品の空間が球体の本質に近付くはずのものであることを徐々に体験したのである。事実、彼の書物全体、彼の言葉づかい、ゆるやかな屈曲と流動的な重さと透明な稠密さをそなえ、つねに動き続け、巨大な旋回運動の限りなく多様なリズムを表現するのに不思議なほどぴったりしたあの文体、こういったものは、球体の神秘と厚みとを、その回転運動を表わしている。この球体には上部と下部がある。天上的な半球と（これは幼年期の楽園であり本質的な瞬間の楽園だ）、地獄的な半球とがある（これは『ソドムとゴモラ』[11]であり、破壊的な時間であり、いっさいの幻影やいっさいのうわべだけの人間的な慰めの裸形化だ）、だが、この二つの半球は、或る瞬間には逆転され、かくて、かつて上部にあったものが低められ、一方、地獄や、そればかりか時間に関するニヒリズムまでが、よき星を頂くものとなって、至福にみちた純粋なきらめきに高められることが出来るのだ。

かくてプルーストは、あの特別の瞬間が、一回限りの現実性をそなえた、一度だけではかなく消滅してゆく漸次消滅的事象として表わされるべき、不動の時点ではないことを発見する。それらが、球体の表面から中心に向かってくりかえし移行し、それらが真に実現される内奥に向かって断続的ではあるが絶えまなく進み、それらの非現実性から、それらの秘められた深みへと進むことを発見する。それらが、この秘められた深みに達するとき、この球体の想像的な秘められた中心が到達されるのであり、このとき以後この球体は、それが完結すればまた新たに生み出されるようである。そればかりかさらに、プルーストは、おのれの作品の成長法則をも発見した、すなわち、あの球体的な濃密化増大化の要請であり、あの過剰状態である。また、彼自身が言っているように、作品が要求し、作品にもっとも「不純な」素材を、「情熱や性格や風習に関する諸真理」を導入することを許すあの過度の供給である。だが実際のところ、彼は、これらの真理を、「真理」として、安定した不動の断言として導き入れるのではなく、それらをも、或るゆるやかな包囲運動によって絶えず発展し進展するものとして導き入れている。つまりそれは、中心的地点のまわりを、つねによりいっそうせばまる円環をなして飽くことなくまわっている可能的なものの歌である。この地点は、唯一至上の現実であって、当然いっさいの可能性を超えている。すなわちこれはあの瞬間なのである(だがこの瞬間はまた、球体全体の凝縮されたものである)。

フユラ氏は、さまざまなものが次々と加えられることによって(「心理解剖」や知的な説明などだ)、詩的瞬間だけで出来た小説を書くというもとの計画に重大な変更が与えられたと考えているが、この意味で彼は、ジャン・サントゥイユが素朴なかたちで考えていた通りのことを考えているわけだ。だがしかし、彼は、プルーストの成熟の秘密、あの経験の成熟の秘密を見すごしている。この経験にとって、小説的想像界という空間は、限りなくさきへ延ばされた運動のおかげで、本質的な瞬間によって生み出された一個の球体なのである。この本質的瞬間そのものもまたつねに生成状態にあり、その本質は、点的であることではなく、あの想像的な持続である。プルーストは、その作品の末尾で、この持続こそ、あのきらめき光る神秘な現象の実質であることを見出している。『ジャン・サントゥイユ』からは、時間はほとんど欠如している（たとえこの書物が、若者が父親の顔のうえに見出す老化のあとの喚起によって終っているにしても、この事情に変りはない[12]、せいぜいのところ、『感情教育』の場合と同様、章と章とのあいだに残された空白が、そこに起っている事柄の背後に何か別のことが起っているのをわれわれに思い起させるくらいだろう）、だが、時間は、何よりもまずその輝かしい瞬間において欠如している。物語は、それらの瞬間を静的なかたちで表わしていて、物語そのものが、おのれの根源に進むごとくかかる瞬間に向かって進むことによって、また、語りを押し進める唯一のものである運動をこれらの瞬間から引出すことによって、はじめて実現されうることなど、われわれにけっして予測させはしないのである。おそらくプルーストは、かかる瞬間をも非時間的なもののしるしと解釈することをけっして断念したことはなかった。そして、つねにそこに、時間の秩序から解放された或る現存を見続けるであろう。それらの瞬間を体験したときに彼が体験する不可思議な衝撃、おのれを見失ったのち再びおのれを見出したというあの確信、あの再認、これは、彼がけっして疑おうとはせぬ彼の所有する神

ている。

これらの観念から、彼のとはきわめて異った小説の構想も生れえただろう。そこでは秘な真理である。これは彼の信仰であり宗教であるが、また同様に、彼は芸術によってその表現を助けることができるような非時間的な本質の世界が存在することを信じようとし

これらの観念から、彼のとはきわめて異った小説の構想も生れえただろう。そこでは（ジョイスにおいて時折見られるように）、永遠なるものに対する関心が、段階づけられた概念の秩序と感覚的現実の細分化とのあいだに或るあらそいを惹き起したかも知れぬ。ところが、そのようなことは何ひとつ起らなかった、なぜなら、プルーストは、自分自身に逆らってまで、彼のあの経験の真理性に対して終始従順だったからだ。この経験は、彼をただ単に通常の時間から解放したばかりではなく、或る別の時間、そこでは持続がけっして線的なものとなりえず出来事の連なりに還元されることもないあの「純粋な」時間に関わらせるのである。それゆえに、物語は何か或る身の上話の単純な展開であることを拒否するし、同様に、あまり明確に限定され形象化された「情景」とも折りあわない。プルーストは昔ながらの見せ場に対する或る種の好みを持ちあわせていて、必ずしもそれを断念していない。そればかりか、結末のあの大がかりな見せ場は、極端なまでに際立っていて、その情景がわれわれに信じさせようとしている時間の解体作用とはどうもぴったりしない。だが、『ジャン・サントゥイユ』や、『手帖』によって残されたさまざまな別稿などがわれわれに教えてくれるのは、彼が、おのれの描いた諸場面のあまりに鋭い角をすり落し種々

の情景を生成へ立戻らせるために絶えず追求した異様な変形作業である。これらの情景は、固定し凝固した眺めとなるかわりに、休むことなき或る運動に引かれて、少しずつ、時間のなかで伸びひろがり、全体のなかに沈み入り、とけこむのである。この運動は、表面的な運動ではなく、奥深い、密度のある、巨大な運動であって、そこでは、このうえなく多様な時間が互いに重なりあい、時間の持つ互いに矛盾した力や形態が刻みこまれている。かくて、いくつかのエピソード——たとえばシャン＝ゼリゼーでの遊びなど[13]——は、きわめて異ったさまざまな年齢において同時に生きられているようである。或る生全体の間歇的な同時性のなかで、純粋な瞬間としてではなく球体的時間の動性をそなえた稠密さのなかで、くりかえし生きられているようである。

延期

プルーストの作品は、完成していると同時に未完成でもある作品である。『ジャン・サントゥイユ』や無数の中間的な別稿を読むと（そこでは彼が何とか形を与えようとするさまざまの主題が次々と擦り切れてゆく）、読者は、プルーストがあの破壊的な時間そのもののなかに救いの手を見出していることにおどろかされる。この時間は、彼のなかにあって彼にさからいながら、彼の作品の共犯者となってきたのだ。彼の作品は、何よりもまず、早急な完成におびやかされていた。作品は、手間どれば手間どるほど、おのれ自身に近付くのである。書物の運動のなかには、それを引留めるあの延期作用が見わけられる。まるで、おのれの生涯に待っている死を予感して、それを避けるために、おのれ自身の流れを遡ろうとこころみてでもいるかのようだ。まず最初は、怠惰が、プルーストのなかで、さまざまな安易な野心とたたかっている。次いでこの怠惰が、忍耐と化する。そしてこの忍耐が、飽くことを知らぬ仕事ぶりに、時間が尽きかけたとき時間とあらそう熱病のような性急さとなる。一九一四年には、作品は完成の直前にある。だが、一九一四年とは、戦争が始まった年である。或る見知らぬ時間の始まりである。そしてこの時間が、プルーストを、彼のなかの自足していた作者から解放し、彼に、はてしなく書き続ける機会を与えるのだ、くりかえし企てられる仕事を通して、おのれの書物を、あの回帰の場とする機会を与えるのだ。今や彼はこの場を表現しなければならぬ（かくて、時間のうちにあるもっとも破壊的なもの、すなわち戦争が、このうえなく密やかなかたちで彼の作品に協力し、作品がそれに逆らっておのれを築きあげようとしている当のもの、すなわちあの普遍的な死を、助け舟として貸し与えるのである）。

『ジャン・サントゥイユ』は、このおどろくべき忍耐の最初の帰結である。『楽しみと日々』というはるかに重要ならざる書物の出版をいそいだプルーストが、この草稿（すでに三巻を数えている）を中断し、忘却し、地に埋めることに成功したのはなぜだろうか？ここにおいて、彼の霊感の深みが、おのれの霊感を、その無限の運動のなかに留めながらそれにつき従ってゆこうとする彼の決意が、示されるのである。『ジャン・サントゥイユ』が完成されていたとすれば、プルーストは失われていた、彼の作品は不可能となっていたし、時間は決定的にどこかへ迷いこんでいた。だから、再び陽の目を見たこの著作のなかには、何かよくわからぬ不可思議なものがある。この著作は、もっとも偉大な作家たちが、おのれに課されたものを極限まで辿るためには、どれほど脅威にさらされているかを、どれほどの気力と無気力と無為と注意力と放心とが必要であるかを、われわれに示している。まさしくこの点において、『ジャン・サントゥイユ』は、われわれに、プルーストについて、プルーストの経験について、彼がそれを通して時間をわがものとしたあの内密の人知れぬ忍耐について、真に語っているのだ。

II 文学的な問い

1 「幸福に世を終えられそうもない」

若いゲーテはこんなことを考えていた。「ぼくという人間は、幸福に世を終えられそうもない」。だが、『ウェルテル』〔一七七四年ゲーテ二十五歳の作〕を書いたのち、これとは反対の確信、自分は没落を運命づけられてはいないという確信が彼の心に生れた。これは彼が魔的な力と呼んでいるものとの一致和合を体験したためか、あるいはもっと人知れぬ理由によるものか、いずれにせよ彼は、おのれの失墜を信ずることを止めた。このことだけですでに奇妙なのだが、もっとも奇怪なのは次のような点である。すなわち、彼は、自分が破船の運命を逃れられるという確信をうるやいなや、自分の詩的な力や知的な力に対する態度を変えたのである。それまではそれらの力をむやみやたらと濫費していた彼が、とたんに、つつましく、慎重になった、おのれの天才をいささかも浪費することなく、運命との親密な関係が保証するその幸福な生活をもはや危険にさらすことのないように、心を配るようになった。

このような異常な態度に対して、さまざまな説明を加えることが出来るだろう。救われたという感情が、『ウェルテル』執筆当時彼を脅かしていた破滅の危機の想い出と結びついていたと言いうるかも知れぬ。『ウェルテル』を書くまえの彼は、何の正当化も求めぬ激越な存在であって、自分自身の内的法則に対して何ひとつやましいことはなかったと言いうるかも知れぬ。ところが、いっさいが同時に彼に与えられた。徹底的な破滅の脅威に見まわれたあの惑乱、この試練を通じて生れた没落不可能なおのれの幸福な天才への確信。次いで、直ちに、この不可能性への尊敬の念が生れ、以後彼は、この不可能性に対して責任を自覚したのである。これが契約であった。ゲーテにとっての悪魔とは、滅びることの不可能という限界であり、失墜に身を任せることへの拒否という否定である。ここから、彼に、あの成功の確信が生れたのだが、彼は、この確信を、或る別の失墜によってあがなわなければならなかった。

暗く謎めいた要請

だがしかし、本質的なものは、つねに暗く謎めいている。そしてここで、この暗く謎めいた性質が、われわれを、掟がわれわれを捨て去り道徳が口をつぐみもはや義務も権利もない領域に、良心ややましさが慰めや悔恨をもたらすことのない領域に引入れるのである。文学のことばの異様さと何らかの関わりを持つ人々には、一般的な法則に関する或るあいまいなありようが、言わば或るゆとりのごときものが、つねに、暗々裡に認められてきた。

このゆとりによって、もっと困難で不確かな他の法則に対して、言わば自由に働く余地を残しているわけだ。これは、ものを書く人間が、それによって生ずる結果をのがれる権利を持つという意味ではない。情念にかられて人を殺した人間が、その情念を言いわけにしてみても、情念を変質させることは出来ない。書くことによって、かつては書くという行為が何の尊敬も払いえなかったような或る真実にぶつかる人間は、おそらく何の責任もないだろう。だが、それだけいっそう、この無責任性そのものについて責任を負わなければならぬ。この無責任性を疑うことなく、それを裏切ることなく、無責任性に対する責任をとらなければならぬ。これは、自分自身に対してさえ秘めかくされたことである。彼を守っている無罪性は、彼の無罪性ではなく、彼が占めている場所の持つ無罪性である。そして彼は、この場所をあやまって占めているのであって、けっしてこの場所と一致することはない。

芸術家の生活のなかに、他に還元しえぬいくつかの部分を想定するだけでは充分ではない。重要なのは彼の態度ふるまいでもない。さまざまな問題によっておのれを守ったり、あるいは逆におのれの存在によってそれらを蔽いかくしたりするそのやり口でもない。誰しも、自分に可能なかたちで、自分の欲するごとく、答えている。或るひとりの答えは、他の誰にも適合しない。それは、なんの適合性も持たぬものであり、われわれが無知であることを余儀なくされているものに対して、このけっして読みときえずけっして範例となりえぬ意味において、答えている。すなわち、芸術は、われわれにさまざまな謎を示すが、幸いにして、いかなる英雄も示すことはないのである。

では、いったい何が重要なのか？　芸術作品は、人間的な諸関係一般についてわれわれを啓発しうるようなどんなことをわれわれに教えうるのか？　そこには、世間に流通しているどのような道徳形態によってもとらええぬような、それに違反した者を罪ありとなすこともなくそれを果しているると思いこんでいる者を罪なしとなすこともないような、いったいいかなる要請が告知されているのか？　それは、われわれを、「われなすべし」がふくむいっさいの命令から、「われ欲す」がふくむいっさいの主張から、「われなしあたう」がふくむいっさいの手段から解放するような要請なのである。これは、われわれを自由にしておくためだろうか？　だがそれは一方では、われわれを、自由でもなく自由を奪われてもいないような状態におくのである。この要請は、まるで、われわれを、可能的なものの気配が吸い尽されて裸形の関係が示される地点へ引寄せでもするかのようである。この関係は何らかの能力ではない、そればかりか、いっさいの関係可能性に先立つものである。

ここでこの要請という言葉を導入したのは、この語があいまいなものでありこの要請はここでは何の要請も持たぬ要請であるからなのだが、この要請をどのようにして把握すればよいか？　詩作品は、どのようなかたちででも（それが政治的なものであろうが、道徳的なものであろうが、人間的なものであろうが、あるいはそうでなかろうが、一時的なものであろうが永遠のものであろうが）、掟から、おのれを局限する決定性や、おのれに滞留を強いる催告を受けとりえないのを示すことは、たしかにより容易なことである。芸術作品は、いささかも掟をおそれない。掟が攻撃し、追放し、堕落させるのは、文化であり、芸術について人々が考えることであり、さまざまな歴史的習慣であり、この世の移り変りであり、書物や美術館であり、また時としては芸術家たちである。だがなぜ、彼らはこうした暴力を避けたりするのだろう？　何らかの政体が芸術に対して示す苛酷さは、われわれにその政体に対する危惧を与えるかも知れないが、芸術に対する危惧を抱かせはしない。芸術とは、それ自身の歴史的変遷に対してもっとも苛酷なもの——すなわち無関心と忘却——でもある。

アンドレ・ブルトンが、彼がトロツキーとともに起草し、「芸術におけるいっさいの許容という定式を守ろうとする断乎たる意志」を表明するマニフェスト[1]をわれわれに思い起させるとき、もちろんそれも重要なことであるが、そればかりではなく、この二人の人物の出会い、この定式が主張されているその同じページで一つに結びあわされた彼らの文章は、多くの年月が過ぎた現在でもなお、心ゆすぶられるしるしである。[*1]だが、「芸術におけるいっさいの許容」とは、いまだなお、最初の必要事にすぎない。それは、どのような言葉も、——それが実現すべき人間的秩序に属するものにせよ、主張すべき真理に属するものにせよ、守るべき超越に属するものにせよ、芸術の、つねによりいっそう根源的になってゆく言葉に対しては、何ひとつなしえぬという意味である。それらの言葉は、芸術の言葉を、自由なかたちで放置しておくしかないという意味である。それはただ単に、これらの言葉が芸術の言葉とけっして出会うことがなく、それらは、少くとも現前する歴史においては、芸術において立現われるようなより始源的な関係がすでに消え去ったか再び蔽いかくされたとき始めて働き出す相関関係の秩序を示しているからである。自由という語は、また、われわれにこの始源的な関係を予感させるに足りるほど自由ではない。自由は、可能的なものと結ばれており、人間的能力の極限を支えている。だが、ここでは、何らかの能力ではないような関係が、能力として果されることのない交流関係や言語活動が問題なのである。

リルケは、若い詩人が、おのれ自身と向きあって、「私は、真に、書くことを強いられているか」と自問しうることをのぞんでいた。「そうだ、書かなければならぬ」という答えを聞きとるためである。「それから、あなたは、この必然性に従ってあなたの生を築きあげるのです」と、彼は結論している〔リルケ『若き詩人への手紙』参照〕。これは、書くという運動を道徳にまで高めるための狡猾な手段である。だがあいにく、書かれたものは、ひとつの謎ではあっても、この謎はなんの神託も語りはしない。誰ひとりこの謎にむかってあれこれ問いかけることは出来ない。「私は、真に、書くことを強いられているか?」。かかる問いに形を与えるためのいっさいの始源的な言語が欠如している人間、彼に試練を加え変形しあの確かな「私」から追い立てる無限の運動を通してはじめてこの問いに出あうことが出来る人間（この「私」あってはじめて彼は自分が心から問いうると信じるのだ）、このような人間が、いったいどのようにして自分自身にたずねかけることが出来るのか？「あなた自身のなかへ入ってゆくことです。あなたに書かせる欲求を探してみることです」。だが、問いは、彼を、彼自身から外へ出させることしか出来ない。欲求があるとすれば、むしろ、なんの権利も正当さも尺度もなく存在するものから逃れることが欲求であるような場所へ、彼を引きずってゆくことしか出来ない。「書かなければならぬ」という答えは、事実、たしかに聞きとられているかも知れないし、そればかりか絶えず聞きとられている。だがその「なければならぬ」ものそのものは、聞きとられはしない。それは、あらわにされることなき問いへの、それへの接近が答えを中断させ答えからその必然性を奪い去るような問いへの答えなのである。

「それはひとつの委託なのです。私は、私の本性のままに、誰が私に委ねたのでもない委託を引受けることしか出来ません。このような矛盾のなかで、つねに或る矛盾のなかでのみ、私は生きることが出来るのです」。作家を待ち設ける矛盾は、さらにいっそう強力なものである。それは、委託ではないし、彼はそれを引受けることは出来ない。また、誰ひとりそんな委託を彼に委ねはしなかった。つまり、彼がこの委託を迎え入れようと思えば、何者でもないものにならなければならないのである。これは、彼がそのなかで生きることの出来る矛盾である。だから、いかなる作家も、たとえゲーテであっても、自分を予感する作品に対しておのれの生の自由の留保を主張しえないし、誰ひとりとして、こっけいに陥ることなしに、作品に身を捧げようなどと決心することは出来ない。作品のためにおのれを守るなどということはなおさらである。作品は、はるかにそれ以上のことを要求する。作品に心わずらわすことなく、作品を目的として追求することなく、作品に対して無関心や無視というもっと深い関係を持つことを要求するのだ。フリーデリケ[2]からのがれ去る人物〔ゲーテをさす〕は、自由であろうとしてのがれ去るのではない。彼は、その瞬間ほど自由でないことはないのである。なぜなら、彼をさまざまなつながりから解放するものが、彼を、逃亡という、自殺の計画よりもっと危険な計画へ委ねるからである。だから誓いの言葉に対する不忠実を、創造上の忠実さのせいにするのは、あまりにも単純な考えかたである。同様にまた、ロレンスは、大寺院のまえで一人の女の子が遊んでいるのを見て、大寺院がこわれてきた場合自分はどちらを助けたいと思うかと自問し、女の子の方を選んでしまうことにおどろくのだが、この場合、このおどろきは、価値に頼ることによって芸術に導入されるいっさいの混乱をはっきりと示している。そんなふうにおどろくところを見ると、秤皿にのせた場合、遊んでいる女の子よりもつねに軽くなることこそ、その大建築の、——そればかりかすべての大建築すべての書物を寄せ集めたものの——本来的な現実性に属することではないかのようだ。作品の無限の重さが、この軽さ、このような価値の欠如のなかに集中しているのではないかのようだ。

彼自身よりもむしろ

ルネッサンスからロマン主義に至るまで、印象深くまた多くの場合崇高でさえある努力が続けられてきた、これは、芸術を天才に還元し、詩を主観的なものに還元しようとする努力である。詩人が表現するのは彼自身であり、彼のもっとも本来的な内奥であり、彼の人格の秘められた深みであり、はっきりと言い表わされずまた言い表わしえぬ彼の遠く離れた「私」であることを、理解させようとする努力である。画家は絵画を通して、おのれを実現し、小説家は、おのれが明示されるようなひとつのヴィジョンを、作中人物というかたちで具体化するというわけだ。とすると、作品の要請とは、表現すべきこの内奥の要請ということになる。つまり、詩人は、聞かせるべきおのれの歌を持っており、作家は、伝えるべきおのれの伝言《メッサージュ》を持っている。「私には言うべきことがある」というわけだが、これは、結局のところ、芸術家と作品の要請とのさまざまな関係のなかでいちばん低い段階であり、そのいちばん高い段階は、何の理由も見出せぬ激烈な創造の嵐であると思われる。

詩作品のなかでマラルメがおのれを表現しているとか、『ひまわり』のなかでヴァン・ゴッホがおのれを明示しているとかいう考えは（とは言っても、この場合は伝記上のヴァン・ゴッホではない)、われわれに、作品の要請の持つ絶対的なものを明らかにしてくれるように見える、また一方、この要請の、どのような一般的義務にも還元しえぬ私的な特質をも明らかにしてくれるように見える。これは、芸術家と彼自身とのあいだに起る事柄であって、外部の何者も介入することは出来ない。これは秘密であり、いかなる外的権威も判断を加えたり理解したりすることの出来ぬ情熱のごときものである。

だが、そうなのだろうか? セザンヌに画筆を手にしたまま死ぬことを要求するあの情熱、母親の埋葬のために絵を描くべき一日をさくことも許さぬ執拗にくりかえされるあの黙々たる情熱が、自己表現の欲求以外に何の源泉も持たぬと考えて、いったいわれわれは満足出来るのだろうか? 彼が追求している秘密は、彼自身よりむしろ、絵と関わりがある、そしてもしその絵が、セザンヌに、セザンヌのことしか語らないならば、絵画についての、彼には近付きえぬ絵画の本質について語らないならば、それがセザンヌにとって何の興味もないものであるのは自明のことだ。だからわれわれは、この要請を絵画と呼ぼう、それを作品あるいは芸術と呼ぼう。だが、そんなふうに呼んでみても、この要請がどこからその権能をえているかということは、われわれには少しも明らかとはならぬ。また、なぜ、この「権能」が、それを支えている者に対して何ひとつ求めず、彼の全体を引寄せ彼の全体を放棄するのか、なぜ、いかなる人間もいかなる道徳も要請しえぬほどのものを彼に要請しながら、同時に、いかなる点においても彼に強制せず、いかなる点においても彼に文句をつけずいかなる点においても特別に扱わないのか、また、なぜ、このような関係を保つことを彼に求めながら彼に関わりを持たず、——かくして彼を、途方もないよろこびによって苦しめ、かき乱すのか、このようなことは、少しも明らかとはならないのである。

作家を、すべてに先立つ一種の恥辱感にさらすということは、現代における負い目のひとつである。彼は、良心のやましさを覚えなければならず、他のすべての行為に先立って、自分があやまちに陥っていると感じなければならぬ。彼がものを書き始めるやいなや、誰かが楽しげな口調でこんなふうに語りかけるのを耳にするのだ。「さて、これで、おまえは破滅だ」——「それでは、私はやめなければならないのか?」——「そうではない、もしおまえがやめれば、おまえは破滅だ」。こんなふうにデーモンは語るのだが、このデーモンは、かつてゲーテにも語りかけ、ゲーテが自分自身を超えたかたちでの彼の生に触れるやいなや、彼を非人格的な、没落することの出来ぬ存在と化したのである。なぜなら、没落というこの至上の能力はすでに彼から失われていたからである。このデーモンの力は、その声を通して、きわめて異ったさまざまな段階が語り、それゆえに「おまえは破滅だ」という言葉が何を意味するかけっしてわからぬという点にある。それは、あるときは世界であり、日常生活の世界であり、行動の必要性であり、労働の法則であり、人々に対する配慮であり、さまざまな欲求の追求である。世界がほろび去っているときに語るということが、語っている人間のなかに目覚めさせうるのは、おのれの軽薄さに対する疑念だけだ。せいぜいのところ、有用で真実で素朴な語を発言することによって、おのれの言葉を通して瞬間の持つ重々しさに、近付きたいという欲望だけだ、「おまえは破滅だ」とは、次のような意味なのである。「おまえは、何の必要もなく語り、かくて必要からのがれ去っている。空しい、のぼせあがった、有罪の言葉だ、ぜいたくで、しかもまずしい言葉だ」。——「それでは、私はやめなければならないのか？」——「そうではない、もしおまえがやめれば、おまえは破滅だ」。

としてみると、これは、もうひとりの、もっとかくされたデーモンである。けっして親しいものではないが、けっして不在でもなく、迷妄に似た間近さで身近にいるデーモンである。だが、このデーモンは、けっしておのれを押しつけはせず、容易に忘れ去られる（だが、この忘却がもっとも重大な点なのだ）。また、何の権能も持たず、何ひとつ命令せず、何ひとつとがめず何ひとつ許しもしない。この世の掟が持つ声とくらべると、これは、見たところ、やさしい親密さをそなえた静かな声である。あの「おまえは破滅だ」という言葉自体も、そのやさしさをそなえている。これはまた、ひとつの約束でもある。それと感づかぬほどの坂をすべり動いてゆくようにという招きでもある、——のぼってゆくためか？　それともくだってゆくためか？　それはわからない。「おまえは破滅だ」という言葉は、誰に向けられることもない軽やかで快活な言葉であって、語りかけられた者は、この言葉のかたわらにあって、自分自身と呼ばれているものの孤独を離れ、あのもうひとつの孤独、明らかにいっさいの個人的孤独、いっさいの固有の場所いっさいの目的が欠如した孤独のなかに入りこむのである。たしかにそこには、もはや過誤はないが、無垢もまたない。私を束縛したり解放したりしうるもの、「私」が責任を負わねばならぬもの、そういうものは何ひとつ存在しない。なぜなら、可能なるものを捨て去った者に、いったい何が要求されうるのか？ 何ひとつない、——あるのは、次のような、このうえなく奇怪な要請だけである。つまり、彼を通して、何の能力も持たぬものが語るようにという要請である。以後は、言葉そのものが能力の不在として、不能というあの裸形性として、だがまた、交流《コミュニカション》の最初の運動である不可能性として、おのれ自身を告知するようにという運動である。

詩人の言葉であって主人の言葉ではない

人間に何が出来る？ とテスト氏は問うた。[3] これは、近代人について自問することである。言語は、この世においては、何よりもまず、能力である。語る者は、力をそなえた者であり、暴力をふるう者である。名付けるとは、名付けられたものを遠ざけて、それをひとつの名前という便宜的なかたちで所有する暴力的な行為である。名付けるという行為だけで、人間は、他の生きものたちはおろか、沈黙していると言われている孤独な神々までも困惑に陥れることとなるような、不安とおどろきとを呼び起す奇怪な存在と化するのである。名付けるという行為は、存在せぬことが出来る存在にのみ与えられた。その無性をひとつの能力になしうる存在、そしてその能力を、自然を切り開き支配し強制する決定的な暴力となしうる存在、そういう存在にのみ与えられた。かくて、言語は、われわれをあの主人と奴隷の弁証法[4]のなかに投げこみ、われわれは、この弁証法に終始つきまとわれるのである。主人は、死の危険をおかして、最後までその道を辿ったがゆえに、言葉を口にする権利をえた。かくて、ただ主人だけが、命令にほかならぬ言葉として、語るのである。奴隷は、つねにただ聞くだけである。語ること、まさしくここに、重要な点がある。聞くことしか出来ぬ人間は、語られる言葉に左右されるわけだから、つねに二次的な存在にすぎない。だが、聞くことということの従属的で二次的なめぐまれぬ側面が、結局最後には、能力の場であり真の主人性の原理たるおのれの姿を明らかにするのである。

人々は、詩人の言語は主人の言語だと思いたがる。つまり、詩人が語るとき、語られるのは或る至上の言葉である。危険に身を投じ未だかつて言われていないことを言い、おのれが聞きとっていないものに名前をつけ、つねにただひたすら語り、かくて自分が何を言っているかも知らぬような、そういう人間の言葉だ、というわけだ。ニーチェは次のように断言している。「だが、芸術は、或るおそるべき厳粛さで出来ている！……われわれは、君たちを戦慄させるようなイメージで君たちを包むだろう。われわれにはそういう力がある！　耳をふたするがよい。君たちの眼は、われわれのかずかずの神話を見るだろう、われわれの呪詛が君たちに襲いかかるだろう！」。彼がこのように断言するとき、詩人の言葉は主人の言葉なのである。そして、おそらくこれは避けがたいことなのだが、ニーチェを包みこむ狂気は、おそらくこの点に現われるのであって、それは、この主人的な言葉を主人を持たぬ言葉に、聞きとられることなき至上性と化するのである。ヘルダーリンの歌の場合も同様だ、それはあの讃歌のあまりにもはげしい輝きののち、その狂気のなかで、ふたたび諸季節の無垢性の歌と化するのである。

だが、芸術や文学の言葉をこんなふうに解釈することは、それを裏切ることである。その言葉のなかに存在する要請を無視することである。それをその源泉に遡ってたずねようとはせず、それが主人と奴隷の弁証法のなかに引きこまれてすでにひとつの強力な道具となってしまったあとで、それをたずね求めることである。だから、文学作品のなかに、言語が、そこではまだ、何の力も持たぬ関係であるような場所を、いっさいの主人性や隷属性と無縁な裸形の関係の言語であるような場所を、回復すべく試みなければならぬ。そしてまた、この言語は持ったり力をふるったりするためには語らぬ人間、知ったり所有したりするためには語らぬ人間、主人になったりおのれを支配したりするためには語らぬ人間、つまり、ほとんど人間的なところのない人間にしか語りかけないのだ。たしかにこれは困難な探究である。とは言っても、われわれは詩や詩的経験を通して、この探究の風のなかにいるのだが。そればかりか、欲求と労働と権力の人間であるわれわれは、この場所の接近を予感しうるような位置を獲得する諸手段を持っていないのかも知れぬ。おそらくはまた、きわめて単純な何かが問題なのだ。おそらくこの単純さが、あるいは少くとも、これと等しい或る単純さが、つねにわれわれに現前しているのである。

2 アルトー

アルトー[1]は、二十七歳のとき、或る雑誌（「N・R・F」誌）に数篇の詩を送る。この雑誌の編集長は、それらの詩を丁重に拒絶する。するとアルトーは、なぜ自分が、欠陥の多いこれらの詩に固執するかを説明しようとする。自分は思考の放棄に苦しんでいるからだ、自分の中心に生じたこの非在にもとづいて獲得された、不充分なものでさえある形式を、ないがしろにはなしえぬほどのひどい放棄に苦しんでいるからだ、というわけである。このようにして獲得された詩作品にいかなる価値があるのか？ かくて二人のあいだに何通かの手紙が交換され、その雑誌の編集長であったジャック・リヴィエールは、突然、これらの出版しえぬ詩をめぐって書かれた手紙を発表しようと申し出る（一九二四年五月二十四日付の手紙）。（もっとも、今度は、それらの詩のなかの一部を、例証乃至《ないし》証拠としてつけ加えることは認められた）。アルトーは承知するが、ただ、実情をごまかさぬことを条件とした。これがあの有名なジャック・リヴィエールとの往復書簡なのだが、これはきわめて意味深い出来事である。

ジャック・リヴィエールには、このことの異常さがわかったのだろうか？　詩については、彼はそれらが不充分で出版に値いしないと判断しているのだが、それらが、その不充分性の経験についての物語でおぎなわれると、そうであることを止めるのである。それらに欠けているもの、つまりそれらの詩の欠点が、その欠如をおおっぴらに表現しその欠如の必然性を深くきわめることによって、豊かさと化し、完成と化するかのようだ。ジャック・リヴィエールは、作品そのものよりも、まさしく作品の経験に、作品へ至る運動に興味を持っている。作品が無器用なかたちで現わす誰のものとも知れぬ漠とした軌跡に興味を持っている。この挫折は、のちになって、ものを書く人々や読む人々を惹きつけるほど彼を惹きつけはしないのだが、この挫折こそ、精神の中心部で起っている出来事のはっきりしたしるしとなるのであり、アルトーのさまざまな説明は、この出来事にたいして、おどろくべき光を投げかけている。かくてわれわれは、文学が、いやそれどころか芸術までがそれと結ばれているような、或る現象の近くにいる。詩としての完成を、その暗黙のあるいは公然たる「主題」としていないような詩は存在せず、一方、作品がそこから発する運動とは、それを目指すことによって作品が時として実現され時として犠牲とされるようなものであるとすればである。

ここでわれわれは、これより十五年ほどまえに書かれたリルケの次のような手紙を思い起そう。「遠くまで進めば進むほど、生は、より個性的な、独自なものになります。芸術作品は、この独自な現実の、必然的で、否定しえぬ、つねに決定的な表現なのです。……芸術作品を作り出すことを強いられている人間に、芸術作品がもたらすあのおどろくべき助けは、まさしくこの点にあるのです。……このことから、われわれには、自分たちがこのうえない試練に身を委ねなければならないことが、はっきりと示されるのです。だがまた、われわれの作品に身を浸すまえにその試練について一言も口にしてはならず、喋ることでそれらの試練を弱めてはならぬことも、はっきり示されているように思われます。なぜなら、この独自なもの、この、他の誰にも理解しえないし理解する権利もないと思われるもの、われわれに固有なこの一種の錯乱、これは、われわれの仕事のなかに入りこんで、そこで、芸術の透明性だけが可見のものと化する根源的構想というおのれの法則を明らかにするとき、はじめて価値あるものとなりうるからなのです」。

とすると、リルケは、作品がそこからわれわれに到来すると思われる経験を、けっして直接には伝えるまいとしているわけである。この経験、つまりこの極限的な試練は、作品のなかに深く浸ったかたちにおいて、はじめて価値と真理性とを持つのであり、作品のなかでこそ、この試練は、芸術という遠くへだたった光のもとで、可見にして不可見のものとして、姿を現わすのだ。だが、リルケ自身は、つねにこういった留保を守り続けたであろうか？　彼がこのような留保を設けたのは、明らかに、この留保を守りながらそれを断ち切るためではなかったであろうか？　いやそれどころか、彼にしろ誰にしろこの留保を打ちくだく力はなくただそれと関係を保ちうるだけだということを承知しつつ、それを断ち切るためではなかったであろうか？　われわれに固有なこの一種の錯乱……。

思考という、考えることの不可能性

ジャック・リヴィエールの理解力も注意力も感受性も、非のうちどころのないものである。だが、この対話のなかには、誤解的部分が、どこからどこまでとはっきり示すことは困難であるにしても、つねに明らかに見てとれる。アルトーは、当時はまだきわめて忍耐強く、絶えずこの誤解に気を配っている。彼は、相手が、現在彼に欠けている緊密な一貫性が将来えられるだろうと予告したり精神のもろさとは精神にとって必然的なものだと指摘したりして、彼を安心させようとしているのを眼にする。だが、アルトーは、安心させられることなぞのぞみはしない。彼は、その減衰に耐ええぬほど重大な何ものかと触れあっているのだ。これは、彼が、おのれの思考の崩壊と、そのような「真の崩壊」にもかかわらず書きあげた詩とのあいだの、異常な、彼にとってはほとんど信じられぬほどの相関関係をも感じているということである。ジャック・リヴィエールは、一方では、このような出来事の例外的な性質を無視しており、他方では、精神によるこれらの作品、しかも精神が不在化してのちはじめて作り出されるこれらの作品のなかにある、極限的なものを無視している。

アルトーは、相手に強い感銘を与える落ちついた洞察力をもってリヴィエールに手紙を書いているが、その際彼は、現在自分が、言いたいことを意のままに言いえていることについて少しもおどろきはしない。彼は、思考の中心的な喪失状態に苦しんでいるが、彼をこのような状態にさらすのは、彼の詩作品だけなのである。のちに彼は、この不安を、さまざまな鋭い言いかたで思い起している。たとえばこんなふうにだ。「今ぼくは、穴が口を開いたような不在状態について語っているのだ、冷やかで、なんのイマージュも結ばず、なんの感情もない苦悩について語っているのだ。これは、かずかずの流産のなんとも言い表わしようのない衝突のごときものだ」。それではいったい、なぜ彼は詩を書くのか？なぜ、通常のさまざまな目的をそなえた言語を使う人間であることに満足しないのか？すべては、詩が、彼にとっては、「思考の本質的にして同時にうつろいやすい一種の腐蝕」と結ばれており、それゆえに、本質的に、あの中心的な喪失状態に引きこまれたものでありながら、それがまた、この喪失状態を表現する唯一のものでありうるという確信を彼に与えてもいることを示している。或る程度ではあるが、この喪失状態そのものの救出と、失われたものとしての彼の思考の救出とを彼に約束していることを示している。かくて彼は、性急さと倨傲《きよごう》さにあふれた動きとともに次のように語ることとなる。「ぼくは自分の言葉が思考との諸関係のなかで示す啞然とするような混乱を、誰よりもよく感じてきた人間だ。……ぼくは、人が夢を見るように、人が突如として自分の思考のなかに立戻るように、真理としてのおのれの思考のなかで、おのれを喪失する。ぼくは、かかる喪失をすみずみまで知りつくしている人間だ」。

彼にとって、「正しく考え、正しく見ること」などどうでもよい。しっかりと結びつけられ、充分にわがものと化し、はっきり表現された思想、自分が持っていることを知っているいっさいの才能、そんなものはどうでもよい。そういうわけで、彼は、友人たちが、君は実に見事に思考するではないか、うまく言葉が見つからぬなどというのはよくあることさ、などと言うと、焦立ちを覚えるのだ（「人々は、ぼくが自分の不充分さや深刻な欠陥や無能を責めていても、その言い表わしかたという点で、時としてあまりに才気煥発すぎて、それが空想的なまったくのでっちあげでないとはとうてい信じられぬと考えている」）。彼は、苦悩の経験によって与えられた深い洞察をもって、考えるとは思想を持つことではないことを承知している。自分が現に持っている思想は、自分が「まだ考えはじめて」いないことを感じさせるにすぎぬということをよく承知している。ここに、彼が、その歩みの方向を転ずる重大な苦悩がある。言わば彼は、おのれ自身に逆らって、或る悲愴な彷徨の道を辿ることによって（彼の叫びはここから発するのだ）、思考することが、つねにまえもって、未だ思考しえないことに、彼の言葉によれば「無能力」（impouvoir）に化しているような地点に触れたのである。この地点は、思考にとって本質的な地点であるが、それは思考を、極度の苦悩にあふれた欠如と化し、この中心に触れたのち直ちに輝き出す或る衰退と化する。そしてそれは、彼が考えるものの物理的実質を灼き尽し、あらゆる段階において、数多くの特殊な不可能性に分割されるのである。

詩が、思考というこの考えることの不可能性と結ばれているということ、これは、あらわにされえぬ真理である。なぜなら、これは、つねに外れ遠ざかっており、彼に、それを真に体験する地点の下方で体験することを強いるからである。これは、単に形而上学的な困難であるばかりではない、或る苦悩が作る恍惚である。そして、詩とはこの不断の苦悩であり、「闇」であり、「魂の夜」であり、「叫ぶための声の欠如」である。

二十年ほどのち、当時彼は、彼を寄りつきがたい燃えあがるような存在と化したかずかずの試練[2]につらぬかれているのだが、或る手紙のなかで、このうえなく簡潔に次のように書いている。「ぼくは、自分にはまったく何ひとつ書けぬことを語るために何冊かの本を書くことによって文学を始めました。何か書くべきものがあるような場合、ぼくの思想は、ぼくにとってもっとも拒まれたものだったのです」。さらにまた、こんなふうにも言う。「ぼくはいつでも、自分は何ひとつしたことはないし、何ひとつすることは出来ないこと、実際に何かをしていても実は何もしていないこと、そういうことを語るためにのみものを書いてきました。ぼくのすべての作品は、無のうえにしか築きえないでしょう……」。だが、常識は、直ちに次のように問うことだろう。だけど、自分に何も言うことがない場合、どうして、実際に、何も言わないでいないのか、と。それは、この何もないが、おおよそのものにすぎないような場合には、人は何も言わぬことに甘んじうるからである。だが、この場合は、或るきわめて徹底的な無性が問題となっているようだ。この無性はきわめて徹底的であるから、それが現わす法外さと、それがそれへの接近であるところの危険と、それが喚起する緊張とを通して、言わばそこで自由になろうとでもするかのように、或る始源的な言葉の形成を要請する。そして、この形成によって、何ものかを言い表わすような語が遠ざけられるに至るのである。何ひとつ言うべきことのない人間が、いったいどうして、語りはじめおのれの考えを述べはじめようと努めぬはずがあろう。「そうなのですよ、何としてでも書きたい、自分の考えを述べたい、と思うのがぼくの弱さなのです、ぼくの愚かさなのです。ぼくは、精神の問題でひどく苦しんできた人間です。だから、ぼくには話す権利がある」。

或るたたかいの叙述

彼の作品が——もちろんこれは何か或るひとつの作品というわけではない[*1]——高め、示し、守ることとなるこの空虚、彼の作品が満し、彼の作品を満すこととなるこの空虚、アルトーは、彼に固有の権能をそなえた運動を通して、この空虚に近付くこととなる。最初、この空虚に近付く以前においては、彼はまだ、たしかに自分にあると思われる或る充溢を再びとらえようとつとめている。この充溢が、彼を、彼の自発的な豊かさや感情の公正さや、すでに彼のなかで詩として結晶しているほど完璧な、事物の連続性への粘着状態と関わらせることとなるはずである。この「深い自在さ」を彼は持っており、持っていると思いこんでいる。それを表現するのにふさわしい形式や語の豊富さにしても同様である。だが、「魂がおのれの豊かさやさまざまな発見を組織立てようとするとき、事物がまさしく発出しようとするこの無意識な一瞬において、あの啓示が、力すぐれた悪意的な意志として、濃硫酸のごとく魂をおかし、語とイマージュの総体をおかし、感情の総体をおかすのです。そしてこのぼくを、まさしく生の戸口にでも立っているように、ただ喘がせておくのです」〔一九二四年五月二十五日、リヴィエールあて書簡〕。

アルトーは、ここで、直接的なものの幻影の犠牲になっている、と言うことが出来る。これは容易なことだ。だが、すべては、彼が「生」と呼ぶこの直接的なものから、彼が遠ざけられるときのようなかたちで始まるのである。つまり、夢がノスタルジーを呼び起しながら消え去ったり、知らず知らず夢からさめたりするような具合に始まるのではない。それどころか逆に、彼の持つもっとも本来的なものと化した不断の外れゆきの確立と、彼の真の本性の突然の現出のごときものとを、彼の中心部に導入するほども明白な或る破壊を通して、すべては始まるのである。

このように、確実で苦悩にみちた深化作用を通して、彼はこの運動の項を逆転し、非所有化を第一の位置に置くにいたる。もはや「直接的な全体性」を第一のものとはしないのだ。そしてこの非所有化は、最初は、この「直接的な全体性」の単なる欠如と思われていたのである。第一に位するのは、存在の充溢ではなく、亀裂であり、裂け目である。腐蝕であり、破砕である。継続性であり、浸蝕的な剝奪作用である。存在とは、存在ではなく、このような存在の欠如である。生を、衰退した、とらえがたい、無残な禁断から発する叫び以外では表わしがたいものと化する生ける欠如である。

おそらくアルトーは、「わかちえぬ現実性」の充溢性を持っていると思いこんでいた場合も、この空虚によって彼の背後に投げかけられるかげの厚みを見わけていたにすぎないのだ。なぜなら、彼のなかで、この全体的な充溢を証明するのは、それを否定するおそるべき力だけなのである。つねに活動し、空虚を無限に増殖させる力をそなえた途方もない否定作用だけなのである。これは、実におそるべき圧力であって、彼が、この圧力の表現の産出と保持に全身を捧げることを要求しながら、彼自身を表出するのである。

だが、ジャック・リヴィエールとの往復書簡の時期、つまり、今なお詩を書いているころにおいては、彼は、明らかに、自分自身と等しくなれるという希望をなおも抱きつづけている。詩作品が破壊するが、まさしくその瞬間に復旧すべく運命づけられているような同等性である。彼は、当時、「自分は、低い水準で考えている」と言い、「ぼくは自分自身に達していない、そのことはわかっているし、そのことに苦しんでいます」と書く。のちにはさらに次のように言うのである。「ぼくの深い自在さと外面での扱いにくさのあいだにあるこの二律背反が、命にかかわるほどの苦悩を作りあげるのです」。この瞬間、彼が不安を抱き、自分に罪があると感じるのは、自分の思想に至りつかぬ場所で考えているからである。彼はこの思想を、おのれの背後の、理想的な完全さという確かさのなかに保持している。それは、ただの一言でもそれを表明すれば、彼が、彼自身の絶対的な証人としてその真の偉大さのうちに示されるような思想なのである。苦悩は、彼が、おのれの思想から借りているものを返しえないことに由来する。詩は、この負債を消し去る希望として彼のなかに留まっているのだが、彼は、おのれの存在の限界以上にこの負債をふくれあがらせることしか出来ないのである。われわれは、時として、ジャック・リヴィエールとの往復書簡が、リヴィエールが詩作品に対して抱く興味のわずかさと、アルトーがつねに極端なまでに述べようとしている中心的な不安に対するリヴィエールの興味とが、書くという行為の中心を移動させているような印象を受ける。アルトーは、虚無に逆らい、虚無から身をかくすために書いていた。ところが今では、虚無に身をさらし、虚無を表出し、虚無から表現を引き出そうとつとめながら書いている。

このような重心の移動（これは、『冥界のへそ』、『神経の秤』などが表わしている）は、彼に、いっさいの幻影を放棄して、もはやただひとつの点にのみ注意を集中することを強いる。「不在と空無の地点」だ。彼はそのまわりを、一種の皮肉な明敏さと狡猾な良識をもって彷徨する、次いで、さまざまな苦痛の運動によって押しやられながら彷徨する。そこでは、かつてサドのみが叫びえたような悲惨の叫びが、これまたサドと同様にけっして同意を示すことのない叫びが、聞かれるのである。しかもこの彷徨は、彼が固く抱きしめたこの空虚にぴったりと相応ずることをけっして止めぬ闘争的な力をもってなされるのだ。「ぼくは、この不在と空無の地点を乗りこえたいと思っています。こんなふうにただ足ぶみしているだけでは、ぼくは、何も出来ず誰よりも劣った、弱い人間になってしまうのです。ぼくには生がない、生というやつがないのですよ！　ぼくの内部の泡立ちは死に絶えてしまった……ぼくは、思考に至りつくことがないのです。この空洞、この烈しいしつこい虚無がおわかりいただけるでしょうか？　……ぼくには進むことも退くことも出来ません。ぼくは、つねに同一の或る地点のまわりにつなぎとめられ、どうどうめぐりをしているのです、ぼくの本はみなこの地点を表わしているのですよ」。

彼がわれわれに示している確実で微細にわたったかずかずの正確な叙述を、何らかの心理的状態の分析として読むがごときあやまちをおかしてはならぬ。叙述は叙述だが、これは或るたたかいの叙述なのである。このたたかいは、彼にとって、部分的には止むをえないものだ。「空虚」とは、「活動する空虚」である。「ぼくは考えることが出来ない、思考に至りつくことがないのです」という言葉は、より深い思考への、不断の圧力への、忘れられることに耐えられないが、より完全な忘却を求める忘却への、呼びかけなのである。考えることは、以後、つねに後方へ運ばれる歩みとなる。彼がつねに敗北するこのたたかいは、つねにより下方でくりかえされる。不能はけっして充分に不能ではなく、不可能は不可能ではない。だが同時に、このたたかいは、アルトーが追い求めるたたかいでもあるのだ。なぜなら、このあらそいにおいては、彼はけっして、彼が「生」と呼ぶもの（この噴出、このきらめき光る生気）を断念しないからである。彼は、この「生」の喪失を見すごすことは出来ないのであり、この「生」をおのれの思考に結びつけたいとねがっている。壮大にしておそるべき執拗さをもって、この「生」とおのれの思考とを区別することを絶対的に拒否しているのだが、思考とは、この生の「腐蝕」以外の何ものでもない。この生の「解放」以外の何ものでもない。生も死もなく、それを通してより決定的な否定の要請が、すでに確立された根本的な欠如の苦痛があるような、破壊と消失の内奥性以外の何ものでもないのである。かくて、すべては再び始まる。なぜなら、アルトーは、分離としておのれ理解された思考の本質に関して、また、思考が、その無限の力に対する限界としておのれを自身に逆らって確立したこの不可能性に関して、かつてなされたもっとも直接的でもっとも荒々しい経験に身を委ねた場合でさえも、生から分離した思考というつまずきの石を、けっして受け入れることはないからである。

苦しむこと、考えること

アルトーがわれわれに語ったことを、ヘルダーリンやマラルメがわれわれに語ったこと、つまり、霊感とは何よりもまず霊感の欠如した純粋な地点であるという考えに近付けるのはいかにも心そそられることであろう。だが、あまりにも一般的な断言を誘うこのような誘惑には抵抗しなければならぬ。どんな詩人でも同じことを言うが、これは同じことなのではない。それぞれが独自なことなのであって、われわれはそのことを感じている。アルトーの役割は、彼に固有のものである。彼が語ることは、われわれには耐えられるはずもないような烈しさをそなえている。ここでは、すべての深みを、すべての幻影を、すべての希望を拒否し、しかし一方、この拒否のうちにあって、思考に、「新しい空間のエーテル」を与えているような、ひとつの苦悩が語っているのだ。われわれがこれらのページを読むとき、われわれは、けっして知るには至らないことを体得する。つまり、思考するという事実は、いっさいを顚倒させるものであるということだ。考えらるべきものとは、思考のうちにある、思考から外れてゆくものであり、思考のなかで尽きることなく使い尽されてゆくものである、ということだ。苦しむことと考えることとは、密やかなかたちで結ばれているということだ。なぜなら、苦しみとは、極度のものになると、苦しむ能力を破壊するものだからである。時間のなかにあって、つねに自分自身に先立ち、それが、苦しみとしてしっかり把握され成就される時間を破壊するのだからである。思考についても、おそらく同様のことが言えるのだ。奇怪な関係だ。極限的な思考と、極限的な苦しみとは、同じ地平を開くのであろうか？　苦しむことは、究極的には、考えることなのだろうか？

3　ルソー

ルソーが、存命中に、自分でそう信じていたほど迫害されたかどうか、私にはわからない。だが、死後においては、彼に対する迫害がやむことがなかったのは明らかであり、敵意のこもった情念をその身に招いている。そればかりか、最近においては、見たところ理性的な人々までが、彼を憎み、彼の姿をひんまげようと躍起になり、罵りの言葉を投げかけている。としてみると、かつて彼が、なんとも説明しえぬままにおのれをその犠牲者と感じていたあの敵意にみちた陰謀にも、真実な点があったと考えなければならぬ。ルソーの敵たちは、極端なまでに彼を敵視しているが、この極端さこそルソーを弁護する根拠となるものである。モーラス〔シャルル・モーラス（一八六八―一九五二）。フランスの詩人、思想家。「アクション・フランセーズ」のメンバーとして国家主義を説く〕は、ルソーを批判するにあたって、彼がルソーに対して非難しているのと同じような、事実にたいする不純なひん曲げに没頭している。彼に対してひたすら好意を抱き、自分が彼の仲間だと何の苦もなく感じうるような人々はどうかと言うと、ジャン・ゲーノ〔社会主義的平和革命を説く左翼評論家

（一八九〇―一九七八）〕の例を見ても、ルソーを公平に扱うことが彼らにとっていかに困難であるかがよくわかるのである〔ゲーノには『ジャン＝ジャック――「告白」の余白に』（一九四八）、『ジャン＝ジャック――小説と真実』（五〇）、『ジャン＝ジャック――精神の偉大と悲惨』（五二）等のルソーに関する著書がある〕。彼のなかには、神秘的にゆがんだ何かがあるようだ。そしてこれが、彼を愛さぬ人々を激怒させ、彼に辛く当ろうとは思わぬ人々を当惑させるのだが、それは彼らがその欠陥なるものの存在を信じえたからではなく、まさしく、その存在を信じえないからなのである。

この深くまたとらえがたい悪徳こそ、われわれがそのおかげで文学を生み出している悪徳であるのかどうか、私はつねに疑念を抱いてきた。ルソーは、端緒と自然と真理に属する人間だが、彼は、書くことによってはじめてそういう諸関係を成就しうる人物なのだ。書くことで、彼は、彼がそれらについて持っている確信からそれらを逸らせることしか出来ない。彼はこのような逸脱に苦しみ、爆発的に、絶望的に、この逸脱を拒むのだが、この逸脱によって、彼は、文学が、古いさまざまな慣習から脱しておのれ自身を意識することを助けるのだ。異議やさまざまな矛盾のさなかで、新たなる公正さを形作ることを助けるのだ。

もちろん、ルソーの運命のすべてが、この点から説明されるわけではない。だが、彼が抱いた、真実であろうとする欲求とそのことの困難、始源への情熱、直接的なものの幸福とそれに続く不幸、孤独へと逆転される伝達の欲求、流謫の追求と放浪の宣告、最後に、風変りな言動にたいする執念、これらのものは、文学的経験の本質の一部をなしており、この経験を通して、よりいっそう読みとりうるものとして、よりいっそう重要なものとして、よりいっそう密やかに根拠づけられたものとして、われわれのまえに出現するのだ。J・スタロバンスキーの注目すべき論文は、私には、このような観点を確認し、豊かな考察によって、それを強調しているように思われる。その考察は、ただ単にルソーのみならず、彼とともに生れ出た文学が持つさまざまな特異性について、われわれを啓発すること多大なのだ。[*1] 次のような点はすでに明らかである。つまり、大作家であって、自然で巧妙な腕前をふるって書かぬ者はほとんどないような世紀にあって、ルソーは倦怠[*2]と、或るあやまちの感情をもって書いた最初の人間であった。そして彼は、この感情からのがれようと努めることで、絶えずそれを膨れあがらせる羽目におち入るのだ。「……そしてそのときから、私は破滅した」(『告白』第二部巻八)。いかにも極端な言葉だが、この極端さはわれわれには疑わしいものではない。また同時に、かりに彼の不幸な生活が、彼には、アカデミーのコンクールに応募しようと思いついた迷いの瞬間から始まったように思われたとしても[1]新たなものとなった彼の生活のいっさいの豊かさは、彼が「別の世界を見、別の人間になった」(『告白』第二部巻八)この変質の時期にその起源を有している。ヴァンセンヌで彼を照らし出したこの啓示は、「まったく天上的な火」であって、彼は自分がこの火によって燃えあがるのを覚えるのだが、これは、文学という天職の神聖な性格を思い起させる。書くという行為は、一方では、苦しみである。それは、文学といういつわりのなかに、文学上の慣習の空しさのなかに入りこむことだからだ。だが、他方、それは、魂を奪うような或る変化を行う力をうることだ。「真理と自由と美徳との」新しい熱狂的な関係のなかに入りこむことなのである。このようなことは、きわめて価値のあることだろうか？　おそらくはそうだろう。だがこれは、おのれを失うことでもある。なぜなら、かつての自分とは別人になることによって——別の世界の別の人間になることによって——以後、彼は、おのれの真の本性に対して（彼が好むあの怠惰や、無頓着や、落ちつきのない何でも屋的性向に対して）忠実を欠くこととなるからだ。そして或る探究に引きずってゆかれなければならないからだ。ところが、この探究は、彼自身以外になんの目的も持たないのである。ルソーは書くという行為によって惹きおこされる離反状態を、おどろくほどはっきり意識している。この離反は、たとえそれが善を目ざしての離反であるとしても、悪しき離反であり、かかる離反に従う人間にとっては、きわめて不幸な離反である。彼以前にも、あらゆる予言者たちが、彼らにかかる離反を課した神に向かって、例外なく嘆き訴えていることからも明らかであろう。

今日われわれは皆「文芸に逆らって語る文芸家」として、書くことに逆らって書くことに熱中し、文学から脱出することをねがって文学に没頭し、もはや何ひとつ伝達する可能性がないがゆえにもはや書くことを止めないような種類の作家に、多かれ少かれなってしまっているのだが、J・スタロバンスキーは、ルソーが、この種の作家の端緒となっていることを見事に指摘している。

彷徨する情熱

ここでおどろくべき点は、その当初においてはきわめて明確で断乎たるものであったこの決意が、彼がその脅威にさらされることで自分自身とのいっさいの安定した関係を徐々に失ってゆくような或る奇怪な力と結ばれたものとして示されている点である。彼の情熱は、まさしく彷徨する情熱であるが、この情熱のなかで、彼はいくつかの独自の段階を通過する。若い頃の彼は無邪気な歩行者であったが、その後、城館から城館へとめぐり歩く名士となる。彼はその成功のなかに落ちついていることは出来ない。成功は、彼を追い立て、彼につきまとう。名声によるこのような放浪生活は――サロンからサロンへめぐり歩いたヴァレリーの場合と同じだ――、彼を導いてものを書くに至らしめたあの啓示とまったく相反するものだから、彼は、人眼をそばだたしめるような見せつけがましい逃亡によって、この放浪生活からのがれようとする。社交界からの社交的な逃亡、森での生活への公けの隠退。この「個性改革」の試みのなかに、どこまで本気か信用しかねるようなさまざまな動機を見つけ出すのは容易なことだ。――それに、結局のところ、このような見かけのうえでの断絶や孤独は、いったい何のためだろう？　もっと書くためである。新たなさまざまな作品を書き、世間とのあいだに新たなるつながりを確立するためである。「私が企てていた作品は、絶対的なかたちで隠棲しなければ書けないものだった」。

社会的な嘘を告発するために、文学的な嘘を利用するのは、たしかに、懐疑派やキニク学派伝来のきわめて古い特権である。だがルソーは、これらの古人から、彼の知っているひとつの伝統をかりうけてはいるが、それと同時に、文学が、彼によって、彼を孤独な挑戦に捧げていることによって、或る新たなる冒険に加わり、さまざまな奇怪な力を開示しようとしていることをも、予感しているのだ。彼は、方法的な、ほとんど教育的とさえ言うべき決定を通して、隠棲を決意するのだが、この隠棲において、すでに彼は文学の現存というこの限りない不在の力の、この断絶を通しての連絡の拘束を受けているのだ。透明なる存在たらんと願っている彼は、身をかくし、人知れぬ存在とならざるをえない。他人たちの異様さに抗議するために他人に対して無縁異質の存在となるのみならず、やがて自分自身に対しても無縁異質とならざるをえない。「私が心に決めた、ものを書き、身をかくそうという決意……」。続いてこの決意が、不吉なかたちで彼にのしかかる或る離脱と化し、彼が、いささか専断的に離れ去った世界が、不在と離隔とによって偽造された世界として彼のもとに立戻って来るとしても、そしてまた彼が、おのれの沈黙せる特異性を人に聞かせるために語ることを楽しんだのち、あの「深い、普遍的な沈黙」にぶつかるとしても、彼から彼が体現していた神秘を奪い去る「おそろしい、恐怖すべき沈黙」にぶつかるとしても、このおそらくは常軌を逸した挿話のなかに、彼が追求せねばならなかったあの運動の極限的な真理性を見てとることは何のさしつかえもない。彼が、誰よりもさきに、それを文学の経験とわかちがたいものと化したあの彷徨する必然性の意味を見てとることに何のさしつかえもない。[2]

　書くことの無責任な軽々しさによって引きおこされる無暴さの連続と、つねにより一層重大なものとなる責任性とを、彼以上に身をもって示している人間がいただろうか？　これ以上たやすくはじまったものはない。世間に教えを垂れるために書き、それと同時に、世間から快適な名声を受けとる。次いで、勝負に出て、いくらか世間を断念する。書かねばならず、身をかくしおのれを遠ざけなければ書くことが出来ないからだ。結局のところ、「もはや、何ひとつ可能なものはない」。裸になろうとする意志は、意志によることのない所有権剝奪と化する。誇り高い隠棲は、無限の移住放浪の不幸と化する。孤独なる散歩は、とどまることなく行ったり来たりせねばならぬという理解しえぬ必然と化する。「闇のなかに、さらに一層迷いこませるにせの路しか認められないような、この涯《はて》しない迷路」のなかでは、あのように自由の誘惑にかられたこの人物の最後の期待は、いったい何なのだろうか？「私に選べたようなあらゆるかくれがから次々と私を追い立てて、この地上を絶えずさまよわせるくらいなら、私をいつも捕えておいて思いのままに扱って欲しいものだとさえあえて私はねがい、提案した」。意味深い告白である。最大の自由に心奪われ、造作ない実現作用によって、想像のうえでいっさいを思いのままに扱うこの人物が、たとえ永遠の牢獄に押しこめるためでもいいから自分をとどめ、局限して欲しいと願っているのだ。このような牢獄の方が、おのれの自由の極端さよりは耐えうるものと思われるのである。あるいはまた、彼は、おのれの孤独の空間のなかで、あっちを向きこっちを向きしなければならないだろう。この孤独は、もはや、孤独の言葉の無際限にくりかえされることだまでしかありえない。「異国で、友もなく、助言もなく、経験もなく、自分ひとりに委ねられて……」「ただひとり、よそものとして、孤立し、支えもなく、家族もなく……」「ただひとり、支えもなく、友もなく、守ってくれる者もなく……」「よそものとして、親戚もなく、支えもなく、ただひとり……[*3]」。

「新しい言語を作り出すこと」

それが持つ新しさという性格のために誇らしい昂揚感を味わったほどの或る発意を通して、おのれ自身について嘘いつわりなく[*4]語ろうと企てたとき、はじめてルソーは、伝統的な文学の持つ不充分性と、おのれの計画と同じくらい新しい、別の文学を作り出したいという欲求とを、発見するに至るであろう。いったいこの計画には、どのような特異な点があるのか？　彼が、おのれの生活についての物語や描写《ポルトレ》をのぞんでいないという点である。

彼は、史実を語るものであるがとにかく一種の語り《ナラション》という手段を通して、おのれ自身と直接触れあい、おのれがそれに関する比類ない感情を抱いているこの直接的なものを開示しようと望んでいる。おのれをあますところなく白日のもとにさらし、その白日のうちに、おのれの内的な根源である白日の透明性のうちに歩み入ろうと望んでいる。聖アウグスチヌスもモンテーニュも、他の人々も、これに類したことを何ひとつ試みはしなかった。聖アウグスチヌスは、神や教会に嘉《よみ》されんがために告白している。彼は、媒介者としてあの真理を有している。だから、彼は、直接おのれ自身を語ることを望むなどというあやまちを犯すことはないであろう。モンテーニュは、外部の真理を信じていないと同様、おのれの真実なる内面などというものも信じてはいない。直接的なものは、おそらくどこにも存在しない。不確かさというもの、これが、われわれをわれわれ自身に開示しうる唯一のものだ。だが、ルソーは、直接的なものの幸福、いっさいの発端をなす光の持つ幸福をただの一度も疑わなかった。この光は、彼の彼自身への現前であり、彼は、おのれ自身を、さらにはまた、おのれのなかの透明性を立証するために、この光をあらわにすること以外、なんの仕事も持ってはいないのである。おのれが企てていることがかつて例を見ないものであり、おそらくなんの希望も抱きえぬものであるという考えは、ここから生ずる。おのれ自身についてどのようにして語るのか、おのれ自身についてどのようにして嘘いつわりなく語るのか、おのれ自身について語りながら、どのようにして直接的なものだけに限るのか、どのようにして、文学を根源的な経験の場と化するのか？　失敗は避けえぬことだが、この失敗におけるさまざまな迂路は、示唆的である。なぜなら、これらの矛盾こそ、文学的な努力の現実なのである。

ルソーは、必然的な成行として、その『告白』において、すべてを語ろうと思うだろう。すべてとは、何よりもまず、彼の経歴のすべてであり、その生活のすべてである。すべてを語ったために彼は非難されるのだが、ただそれだけが、彼が許される可能性でもある。すべてとは、卑しいこと、低級なこと、よこしまなことであり、それはまた、無意味なこと、あいまいなこと、無価値なことでもある。辛うじて始めただけなのに、そうして始めるだけですでにスキャンダルを引きおこすような、気ちがいじみた仕事なのだ。そして彼は、この仕事のためには、一般に認められているような話し方の持ついっさいの規則と縁を切らねばなるまいと痛感している。そして同時に、彼は、すべてを語るということが、不可能なる全体的な物語というかたちでおのれの経験と性格のすべてを汲みつくすことでもなければ、すべてが前もって与えられすべてが可能であるように、原初的な素朴さをそなえた瞬間を、おのれの存在や言語のなかに求めることでもないことを、意識している。彼が、おのれ自身について書くことを止めず、絶えず中断しながらも、或る時期になると、飽くことなくまたその自伝を書きはじめるのは、彼が、絶えず、情熱的に、あの始まりを追い求めているからである。何の表現もしないうちは、この始まりのおだやかで幸福な確かさを感じているのに、いったん表現すると、それはつねに欠け落ちてしまうのだ。「私は何者であろうか?」『告白』は、こんなふうにして始まるのだが、そこで彼は、おのれを「ことごとく、公衆に」示すばかりではなく、「絶えず彼らのまなざしのもとに」いたいと望んでいる。このことは、彼に、「ほんのわずかな空隙」も、「ほんのわずかな空虚」も不可能にするために、けっして書きやめぬことを強いるだろう。次いで、『対話』(一七七六年)が書き始められる。そこでは、「すべてを語った」人物が、「もし私が何かを言わずにおけば、人々はいかなる点についても私を知りえないだろう」という否応ない事情のために、かつて何ひとつ語ったことがないかのごとく再びすべてを語りはじめる。その次にやって来るのが『夢想』(『孤独な散歩者の夢想』)(一七七六—七八)である。「この私自身とは、いったい何だろうか? これこそ、私がなおも追求しなければならぬ問題だ」。もし、書くということが、止むことなきものに対する奇怪な情熱であるとすれば、言葉によって責めさいなまれ書くことに倦みながらも、もう黙ってしまえと挑戦されて、なおも「いそいで、紙の上に、中断していた数言」を投げつけるこの人物ほど、われわれにこのことをあらわに示す者があるだろうか? 彼には、辛うじてこの数言を「読み通す時間があるだけで、書き直す時間はさらに乏しい」のである。

この場合問題なのは、たとえ心情が辿る歴史であろうともとにかく歴史のなかで展開され発展するような全体ではない。直接的なものが持つ全体であり、この全体の持つ真理性なのだ。ここでルソーは、或る発見をするが、この発見は、危険なかたちで彼を助ける。根源の真理は、諸事実の真理とは混りあわない。この根源の真理は、それがとらえられ語られるべき次元においては、未だ真実ではないものであり、少くとも、確固たる外的現実と適合することで保証をうることのないものだ。かくてわれわれは、その種の真実を語ったという確信を持つことはけっしてないであろう。それどころか逆に、つねに新たにそれを語らねばならぬと確信しているのだが、だからと言って、われわれが、その種の真実を表現してそれを変質させでっちあげるようなことが起っても、けっしてそれを虚偽だと信じてもいないのである。なぜなら、この真実は、正確さという外見を持った場合よりも、非現実的なもののなかで一層現実的なのである。正確さという外見においては、それは凝固して、その本来の明白さを失うのだ。ルソーは、相似性を持たぬ芸術の正当性を発見し、その彷徨そのもののうちにある文学の真理を確認する。再現することではなく、創造的不在の力によって現存させることにほかならぬ文学の力を確認する。「私は、人は自分で自分を描いたときに、たとえその肖像が少しも似ていなくても、一番よく描き出されると信じている」。スタロバンスキーが指摘しているように、われわれはもはや真理の領域にはおらず、これ以後は、真正性の領域にいるのだ。次は、彼の注目すべき註釈である。「真正《オータンティック》なる言葉は、もはや、あらかじめ存在している所与の模倣を強いられることのないことばである。それは、おのれ自身の法則に忠実である限り、自由に歪形し発明することが出来る。ところで、この内的な法則は、いかなる制御からも、いかなる討議からもまぬかれている。真正性という法則は、何ひとつ禁じないが、けっして満たされることもない。この法則は、言葉がそれ以前にある現実を再創造することを求めるのではなく、自由な途絶えることのない発展のなかで、言葉自身の真理を創造することを求めるのである」。

だが、どのような文学に、このような言葉を保護して、その創造的な自発性を保存することが出来るだろう? もはや、一定した一様な規則立った形式で、通常人々が本を書く規準となる古典的な理想に従って、注意深く、たくみに書くなどということは問題とならぬ。「ここで問題なのは、私自身の肖像であって書物ではない。言ってみれば、私は、暗い部屋のなかで仕事をしたいと思う……。私は、事物に対すると同様、文体に対しても、はっきりした態度を決める。私は、けっして、文体を一様なものにすべく努めはしないであろう。いつでも、生ずるがままの文体を使い、気分次第で、平然と文体を変えるであろう。あらゆる事物を、感じるがままに、見えるがままに、巧まずに、無遠慮に、その雑然たるさまに当惑も覚えずに、語るであろう。……不均一で自然な私の文体は、あるときは早口であるときは冗長であり、あるときは聡明であるときは狂おしく、あるときは重々しくあるときは快活だが、この文体そのものが、私の物語の一部をなすであろう」。この最後の指摘はきわめて興味深い。ルソーは、文学が語り方《かた》であることを、方《かた》を通して語るものであることを、完全に見ぬいている。また同様に、形式というものには、語の持つ人をあざむく意味作用がつつみかくしているいっさいのものが、語に逆らって伝達されるような、或る意味と真理と内容のごときものとがあることを、彼は見てとっているのだ。

ぞんざいに、巧まずに、無遠慮に書くというのは、それほどたやすいことではない。ルソーは、そのことを、身をもってわれわれに示している。ぞんざいさや、無遠慮や、お喋りは、レチフ〔レチフ・ド・ラ・ブルトンヌ。フランスの風俗小説家（一七三四―一八〇六）〕とともに、ついに文学のなかにその地歩を占めるに至るのだが、そのためには、歴史の持つ重加の法則に従って悲劇的なジャン＝ジャックのあとから喜劇的なジャン＝ジャックが生れてくるのを待たなければならないだろう。そしてその結果は、たいして説得力のあるものではないであろう。ルソーは、おのれの生活という、素材を公開し、それらの要素から一つの作品を作りあげるという配慮は読者に委ねるのだが（これは本質的に近代的な計画だ）[*5]、このような企てにおいて彼を当惑させたのは、次の点である。つまり、彼は、おのれの生活が不可解な訴訟と化するのを感じ、承認しがたい罪の宣告におびやかされているのだが、この裁判において、彼は、心ならずも、抗弁し、古典文学の朗々とした特質に助けを求めなければならないのだ（説得すべき裁判官を前にしているときは、その裁判官の使う言語、つまり美辞麗句を用いなければならないのだ）。ただ、ルソーは、雄弁に対する非常な才能をそなえているから、彼の場合は、事情を逆転させて、次のように言わねばなるまい。つまり――もちろんこれは或る程度の話だが――、彼に対する告訴だとか、彼に加えられる宣告だとか、彼がその前でおのれを物語って絶えずおのれを正当化せねばならぬ法廷とかいう観念は、彼がそこで卓越した力を示している文学形式を通して、またそこで彼の思想が、告訴のごとく彼に加えられるその諸要請を強迫観念となるほど受け入れている文学形式を通して、彼に課されているのだ。この意味で、これは、今なお古典的でキケロ的で、正当化を目ざし、正しくあることを顧慮し誇りとしている文学的言語と、——根源的で、直接的で、正当化されることはなく、いかなる正しさにも属さず、かくて根本的に無垢な言語とのあいだの分裂であり、不一致である。そして、この無垢な言語が、作家に、時としておのれをルソーと感じさせ、時としてジャン＝ジャックと感じさせ、次いで、彼が感嘆すべき情熱をもって体現している二重性のうちにあって、同時にこの両者であると感じさせるのだ。

極限的なものの幻惑

最近ルソーの思想に捧げられた書物のなかでもっとも信頼しうるもののひとつはP・ビュルジュランの著書である。[*6] ただ単に、体系的という見かけを持つにすぎないような探究の全体に、何らかの一貫性を与えようとして、あらゆる註釈家が経験した困難は、——或る人々はそれを楽しんでいたし、或る人々はなんとかそれに手を加えようとしたが——この書物において見られるように、さまざまなかたちで説明される。私は、それらの説明のなかのひとつは、ルソーの思想がまだ思想ではないという説明だと思う。つまり、彼の思想の深さや、汲み尽しがたい豊かさや、ディドロがそれらのうちに見出している詭弁的な調子は、それらの思想が、文学の段階で主張されていながら、文学的現実と結びついたあのより根源的な瞬間を、あの先在的要請を示しているということから発する。この要請が、彼の思想に、概念というかたちで展開することを禁じ、それらに、観念としての明晰さを拒むのである。そして、思想が、幸福なる綜合というかたちで組織されることを求めるたびに、それらをおしとどめて、極限的なものの幻惑に委ねるのだ。われわれは、いつでも、ルソーの諸観念の弁証法的な解釈が可能だと感じている。『社会契約論』においても、『エミール』においてもそうだ。『ジュリー』〔ルソーの書簡体小説。『ジュリー、または新エロイーズ、アルプス山ろくの小さな町に住む二人の愛人の手紙』(一七六一)〕においてさえそうだ。だが、また、われわれは、いつも、直接的なものの啓示と、反省的生活の変性とは、それらが何の解決もない軋轢のなかで互いに局限しあうあの対立を通してのみ意味を持つことを予感している。人々は、病気こそ、ジャン＝ジャックの思想を、不動の反対命題のなかに凝固させるものだと言うかも知れぬ。私は、この病気もまた文学であると言おう。彼は、確固たる明察と強い勇気をもって、この文学を、考えようと思うと不条理なものとなり受け入れてみても保ち続けえぬいっさいの矛盾した意図から区別したのである。言語を、直接的なものすまいでありながら媒介の場でもあるようなものにすること、根源の把握でありながら疎外と異様性への運動でもあるようなものにすること、つねに始まるだけのものの確かさでありながらつねにくりかえされるだけのものの不確かさでもあるものにすること、未だ真実ではないものの絶対的な真理とすること、いったいこれ以上不条理なことがあるだろうか？　人は、この不条理を理解し、整理しようと試みることは出来る。すぐれた作品のなかで、それを成就することも出来る。奇怪な苦悩のなかで、それを生きることも出来る。だが、たいていの場合、この三つの役割ははっきり区別されている。ルソーは、誰よりもさきにこの三つの役割を理解したが、彼はこれらを一つに結びあわそうとした他に類を見ぬ人物のひとりであり、無謀にも、それらのいずれでもあろうとしたために、以後思想家からも作家からも、疑いの眼で見られることとなったのである。

4　ジューベールと空間

i　書物なき著者、著作なき作家

われわれは、ジューベール[1]の名前を聞くと、われわれに身近な作家のように、彼と同時代の文学上の偉大な名前よりももっと身近な作家のように考えるが、こんなふうに考えるのは、彼が、際立った資質をそなえながらも無名のうちに生き、無名のうちに死に、死後もそうであったというためばかりではない。スタンダールが希望したように死後一、二世紀のちに輝くためには、生前において、弱々しい光を受けた名前であるだけでは充分ではない。そればかりか、何らかの偉大な作品の場合、後世の人間が、或る日感謝の想いにみちてそれを白日の光のもとに戻すようになるためには、それが偉大で、独特なおのれを主張しているというだけでは充分ではないのである。人類は、いつの日か、すべてを、諸存在や諸真理や諸世界を認識するようになるかも知れぬ。だが、その場合にもやはり、何らかの芸術作品があって、——おそらくは芸術全体があって——、それは、この普遍的な認識からはぬけ落ちるであろう。これが、芸術的活動の特権である。この活動が生み出すものについては、多くの場合、神さえもそれを知らないにちがいない。

だがそれにしても、多くの作品が、あまりに感嘆されたために、まだその時期でもないのにすでに尽きはててしまうのは、やはり本当である。作家や芸術家は、年老いてくると、あの栄光という大いなる焔を楽しむようになり、この焔は、彼らの死に際して最後にぱっと燃えあがるものだが、この栄光の焔が、彼らのなかの或る実質を焼き尽し、以後彼らの作品には、この実質が欠けるようになる。若きヴァレリーは、世に喧伝されるすべての書物のなかに、その書物を世に知らしめたあやまちを追及した。[2] いかにも貴族的な判断だ。だが、多くの場合、人々は、それ自身に委ねられた作品には、結局のところ死が沈黙と静けさをもたらすだろうという印象を抱いている。もっとも超然とした無頓着な作家であっても、生きているあいだは、おのれの書物のために戦う。彼が生きているということだけで充分なのだ。彼は、おのれに残っているその生によって、それらの書物の背後に立ち、その生を、書物に贈る。だが、彼の死は、たとえそれと気付かれぬものであっても、ふたたび秘密を確立し、ふたたび思想を閉じるのだ。こうして閉じられた思想は、このように孤独化されることによって、展開されるのだろうか、それとも局限されるのだろうか？　解体されるのだろうか、それとも遂行されるのだろうか？　見出されるのだろうか、それとも欠如するのだろうか？ それに、いったい思想というものは、いつかは孤独なものになるのだろうか？ かつて、きわめて控え目な資質をそなえていて、忘却されるにふさわしいと思われる人々でも、この忘却という報いを、必ずしも受けるとは限らないのだ。

ジューベールは、そういう資質をそなえていた。彼は、かつて一冊の書物も書かなかった。彼は、書物を一冊書く準備をし、それが可能となるようなぎりぎりの諸条件を、断乎たる決意をもって求めただけだ。次いで彼は、この計画さえ忘れてしまう。もっとはっきり言えばこうだ。つまり、彼が求めているもの、書くことが発するあの源泉、そこにおいて書くべきあの空間、空間のなかに局限すべきあの光、こういうものが、彼に、彼を通常の意味でのいっさいの文学的な労作に不適切にしそれらから外《そ》らせるような性向を要求し、彼のなかにその性向を確立したのだ。かくて彼は、球面より中心を好み、結果を犠牲にしてそのような結果を生み出す条件の発見に没頭する、きわめて近代的な作家の最初のひとりとなった。彼は、次から次と書物を生み出すために書くのではなく、彼にはそこからいっさいの書物が生れてくると思われる地点、いったん見つけてしまえば書物を書く必要もなくなるような地点を支配するために書くのである。

だが、はっきりとした、わき目もふらぬ意志をもって彼がこの思想を実行したなどと考えるのは、やはりまちがっているだろう。彼はこの思想を、少しずつ見出していったにすぎないのであり、しばしば見失い、またあいまいなものに変えてしまうのだ。もっとあとになると、それを叡智に変形することでやっと支えうるにすぎないのだ。ニーチェがわが国の文学を愛したのは、マクシム〔箴言集〕の作者たちのためだが、ジューベールをそういうマクシム作者のひとりと混同するのは、その意味できわめて容易なことである。彼の出版者のほとんどすべては、時として今日の出版者さえも、彼の『手帖』のなかのさまざまな考察を、格言風の配列にしたがい、このうえなく空虚であいまいな哲学から借りうけた一般的な題目のもとに、われわれに示している。家族と社会、叡智と美徳、真理と過誤、生と死、文学上の意見、といったたぐいだが、かくして彼らは、世の誤解を助長し、彼の探究のなかの本質的に新しいものを、そればかりか、予見的なものさえも、無視してしまったのだ。今なお思考せぬ思考の進行を、おのれ自身へさかのぼろうと試みている詩の言語の進行を。

ジューベールは、シャンフォール〔フランスのモラリスト、劇作家。『箴言集』（一七九五）（一七四一—九四）〕でもなく、ヴォーヴナルグ〔フランスのモラリスト。『人間精神認識序論』（一七四六）『省察と箴言』などの作がある（一七一五—四七）〕でもなく、ラ・ロシュフーコーでもない。彼は、簡潔な思想を盛った気のきいた言葉を書きはしない。何ひとつ哲学を鋳造したこともない。尊大で懐疑的で苦い心を抱いたモラリストたちは、自分たちの絶対的《カテゴリック》な疑惑を表現するために、あのけわしい断言力を用いるが、彼は、凝縮された言いまわしを用いながらも、このような力を僭称することはない。彼が書いたものは、彼がほとんど毎日書きつけたものだ。彼はそれに日付を書きこみ、自分用としてはこの日付以外に何の目じるしもつけないし、こういう文章を彼にもたらした日々の動き以外にどんな視点も与えはしないのだ。彼が書いたものは、そんなふうに読まなければならぬ。アンドレ・ボーニエによる本が出たとき〔『手帖』二巻。一九三八年ガリマール版〕、われわれがまったく異ったジューベールを啓示されたのは、ボーニエがそのときはじめて、彼の省察を全体として出版してくれたためばかりではない（それ以前の出版者においては、多少の変改はあったが、けっしてそれらは重大なものではなく、ただ単に、それらをゆがめるような順序に配列されていただけだ）。それは、彼が、ジューベールの省察に、日記的性格を返し与えたためなのである。思考は、かくてふたたび日常的なものになり、なお日々の生活に触れていながら、そこから解き放たれ、そこから、別の日を、ここかしこに透明に輝き出る別の輝きを解き放つのである。このようなパースペクチヴはいっさいを変える。ジューベールの「パンセ」を集めた数多くの書物は、気取った、細心な、だが冷やかな叡智を、はっきりと示しているように見えるが、或る生全体の流れのなかで書かれたがままの姿で編集され、生の偶然や圧力とまざりあった形でわれわれの手に戻された『手帖』は、同じようにはっきりと、読むという行為に、情熱的に委ねられており、その大胆な動きを通して、われわれを、束の間空が裂けて切目がのぞくような稀な瞬間にしか見出されることのない或る目標へ引きずってゆくのだ。

『手帖』に与えられた「ジューベールの内面の日記」という副題は、われわれを迷わせはするけれども、誤まらせるものではない。われわれに語られているのは、まさしく、もっとも深い内面であり、この内面への探究であり、そこに到りつくための道であり、ついにはそれが一つにとけあうはずの語の空間なのだ。「すべては内奥から発する、ほんのちょっとした言いまわしでもすべてそうだ。これはおそらく不都合なことだが、ひとつの必然性なのだ、私はこの必然性に従う」。ジューベールはこの必然性に苦しんだ。彼は、「自分が考えているもののなかにのめり込んだりあまりにも深く入り込んだりする精神」ではなければよいと思ったであろう。彼に言わせれば、そういう傾向は、彼の世紀独特の欠点なのである。だがこれは、特別の欠点であって、彼はただ時おり、この欠点からおのれの言語を守ろうとするにすぎない。次いで或る日、彼は、次のような言葉を悲しげに書きつけねばならぬ。「私にはもはや表面がない」。これは、ものを書こうと思う人間にとってはそれも特に、芸術というかたちでしか、イマージュとの触れあいを通してしか、イマージュによって触れあわさせられる空間を通してしか書けぬ人間にとっては、辛い確認である。ところで、このただ一面の深みのなかから、すべてが、けわしく、きびしく、不規則な、この奥深い状態のうちに没しながら、いったいどのようにして語るのか? 内的な事物とは、奥深くにある事物である。「内的な事物を描くとき、人は、奥深くにある事物を描くのだ。ところで、この奥深い場所は、たとえそれをどのように照らし出すことが出来るにしても、何らかの表面が持つ一様な生き生きした光沢を示すことはけっして出来ないのだ」。ところが、ジューベールは、表面の持つこの光沢を愛し、彼が降りて行っておのれを築きあげるあの大いなる深みを、元来の表面のうえに無際限に付け加えられたもうひとつの表面と見なそうとすることを、やめようとしないのである。

この「日記」には、われわれが内面生活とか公的生活とか呼ぶものについてのこまごまとした記述はほとんど見られない。だが、ところどころに、控え目な示唆が見られ、それらはつねに、或る喚起力をそなえている。一八〇一年には、こんな記述がある。「ボナパルトと名付けられているあの若者」。母の死に際してはこんなふうに書く。「夜の十時、かわいそうなお母様！　かわいそうなお母様！」。一月にはこうだ。「雪がとけた青草のうえに、ここかしこ点々と散らばった雪」。五月には、イエール〔南仏ヴァール県の町〕で、こう書く。「夏のあいだの涼しさ」。十月にはこう書く。「煙突掃除人の叫び声、蟬の歌」。時として、まだ四囲の状況とまじりあったままの、思想のあらがきのようなものが見られる。「遠くから気付かれるというよろこび」。「時が流れ去るのを眺めるという仕事」。あるいは、その人知れぬ起源のなかにまだ浸っているようなさまざまなイマージュ。「墓のなかの黒い髪の毛」。「動きやまぬ水の道……大気と光の流れ……明るく輝く水面……私の魂は、いつか、地上のこの地点から飛び立ってゆくだろう」。彼は、自分自身についても語るが、自分がしたこと自分に起ったことについて語るのではなく、自分の奥底にあるもの、自分の精神のさまざまな要求について語るのである。さらに、その精神の背後にある、彼がおのれの魂と名付けているものについて語るのである。これは内面だが、辛うじて彼の内面であるにすぎず、つねに、彼からへだたったかたちで、このへだたりそのものからもへだたったかたちでとどまっており、多くの場合自分自身を三人称で考察することを彼に強制するのだ。彼が、「私は辛抱強い精神を持っていない」と書いたとき、すぐにまた「彼は……持っていない」と書くことを強制するのだ。彼はおのれの健康には細心な注意をはらっており、そっけないが明確な数多くの記述を残してはいるけれども、彼がおのれの限界に触れているような悲嘆の言葉は、さらに数少ないのである。彼は、精神が局限されることをさまたげるために、おのれの精神をそのさまざまな境界のまえにつねにとどめおくことが必要だと判断している。次のような短い言葉はわれわれの注意をひく。「私はもはや巨大な思想を持っていない」。「……書く能力がなく」。「(精魂尽きはてているので)」。括弧にくくられた言葉は死の直前のものである。

なぜ彼は書かないか?

なぜジューベールは書物を書かないのか? ごく早い時期から、彼の注意も関心も、書かれたものや、書くという行為にのみ注がれている。若い頃彼はディドロと近しかったし〔一七七八年ディドロと知り、その後八四年まで親しく交わる〕、レチフ・ド・ラ・ブルトンヌとも、その少しあとに近しくなったが、この二人はいずれも多作の文学者であった。中年に達したとき、彼の友人は、ほとんど高名な作家ばかりであって、彼はそれらの作家たちとともに、文学に没入した生活を送るのだ。そればかりか、これらの作家たちは、思想的にも形式的にも申し分のない彼の才能を認めていて、それとないやりかたで、彼を沈黙から引き出そうとしているのだ。最後に、彼はけっして、表現に関する難題障害のためにどうにも出来なくなってしまった人間ではない。彼の手紙は、数も多いし、こまごまとした長文のものであって、この世紀に本来そなわっていたとも言うべき、書くことに対するあの天賦の才をもって書かれている。そして彼は、この天賦の才に、機智に溢れたニュアンスと言いまわしの持つ魅力とを付け加えている。そしてこれらが人に示すのは、いつでも、語ることを幸福に思い、言葉のなかで幸福を覚えている人物だ。ところが、この人物は、このうえない能力をそなえており、ほとんど毎日、そばに手帖を置いてそこに何か書きこんでいるくせに、何ひとつ出版せず、出版すべき何ものもあとに残しはしないのである（少くとも、彼の時代の習慣から言えばそうである。シャトーブリアンは、ジューベールの死後その随想のいくらかを出版したが〔一八三八年〕、これでさえ、友人たちだけのための私家版である。今日ならば、たぶん彼は、ジッドに対するヴァレリーと同様〔ヴァレリーは、ジッドのすすめによって、若い頃の詩の出版に同意した〕、外部からのうながしに抵抗出来なかっただろう。フォンターヌ〔フランスの詩人（一七五七―一八二一）〕は、一八〇三年に彼にこんな手紙を書いている。「私はおすすめしたいのだが、毎晩、あなたが過した一日についてのさまざまな考察をとりまとめて、書いてみてはどうですか。しばらくしてから、あなたの思想についてのそれらのとりとめのない考えのなかから選んでみるんですよ。そうすれば、ほとんど自分では気も付かぬうちに、きわめて美しい著作を作りあげてしまっていることにびっくりされますよ」。このきわめて美しい著作を作るのを拒否したということが、ジューベールの功績なのである）。

日記によって、いつわりの豊かさとか、見かけだけの言葉とかいうよろこびを与えられ、そういうよろこびのなかでおのれを制御することもなくすっかり満足しているために、生産力を失ってしまうような作家がいるが、ジューベールもそういう作家のひとりだと答える人があるかも知れぬ。だが、これほど彼と無縁なものはないのである。彼の日記は、なおもその日その日という基盤のうえに書かれてはいるが、その反映ではなく、それらとは別のものの方へさしのべられているのだ。それに、彼が『手帖』に書く習慣を持つようになったのは、後年の話であり、それらの手帖に、さまざまに移り変る多種多様の考察を通じておのれの関心の一貫性を確認するという重要性と方向とを与えるに至ったのは、もっとあとになってからのことだ。彼は、四十歳になるまでは、自分は今、他の多くの著作と同じような立派な著作の準備をしていると感じていたようである。それらは、博愛だとか、[3]ピガル〔フランスの彫像作者（一七一四―八五）〕だとか、クック〔イギリスの航海者ジェームズ・クック（一七二八―七九）であろうか」だとかに関するものであり、そればかりか小説の企てもあって、それらの断片は今われわれの手に残っている。つまり、それまでは、『手帖』は、まったく、あるいはほとんど書かれなかったのだ。『手帖』は、彼が書くことについて考えはじめたとき、はじめて彼にとって欠くべからざるものとなった。そしてそのとき、彼は、この考えのうちに、おのれの天職を、おのれが従わねばならぬ牽引力を、彼がそのなかでおのれを実現すべき運動を、認めるのだ。そして彼は、時として憂鬱を覚え、これまで「おのれの繭を繰《く》ら」なかったことを残念がりながらも、一方ではまた、おのれの選択についてもその選択にそむかなかった点についても確信を持って、なんの後悔も覚えずに、その自己実現を果すこととなるのである。

「実際のところ、私の芸術とは何であろうか？　それはどういう目的を想定しているのか？　何を作り出すのか？　何を生じさせ、何を存在させるのか？　私は何を欲しているのか、芸術をやることで何をのぞんでいるのか？　ものを書き、人に読まれるのを確かめることか？　これが、あのように多くの人々のただひとつの野心なのか！　これが、私ののぞんでいたことなのか？……これは、細心の注意をはらって、ながいあいだ私にわかるときまで、よく調べなければならぬことである」。この文章は一七九九年十月二十二日に書かれており、当時ジューベールは四十五歳であった。一年のちの十月二十七日には、こんな文章がある。「いつ？　とおっしゃるのか。それではお答えしよう。……私が、私の球体をとりかこんでしまったときだ」。この問いは、彼の生活全体を通じて続けられ、日ましに強くなってゆく。月を重ね年を重ねるに従ってますます強くなってゆく。だが彼を、自省に身心をすりへらすもうひとりのアミエル〔アンリ＝フレデリック・アミエル（一八二一―八一）。スイスの哲学者・文学者〕だと見なしたりすれば、あやまりを犯すことになるだろう。彼は、自分が応じなければならぬ運動が、それについていくら推論しても尽きることもなければ危険でもあるような運動であることを、それについて何か真実の事柄を口にすることさえ適当でないような運動であることを、おどろくほどよく承知しているのだ――このことを知った最初の人間のひとりなのだ――それと言うのも、この運動が、言わば、厳密なる真理の外で動いていて、きびしい確固たる理性ならば考慮に入れるべきではない、あの幻覚的な部分を、想像的なものが作る周辺的部分を、問題としているからである。ジューベールは、きわめて抽象的な省察ばかり書いているように見えるが、一方では、おのれが、書物なき著者、著作なき作家として、すでにまったく芸術に従属していることに、何の疑いも抱いてはいない。「今、私は、市民的な事物からはみ出して、芸術の純粋な領域にいる」。彼も時折疑惑に見舞われるときがあるが、ここでおどろくべき点は、彼の歩みの確かさである。友人たちの「いつ？」という問いに対して眼に見えるいかなる作品によっても答えないとしても、自分はより本質的な何か、著作よりもより本質的なかたちで芸術とかかわっている何かによって占められているのだ、という確信である。[*1]

いったい彼は何によって占められているのか？　おそらく彼は、彼がそれを知っていると人に言われたりするのを好まないであろう。むしろ彼は、自分が、自分の知らぬものを探究していることを知っているのだ。おのれの探究の困難も、おのれの発見の幸福も、そこから由来していることを知っているのだ。「だが、自分が何を探究しているかということさえわからないのに、いったいどうすれば、しかるべき場所で探究出来るのか？　そして、これは、人が何かを作ったり創造したりするときにいつでも起ることなのだ。さいわいなことに、こんなふうに迷ってしまうおかげで、一再ならず発見をするものだし、運よくいろいろ出会うわけだ……」。われわれは、よくこんな印象を受ける。つまり、彼が頭のなかに或る著作を思い描いているとしても、それは、この計画によってもっと密やかな、とらえがたい、しかも自分がなすべきだと感じている計画を発展させるためだ、そしてこの計画をおのれ自身の眼からもかくすためなのだ、という印象である。これは、ほとんど神話的とも言うべき著作であって、時たまほのめかされているが、彼の言葉によれば、「その主題の名前さえ、題名のなかに存在すべきではない」ような性質のものだ。そして、彼はこう付け加えている。「私はそれをこう題するつもりだ、『人間について』」。さらにまた、彼は、友人たちや、おそらくは彼のなかの実行家的精神が彼に加える非難に対して、こんなふうに答えている。彼に多様性が欠けており、ただひとつのことにしか関心を持たぬという非難に対してはこうだ。「もし彼が、同じ輪のなかをまわっているとしたら？

それが彼の主題の世界なのだ。そしてこう付け加えるがよい、無限の拡がりを持つ輪だ、と」。彼が完成するすべを知らぬという非難に対してはこうだ。「完成する！　なんという言葉だろう。仕事をやめれば、なし終えたと表明すれば、そのときは完成してはいないのだ」。いっさいの始まりのまえに終ってしまったという、さらに重大な非難に対しては、こう言っている。「最後の言葉が、つねに、最初に与えられる言葉である場合、その著作は困難なものになる」。困難なのは、彼の「観念」に対して、それらに似た、それらの自由そのものによって作られた住まいを与えることだ。それらのなかの、イマージュとしての単純さや、不可視性という形態や、理性のごとく互いに結びあうことに対する拒否を尊重し保持するような住まいを与えることだ。「私の観念！　彼らを住まわせる家を築くことは、私にはつらい仕事だ」。

事物を空間に移し入れる《トラデュイール》

かくてそれは、その主題が、明らかに示されている主題とはまったく別であるような作品、完成されるはずもなく、始まることも出来ぬような作品だ。おのれが表現しているものからのへだたり。おのれが表現するものがこのへだたりのなかで花開き、散りしき、保存され、ついにはそこに姿を消すように、言わばおのれ自身に対して欠如状態にあるような作品だ。一八一二年――彼は六十歳に近い年だが――七年前に、それを築くのがつらいと語ったあの「家」を、今ではどんな名前で呼んでいるか。「空虚以上に価値のあるものは何ひとつ見つからなかったために、彼は、空間を空けたままにしておく」。老いの日を迎えて、彼は、放棄を告白しているのだろうか？　彼の極端な要求が彼を失敗に導いたと打明けているのだろうか？　おそらくこれは、勝誇った断言ではないだろうが、あらゆる点から見て、彼がこの断言を、けっして否定的なものと見なしていないことは明らかだ。この断言を甘受しているとしても、それは彼が、この発見を、それを裏切るようなさまざまな近似物を通して発展させるよりも、この発見そのものを固守する方を好んだからであることは明らかだ。空間、まさしくこれは、彼の経験の核心であり、彼が、書くという行為について考えるやいなや、いっさいの執筆に際して見出すものだ。文学の言葉を、ひとつの思想であると同時にその思想のこだまでもあるものとする内面性の驚異である（つまり、彼にとって、この思想のこだまとは、弱められた思想ではなくてより深い思想であり、くりかえされたものではあるがより微妙な思想であり、より遠ざかったものではあるがそれが示しそれが流れ出ているその遠方そのものにはより近い思想なのだ）。それは、われわれのなかにありわれわれの魂にほかならぬあのゆとりと無限定性との貯えの方へ、また、われわれを超えて存在する光と大気と無限との網の目の方へ、天空であり、神である網の目の方へ、同時に向けられているのだ。

ジューベールのこの「経験」の出発点が何であったかを知ることは困難である。彼は、或る意味でつねに、同時的に考えるのだ。そしてこれは、彼が、それら相互のあいだのへだたりのなかにおそらく彼が存在していない互いに孤立した思想というかたちで、おのれを表現しなければならないだけに、いっそうそうなのである。だが一方、中年に足を踏み入れるやいなや、「詩人というものは、人間を知ろうとのぞむ哲学者にとって非常な研究課題であるにちがいない」と書いたこの人物は、何よりもまず、詩から、より正確に言えば、文学的な記述の異様さから、彼が一生考え続けねばならぬものの持つ意想外なおどろきを味わったようである。これは球体的世界であって、以後、人間や自然学や宇宙論や神学に関する彼の多種多様の省察は、ことごとくこの球体的形態をとり、この球体を運動状態に保つことを助けるだろう。彼は、「……いくらかの空気で表現《ルプレザンテ》すること、ほとんどないほどの空間のなかに大いなる空虚あるいは大いなる充溢を、いやそんなものではない、無量の拡がりそのものと物質全体とを閉じこめること、これらこそ、言葉と執筆とによって絶えず行われている、異論の余地のない、容易に立証しうる驚異である。」と書いているが、このとき彼は、まだ漠然としたかたちではあるが、すでに確信をもって、その後彼が絶えず立戻る地点を示しているのだ。つまり、不在を通して表現し、へだたりを通して明示するという、芸術の核心にあるあの能力だ。この能力は、事物を語るためにそれらを遠ざけ、それらが照らし出されるようにそれらを遠ざけておくようだ。これは、変形と移し入れ《トラデュクシヨン》の能力だが、この能力においては、変形し移し入れるあの離隔（空間）そのものが、不可視の事物を可視のものとし、可視の事物を透明にし、かくして、それらの事物のなかでおのれ自身を可視のものとし、おのれを、すべてがそこから発しすべてがそのなかで成就する不可視性と非現実性との輝かしい根底としてあらわに示すのだ。

おどろくべき経験だ。われわれには、時として、これはリルケの経験とまじりあいそうに思われる。それはまたマラルメの探究の前ぶれのようでもある。だがしかし、この二つを同一の視野のなかに保持しようと試みるやいなや、それらは、互いに近付けば近付くほど、さまざまなニュアンスを通して離れ去るのだ。そして、これらのニュアンスこそ、おそらく、われわれを、それらそれぞれの重心に関して啓発してくれるものなのである。

ii　最初のマラルメ的場合《ヴェルシヨン》

ジョルジュ・プーレは、彼のもっともすぐれたエッセーの一つで、ジューベールについて語りながら、マラルメの詩的経験を想起しているが、[*2]実際、この思想は、しばしばわれわれにマラルメの経験を思い起させる。そして、この二人の人物のあいだには、実に多くの相関関係がある。つまり、どちらも、控え目で、言わば人格というものを消し去ってしまっており、霊感のおとずれを受けることも稀だ。だが、この見かけのうえの弱さのもつ力をことごとく生かしきり、探究に際しての非常な厳密さと、未知の目標におもむくための洞察にみちた執拗さと、語や語の形態や語の本質に対するこのうえない注意力とをそなえている。最後にまた、文学や詩は、おそらくすべてを捨てて、本を書くなどという名誉をも捨てて選びとるべき或る秘密が存在する場所であるという感情を抱いている。『手帖』のなかのあれこれの文章を読んで、ほとんどマラルメの声を聞いているように思われることがある。一八二三年六月八日、彼の死までもう一年もないころだが、こんな文章がある。「空間……それはまるで……想像上のもののようだ、その実在が、こんなにまでなってきている」。マラルメならば、おそらく、「想像上のもののようだ」というところで口をつぐんでいただろう。だが、この途中で切れたような言葉、大気を作りあげているこの沈黙、語を引きとどめて語にその明白な地点からおのずから離れ去り立ちのぼらせる語りくち、こういったものによって、すでにマラルメが語っているのではないだろうか？ これらのことは人を不安にさせることだ。

だが、このようなマラルメの前ぶれ的存在においてわれわれに重要なのは、人物や思想のこのような類似が、われわれに、それらを、何よりもまず、それらの持つ判然と異った点において見ることを強いることである。類縁性を持つさまざまな省察や、同一の道への予感や、同一のイマージュへの呼びかけが、なぜ彼らを、あのように互いに遠くへだたったところへ導くのかと自問することを強いるという点である。出発点はほとんど同じであ
る。「へだたり」と「離脱」だけが、われわれに、語らせ、想像させ、考えさせるものな

のだが、彼らは二人とも、これらについての深い経験を有している。二人とも、詩的交流《コミュニカシヨン》の持つ力は、それが、われわれを直接事物に関わらせるということに由来するのではなく、事物を、それらの力の及ばぬところでわれわれに与えてくれるということに由来するのだと感じている。ただ、ジューベールは、マラルメほど極端な精神ではなく、マラルメを詩人と化しているさまざまな要請のなかのいくつかをおそらく奪われていたから、この二つの領域を分離しなかった。それどころか逆に、この離脱状態のうちに――彼が空間と呼ぶ不在と空虚の網の目のうちに――事物や言葉や思想や諸世界の、頭上の空やわれわれのうちなる透明さの、共通の部分を見ている。それらは、ここかしこで、光にみちた純粋なひろがりとなっているのだ。彼は、文学においては、どのような事物も、それらが遠ざかり、間があき、薄れ、そしてついには、想像力がそれを開く鍵のひとつであるような無限で無限定の空虚のなかに没し去るやいなや、それらの真の形態と真の尺度とをもって語られ、見られ、啓示されることを発見するのだが、このとき彼は、大胆にも次のような結論を引き出すのである。つまり、この空虚とこの不在こそ、もっとも物質的な諸現実の根底そのものであり、彼に言わせれば、もし世界を握りしめて空虚をしぼり出せば、掌にもみちるまいと言うわけである。

遠方と空虚とを通して

「この地球は一滴の水であり、世界はほんの少量の空気である。大理石は濃密にされた空気である」。「そうなのだ、世界は薄い布なのだ、そればかりか、目の粗い薄布なのだ。ニュートンは、ダイアモンドは、(中略) 詰まった部分に数倍する空虚な部分を持っている、と算定した。そして、ダイアモンドは、物体のなかでもっとも稠密なものなのだ」。「さまざまな重力や、不可入性や、引力や、推進力や、また学者たちが、騒々しく議論を戦わしているあのいっさいの盲目的な力をそなえているが……、この物質の総体は、なかをくりぬいたわずかな金属とか、なかが空っぽのわずかなガラスとか、空気でふくらみ光とかげとがゆらぎたわむれるあぶくとかいったもの以外のいったい何であろうか? 結局のところ、それは、ひとつのかげ以外の何であろうか? このかげにおいては、何ものもおのれ以外のものに重みをかけず、おのれ以外のものに(対して)は、不可入的でもないのである」。ジューベールにおいては、夢想的な自然学と宇宙論の総体が存在する(それらはおそらく、もっと近代的な知識によるさまざまな主張とたいしてへだたったものではないだろう)。そのような自然学と宇宙論において、彼は、現実的なものと想像的なものとを和解させる必要に迫られて冒険を試みるのだが、この自然学や宇宙論は、事物の現実性を否定するよりも、事物を、ほとんど無のごときものを出発点として——たとえば空気の一原子であり、一閃の光だ、いやそれどころか、ただ単に、それらの事物が占めている場所の空虚でもよい——、そういったものを出発点として、存在させようとするものだ。「……

よく注意して欲しいが、どこででも、またいかなるものにおいても、微細なものが、稠密なものを支えており、また、軽いものが、いっさいの重いものを宙にぶらさげている。」とすれば、なぜ詩の言葉が、事物を生じさせうるか、なぜ、事物を空間のなかに移し入れ、それらの離隔と空虚とを通して、それらを明らかなものとなしうるか、ということがはっきりわかる。つまり、あの遠方が事物を占有しており、あの空虚が事物のなかに存在しているからであって、それらを通して事物をとらえるのが正しいことなのだ。そして語は、その真の意味作用の見えざる中心として、それらを引き出すことを、その使命としているのだ。かげを通して、人は物体に触れるのである。このかげの薄くらがりを通して、かげが消え去ることなく、光に縁どられ光に浸み入られているような揺れ動く境界点に達したときに、物体に触れるのだ。だが、もちろん、語が、このような境界に達し、それを表現するためには、語自体もまた、「少量の光」とならなければならぬ。おのれが示すもののイマージュに、おのれ自身と想像物とのイマージュになり、ついには、おのれが、その極限的な軽やかさのなかで支えその透明さを通して限定している瞬間を、完全な球体の持つ丸さまで高めることによって、空間の無限定な拡がりととけあわねばならぬ。「透明性、半透明性、材料となる捏粉の微量性、魔術性。ごくわずかなものから、言わば無から、いっさいを作りあげた神的なものの模倣。ここに、詩の本質的な性格のひとつがある」。「われわれの書き言葉のなかには、声と、魂と、空間と、大気と、おのれだけで存続しその場所をおのれとともに運んでゆく語とがなければならぬ」。「交流《コミユニカシヨン》の力……このなかには或る微妙で繊細なものがあり、その存在は感じられはするが、明らかに示されることはない。電気のなかでのエーテルの存在のごときものである」。「詩的煙霧、散文に分解されることのない雲」。

ジューベールにとって、言語が、いかにエーテル性のものでなければならぬにしても、彼が言語にあの否定の力を――虚無のなかでの、虚無を通しての、虚無へ向かっての超越だ――、詩がマラルメにその探究を強いたあの力を、けっして与えなかったという点は、充分注意する必要がある。語の持つはじらいが、われわれと事物とのあいだに、それなしてはわれわれが息がつまって黙ってしまうあのへだたりを確立するとしても、それは、事物を否定することによってではない。事物を開放し、この開放を通して、事物を構成するあの光の部分とへだたりとを解き放つことによってである。あるいはまた、物体の彼方にあるものを感じうるものとし、それを通してすべての物体が確立されるこの彼方に同意し、「その実体の人知れぬ延長」にほかならぬ前=物体的なものを迎え入れることによってである。語は、否定するのではなく、同意するのだ。それが時として虚無の共犯者のごとく見えるとしても、ジューベールに言わせれば、その「虚無」は、「世界の眼に見えぬ豊かさ」以外の何ものでもない。結局のところ、言葉のはたすべき役割は、この豊かさの明白性を生み出すことだ。眼には見えないが光り輝く現存である空虚としての、それを通して不可視性が花開く裂け目としての、その明白性を生み出すことなのである。一八〇四年前後のことだが、まず最初に自分の言語とマルブランシュ〔ニコラ・ド・マルブランシュ（一六三八―一七一五）フランスの哲学者〕の言語とのあいだに認めた類似を通してこの哲学者の影響を受け、他方、その文学的経験が或る宗教的経験まで延びて行ったこともあって、ジューベールは、事物の中空化と現実的なものの掘鑿《くっさく》とを能うかぎり遠くまで押し進め、神のなかに、この空虚全体の境界と支えとを見出し、他の人々が神を思考の思考としたように、神を空間の空間としている。神という名前が、ここでは、彼が、軽量化と間伐をのぞんでいるうちについにいっさいの事物のうちに認め確立するに至ったあの巨大な穴をふさぐために、便宜的に使われていると判断することは容易であろう。この名前がなければ、また、この名前が単なる名前にすぎなければ、いっさいは、彼が、可視的なまた不可視的ないっさいの確かさとの得も言われぬ接触として、触れ、和らげ、味わっているあの虚無のなかに、ふたたび落ちこむのではないだろうか？　これはきわめてありうることだ。だが、彼の経験を、彼が体験し表現したままのかたちで受け入れようではないか。その際、彼の経験にはっきりした判断をくだすために注意しなければならないのは、彼が、触れえぬものについてのきわめて強い感情と、彼が空間と呼ぶあの空虚についてのきわめて確信に満ちた理解とを持っている点である。それは、彼が、すべてがそこでは散り散りになってしまうのではないかとか、虚無と化してしまうのではないかということについて、ただの一度も危惧を抱いたことがないと思われるほどなのである。ジョルジュ・プーレが、見事に指摘しているように[4]、彼は、空間の無量の拡がりから、パスカルのように不安を引き出しはしない。静かなよろこびに溢れた心の高まりを引き出すのだ。神が彼のもとに立現われるとしても、それは、さまざまな理由の連なりの究極としてではなく、このよろこびの極限としてであり、次いで神は、このよろこびの唯一の対象と化するのだ。

書物、天空

その不眠の夜々、ジューベールは、外に出て、天空を眺める。「夜々ノ不眠《インソムニス・ノクテ》」、「不眠、朝の五時」[*3]。この夜々の省察は、彼に何をもたらすか？ それこそ、彼の内部にありながら、外部において実現されているものだ。将来もけっして書くことはないと思われるが、それを書こうと考えることによって、言わばそれと知らずに書いているあの至高の書物である。はるかなる高みには、空間があり、はるかに間を置いて、光り輝く空間の凝集がある。いくつもの点が秩序づけられ一体と化した孤独がある。それらの点のそれぞれは、それらのなかのいくつかとともに、人々が予感する何かの形態を形作っており、またすべてひとつになってそれらの四散状態による形をなしえぬ全体を形作っているが、いずれもおのれ以外の点に対しては無知であるように見える。これらの星たちはジューベールを楽しませるが、しばしばあまりにもきらきらと輝きすぎる星以上に、きらめく巨大な空間が、あの散光が、そこでゆるやかにおのれを示し、異ったさまざまな完全さの自然な同時性を、あいまいなものと明確なものとの構成物を示すのである。中年になったばかりの頃の或る覚書のなかで、彼が、シラノ・ド・ベルジュラックやその他さまざまな昔の著者たちのものとかなり近い宇宙論を作りあげようと試みているのが見られるが、その宇宙論においては、星とは、天空にあいたいくつかの穴にほかならぬ。それを通して、或るかくされた光の謎が集められ、注ぎかけられる空虚にほかならぬ。すなわちそれは、空間の空洞であり、もはや凝縮されず、破壊されてしまうほど削減され、かくて光と化しているような、空間なのである。

われわれに、沈黙にみちた巨大なテキストのような夜の大空を思わせ、また、動いてやまぬ星たちの満ちた不動の大空のような書物を思わせるこれらの比喩的な省察は、誰にでも考えうるものと思われるものかも知れないが、これらは、ジューベールに対しては、彼が成就しなければならぬもののきびしい要求にみちた表現として、あらわなかたちをとった。[*4] 典形的な野望と言うべきものだが、この野望は、この控え目な天才を打ちくだくものではない。なぜなら、かの高みに書かれているものは、もし次に述べるようなことが本当であれば、彼が、芸術という手段によって、それを形に表わしうることを保証しているからである。次のこととは、われわれが、自分自身から身を引きはなせば、おのれのなかに、それと同じ空間と光との内奥性を見出すということだ。われわれの生がこの内奥性に対応し、われわれの思考がそれを保存し、われわれの著作がそれを可見のものとするためには、以後、われわれは、いっさいの顧慮をこの内奥性に注がなければならないのだ。「……そして、どこか或る天空のうちの私のすべての星たち……。空間のすべてが、私の画布だ。Ⅱ。精神の星たちが私のところに落ちて来る」。

ヴァレリーは、マラルメの人知れぬ諸思想を教えられた日、『骰子《とうし》一擲《いってき》』について、それは「ついに、ひとつのページを星のきらめく天空の力にまで」高めたと言っているが[5]、ジューベールのなかに、この『骰子一擲』の、文字に書き写されることのない最初の版とも言うべきものを思い描くことは、心そそられることであるし、ジューベールにとって名誉なことでもあろう。ジューベールの夢想と、一世紀のちに実現された作品〔『骰子一擲』をさす〕とのあいだには、互いに類縁のあるさまざまな要請の予感が存在する。マラルメにおけると同様、ジューベールにおいても、一部分ずつ順を追って読んでゆかねばならぬ通常の読みかたを、或る同時的な言葉の与える情景に置きかえたいという欲求がある。その言葉においては、すべてが、同時的に、何の混乱もなく、「全体的で、静かで、内的で、結局のところ一体的な輝き」[*5]のなかで、語られるはずなのだ。このことは、論証から論証へとその道を辿ってゆく推論家たちの思考とはまったく別の思考と、談話の言語とはまったく異った言語とを想定する（これらは『手帖』の著者の本質的な関心である）。このことは、さらに深くは、あの空白の空間との出会い、あるいはその創造を想定する。この空間においては、いかなる特殊なものも、無限を打ちこわすには至らず、そこではすべてが、言わば空無性《ニュリテ》のなかで現存しているのだ。これは、その場所以外の何ものも生ずることのない場所であり、このふたりの精神の究極の目標なのである。

だが、ここで、計画の共通性は終りを告げる。外から考察してみるだけでも、詩作品というものは、その断言の不動性のうちにありながら、ジューベールなら何を賭しても逃れ去ろうとするような或るおどろくべき運動に委ねられている。すなわち、「収縮」、「延長」、「逃亡」などという運動であるが、これらの運動は、溢れんばかりの活気によって、加速され、減速され、分割され、重ねられるのだ。そしてこの活気は、それが展開せず発展しなければしないだけ、精神にとっては辛いものなのである。継起による軽減化を拒んで、われわれに、この運動の不安のあらゆる形態を、間があいてはいるが巨大な或る結果のなかで、同時に与えることを強いれば強いるだけ、辛いものなのである。不在のただなかでのこの充溢ほど、無限定の空間の空虚という限りなくくりかえされるこの往還ほど、ジューベールの精神的な企図に重大な損害を与えうるものはあるまい。

もちろん、天空におけると同様、『骰子一擲』においても、ジューベールが受け入れうるような或る密やかな秩序がある。だが、この秩序は、偶然を模倣しており、偶然の働きの内奥へ入りこもうとしている。それは、おそらく、偶然の持つ諸規則のなかに深く浸透するためであり、またおそらく、語の厳密さと思考の明確さとを、極限まで限定されたものが無限定性をとりこみうるような地点にまで押し進めるためである。おそらく、詩作品というこの天空には、「星座」〔『骰子一擲』中の詩句〕、の今なお未来的でつねに不確かな輝きがあり、詩作品もまた、例外の位置する高度においては、かかる輝きとなるであろう。だが、ジューベールは、存在しているものとは別の、より一層純粋な何かが存在するために、無が与えられなければならぬような、前以ての難破のごときものは、けっして受け入れることが出来ないだろう。われわれは、非現実化の運動を通して、すべての事物のなかに、光を見出すためのひとつの空虚を求めるのだが、彼は、この運動を、「深淵の同一的な中和状態」〔『骰子一擲』中の詩句〕への降下と見なすことはけっしてないであろう。偶然という語でさえ彼には無縁のものだ。そして、骰子の一擲と偶然との劇的な結合は、彼には、思想を、それが詩と出会う次元で表現する力を持たぬものと思われるだろう。それどころか、彼の反省がもっとも確固たるものとなるのは、まさしくここにおいてなのだ。ジューベールは、思想が、理性が限定されうるようなかたちでは限定されぬことを欲する。思想が、推論や論証の拘束を超えて高まることを、無限から発した有限の思想であることを欲する。そしてまた同様に、彼は、詩の言葉が、それが完成した完全なかたちにおいては、あいまいさや、さまざまの意味の作る二重性や重層性をにない、支えることを欲するのだが、それと言うのも、このように、にない支えることによって、詩の言葉がつねに向けられている、意味のあいだにあるものや意味を超えたものを、よりよく表わすためなのである。だが、このような無限定性は偶然ではない。偶然とは、理性が——もっぱら論証に満足しすべてを計算値に還元しようとのぞんでいるような理性だ——、計算によって支配しようとしている、現実のきわめて空しい外面的な部分と関わっているのだ。[*6]ジューベールが至りついた空間は、何の偶然もなく、何の限定もない。そして、文学とは、伝達交流の能力と化した空間であって、それはあの星たちにみちた秩序ある天空なのだ。そこでは、天空の無限があらゆる星のなかに現存しており、また、星たちの持つ無限性は、無限に空虚な拡がりの持つ自由を阻むことなく、それを感知しうるものとなしているのだ。

かくのごときが、彼が、天空の高みでは調和あるかたちで解決されているのを眼にする頑強な矛盾である。彼自身は、この矛盾にぶつかるのだが、それは彼を沈黙に追いこまず、いっさいの完成した作品から外らし遠ざけることとなるのだ。芸術や詩のなかに、何よりもまず、あまりにも間接的な理性やあまりにも直接的な感受性が要求しえぬ一つの断言様式を認めるのが彼の功績である。詩や芸術は、彼に、彼が一生のあいだそれを明らかにしようと努力し続けるような、まったく別の或る可能性を予感させる。すなわち、理性の諸関係よりもっと厳密だが、純粋で、軽やかで、自由な諸関係の作りあげる一つの必然性である。深い内奥との、感受性による接触よりももっと鋭いが、へだたりを置いた接触である。なぜなら、この他にかけがえのない点を通して内面的に触れられるものは、われわれの内奥として体験されるへだたりそのものであり、われわれのなかでの、われわれの中心としての遠方なのである。すなわち、これらの諸関係は、理性の論理的諸関係のうちにある時間的な規則性をのがれ去っているが、一方また同様に、感覚的な現存の瞬間的な衝撃をものがれ去っているのだ。つまり、これは、直接的なものとの、へだたりを置いての、へだたりを通しての、交流であり、限りない無量の拡がりについての、有限の、言わば点においてとらえる確認である。

だが、天空から星へ、空間の無際限な網の目たる詩作品からそれが一つに集めらるべき純粋で独自の語へ、無限定なものである美から美の完璧さの持つ厳密さへ、どのようにして移行すればよいか？　ジューベールは、時としてさまざまな解決をもくろんでいるが、[*8]それらの解決策よりも、たとえ自分自身を犠牲にしてもこの二つの運動の相反する必然性を無視するまいという、彼がつねに抱き続けた顧慮の方が、彼を重要な、時としてはもって範となすべき存在としているのだ。見たところ彼は失敗した。だが、彼は成功という妥協よりも、この失敗の方を選んだのだ。いっさいの現実化の企ての外部にあって、彼が、自分が断続状態に捧げられていることにひどく苦しんだことは確かである。彼は、この状態を、魂の連続的な根底としている。だがしかし、彼は、これを、自分のなかでの、精神の中絶として、いっさいの能力の苦しみにみちた中断として、もはや美しい沈黙した空虚のなかへではなく虚無そのもののなかへの落下として、味わわなければならないのだ。彼の告白的文章は数少いが、いくつかは知られている（とりわけ、モレ・フォンターヌ、ヴアンチミル夫人、などにあてた手紙に見られる)。また、『手帖』には、彼がおのれのさまざまな困難に近付こうと試みるに際して用いているいくつかのイマージュが見られる。「このことを告白しておこうと思うが、私は、いくつかの美しい音は発しても、何の曲も奏さぬアイオロス琴のようなものだ〔アイオロス琴は風の働きで音を発する弦楽器〕」。「私は、アイオロス琴だ。そよ風ひとつ私に吹きつけはしなかった」。アイオロス琴。彼が、オシアン風のこの形象をよろこんで使っていることはよくわかる。なぜなら、これは、楽器とも音楽ともなる空間それ自体と言うべきものだからだ。巨大な空間のいっさいの拡がりと連続性とを持つ楽器でありながら、一方では、つねに非連続的な、離れ離れの、解き放たれた音で出来た音楽なのである。他の場所で、彼は、自分の省察が途切れたり、文章が空白で中断されたりすることを、弦を適切に響かせるために保たねばならぬ緊張状態や、そのような諧調によって惹き起される弛緩状態や、「元気をとり戻して、ふたたび張りつめられる」ために必要な長い時間などによって説明している。

時間のこのような協力、彼が書きうるために不可欠な、内部の空間と外部の空間のこのような出会い、これこそ、彼を導いて、その日その日の運動に身を支え、この運動に彼自身から彼自身への——彼自身の表現への——移行を求めつつ、もっぱら「日記」という枠内で考えさせたものなのである。そして彼は、ちょうどあの琴が、風に対する黙々たる期待であるように、この自分自身の表現に対する辛抱強い、しばしば裏切られる期待なのだ。

またあるとき、友人たちの焦立ちに答えながら、彼は自分の延引に対する次のような新しい理由を見出している。「……それにまた、私の雲を集まらせて、凝縮させなければならない」。これは、まさしく天空と星との問題だ。深淵の同一的な中和状態であると同時に、天空の高き空白でもあり、また恐らくという性質が支配する高度にあってそこに投射される星座でもなければならぬような、「骰子一擲」の巨大な謎である。雲が集まり、凝縮されるには、時間が必要だ。時間による二重の変形作用が必要だ。第一に、時間は出来事や印象を思い出の遠方性へ変える（そしてジューベールはこう言っている。「現に感じているようにではなく、思い出しているように、自分の考えを表現しなければならぬ」）。次いで時間は、記憶の漠然とした遠方性を、もはや現実的ではないが仮構されたものでもない或る純粋な瞬間の星形の本質へ集中するのだ（そして、ジューベールはこう言っている。「私の記憶は、もはや、私が読んだり、見たりするものの、それればかりか私が考えるものの、本質しか保存しない」）。このような変容を、彼は意志の圧力によって早めることは出来ない。なぜならこの変容はあの専制的な自我に依存してはいないからだ。外部の内奥と内部の空間とが、この変容のなかで、或る独自の接触というかたちで相会うためには、この変容が、そのような自我を軽減化し、中空化しなければならないのだ。かくてジューベールは、そのような状態のなかでただ待っている。時間が空間へ移行することを待ち、さらにまた、時間が空間の、純粋な本質的瞬間への集中化となることを、あの一閃の光への集中化となることを待っている。この一閃の光は、やがておのれを語と化し、語の閉じられた透明性のなかで、言語全体の拡がりのすべてを、或る独自な発言のうちに集中することとなる。[*9] だが、彼は、同時にまた、この期待そのものに無関心であってはならず、彼の生全体が関与するような或る内的な作業を通して、さらにはまた、語との大いなる親密性を通して、この期待に協力しなければならないのだ。と言うのは、おそらく、語というこの時間と空間との境界のなかでこそ、われわれは、もっとも正しく行動しうるからだ。彼の深い意味を持つ言葉によれば、ここには、「力と不可能性とが同時に……存在するのだ」。

光のなかでの憩い

ジューベールが、おのれに必要と思われたことに関しては何ひとつ譲らなかったとしても、彼が、このような境遇を、結局のところそこに叡智と落着きとおそらくは心の鎮まりとを見出すようなふうに解釈しえたという点は、やはり付け加えておかねばならぬ。この点彼は、その寒がり的な天才の好みに従ったのだが、それでいて、おのれの探究の筋道を大して乱すことはなかった。彼は「革命は、私にとって現世をあまりにも恐ろしいものにすることによって、私の精神を現世から追立ててしまった」と書いているが（彼は、最初は、革命家であり——過激さのない革命家だ——また、無神論者であった——良心の劇を味わわぬ無神論者だ）、そのとき彼は、いかなる理由で、彼がいつも、彼と事物とのあいだに、「いっさいが通過し、しずまり、動きをゆるめ、おだやかになり、本来の激しさを捨て去る」あの「内省的領域」を打立てようとしたかということをも示している。その場合彼は、もはや、何かきびしい要請に身をさらすように離隔や遠方性に身をさらしているのではなく、この離隔や遠方性によって、おのれを守る「囲い」や、「城砦をくるむ」安らぎや、「寝室」や、「衝撃を和らげ」「心情を憩わせる」防御物を作りあげるためなのだ。この憩いという言葉は、生涯を通じて彼につきまとった。革命家として、彼は否定のなかに憩いを求めている。ボーモン夫人に、彼はこんなことを言っている。「愛や、尊敬のうちに、憩いをうることです」。次いで彼がその思考を注ぐこととなる重大な題目は、「光のなかでの憩い」という主題である。彼は、『手帖』の最初にこの主題目を書きつけている。最後にもまた書いているし、時としては、祈りか呪文のように、毎日くりかえしているのだ。「(焼けるようだ。焼けるような苦しみ)。叡智とは、光のなかでの憩いだ」(一八二一年十月二十二日)。十月二十四日には次のように書く。「それから、もうこれっきりのつもりで、私は希望したい。叡智とは、光のなかでの憩いなのだ」。なぜ、このように執拗にこの言葉が立戻って来るのか? ここには、凝縮されたわずかな語のなかに、彼の思想の二つの傾きが、また、二つの傾きを持った思想の二義性が、見出されるからだ。なぜなら、光のなかでの憩いとは、光を通しての平和、おのれを平和にし他に平和を与える光を通しての平和でありうるし、またあろうとするものだが、一方それは、光の純粋な運動を何ものも乱したり鎮めたりしに来ぬようにするための、いっさいの外的な助力や衝撃の欠如としての憩いでもあるのだ。[*10]

光への欲求、日への、日というこの広々とした開放口への強い欲求（「空間がなければ、光はない」）。また、日を作り、日を与える、あの唯一の輝く地点への強い欲求（「輝く地点。いっさいのもののなかにこれを求めること。これは、一つの文章においては、つねに、或る語のなかにのみ存在するし、何らかの論文においては、つねに、或る観念のなかにのみ存在する」）。暗い、入り込み難い、不透明ないっさいのものに対する嫌悪。「彼の精神のなかの暗い一点は、彼にとって眼のなかの砂粒と同じくらい耐えがたいものである」。「せまいと言うのか？　そうとも、私の頭のなかの、明るくない事物を受けとる部分は、きわめてせまいのだ」。おそらく、せますぎるだろう。なぜなら、暗さからのこのような離反こそ、彼を、日から、明けそめた日の光のなかのあまりに烈しいものから、外らせるものでもあるのだ。のちに或る示唆的な考察のなかで語るように、彼は、そういう日の光より、薄暮の光を好んでいる。「薄暮の光はすてきだ。これは、節約され、和らげられた日の光だ。だが、薄明はそれほどすてきではない。なぜなら、それは、まだ日の光ではないからだ。それはまだ、ひとつの始まりにすぎない。あるいは、世間で使われている実にうまい言いまわしによれば、『先端』にすぎない。日の先端にすぎない〔フランス語では夜明けを日の先端とも言う〕」。彼が望んでいるのは「中間的な光」なのだ。彼は、おのれの節度に対する好みを堅持するために、この「中間的な光」という言いまわしに拘泥しているが、この光を中間的と呼ぶことで、この言いまわしを深めようともしているのだ。その光が中間的と呼ばれるのは、ただ単にそれが控え目であるからばかりではなく、われわれにおいてはつねに、この光の半分が欠如しているからでもある。つまり、その場合、光は、分割された光であって、また、われわれを分割する光であり、かくてわれわれは、われわれ自身のこの苦しい分割にわれわれの同意を与えなければならないのだ。光のなかでの憩い。これは、光によるしずかな鎮まりであろうか？　憩いなき光のなかに置かれ、おのれ自身といっさいの固有の運動をきびしく奪い去られた状態であろうか？　この場合、或るほんのちょっとしたものが、無限に異る二つの経験をへだてている。そして、思想をへだてるこのほんのちょっとしたものを、つねにしっかりと保持することが、いかに、本質的だが困難なことであるかを、その類のない実例を通してわれわれに思い起させることもまた、ジューベールの心惹かれた問題なのである。

5　クローデルと無限

彼の持つ名声がわれわれに語り告げているクローデル像は、私にはどうもよくわからぬ代物である。その話によると、この人物は、単純な、きわめて古風な人間であって、不抜の信仰にしっかりと結ばれており、秘密も懐疑も抱かず、かずかずの名誉に埋もれた官吏という身分が持つ限界のなかで、烈しくおのれを貫いた元素的な天才だというわけだ。

きわめて古風だ、とはどういう意味だろう？　これは、極限なまでに近代的といっていい人物である。デカルトからヘーゲルに、さらにはニーチェに至るまで、いっさいの近代思想は、意志の強調であり、世界を作り、完成し、支配するための努力なのである。[1]人間とは、宇宙を内に包むことも出来るような大いなる至上の力であり、科学の発展と、おのれのうちにある未知の資源に関する理解を通して、何でも出来るし、そのひとつひとつを全体として仕上げることも出来るのだ。これらの定式は実に不敵なもので、今日われわれは、そのまえでたじろぐのを覚えるのだが、それらは彼にとっては、最後まで親しいものであった（この点では、ルナン以上にルナン的なのだ）。[2]アムルーシュ〔ジャン・アムルーシュ（一九〇六―六二）。アルジェリアの詩人）が彼に、創造のなかに包みとられたい、「統合されたい」たいという欲求を覚えるのではないかとたずねたとき、クローデルはぶっきらぼうにこう答えている。「いや、私の場合は、いつもこんなふうに考えてきましたよ、人間ってやつは、あなたのおっしゃるように創造のなかに包みとられるような出来のものじゃなく、創造に打勝とうとするたちのものだってね。……これはむしろひとつの闘いなんだよ。私には、この闘いで勝ちを占めることは、包みこまれたんじゃなくて乗りこえるってことは、まったく可能でもあり自然でもあるという気がするよ」。おのれ自身の奥底についてこんなふうに語る人間、これは、その内部で中世が数世紀もまえから黙りこんでしまっているような人間である。

彼は打破られることを欲しない。敗北者に対して、無情冷酷というのではないが、危惧にあふれた病的なものと評しうるほどの或る深い嫌悪感を抱いている。失敗し破滅した人々は、彼のなかに、屈辱の思い出や不快感のごときものを目覚めさせ、これが彼に身ぶるいを覚えさせる。ニーチェ、ヴィリエ（ヴィリエ・ド・リラダン）、ヴェルレーヌなどという人々がそうだ。いやもっと身近に、彼の姉がいる（カミーユ・クローデル、秀れた彫刻家だが、発狂した）。いや、もっと間近にも、彼のなかにも、この挫折は巣くっている。芸術家であるという不幸に襲われた人間にとって、この挫折はつねに可能なのだ。まるで挫折することが真の罪であり、本質的な悪ででもあるかのようだ。成功するということこそ、彼の存在の掟であり、その自己確立の豊かさのしるしなのだ。彼は、輝かしくはあるが束のまに消えてゆく一個の自我たることに幸福を覚えるルネッサンス期の人間ではないし、空しいのぞみや何の実も結ばぬ渇望に満足するロマン派的人間ではさらにない。彼は近代人なのだ。つまり、自分が現に触れているものしか信じない人間、自分自身ではなく自分がなすことに心を奪われ、夢想ではなく結果をのぞむ人間であり、こういう人間にとって問題なのは、作品と、作品の持つ決定的な豊かさだけなのである。彼には、この成功に関するさまざまな証拠が必要だ。熱心に証拠を求めるような人間ではないが、証拠がなければ辛いのである。彼には、心のなかの確信などでは満足出来ないだろう。誰ひとり、何も知らない傑作とは、いったい何だというわけである。だから彼は、黙殺に傷つけられ、無理解に打撃を受け、名声というものの明白な姿に幸福を覚える。だが、さらに幸福を覚えるのは、この名声の持つしっかりとした、手に触れうるような性質である。財産、名誉、彼を現実に結びつけるいっさいのもの、彼を助けて、彼がなしたものを、確実な、完成された、確かめることの出来る一世界にさせるいっさいのもの、こういうものが彼には重要なのであって、文学的な虚栄心のもたらす我を忘れた恍惚状態や人々の崇拝などではない。彼はそういう崇拝をよろこんで受け入れはするが、そんなものを嬉しく思うのはほんの束の間のあいだにすぎない。

成功は単純化するものだ。人々は、好んで、ジッドの把えがたい多様性と、クローデルの、均質な塊のような、継ぎ目もなければ部分さえ持たぬような存在を対立させてきた。誰よりもまず、ジッド自身がそうだった。この塊や存在が、つねに、クローデルを、停止状態の激発力に、不動の奔濤と化してきたというわけだ。彼自身はこのようなイメージを好んでいたであろうか？　これ以上眼に鮮かなイメージはなく、これ以上あやまったイメージもない。彼のなかで、人をおどろかすものは、或る本質的な不協和性である。何の調和もないさまざまな運動の、制御されつつも制御を突破した激しいぶつかりあいである。相反する欲求、相対立する要求、艤装をとり払われた諸特質、相容れぬ諸能力、こういったもののおそるべき混合である。激烈ではあるが、きわめてゆるやかにその歩を進める人物、執拗にものを追求する天稟をそなえながら、それを同じ程度に、およそ忍耐ということが出来ぬ人物、慎重であると同程度に激しさをそなえた人物、何の方法も持たないが、深い内面的秩序をそなえた人物、およそ常規というものを持たないくせに、この人物にとっては、常規を逸した性質はどうにも耐えられない。さまざまな危機にあふれた人物だ。彼の生においては、いっさいが、一瞬のうちに、結ばれ、解かれる。一瞬のうちに、彼は回心する。[3] そののち、彼が外交官という職業や著作と縁を切ろうとしたときも、ただの一瞬だけで、ただの一語だけで、彼が耳にしたと信ずる「否」という一語だけで、彼を実社会に投げかえすに充分なのだ。[4] その後間もなく、彼はイゼと会う。情念、このあやまちが作り出す歓喜、事件のいっさいは、嵐のように急速に進展する。[5] これは、雷電のごとき決意であり、ただ一瞬の決断である。危機にみちたこの人物は、けっしてあとへは引かぬ人物であり、かくて彼の回心も決定的なのだが、この人物は、おのれが回心したことを納得しはじめるのに四年の歳月を要する〔彼の聖体拝領は回心の四年後、一八九〇年のことである〕。この変化を真にわがものとし、回心が要求する根本的な断絶に身をさらすに至るのには、十二年の歳月を要するのだ〔官職、文学を捨てて、聖職につこうとするのは一九〇〇年のことである〕。また同様に、船の甲板のうえで、数瞬のうちに行なわれたあのこと〔中国行の船上で恋愛に陥った事をさす〕が生み出した事件をわがものとし、その激しい力を鎮めるには二十五年を必要とするのである〔「愛」のテーマを決定的に展開した『繻子《しゅす》の靴』(一九二八―二九)をさすか〕。たしかに、これは、本質的な意味で霊感を吹きこまれた詩人であって、いっさいの制御をふりすてたミューズの荒々しい到来が彼を待ち設け彼に襲いかかるのだが、一方彼は彼で、かかる到来なしには何ひとつ出来ないのだ。だがまた、その彼は、いかにも冷静に義務を果している人間のような冷静さと、彼自身語っているようにまるで役人のごとき落着きをもって、このうえなく規則正しく書くのである。

彼は嵐のような天才であって、極度に分割されてはいるが、けっして引裂かれているようには見えない。彼を分割するものが、彼を増大させる。そればかりかさらに、彼の、自分や自分の増大に対する信頼を増大させる。だが、この際何のあらそいも起らないのだろうか？　何の困難も起らないのだろうか？　彼は、頑固で閉じたオプチミスムを抱いた、確信にみちた人間といった外観を呈しているが、そういう人間にすぎないのだろうか？　彼の生涯の大半は、幸福もなく、やすらぎもなかった。自分の青春期は、死の認識と、見捨てられたという感情との刻印を押された、ひどく不幸な時期だったと彼は語っている。世界をへめぐり、家族や近隣とのつながりを断ち切りたいという限りない渇望にとらえられながらも、この断絶にひどく苦しみ、また、ひとたび出発してしまうと、他の場所だろうが自分の家だろうが至るところで、流謫の生を送らねばならぬことにひどく苦しんだ、とも語っている。これは、「妻もなく、息子もない」、深い孤独にとらえられた人物であって、長らくのあいだ、他人とも、おそらくは自分自身とも、交わることが出来ないのだ。『黄金の頭』〔クローデルの初期詩劇（一八九〇）〕において、われわれが聞くのは、意志の高揚と、若々しい欲望との歌にほかならぬ。結局のところ、これは、征服の熱情の歌なのだが、この熱情は陰鬱であり、この意志の本質は、かかる熱情がいたずらに行き着くだけの、幸福にみちた無量のひろがりとは無縁なのである。『真昼の分割』〔クローデルの詩劇（一九〇六）〕は、われわれに、人々とわけへだてられた「いまわしい」一人の人間の姿を示している。この人物は、人々と交わることが出来ず、自分自身とも不和であり、用いられることもない莫大な力や何の役にも立たぬ激しい渇望を解き放ちようもなく身うちに抱いて困惑に身をこわばらしているだけなのだ。そして、自分が自分自身になるためには打砕かれねばならぬことも知らずに、荒々しく、傲慢に、またみじめに、断絶されている。

彼は、この人物が間近に味わいうるのは非個人的な感情だけではないかとか、この人物は自然と同じような或る生きた力であって、ほとんど内面を持たず、その生の運動の表現に、その運動を苦痛としてではなく限りなく増大する豊かさとして感じとることにつねに没頭しているのだ、とかいった印象を与えるけれども、また、彼は、われわれの時代が、信仰ある時代・不信仰の時代をふくめて、この百五十年来明らかに示している引裂かれた意識とは、おどろくほど無縁であるように見えるけれども、だからと言って彼が、はじめから、いっさいの問題の解決を見た信仰者として、本能と天稟とによって奇蹟のように支えられ運び去られる詩人として、何の困難も分裂も味わわずに、生きかつ語りえたということにはならぬ。そのようなことはないのだ。だがしかし、彼が自分をあれこれと問題とすることを好むどころか、反対に、断乎たる嫌悪をもっておのれに背を向けているのはやはり本当である。彼は、おのれの苦しむ姿に眼を注がないし、他人がそういう彼に眼を注ぐことをのぞまない。空虚のヴィジョン、虚無の可視性とも言うべきこの注視を嫌悪する。彼は、おのれが破滅に向かうには、彼が頑固な信念をもって裂きえぬものと呼んでいる彼自身の単一な根底が激烈に引離された相反するさまざまな力の圧力のもとで解体するには、意識の持つ破壊的な力や、必要もない場所へのその介入や、苦しめられ苦しめるその好奇心などで充分であることを承知しているようだ。これが、彼の持つさまざまな秘密のひとつである。さまざまの問題、困難、苦痛、彼はそれらについて思いめぐらしたり検証したりするよりもむしろ、それらを我が身にになう。その重みや、のしかかり押しつける力に従う。それらを、勝手に発展展開させ、それらのなかでおのれ自身を展開する。自然は、それ自身の働きに委ねられるか、あるいは、詩的制作というあのもうひとつの自然的な働きによって単に助けられるかしなければならぬ。このもうひとつの働きにおいては、互いに相手を呼びおこし挑みあいぶつかりあう相異った形象のように、彼の分割された広大な自我の相せめぎあうさまざまな形態、彼がそのなかのどれひとつとして省いたり拒んだりすることをのぞまぬ諸形態が、つねに出会うのである。

明らかに彼は、他の誰にもまして（ジッドでも、その流動的な本性の持つ柔軟さによって彼ほどおびやかされはしなかった）、自分自身と秩序ある関係を保たせてくれうるような何らかの体系を必要とした。この場合、彼が、今日のもっとも信仰あつい人々をもおどろかすような宗教上の独断論にゆるぐことなく結びついているのは、彼がそこに見出すこの一貫性のためだと考えるのはたやすいことである。おそらくそうだろう。だが、それだけではなく、彼というこの人物について考える必要がある。これは、生れながらにして激烈きわまる所有力を持ち、極度のエネルギーによって動かされている人物、漠然とした彼岸の約束などではけっして満足せず、すべてを見、すべてを持ち、すべてをおのれの所有としようとのぞむ人物だ、大地に結びつけられ、「骨髄のうちに」、「大地に対するこの偏執」と「大地のこの冷たい味」と、可見の事物、現前する世界に対するあの要求とを持った人物だ、おのれのなかの何ひとつとして犠牲にすることをのぞまず、全力で敗北を拒否し、全力で勝利と支配を渇望する人物だ――、ところでこの人物に、いったい何が委ねられるというのか？　弱さの宗教、屈従した者、敗北した者の宗教である。そしてこの宗教は、禁欲と無一物と自己犠牲とを、現世を放棄し無限を求めることをすすめるのである。どのようにすれば、彼はこのような贈物に満足出来るのか？　たしかに、すばらしい贈物にはちがいないが、これは、彼を、彼自身から根こそぎ抜き去ってしまいかねぬものである。それにまた、これは、人生の夜明けの、彼が、自分が何者であり何に値いするかを証拠によって確かめえぬような時期に与えられたものだ。彼ほど自然的ではない人間ならば、この突然の呼びかけに対して、ただちに、突然の動きによって応えていただろう。だが、彼は相変らず、言わば不動のままで、何の反応も示さぬようだ。沈黙によって、彼を無傷のままに保ってくれる一種の睡りによって、応えているのだ。当時彼が書いている作品は、この根本的な変化のあとを辛うじてとどめているにすぎない。『黄金の頭』は、彼岸に対するいっさいの信仰、超人間的ないっさいの幻影を拒否している。『東方所観』〔クローデルの散文詩集（一九〇〇年）〕は、彼が、彼自身とすべてのものとを問題とするに至るような地点におもむくために、果さねばならぬ歩みのゆるやかさを、うかがわせるのだ。美しいが、固い、おのれを押しつけるようなこの描写的散文は、或るこのうえない闘いをかくしている。真の意味でかくしているのだ。読者は、時として、クローデルが回心したというより、おのれの回心そのものを、おのれの強力な本性が用いる資源に回心させようと試みているような印象を受ける。雷に打たれながらも、燃えることなく、その火を通して、ふたたび緑たらんとひたすらのぞむ樹木のようなものだ。だがこのようなことが可能であろうか？　危機は不可避である。

「無限、おそるべき語」

危機は不可避だ。なぜなら、クローデルはおのれのうちに、あの激烈な所有力とならんで、局限されぬもの、無際限なものに対する並外れた嫌悪を抱いていたからである。まったく異常なまでにそうなのだ。彼は弱い人間ではなくて強い人間なのだから、当然、境界を課されればむしろ窮屈な思いをし、いっさいの限界を飛び散らせたいとねがうはずだと思われるだけに、このことはいっそう注目すべき点なのである。彼がすべてを欲するというのはたしかに真実である。だが、それ以上は欲しないのであり、そのすべてのなかの、あらゆる事物を、ひとつまたひとつと欲してゆくだけなのだ。それも、すでに形成されすでに創造されたものとして、おのれの所有し認識しうる強固な現実として欲するだけなのだ。彼はすべてを欲する。すべてが持つ確かさを欲する。根源だとか、未だ存在していないものとかではなく、現存する宇宙を、その諸限界のなかで閉じられ限定された世界を欲するのだ。そこでは、何ひとつ失われず、やがて彼は、この世界を、おのれの不断の言葉によって、数えあげ、測り、確認することが出来るのだ。たとえ欲求と結ばれているとしても、クローデルは、何よりもまず、現存する人間であり、現在に属する人間である。彼は、現在形でしか語らない。彼にとっては、現にそこにあるもののなかに、彼が享受し、讃え、おのれの言語を通してさらにより以上存在させうるに充分な存在が、つねに存在するのだ。だが、彼が、混沌たるかたちでつき動かす或る力を通して対応しようとするこの現在とはいったい何か？ これは、あの瞬間なのか、やがて『カンタータ』〔クローデルの長詩『三声のカンタータ』一九一一年執筆、一三年出版〕でうたわれる「春と夏とのあわいにあるこのとき」なのか？ これは、享受状態の現在なのか、何の心配もない状態、あるいは法悦の状態のうちに、とらえ味わう幸福なのか？ 周知のごとく、これほどクローデルと相反することはない。なぜなら、彼が現在を欲するのは、現在に対して現存するためであって、現在のうちに没し去ってしまうためではないからである。彼は、無限定なものに恐怖を覚えるように、汎神論的な溺死にも、恐怖と嫌悪を覚える。現在とは、それに熱中と満足を覚えるためばかりではなく、それでおのれを養い、それを発展させ、さらには、漸進的な増大と循環的なひろがりとを通して、それを乗りこえるためのものである。それでは、彼は、現存するすべての事物を、その形相において所有し、その表面にしか触れないような、精神的な所有に満足するのだろうか？ 彼にはそれ以上が必要である。つまり、彼は、ただ単に見るばかりでなく、持つことを欲するのだ。おのれの存在の全体によって、存在全体を、その実質までも所有することを欲するのだ。そのとき彼は、元素的なものの詩人となる。「元素そのもの！ 最初の物質！ 海こそ、まさしく私に必要なもの！」――そして、あの強固な本源的な大地、「大地の大地、地の胎内の豊かさ」、「燃え立つ暗い血潮」、「活動し、破壊し、運び、加工する血漿」、厖大な水の流入、いっさいの巨大なもの、単に、澄み切って流れてゆく水ばかりではなく、彼が中国の河を見て知るに至った、「大地の実質の浸みこんだ」「泥炭質の流れ」、「より一層重くなることによって、より一層拡がった円の、より一層深い中心へ逃れてゆく流れ」（これは、彼固有の、現在に関する定義にほかならない。彼にとって、現在とはひとつの点ではなく、存在が、絶えず振動しながら、終始変ることなく円環的に開花してゆくことである）。

だが、このような運動に屈服すると、形をなさぬもののなかに埋没し、すべてを得はするものの、すべてのただなかに、「福音を受けなかった渾沌」のただなかに溶け去ることによって得る、という危険はないであろうか？ 彼は、虚無を求めぬと同様、原初の不分明を求めもしない。この深い天才は、深みのうちにありながら、空虚の深淵にも、根源のあいまいな状態にも、同意を与えまいとしている。つまり、さまざまな事物による構成物から何ひとつ失うまいとしているのだ。これらの事物は、詩的同時性という強力な調和によって、みなひとつに保たれている。ひとつに結ばれ互いに関わりあったそれらの事物を数えあげることが出来るようなかたちに保たれている。それはちょうど、聖書に語られる族長が、数多い彼の羊の群を数えながら、そこに、地上の富と天上の祝福との一致をたたえるようなものだ。クローデルは、元素的理解と形態に対する好みとの、きわめておどろくべき混合物である。あるときは深く――「元素そのものに関わろう」とし、あるときは、ただただ広大であって、或る高い地点に至りつこうとする（あるいはイマージュにより、あるいは信仰によってだ）。それも、有限の現実を見失うほど高いのではなく、それを、その全体と細部にわたって眺めわたせるほど、「鳥のごとく眼をすえて」「大地の起伏や形態を、傾斜や面などの地勢」を考察しうるほど高い地点に至りつこうとする。だがしかし、彼においては、広大さが深さに立ちまさっているようだ。緊密なもの、元素的なもののなかには、彼が不快の念なしには接しえぬ、地すべりの可能性がある、釣合いの喪失がある。「無限」、おそるべき語、これは生命とも、よろこびや愛の力の実直な歩みとも調和せぬ。これは、クローデルが訳した詩〔『御身の掟を愛す』〕のなかで、コヴェントリー・パトモア〔イギリスの詩人（一八二三―九六）。クローデルは彼の詩九篇を訳している〕が歌っていることなのだが、無限に対するこのような恐怖を、クローデル自身痛感し、おどろくべき一徹さと力で表現した。「無限は、どういう場合でも、精神にとっては、つねに嫌悪すべきものであり、つまずきとなるものだ」。「祝福あれ、わが神よ、……あなたは私を、限りある存在となし給うた……あなたは私のうちに、決定的な関係と釣合いとを置き給うた」。「われわれは世界を理解した、そしてわれわれは、あなたの創造物が限られたものであることを見出した」。そして、アムルーシュには、こんなことを言っている。「すべて常軌を逸したものは、破壊的だ」。同様にまた、詩の目的も、ボードレールがおそらく望んだと思われるようなものではない。つまり、ボードレールが望んだように無限の奥底に沈んで新たなるものを見出すことではなく[*1]「局限されたものの奥底に沈んで、汲み尽しえぬものを見出す」ことなのである。

もちろん、クローデルは、こうして無限を拒否することが宗教に対して持つ具合の悪い点を、言葉のうえでは訂正している。「私は、事物という、限られた本性を持つもののなかにある無限について語っているのだ」。だがしかし、感情はもとのまま残っている。不安、夜の経験、いやそればかりか、純粋な光や、純粋な空間の経験までが、彼の本性のなかでは、打ちくだきえないような抵抗にぶつかるのである。そして、この点で、彼は、信仰の極限からも、詩の極限からも、のがれ去る。それゆえに、回心後、あの危機に襲われるときまで、彼を、彼が信ずるものから引き離していると見えるものは、奇妙なことだが、彼の信仰の確かさであり、おのれを失うことに対する恐怖であり、悪と触れあうことに対する恐怖なのだ。一言で言えば、罪というあの死に対する無知なのである。その場合、彼は、宗教から、おのれを強めてくれる確かさだけを受けとって、おのれをほろぼしかねぬ動揺や否認などを受けとらぬという傾向がある。存在を受けとるが、虚無をその相貌とした存在を受けとらぬ傾向がある。

『東方所観』の散文は、彼が或る強い内面的なためらいを覚えながらも、この恐るべき夜の領域と、これまた同様に恐るべき、輝きわたる裸形的世界の灼熱とに、近付き探索することを、次第に強いられてゆく様子をはっきりと示している。彼が、共犯関係にあると感じている海の試練が、おのれ自身とのこのあらそいにおいては、大きな役割を演じている。「海上での想い」、「海の危険」、「離れ去った陸」、「分解」などという題名は、彼が、流謫を、内外両面での流謫を次第に認識し、おのれが「住みえぬもののなかへの闖入者[*2]」たることを見出してゆく、ひそかなる道程の諸段階を示している。海による無性の認識である。「理解しえぬ海の崩壊と混沌のなかに運び去られて打倒され、深淵のざわめきのなかに身を没しその重みのすべてによって死に瀕した人間は、何でもかまわず、しがみつくべき堅固なものを探す」。「私のまわりは、何ひとつ堅固なものはない、私は、渾沌のただなかに置かれ、死の内部に没している……私は、おのれの釣合いを失い、中性的なものをよぎって旅をする。私は、深みと風との揚力の、空虚の力の、なすがままになっているのだ」。少しのちになって、彼は、暗黒のただなかにまさに入りこもうとするに至るのだが、そこは、「夜が、われわれから、われわれに関する保証を奪い去っている」地点であり、そのとき、「われわれは、もはや自分がどこにいるかを知らない」し、また「われわれの視界は、もはや、眼に見えるものをその限界とせず、同質で直接的で、冷やかで、ぎっしり詰った、眼に見えぬものという牢獄に閉じこめられている」、つまり、無限定なものに閉じこめられているのだ。そして彼は、この無限定なものに対して嫌悪と不安を、それも、拒否し蔽いかくすことによってはじめて彼のなかに現われてくるような不安を覚えるのである。夜が彼から奪い去る、彼自身についての保証こそ、重要な契機である。なぜなら、この保証――つねにおのれの位置を定めうるという可能性――は、彼にとってきわめて重大な問題なのだ。そしておそらく「海の危険」は、彼を、生へ、死ななかったことに対する、苦い水を飲まなかったことに対する感謝へ、連れ戻すにすぎない（そして、このことも注意する必要があるのだが、それは、彼の言語が、すべてが解体した停止状態に近付いているときでさえ、いかに、堅固な、閉じられたものであり、限界も形状も持たぬ四散状態にあって収集装置として働かねばならぬだけに、いかに、一層断言的なものになっているかという点である）。クローデルは、簡単におのれを放棄しないし、それに、これらすべての動きも、秘められたものであって、固い客観的な散文の織物のしたに、辛うじて認められるにすぎない。それに、この危機そのものも、その輪郭はよく知られているものの、今なお、蔽いかくされたままなのだ。

「私は不可能な存在です」

かくて、クローデルは、或る時期に、その外交官という職業と、それればかりかその制作活動とも縁を切り、やっとその征服をはじめたばかりのこの世界を断念しようと決心する。

かつて、すべてか無かなどという態度の持つ効用など信じたこともない人間がするにしては、なんとも異常な決心である。だが、もっと異常なのは、この印象深い決心が、彼が身をさらしているおのれ自身の変貌に際して、本質的なものではないという点である。結局のところ、彼を悩まし、彼が現にある姿から引離し、「傷つけられた心と、ゆがめられた力を抱いた」ままにしておくものは、この大いなる犠牲が、何の成功もみず、彼を超えた「否」にぶつかっているという事実であり、この「否」は、彼の内面的な敗北の表現として、彼のなかで鳴りひびいているのだ。このときはじめて、彼は挫折を知ったと言うことが出来る。おそらくはまだ、あまりにも個人的であまりにも傲然とした意志をもってではあったが、[*3] とにかく彼がおのれのすべてを捧げた決意は、果されるに至らず、それは彼に、おのれの欲することをやりとげる力がなかったことを教えるのだ。かくて彼は、欠乏と窮迫を見出すのだが、これは彼が、すべてのものからおのれを引離したためではなく、おのれをおのれ自身から引離しえなかったためである。つまりこれは、無力についての、彼に心の用意のなかったこの虚無についての、苦い認識である。

だが、ここではまだ、受動的な闇が問題であるにすぎない。彼を途方にくれさせながらも彼自身には手を触れず、彼の強力な個性の形状はそのままに残しておくような、或る欠如が問題であるにすぎない。やがて決定的な事件が起るが、それは周知のあの事件である。これは嵐のような禁じられた恋愛であって、この恋愛を通して、傲慢にもおのれをその受託者と自負している宝かなんぞのように善をしっかりかかえ込んだこの人物は、このメザ〔『真昼の分割』の主人公。クローデル自身がそのかげを落している〕は、突如として、活動的な闇に、「豹のようにあなたに襲いかかる闇」に攻撃されることとなる。ただひとつの動きだけで、破滅にとらえられ、罪ある人間、愛する人間と化するのだ。この物語におけるおどろくべき点、一般にパリサイ的偽善と非難されているクローデルの本性の壮大さを示す点は、他の男と結婚した女を奪うという重大な罪を犯しながら、彼のなかの詩人も、おそらくは彼のなかの信者も、暗鬱な悔恨の反芻におちいるどころか、それによって強いよろこびと勝利の感覚を味わっているという点である。彼は、かつてなしえなかったことをなしたのだ。彼は、夜に立ち向かい、限界を打ちこわし、他の誰かと再び結ばれるためにおのれを失うことを受け入れて、深淵に身を投じた。

そして私もまた、ついに見出した、私に必要だった死を！　私はその女を識った。私は女の死を識った〔クローデルの原文では「女の愛」とある〕。

私は禁じられたものを所有した〔『五大讃歌』「精霊と水」〕。

豊かさに溢れた言葉、「メザの頌歌」〔『真昼の分割』の一部〕よりもさらに純粋な言葉だ。「メザの頌歌」においては、まだ、自己自身への献身という口調が残っている。[*4]「私は禁じられたものを所有した」。ここに、すべてがはじまる地点がある。詩もまたはじまりうる地点、開かれた空虚な空間へ、「大地そのものが光である純粋な空間」へふたたび逃れゆくことによってその源泉に立戻りうる地点がある。

「私の何が心配なの、私は不可能な存在なのに？　私をこわがっていらっしゃるの？　私は不可能な存在です」〔『真昼の分割』第一幕〕。これはイゼの挑戦であるが、まず第一に詩の挑戦であり、挑発である。のちに彼は、この女を、叡智の女神と対立させるためにいつわりの女と呼ぶに至るのだが[*5]、この女だけが、もっとも強力な自我を打ちくだくことに成功したのであり、クローデルは、やがて、よろこびにみちた感謝の讃歌というかたちで、彼女のうちに、純粋な詩の力を、節度を許さぬ力を、エラート〔独吟抒情詩のミューズ〕を認めている。

おお、わが友よ！　おお、海の風のなかのミューズ！　おお、舳に立つ髪長き理念よ！

おお、いためられた訴え！　おお、再びえんとする願い！

エラートよ！　おまえは私を見つめる、そして私は、おまえの眼のうちに或る決意を読む！

私はおまえの眼のなかに、或る答えを、或る問いを読む！　おまえの眼のなかの、答

えと問い！〔『五大讃歌』第一歌「ミューズたち」〕

記憶すべき出会い、詩の本質そのものの発見である。すなわち、この答えは、いまだなお問いであり、この問いは、つねに答えのなかに生きかえって答えを、開かれた、生き生きとした、永久に始まり続けるものに保っているのだ。

だから、この危機は信仰と同様詩にも関係しているのであり、なぜクローデルが、あのように長年のあいだ、この危機を探り続け、この危機によって投じられた苦悩と真理のあの高い地点に身を保とうとしたかということも、これで理解される。彼がこの危機に抵抗するのは事実だ。おのれをとり直し、つかみ直して、平衡のとれた、賢明な、幸福な人間となることを選ぼうと、やがて彼は決心するのだが、結婚へと転回するような回心が、あの重大なときに対する不忠実さを示していることについて、思いあやまりはしないのだ。[*6]一九〇七年の（そのとき彼はすでに結婚し、一家をかまえている）『聖寵であるミューズ』〔『五大讃歌』第四歌。詩人とミューズの対話をなす〕との対話は、たとえ彼が、彼自身のなかの留保分、つまり、さまざまなまじめな義務にも、それぱかりか、作家として現実的で真実な事物のみを数えあげる認識的な作品にも満足することを許さぬ、あの秘められた部分に対して、次第に身を閉じてゆくとしても、さいわいにして何の結末も持つに至らぬ対話である。

もうひとつの言葉

この対話は、クローデル的分割のもっとも純粋な――もっとも正しい――表現である。一方においては、彼のなかに、力と意志と支配性を持つ存在、世界を欲し世界のなかでおのれの義務を果すことを欲する存在があり、この存在は有用な目に見える仕事をしたいとねがっている。おそらくは空しく破滅的でとらえがたい或る言葉の誘惑に屈するまいとねがっている。「私は刻苦して、一人の男たることをえた、無償では与えられぬあのさまざまなものにも慣れた、／それらを所有するには、つかみとら《プランドル》ねばならぬ、学びとり《アプランドル》、理解《コンプランドル》しなければならぬ」。「私には、果されていない義務がある！ すべてのものへの義務がある。何ひとつ／私が恩を受けていないものはない」、「……私の義務は立去ることではなく、他の場所にいることでもなく、手に持つ何かを放し去ることでもない……」。このような義務に生きる人間にふさわしいのは、豊かで堅固で真理性をそなえた言葉である。つまり、問題なのは話すのを断念することではなく、詩人を有限の事物の考察へ導くことであり、かかる事物こそ人間への讃歌である。「私に、人々が作り出したものを歌わせて欲しい、あらゆる人々が私の詩句のなかに、彼らの知っている事物を認めるように……なぜなら、数えあげること以外に、作家が何の役に立つか？」」。支配力とエネルギーにみちた言葉（彼は好んでこれを理論化する、つまり、彼にとって、語は本質的にエネルギーのにない手であり、感情のエネルギーの凝縮物なのである〕。「それ〔いっさいの沈黙せる事物〕にかわって、知性と意志の役を果す言葉」。「私は、偶然から引離された人間の大いなる詩をうたおう……もはや、ライストリュゴネス〔『オデュッセイア』に語られる人喰人〕やキュクロペス〔一眼の巨人〕のさなかをゆくオデュッセウスの冒険ではなく、大地の認識であるような詩によってそうしよう」〔以上の引用は『聖寵であるミューズ』中の詩人のことば〕。

重要で、きわめてクローデル的な働きである。だがしかし、もうひとつの言葉がある。この言葉は、何ものも与えず、孤独と後退と離別しかもたらさぬ。それは認識も与えず、結果も生まぬ。この言葉を口にする者はこの言葉を知らぬ。その重さと圧力と限りない要請しか知らぬ。人間的ではない言葉、何かをなし能う人間にではなく、突如としておのれが孤独で、「引離され、拒まれ、見捨てられて」いることを見出す人間に到来する言葉である。クローデルは、これほどにも彼自身と相反し、彼がのぞみ信ずるものとこれほども無縁なこの言葉を、くだらぬものと見なさないであろうか？　このような言葉を非難しないのであろうか？　彼はこの言葉の方を好むのである。自分自身を捨て去ることが出来ないから、この言葉に抵抗し、結局はお払い箱にしてしまうけれども、でもやはりこの言葉の方を好んでいる。彼のうちにあって詩であるもののすべては、彼が拒んでいる当のものの共犯者である。この当のものとは、彼が、おのれがそれに応じえぬことを絶望とともに認めている純粋さ、きびしさにほかならぬ。

おお、分け与えられたもの！　おお、留めおかれたもの！　おお、霊感を吹きこむもの！　おお、私自身のなかの留めおかれた部分！　おお、私自身のなかの私に先立つ部分！……

おお、言葉への情熱！　おお、後退！　おお、おそるべき孤独！　おお、あらゆる人々との離別！

おお、私自身といっさいとの死、そのなかで私は創造に耐えねばならぬ！

おお、姉よ！　おお、導きの女よ！　おお、きびしき人よ！　まだどれほどの時があるのか？……

おお、苦悩のなかでの私自身の働き！　おお、あなたに示すべきこの世の働き！

印刷機のローラーのうえに相次ぐ層をなして、

いまだ存在せぬ図の脈絡のない諸部分の現われるのが見えるように、……

そのように私は働き、自分が何をしたか知らないだろう、また、そのように、精神は、

死の痙攣とともに、

おのれのそとに言葉を吐き出すのだ、おのれの圧力と天の重み以外に

何ひとつ知らぬ泉のように〔『聖寵であるミューズ』〕。

そして、次のような懇願において、クローデル的分割が、つまり、彼のなかでの、彼を主張するための言葉と、黙々たる呼気であり火による焼尽作用であり真昼の持つ根絶作用であるあのもうひとつの言葉とのあいだの対立が、ひとつの叫びを通して、悲愴に言い表わされている。

ただ、語れ、人間の言葉を！
大地の成熟のとき、結婚の夜のこの太陽のなかで、ただ、私の名を、
そして、あの何の響きもないおそろしい語は一語も語るな、あなたがただ一語だけ十字架のように私に伝え、
私の精神が今も結ばれたままのあの語は！　〔『聖寵であるミューズ』〕

ここに見られるのは、クローデルのもっとも高度の証言であり、彼が、おのれ自身に屈服して大地の方に立戻るに際して、まさしく「絶望的に」立戻っているということの証拠もまた見てとれるのだ。

去れ！　私は絶望的に大地の方に向き直る！

去れ！　あなたは私から、大地のこの冷やかな味わいを奪い去りはしないだろう……
〔『聖寵であるミューズ』〕

かくて、彼は、選ばれるだけでありたくはないからみずから選ぶのだが、自分が好まぬものの方を選ぶのであり、おのれが根拠づけられたとも思えないし、いつかは心鎮められるという希望もないのだ。何年ものあいだ、彼は、その和解しえぬ、屈することのない声をきかなければならないだろう。彼は、「堅固な地面に引きおろされ」て、乗りこえられたさまざまな矛盾が作る幸福を、美しい諸作品においてさえ断言するのだが、そのたびごとに、この声は彼に何を語るであろうか？　「私をだまそうとしてはいけない。あなたのかわりに、私にこの世界を与えようなどと試みてはいけない、なぜなら、私が求めているのはあなた自身なのだ。死よりももっとおそろしい私の嫉妬を識るがよい！」〔同右、ミューズのことば〕。いっさいを焼き尽さずにはおかぬ純粋な光の嫉妬であるが、それはまた、八月の働きの輝かしさのなかにある夜そのものの嫉妬でもある。夜の深みに対する神秘な了解のうえで、対話は成就する。それはまた、禁じられた相貌への、下方における黙々たる現存への、人知れぬ、おそらくは詩人自身にも知られぬ回帰を通して行われる。この現存は、大地の堅固な富でもなく、精神の欲求たる恩寵でもなく、暗い情念の力であって、この現存だけが、かつて彼に限界を飛びこえることを許し、彼を夜と結びつけ、彼に、不可能なものの啓示を与えると同時に、未知なるもののよろこびと陶酔とを与えたのである。

誰が叫んだのか？　深い夜のなかで私にはひとつの叫びがきこえる！
私にはきこえる、闇にすまう私の昔の妹が、ふたたび私の方へのぼって来るのが、
夜に生きる妻が、何も言わずふたたび私の方へ戻って来るのが、
ふたたび私の方へ、闇のなかでわかちあう食事のような心を抱いて、
苦しみのパンのような、涙の壺のような心を抱いて〔『聖寵であるミューズ』〕。

地獄の底で、エウリディケーがオルフェウスに投げる、深い、永遠の呼びかけ、やむことのない呼びかけである。そして彼が、卒直な偉大なミューズたちに、扉口をきびしく守る四人の方位天使に警護されるようになった場合、その閉じられた家のただなかからでも、この呼びかけに答えぬことは許されぬであろう。

血を味わった者は、もはや、輝く水や燃えるような蜜で身を養うことはないだろう！
人の魂を愛した者、かつて他の生きた魂に固く結ばれた者は、永久に、それにとらえられたままだ〔『聖寵であるミューズ』〕。

6　予言の言葉

予言者（prophète）という用語は、ギリシャ文化とは異質な或る状態を示すためにギリシャ語からかりられたものであるが、[*1]この用語が、われわれに、ナビ〔ヘブライ語。予言者の意〕を、そのなかで未来が語る人物と見做したく思わせるとすれば、この用語はわれわれを思いあやまらせることとなろう。予言とは、単に未来の言葉にすぎぬものではない。それは、言葉を、来るべき出来事の発見にすぎぬものよりはるかに重要な対時間関係と関わらせるような、言葉の一次元である。何らかの未来を予見し告知することは、もしその未来が、持続の通常の流れのなかに座を占め、言語の整然たる構造のなかに表現を見出すならば、何ごとでもない。だがしかし、予言の言葉は、不可能なる未来を告知する。言いかえれば、おのれが告知する未来を、それを告知するがゆえに、生きることも出来ず生活上のいっさいの確実な所与を崩壊させるような何か不可能なものと化する。言葉が予言的になるとき、未来が与えられるのではなく、現在が奪い去られるのだ。堅固で安定して持続的な現存のいっさいの可能性が。永遠の都や、こぼちえぬ神殿さえも、突如として、

――信じられぬようなかたちで――破壊される。ふたたび、荒地となり、言葉もまた荒地的となる。叫ぶために荒地を欲し、われわれのなかに、砂漠に対する恐怖と了解と想い出とを絶えず目覚めさせるあの声となる。

砂漠と外部

予言の言葉は、いっさいの滞留いっさいの定着に反対し、憩いとなるような根付きに反対して、運動の根源的な要請へと立戻る彷徨する言葉である。アンドレ・ヌエル氏〔ユダヤ教、ユダヤ教予言者の研究者（一九一四―八八）〕が指摘しているように、八世紀の予言者たちがかいま見た砂漠への回帰は、九世紀におけるレカブの放浪的諸宗派によって実践された砂漠への回帰の精神的対応物であった。[1] そしてこれらの諸宗派自体、中断することなく伝えられてきた放浪の渇望に忠実だったのである。諸文明の歴史において他に類を見ぬ現象である、と彼は述べている。[*2] そして、周知のごとく、土地を持たぬ部族、あのレビ族〔旧約レビ記、ヨシュア記に語られる部族〕は、決定的に住む地を定められた他の諸部族のなかにあって、或る動的な生活の予感を体現し、保持していた。エジプトにおけるヘブライ人は、もしどこか閉じられた世界にいれば、奴隷解放の法規による即時解放という幻を抱けたかも知れないのだが、彼らはそういう世界の誘惑を拒否して、つねにただ一時の滞在者にとどまったし、また彼らは、歩みはじめたがゆえに解放され、砂漠の、もはやそこでは孤独ではないような或る孤独状態のなかで、はじめて存在しはじめたのだが、それと同様に、今度は彼らが所有者、居住者となり、豊かな空間を支配するにいたっても、やはり彼らのあいだには、何物も所有せぬ、砂漠そのものとも言うべき残存物が、あの場所を持たぬ場所が、残らざるをえなかった。この場所においては、結合関係だけが結ばれうるのであり、そこではつねに、正しい存在の根源にあるあの裸形と根こぎの瞬間のごときものに立戻らなければならないのだ。

ヌエル氏の意味深い指摘によれば、この放浪的精神は、「空間の価値を保持する」ことの拒否と、イスラエルの天性の特質とも言うべき、時間に対する肯定とに由来するものだ。と言うのは、イスラエルの天性の神に対する関係は、非時間的な関係ではなく、ひとつの歴史を生じさせるものであり、歴史そのものなのである。おそらくヌエル氏の言う通りだろう。だが、この砂漠の経験と、地上が単に約束の地にすぎないような放浪の日々の想起とが、もっと複雑で、もっと不安で、もっと不確かな或る経験を表わしているのではないかと自問することは出来る。砂漠とは、未だなお時間ではなく、また空間でもない。それは場所を持たぬ空間であり、ものを生むことなき時間である。そこでは、人はただ、彷徨することが出来るだけだ。過ぎゆく時間は、おのれの背後に何ものも残さず、それは、過去を持たぬ時間であり、現在を持たぬ時間であり、或る約束の時間である。そしてその約束とは、天空の空虚と、人がけっしてそこにおらずつねに外部にいるような或る裸形の地の不毛性とのうちにあってのみ現実的な約束なのである。砂漠とは、この外部であり、人はここにとどまることは出来ない。なぜなら、ここにいることは、つねに、すでに外部にいることだからだ。このとき、予言の言葉とは、可能的な関係がまだ存在しないときに、或る孤独《デゾレ》な力によって、始源的な不能であり飢えと寒さの悲惨である外部との裸形の関係が表現されるような言葉である。この裸形の関係は、契約《アリアンス》の、つまり、そこから相互性のおどろくべき正しさが立現われる言葉の交換の、基本原則なのである。[*3]

たしかに予言者たちは、つねに歴史にとけあっており、彼らだけが、歴史に巨大な尺度を与えている。彼らが語ることには、何ひとつ象徴的なものもないし、比喩的なものもない。また同様に、砂漠も単なるイマージュではなく、現実のアラビアの砂漠である。つねにそこへ向かって移住が行われている出口を持たぬ出口であるとは言え、とにかく地理的に位置づけうる場所である。一方また予言の言葉も、歴史の動乱とその動きの烈しい力にとけあってはいるが、また、予言者を、時間の重みを身に負うた歴史のなかの人物と化してはいるが、それは本質的に、歴史の瞬間的な中断に、一瞬、歴史の不可能性と化した歴史に、カタストローフが救いへ逆転することをためらい落下のなかにすでに再上昇と回帰がはじまっている空虚に、結ばれているようである。否定を通してのおそるべき移行であり、このとき、神自身も否定的である。「そは、なんじらはわが民にあらず、われはなんじらの神にあらざればなり」〔ホセア書一章九節〕。かくてホセア〔イスラエルの予言者〕は、子供ならざる者たちを生むのだが、彼らはのちに、再び子供たちとなる。すべてが不可能であり、未来は火に投じられて燃えあがり、もはや真夜中の国以外に宿るべき地がないとき、不可能なる未来を語る予言の言葉は、不可能を打ちこわし、時間を回復する「しかしながら」をも語るのである。「われ、この町とこの国を、カルデヤ人の手にゆだねん、彼ら入り来りて、町を火に投じ、灰と化さん、しかしながら、われ、この町とこの国の住民を、彼らを逐いおきしあらゆる国より呼び戻さん。彼らは、わが民とならん。われ、彼らの神とならん」〔エレミヤ記三十二章〕。「しかしながら！」。「ラーケン！」〔ヘブライ語「しかしながら」の意〕。予言の言葉がそのなかでおのれの働きを成就しおのれの本質を解き放つかけがえのない語である。つまり、予言の言葉とは、永遠の歩みはじめとも言うべきものだが、道が絶えた場所においてのみそうなのであり、そのときもはや前進する力は存在しないのである。[*4] かくて、次のように言うことが出来る。言葉は、断絶的時間に、いかなる時においてもつねに現存するあのもうひとつの時間に立戻るとき、予言するのだ、と。このもうひとつの時間においては、人々は、その能力をはぎとられ、可能的なものからへだてられて（やもめでみなし子だ）、お互いに裸形の関係にある。この関係において、彼らは、砂漠にいるのであり、この関係は砂漠そのものだ。裸形の、だが直接ではない関係だ。なぜなら、この関係は、つねに、あらかじめ存在する或る言葉のなかに示されているからである。

「わが止むことなき言葉」

ヌエル氏は、予言的存在のもっとも恒常的な諸特質をとり集めている。つまりそれは、つまずきであり、否認である。「平安のなし」と神は語る。予言の「平安のなさ」は、世俗の知恵に対立すると同様、空間的な聖権――祭式の時間しか知らず地上と神殿が契約のための必須の場所であるような聖権にも対立するのだ。かくてその言葉は、つまずきの言葉であるが、それはまず第一に、予言者自身にとってつまずきなのである。ひとりの人間が突如として別人と化する。やさしく感じやすいエレミヤは、鉄の柱、青銅の牆《かき》とならねばならぬ。なぜなら、彼は、おのれが愛するいっさいのものを、罪あるものとし、破壊しなければならないからである。つつましく尊敬すべきイザヤは、おのが衣服をはぎとらなければならぬ。かくて彼は、三年のあいだ、裸形で歩むのである。かつて純潔をけがしたことのない良心的な祭司エゼキエルも、人の糞もて烘《や》いた食物を喰い、おのが肉体をけがすのである、ホセアにむかって、神は次のように語る。「なんじ、ゆきて淫行の女をめとり、淫行の子らをとれ、この国淫行をなせばなり」。そしてこれは単なる比喩ではない。結婚そのものが予言するのだ。予言の言葉は重い。その重さは、その真正性のしるしである。おのれの心に勝手にしゃべらせたり、想像力の自由にとって好ましいことを語るのが問題ではない。にせ予言者は、愉快で楽しい人間である。つまり、予言者と言うより、人を面白がらせる人間（芸術家）だ。だが、予言の言葉は、外部から課されるものであり、外部そのものであり、外部の重さと苦痛なのである。

召命にともなう拒否は、このことに由来する。モーゼは、次のように言う。「つかわすべき者をつかわしめたまえ……何ゆえにわれをつかわしたまいしや。なんじの書きしるしたまいし書《ふみ》よりわが名を消しさりたまえ」。エリヤは、「足れり」と言う。また、エレミヤはこのように叫ぶ。「ああ、主エホバよ、見よ、われはおさなきにより語ることを知らず。――なんじ、われはおさなしと言うなかれ、すべてわれがなんじをつかわすところに行き、わがなんじに命ずるすべてのことを語るべし」。ヨナの拒否は、さらに押し進められたものだ。彼が逃れるのは、ただ単に神の召命ばかりではない、神自身であり、神との対話である。神が彼に、起ちて、東の方へ行けと言うと、彼は、起って、西の方へ行く。もっとよく逃れるために、船出し、もっとよくかくれるために、船倉にくだる。次いで、睡りのなかに、さらには、死のなかにくだる。だが、それも空しい。死は、彼にとってひとつの終末ではない。彼が、神から遠ざかるために、神からの離隔こそ神そのものであることを[*5]忘れて探し求めたあの離隔の形なのである。予言者は、おのれに、予言者たる準備が出来ていると思えないような場合、神もまた用意をととのえていないのではないか、「神の方の一種の無準備状態」があるのではないか、という辛い感情を時折抱くのである。おのれが語ることや起り生ずることの不条理さをまえにして彼は混乱を覚えるのだ。それらのことは、この断絶と変質の時間と結ばれているのであり、その時間においては、不可能事として到来することが、つねに、すでにその反対物に逆転しているのだ。彼はくりかえし「何故か？」と語る。彼は、疲労と嫌悪を覚える。ヌエル氏のことばによれば、正真正銘の嘔吐を覚えるのだ。予言者においては、神の誠実さの欠如に対する奇妙な反逆がある。「主なる神よ、なんじ、われにかく語りしにあらずや！」

予言の言葉は、本来、対話なのだ。それは、予言者が神と議論するとき、また、神が、「予言者に、神託のみならず、おのれの心使いをもゆだねる」とき、劇的なかたちで対話となる。「われ、わがなさんとせしことをアブラハムにかくさんや」[*6]と神は語るのだ。だが、予言の言葉は、すでに言われたことが或るはじまりの言葉を通して表現されているような断言として、おのれに委ねられた言葉をひたすらくりかえしている限り、さらに本質的なかたちで、対話なのである。これが予言の言葉の独自性である。それは、最初の言葉であるが、つねに、それより以前に或る言葉があり、予言の言葉は、それをくりかえしつつ答えるのだ。まるで、語りはじめるいっさいの言葉は、止むことなき外部の言葉がふたたび沈黙へと導かれるために聞きとられる答えとして、まず答えることで語りはじめてでもいるかのようだ。「わが止むことなき言葉」と神は語る。神は、語るとき、おのれ自身の言葉が――かくして答えとなった言葉が――人間のなかでくりかえされるのを聞きたいと思ってでもいるようだ。神の言葉は、人間のなかでのみ断言されうるのであり、人間は、神の言葉に対して責めあるものとなる。思考の触れあいもなく、言いあらわしがたき神の思想の、語への移し変えもなく、言葉の交換があるのだ。[*7] そしておそらく、この場合、主体となるのは神であるが、「出エジプト記」がたくみに語っているように「人が他の人に語るがごとく!」語るのである。

くり返されたものだがまったく別物である言葉、おのれ自身の答えとなり聞きとりとなり無限の実現となった絶えざる運動状態である言葉、そういう言葉を通しての神と人間との関係は、予言的言語のなかに、相矛盾する諸性質の総体を導入し、そこからその意味のひろがりを引出している。つまり、所有関係であって自由な関係だ。人々が喰らう言葉、火であり、槌である言葉、とらえ、荒し、生み出す言葉、だが、それは同時に、精神であり精神の成熟態である言葉だ。聞くことも、聞くのを拒むことも出来る真の言葉であり、この言葉は、服従と否認を、従属と認識を要求するのだ、そして、この言葉の空間のなかには、「ひとりの人間が他の人間に対するがごとき」出会いの真理性が、直面のおどろきが存在する。ヌエル氏は、リュアー(精神にして気息)について、こんなことを言っている。つまり、リュアーの神秘は、このうえない精神性から肉体的な発散物に至るまで、純粋性から不純性に至るまで、意味作用のあらゆる段階を蔽っている点にあるわけだが——神のリュアーは激越なものだ——、このことは、言葉つまりダヴァルの神秘の場合も同様に真実なのだ。もっとも、言葉の場合は、本質的な意味で語られた関係、内的な魔術性も、神秘的な融合もほとんど排除された関係とされてはいるが。精神的ではないが精神である言語だ。強力だが力を持たず、活動的だが活動力からへだてられた、運動性の言葉だ。そこでは、エレミヤの夢の場合のように、前進のリズムや、途上にある人間たちや、不可能な回帰の途方もない動乱以外、何ものも未来を示しはしない。[*8] 運び去られ連れ去られる熱中と熱狂の言語だ。ここでは、人間がおのれの能力の限界で行う絶えざる攻撃の、けわしく、烈しく、人をふるい立たせる、単調な荒々しさのなかで、何ものかがくりひろげられるのだ。

文字通りに

われわれは、この言語を、どの程度までとり入れることが出来るだろうか？ 困難は、単に移し変えという点にあるばかりではない。その困難が、修辞的な性質のものであるというのも、その起源が精神的なものであって、たとえ不信者の場合でも次のことは信じなければならぬという暗黙の義務と結びついているからだ。次のことというのは、おのれの成就をおのれ自身のうちにではなく何かよりよい報せの到来のうちに見出したと覚しいあの言葉を所有し解釈する権利を、キリスト教的霊性と、プラトン的観念性と、われわれの詩的文学を浸しているいっさいの象徴主義とが、われわれに与えているということだ。予言者たちが告知するものが、結局のところ、キリスト教的な文化であるとするならば、その場合、彼らのことばを、われわれの繊細さや確信をもととして読みとるのは、まったく正当なことである。われわれの持つ確信性のうちもっとも根本的なものは、真理は、今後、固定し、しっかり確立されるということだ。アランの農民的な叡智でも、なお、カトリック信者が聖書を知らないことを面白がっていた。シモーヌ・ヴェーユは、ユダヤ思想など知りもしないし、理解してもおらず、そのくせ手きびしい頑固さで批判をくだしているが、彼女がユダヤ思想に対して示している例外的な不正なやりくちは、たしかに示唆的である。なぜなら、言葉が根源的に苦悩の空虚と関わり、始源の貧しさの要請と結ばれていることを、もし彼女が深く感じているならば——聖書を読むことで、彼女はこのことも知ったはずだ——、憩いなき時間の不安に対して彼女が覚える嫌悪、運動に対する拒否、非時間的な美に対する信頼、ギリシャやヒンズーの循環的時間や数学的時間や神秘的時間など時間が否認されているいっさいの時間形態へ彼女を向ける幻惑、またとりわけ、彼女の純粋さへの欲求、純粋性ではなく聖性に心を用い、「われ純粋なるがゆえに汝ら純粋なれ」とは言わず、「われ聖なるものなるがゆえに汝ら聖なれ」という神に対して、そのパトスによって絶えず予言者たちを関係を持たぬ親近性のなかで試練にさらす神に対して、彼女が本能的に感じざるをえぬ嫌悪など、彼女に、聖書の言葉を了解することもなしに非難させているこれらいっさいの強固な非両立性は、当然われわれのなかにも働いているはずだ、けっして移し変えることなく成就し純化しようという人知れぬ意志を通して、移し変える人々のなかに働いているはずである。

象徴的な読みかたは、文学的なテキストに対する、おそらくもっともよくない読みかたである。あまりに烈しい言葉に当惑するたびに、われわれは、これは象徴なのだ、と言う。聖書というこの壁は、かくして、魂のちょっとした疲労のかずかずが憂愁の色で色どられる甘美な透明性と化した。荒々しいが慎重なクローデルのごとき人物も、聖書の言葉とおのれの言葉とのあいだにおいたさまざまな象徴にむさぼり喰われて、あやうく死にかける。言語の真の病いである。だが、かりに予言の言葉がわれわれにまで達するとするならば、その場合それらがわれわれに感じさせるのは、それらの言葉が、象徴も比喩も含んではおらず、[*9]語の具体的な力を通して、事物を裸形状態におくということである。それは、眼に見えるがまた見えぬ巨大な面ざしの裸形性にも似た裸形性である。この裸形性は、ひとつの面ざしとして、光であり、光の絶対性である。おそるべきものであるとともに心奪うものであり、親しいがとらええぬものであり、直接的に現前しながら限りなく未知のものであり、つねに来るべきものであり、つねに見出すべきものであり、喚起すべきものでさえあるような、そういう光の絶対性である。とは言っても、これは、人間の顔の裸形性と同様に、読みときうるものであり、つまりそれは、ただこの意味においてのみ相貌《フィギュール》なのである。予言とは、生身をもってする物真似である。[*10]エレミヤは、なんじらは軛のもとに身を折らん、と言うだけでは満足しない。彼は自ら身に綱をまとい、木と鉄の軛を負って歩みゆくのである。イザヤは、エジプトをたのむな、その兵は敗れ、とらえられ、「はだしとなり、尻を風にさらして」曳きゆかれんと言うばかりではない。彼自身、その負い袋をおろし、履《くつ》をぬぎ、三年のあいだ、はだかで歩むのだ。アハブ王〔イスラエル第八代の王〕の兄弟たる予言者〔ベネハダデ〕は、王に聞かせようと思う擬定《さばき》をよりよく強調するために、誰かが自分を打ち、傷つけることをねがう〔列王記略上二十章〕。こういういっさいのことは、われわれに何を語るであろうか？　すべてを文字通りにとらねばならぬということだ。われわれは飢えや肉体的苦痛や欲求に左右されるおのれの肉体にゆだねられているのと同様のかたちで、つねに、或る意味の絶対性にゆだねられているということだ。至るところわれわれを追い求め、われわれに先立ち、われわれが存在するよりまえにつねにそこにあり、不在というかたちでつねに現存し、沈黙というかたちでつねに語るこの意味に対しては、身をかくすべき場所がないということだ。「彼らがシャール〔ヘブライ人の冥府〕まで掘りゆけば、わが手は彼らをとらえん。天空にのぼりしときは、われ、彼らをくだらしめん。カルメル山に身を潜めしときも、われ、すでに彼らを見出す。海原の奥底にかくれしと思うときは、彼らを蛇にくらわしめん」。死をいたずらなものと化し、無を不毛のものと化する言葉のおそるべき呪詛。空虚もなく、憩いもない、途絶えることなき言葉。予言の言葉は、この言葉をとらえ、とらえることによって、時として、うまくこの言葉を中断させ、かくてそれをわれわれに聞きとらせる。そして、この聞きとりによって、われわれを、われわれ自身に目覚めさせるのである。*11

全空間を占めるものではあるが、本質的に固定せざる言葉(つねに破壊されはするが、けっして途絶えることのない契約の必然性はここから発する)。このじらし悩ます性質、運動を通してこの急襲、この攻撃の速やかさ、この疲れることを知らぬ飛躍、こうしたものは、翻訳が、たとえ忠実なものであっても、まさしくその忠実さのために足をとられて、われわれに予測させるのにきわめて難渋する点である。だから、われわれは、詩人に多くを負うている。詩人の持つ詩か、予言者たちによって呼び出されて、われわれに、本質的なものを、つまり、あの冒険のすばやい動きや、あのせわしい調子や、何かに手間どったりかかずらわったりすることへの拒否などといったものを、伝えることが出来た。[*12]これは、稀有な、ほとんど人をおびえさせるほどの資質である。なぜなら、詩人は、まず第一に、いっさいをむさぼり尽すリズムの働きと野生状態の抑揚とによって、すべての真実な言葉のなかに、あのつねに語られているがけっして聞きとられることのない言葉を感じとらせなければならないからである。この言葉は、真実の言葉に先立つことによってそれを破壊する危険を冒しながら前もって真実の言葉をくりかえすべく運命づけられた風のざわめきとも性急な咳きとも言うべきものであって、先行するこだまというかたちで、真実の言葉と重なりあっている。こういうわけで、予言は、語の持つ現在に先立つ力に支えられながらも、結局は語法の破壊を引き起そうと絶えずつとめているようだ。ランボオという、性急さとせわしさの天才、あの偉大な予言的天才においても、事情は同様である。

7　ゴーレムの秘密[1]

象徴という言葉は、さまざまな文学の歴史において、尊敬さるべき言葉である。この言葉は、さまざまな宗教形態の解釈者たちに大いに役立ってきたし、今日でも、フロイトの遠い後裔たちやユンクの近い弟子たちに役立っている。思考は象徴的なものである。このうえなく局限された生活でも、種々の象徴によって生き、それらに生命を与えている。象徴という言葉は、信者と不信者を、学者と芸術家を和解させる。

おそらくそう言えるだろう。この言葉の使われかたで奇妙な点は、その作品にこの言葉が適用されている作家が、作品にかかわっているあいだは、この言葉が示すものとはきわめて遠ざかっていると感じている点である。そのあとでは、彼はそこにおのれの姿を認め、この美しい名前に心くすぐられるようになるかも知れぬ。そうだ、これは象徴なのだ。だが、彼のなかで、何かが抵抗し、抗弁し、ひそやかに断言する。これは、象徴的な語りかたなどではない、ただ単に現実的なことだったのだ、と。

この抵抗は、注目に値いする。ところで、象徴についての思想は、充分に練りあげられてきた。この場合、専門家たちのすべての学問的な研究よりさきに、神秘学が、より多くの明確さと厳密さとをもたらしている。最初の深化は、象徴を比喩《アレゴリー》から引離そうとする欲求から生れた。比喩とはけっして単純なものではない。鎌を持った老人や、車輪のうえに乗った女性が、時や運命を意味するとしても、この唯一の意味作用だけで、比喩的関係が汲み尽されるわけではない。鎌、車輪、老人、女性、比喩が現われ出ているあらゆる細部あらゆる作品、また、そこにひそんでいる途方もない物語やこの物語を活動的なものに保ってきた情動力、またとりわけ、具体的な表現様式、こういうものが、意味作用を、さまざまな照応の無限の網目にまで拡大するのだ。われわれは、最初から、無限を自由に処理しうる状態にある。ただ、この無限は、まさしく処理しうる無限であるというにすぎない。比喩は、その輪の複雑な振動をきわめて遠くにまでくりひろげるが、けっしてその次元を変えることはないのであって、水平的と称しうるような或る豊かさにしたがってくりひろげるのだ。つまり、比喩は、はっきりと測定された表現の限界内にあって、表出され具象化される何かを通して、これまた直接的に表出されうるような何か別のものを表わすのである。

象徴的経験

象徴は、まったく異ったさまざまな意図を持っている。それは、言語の球体、あらゆる形態での言語の球体から一挙に外へ飛び出そうとする。象徴が目指しているのは、どのようなかたちでも、表現しえないものである。象徴が、見せたり聞かせたりするものは、いかなる直接的な聞きとりも不可能であり、そればかりか、どのような種類のどのような聞きとりも不可能である。象徴がわれわれにそこから踏み出させようとする平面は、われわれをいっさいの接近の欠如した或る別種の領域へ高めるための、あるいは投げ落すための、ひとつの踏切板にほかならぬ。だから、象徴を通して飛躍があり、水準の変化がある。唐突にして激烈な変化がある。昂揚があり、落下がある。或る意味から別の意味への移行ではなく、控え目な意味からさまざまな意味作用をふくむもっと広大な豊かさへの移行でもなく、別のものへの、可能なるいっさいの意味とは別の姿を呈するものへの移行がある。このような水準の変化は、低い方へ向かう危険な運動であり、高所へ向かうよりいっそう危険な運動であるが、これこそ、象徴の本質をなす性質である。

これだけでもすでに厄介なことであり、さまざまなのぞみを抱かせる、稀有のことである。象徴について語るのは、用心や注意なしにはなされえまいと思われるほどである。だが、さらに続いて、他の特異な点が生ずる。比喩は、ひとつの意味を持ち、多くの意味を持ち、またその度合に多少はあるが意味のあいだのあいまいさを持っている。ところが、象徴は何ひとつ意味せず、何ひとつ表現しない。それは、他のすべての把握をのがれ去る或る現実を、——われわれをそこに現存させながら——現存させるだけである。かくてこの現実は、そこに、或る未知の現存として、おそろしく間近に、またおそろしく遠く、立現われるようである、とすると、象徴とは、壁にあいた穴なのだろうか、他の場合にはわれわれが感じ知っているいっさいのものからのがれ去っていたものが、それを通して突如としてわれわれに感じうるものとなるような割れ目なのだろうか？　これは、眼に見えぬもののうえに当てられた解読用の格子なのか、暗く謎めいたものが暗く謎めいたかたちのままで透視的に感じとれるような或る透明さなのか？　そうではない。象徴が、芸術にとってかくも強い魅力を持っているのは、そのようなことからではない。もし象徴が壁であるとすれば、それは、穴があくどころか、逆に、よりいっそう不透明になってゆくような壁とも言うべきものだ。単に不透明になるばかりでなく、それは、おそろしく強力な途方もない密度と厚みと現実性とをそなえたものと化するのであって、かくてそれは、われわれ自身を変形し、われわれの手段や慣習の作る球体を束の間変形し、われわれをいっさいの現実的知識や可能的知識から引き離し、われわれをもっと可鍛性に富むものと化し、われわれを動かし、別の方向に向け、この新しい自由を通して、われわれを或る新しい空間の接近に直面させるのである。

あいにく、明確な例となるべきものがない。なぜなら、象徴が、特殊な、閉じられた日常的なものになるやいなや、すでにそれは低落しているからである。だが、宗教的経験によって生気づけられたものとしてのあの十字架が、象徴のいっさいの生気を所有しているとしばらく認めておこう。十字架は、われわれを、秘蹟の方へ、キリストの受難の秘蹟の方へ向ける。だが、そのことで、十字架が、十字架としての現実性や木という本性を失うわけではない。それどころか逆に、十字架が、あの空ではないどこかの別の天空へ、われわれの接近を超えた或る場所へ、高まるように見えれば見えるだけ、それはよりいっそう木となるのであり、よりいっそう木に近くなるのだ。まるで、象徴は、それが或る無限の拡大力の場であるという事実によって、つねによりいっそう、おのれ自身のうえに、おのれが保持する唯一の現実性のうえに、またその事物としての陰暗さのうえに連れ戻されでもするかのようである。

だから、簡単に、次のように言わねばならぬ。すべての象徴はひとつの経験である、と。それは生きねばならぬ根本的な変化であり、やりとげねばならぬ飛躍である、と。だから、象徴があるのではなく、象徴的な経験があるのだ。象徴は、それが目ざそうとする眼に見えぬもの、言語を絶するものによって、けっして破壊されはしない。それどころか逆に、この運動のなかで、日常世界がけっして象徴に与えたことのないような或る現実に達するのである。それは、十字架であればあるだけよりいっそう木となり、そのかくされた本質のためによりいっそう眼に見うるものとなる。それが或る瞬間的な決定作用によってわれわれをそのかたわらに現われさせる表現しえぬもののために、それはよりいっそう語るところ多い表現的なものになるのだ。

象徴に関するこのような経験を、文学へ適用しようと試みた場合、われわれが気がついて驚きなきをえないのは、この経験が、もっぱら読者にのみかかわっており、読者の態度を変形するものであるという点だ。象徴が存在するのは読者にとってだけの話であり、象徴的探求の運動によって自分が書物に委ねられていると感ずるのは、まさしく読者なのである。読者は、物語に直面して、或る断言の力を体験するのだが、この力は、それが行使されている限られた領域を限りなく超え出ているように見える。かくて彼は、次のように考えるのである。「これは、単なる話をはるかに超えたものだ、ここには、或る新しい真理、より高度な或る現実の予感がある。やがて何かが私に示されることとなるだろう、このおどろくべき作者がそれを私に与えようと思っているわけだし、彼はみずからそれを見たのだ、そして私が、彼の作品の直接の意味やさし当って読みとらねばならぬ現実性のために盲目にさせられぬ限りは、それを私にも見せてくれようと思っているのだ」。かくて、読者は、或る情熱をもって、当の作品と一体になろうとする。この情熱は、時としては、照らし出されるような天啓に立至るのだが、おのれの小さな光を新たなる深みのくぼみのなかで守りうることをよろこんでいるような特殊な読者の場合は、まずたいていは、さまざまの精緻な解釈のうちに使い果されるのである。このような二種類の読みかたが現在著名であるが、これらは、はるか何世紀もまえに生れたものだ。ひとつだけ例をあげれば、一方は、『タルムード』[2]の豊富な註釈に通ずるものだし、今ひとつは、文字に対する瞑想や処理と結びついた予言的なカバラ説[3]の忘我的な経験に通ずるものである（だが、おそらく、次のことを思い起す必要があるだろう。すなわち、読むということは、考察よりも無垢と自由をより多く要求するような幸福なのである。あれこれと気を使う細心な読書、まるで宗教の儀式のようにおごそかに執り行われる読書、これは、書物のうえに、あらかじめ、尊敬の印をおすようなものであって、この印が、書物を重く閉じてしまうのだ。書物とは、尊敬さるべく作られているものではない。そして、「もっとも崇高な傑作」は、つねに、もっとも控めな読者のなかに、その書物をそれ自身と等しくするような正しい尺度を見出すのである。だが、これは当然のことだが、読書に際してののびやかさということそれ自体は、容易に近付きうることではない。書物は、速やかにおのれを開くし、一見してつねに自由に処理しうるように見えるけれども、——ところが書物はけっして現にそこにありはしないのだ——、このような速やかさや外見は、書物がわれわれの意のままになることを意味してはいない。むしろ、われわれの完全な処理可能性に対する要請を意味している）。

象徴的な読書の生み出す結果は、時として、文化にとって重大なかかわりがある。さまざまな新しい問いがかき立てられ、古ぼけたさまざまな答えが沈黙させられ、人間について語りたいという欲求が、高貴なかたちで育てあげられる。そればかりか、だがこれは一番悪い点なのだが、一種の折衷的な霊性が、そこにおのれの資源を見出すのである。画面や物語の背後にあるもの、これは人々が永遠の秘密のごとく漠然と予感してきたものなのだが、これが、ひとつの本来的な自立的な世界として再構成される。そして、精神は、おおよそという状態の無限性がつねに精神に与え続ける疑わしい幸福のなかで、この世界をめぐって動きまわるのである。

そしてこのことから、作品に対して、ついにはその破壊という事態が惹き起される。それはまるで、この破壊が、あの背後世界への眺めを容易ならしめるために註釈という虫たちによって飽くことなく強いられる一種のふるいにでもなるかのようだ。この背後世界は、つねにあまりにも感じとりにくいものであり、人々は、この世界にわれわれの視覚を適合させることによってではなく、それを、われわれのまなざしや認識にしたがって変形することによって、われわれをこの世界に近付けようと試みるのである。

だから、象徴的探究は、重力にしたがって、ほとんど必然的に、或る二重の変質に達するのだ。象徴は、もしそれがひとつの情熱でなければ、またわれわれがすでに述べたような飛躍でなければ、まったく何ものでもないのだが、この象徴が、一方では、ふたたび、単純な、あるいは複雑な、再現の可能性と化するのだ。ところがまた一方では、それは、拡大運動と集中運動という二つの相反する運動が一つに結ばれてしっかりと打立てられるような激烈な力にとどまるかわりに、秘蹟の大いさによってその繊維が一筋また一筋とむしばまれすりへらされた十字架の木のように、それが象徴するもののなかに、全体として少しずつ移行してゆくのだ。

なぜ純粋な芸術は存在しないか

だがしかし、この点で、われわれはさまざまな進歩をした。以前より事態に通じているし、もっと注意深くなっている。そこに象徴的生命が活動しているように思われる作品の場合、それは、われわれがそのなかにより完全に閉じこめられればられるほど、われわれを「外部」に近付けるように感じられる。それは、それ自身以外の何ものも語らぬことを条件として、それがわれわれに語らぬことをやがて語るようになるだろう。それは、われわれをどこへも導かずいっさいの出口を開かずに閉じてしまう場合のみ、はじめてわれわれを他の場所に導くのである。これは、その彼方にはただ砂漠しかないような、何の秘密も持たぬスフィンクスであって、このスフィンクスは、おのれのうちにその砂漠を支え、それをわれわれに伝えるのである。

作品の彼方は、作品のなかにあってのみ現実的であり、作品の固有の現実性にほかならぬ。物語は、その紛糾した動きを通して、あるいはそれがおのれの実質のなかに作り出す水準の破壊を通して、われわれがここかしこに突然その反映を見うるように思う或る光によって、おのれ自身の外へ引き出されるようだ。だが、物語を限りなく外部的な地点へと連れ去るこの引力は、物語を、それ自身の秘密へ、その中心へ、連れ戻す運動なのである。

つねにそれを出発点として、物語が生み出されおのれ自身の永遠の誕生となるような内奥へ連れ戻す運動なのである。

だから、人が誰か或る作家に関して、象徴について云々する場合、彼は、作品を作品自身から遠ざけるへだたりを体験しているのかも知れぬ。動きやまぬ、生命にあふれたへだたり、いっさいの生命とそのなかでの運動の中心であるようなへだたり、言わば象徴がおのれとともに持ち運ぶあのへだたりのごときものを体験しているのかも知れぬ。これは、或る空虚の体験であり、飛びこしえないが飛びこさねばならぬ或る離隔状態の体験である。おのれの立つ平面を変えるべく飛躍することへの呼びかけである。だが、作家にとっては、このへだたりは、まさしく作品のなかにある。書くことによってのみ、彼は、このへだたりにおのれを委ね、そこにおのれをさらし、かくてそれを現実的なものとして保つのである。まさしく作品の内部にこそ、絶対的な外部が存在するのであり——この根本的な外部性の試練を通して作品は形成されるのだが、これはまるで、作品を書く者にとっては、作品のもっともそとにあるものが、つねに、作品のもっとも内奥の地点でもあるかのようだ。そのために、彼は、あるきわめて大胆な運動を通して、絶えず、空間の極限におもむき、おのれ自身の涯《はて》かなんぞのように、おのれが従っていると思っている様式やおのれが語っていると思っている話やその他ありとあらゆる書きものの終末点で、つまりもはや彼が持続的に存在しえぬ場所で、おのれを保たねばならぬ。そこで、彼は屈服することなく、おのれを保持しなければならぬ。それと言うのも、そこで、或る瞬間に、すべてを始まらせるためなのである。

だが、このような地点このような瞬間において、彼にはまた、もはや、自分が書くことを許されている当の作品が問題ではなく、その作品とも彼自身ともその他どのようなものとも、もはや何の関係もないものが問題であるように思われる。彼は思うのだ、自分が目ざしているのはまったく別の何かなのだ、知られざる土地であり、暗黒の沼であり、或る点、言い表わしがたき或るイマージュであり、その執拗な介入こそ以後おのれを生気づけるすべてであるような至高の「感覚《サンス》」なのだ、と。すると、その場合、彼は、彼固有の課題や作品や目的を否定しているのか？　たしかにそうである。すべては、まるで、作家が——あるいは芸術家が——目的あるいはアリバイとして、何か別のものの追求をおのれに課することなくしては、おのれの作品の完成をもとめないかのように起るのである（おそらくそのために、純粋な芸術は存在しないのだ）。おのれの芸術を実践するためには、彼には、そこを通って芸術をのがれ去ることが出来るような、それによって自分が何であり何をしているかを自分にかくせるような、ある抜け道が必要なのだ、——そして、文学とはこの隠匿なのである。オルフェウスは、エウリディケーの方をふりかえるとき、歌うことを止め、歌という能力を破壊し、儀礼を裏切り、掟を忘れ去るのだが、それと同様に、作家は、或る瞬間において、すべてを裏切り、すべてを否定しなければならないのである。

そして、芸術も作品も文学も、彼がかいま見ている真理にくらべれば（あるいは彼が仕えようと思っている人々にくらべれば）、彼がとらえようと思っている未知とくらべれば、彼がそれを歌うことではなく見ることをねがっているエウリディケーとくらべれば、もはや何ものとも思われないのである。作品に対するこのような否定作用によって、はじめて作品は、そのもっとも大きな次元を獲得しうるのであり、このことが、作品を、一個の作品を超えたものと化している。多くの場合、まさしくこのような値いをはらって、作品は姿を消し、かくしてまた、象徴に養分と存在理由とを与えているように見える。

いったい、この象徴という言葉は、作家に何をもたらすのか？　おそらく、おのれの挫折に対する忘却と、神秘的な言語に頼ることによってイリュージョンを作り出そうとする危険な傾向だけであろう。[*1] もし彼が、おのれに固有な経験の特殊な性格を明らかにするために、何か別の語を用いなければならぬとすれば、それはむしろ、イマージュという単純な語となるだろう。なぜなら、多くの場合、作家とは、彼自身にとっては、何か或るイマージュと出会い自分が奇妙な情熱をもってそれと結ばれていると感ずる人間のごときものだからである。この人間は、このイマージュのかたわらに滞留すること以外にもはや何の経験も持たないのであり、この滞留こそ彼の作品なのである。

イマージュの幸福と不幸

カサレスの『モレルの発明』[4]という物語は、J・L・ボルヘス[5]が、もっとも成功した作品に数えているものだが、このなかで、われわれに、政治的迫害をのがれて或る島にかくれがを見出したひとりの人間の物語が語られている。彼はこの島にいれば安全なのだがそれは、一種のペストが、この島を無人の島と化してしまっていたからである。何年かまえ、ひとりの金持が、何人かの友人とともに、ここに、ホテルと、礼拝堂と、「美術館」とを建てさせた。ところが、流行病が、彼らを追い払ってしまったようである。こういうわけで、その亡命者は、自分はまったく見捨てられてしまったのだという辛い思いを抱きながらしばらくのあいだ暮している。ところが或る日、彼はひとりの若い女と、他の何人かの人々の姿を認める。この連中は、ホテルにまた泊りこんで、野生に戻った自然のなかで、何とも理解しかねる気晴らし的生活を送っている。こういうわけで、彼はまたまた逃げ出さねばならなくなる。身をかくさねばならなくなる。ところが、彼が耳にしたところではフォースチーヌと呼ばれているその若い女の魅力と、彼女が彼に示す不思議な無関心さ、お祭り気分と幸福とにあふれたこの一団、こういうものが彼の心をとらえる。彼は、近付いていって、彼女に話しかけ、彼女に触れ、彼女をあれこれ誘惑してみるが、すべて無駄である。彼は、自分の置かれた立場を甘受しなければならぬ。つまり、彼女にとって彼は存在していないのだ、彼女の眼には彼は死人も同然なのだ、それに実際、彼は死んでしまっているのではないだろうか？　ところでこれはこんなふうに解決される。この小人数の一団を組織したのはひとりの学者であって、彼は、人々やその他あらゆる事物から、現実と同一の腐ることなきかげとしてあらゆる感覚に否応なく強いられる或る絶対的なイマージュを獲得することに成功した。その学者は、一週間にわたって、友人たちの生活のあらゆる瞬間を、彼らの知らぬまに「映画にとった」のであり、この一週間が永劫に続くものとなるのだ。潮によって、映写機がとりつけられた機械装置が動かされるたびごとに、この一週間がくりかえされるのである。ここまでは、話はただ巧妙であるというにすぎぬ。だが、われわれには、まだ第二の大詰が残されているのであって、そこでは巧妙さは感動的なものと化している。すなわち、この逃亡者は、かずかずの映像《イマージュ》のかたわらで、またあの魅惑的な若い女のかたわらで暮しているのだが、そのうちに、少しずつ、自分がその女と結ばれていると感ずるようになる。だがまだ充分ではない。彼は、出来るものなら彼女の無関心の輪のなかに、彼女の過去のなかに入り、この過去を、おのれの意のままに変容させたいと思う。このために、次のような計画が生れるのである。つまり、自分の動作や言葉を、フォースチーヌの動作や言葉とうまく適合させて、人が見たら彼らの幸福な親密さと思うようなものを暗示させるために、それらを互いに相応じさせようという計画である。彼はまる一週間のあいだこんなふうに暮し、その間、イマージュ収集装置を動かして、彼女やその他すべての人とともに、自分自身の写しを作る。こうして彼自身もイマージュとなり、このイマージュ的な親密さのなかで不可思議なかたちで生きるのだ（もちろん彼は、自分がまだ存在していなかった週による版は、いそいでこわしてしまう）。以後、彼は幸福になる、そればかりか、一種の至福者にさえなる。だが、彼は、この幸福と永遠に対して、おのれの死という値いを払わねばならぬ、光線とは死すべきものだからである。イマージュの幸福と不幸。この状況において、作家は、その多くの夢想や幻覚や苦しみが、そればかりか、自分が死ねばその生のいくばくかをさまざまな形態のなかに移行させることになり、それらの形態は自分の死によって永久に生気づけられるという素朴だが浸透力のある思想までが、厳密なかたちで描き出されるのを認めたがっているのではないだろうか？

比喩的な夢想は、こんなふうにその坂を進んでゆく。こんな解釈そのものがすでにそのなかにすべりこんでいるわけだから、もうひとつ別の比喩をあげておく。われわれは、あのゴーレムのことを思い出すのだが、この原基的なかたまりは、それを創った人間がその額の上部に神秘的な方法によって刻みこむことの出来た文字から、生命と力とをえたのである。だが、伝統的に、彼に対して、他の生きものの存在に似た或る永続的な存在が与えられているのはまちがいである。ゴーレムは、われわれが考えうるいっさいのものを超えた或る不可思議な生によって生命を吹きこまれ、かかる生によって生きていたのであり、それも、それを創った人間が法悦状態におちいっているあいだだけのことだ。彼には、この法悦と、法悦的な生の火花が必要だった。なぜなら、彼自身、法悦状態にある意識の瞬間的な実現にほかならなかったからである。少くとも、それが生れた当初においてはそうであった。だが、その後、ゴーレムは、ごくあたりまえの魔術的作品に変った。そして、あらゆる作品あらゆる事物と同じく持続するすべを知った。そしてそれを、多くの人々の知るところとなる世界、伝説の世界へ入りこませはするが、その芸術の真の秘密から出させもするような、あのさまざまなふるまいが可能になったのである。

8　文学的無限、アレフ[1]

ボルヘスは、無限について語りながら、この観念は他の諸観念をこわすと言っている。ミショーは、人間の敵としての無限を喚起し、「有限の運動を拒否する」メスカリン[2]について、こんなことを言っている。「無限化されることによって、それは安らぎを失わせる」。

私は、ボルヘスが、その無限という観念を文学から受けとったのではないかと推測している。これは、彼が、無限について、さまざまな文学作品から引き出した或る平静な認識しか持ちあわせていないなどとほのめかすためではない。文学の経験は、ヘーゲルが悪無限と名付けて遠ざけようとしたものの持つパラドックスと詭弁に対して、おそらく根本的な近似性を持っているのだということを確認するためである。

文学の真理は、無限の持つ彷徨状態のうちにあるのだろう。われわれがそこで生きる世界、われわれがそれを生きているような世界、こういう世界は、幸いに局限されている。われわれが部屋から出ようと思えば、ただ数歩あるけば足りる。おのれの生から出るためには数年あれば足りる。だが、このせまい空間が突如として暗くなり、そのなかで、われわれが突如として盲目になってさまようと仮定してみよう。地理上の砂漠が、聖書に語られるような荒地と化すると仮定してみよう。われわれがこの荒地を横切るのに必要なのは、もはや四歩ではない。もはや十一日ではない。二世代にわたる時間なのだ。いや、全人類の歴史の全体なのだ。いや、おそらくさらにそれ以上なのだ。慎重で中庸を踏み外さぬ人間にとって、部屋も砂漠も世界も、厳密に限定された場所である。ところが、必然的におのれの生命よりもいくらか長いものであるような或る歩みが強いる彷徨に身を委ね、荒地と迷路に迷いこんだ人間にとっては、この同じ空間が真に無限のものとなるだろう。たとえ彼が、この空間が無限ではないことを知っても、いや、そのことを知れば知るだけ、無限のものとなるだろう。

生成の意味

彷徨、けっして足をとどめることが出来ずにつねに途中にいるという事実、こういったことが、有限を無限に変える。このことに、さらに次のような奇妙な特質が加えられる。つまり、有限は閉じられたものではあるが、人はつねに、そこから外へ出ることを希望することが出来る。ところが、無限の広大な拡がりは、牢獄であって、いかなる出口もない。同様に、絶対に出口のない場所は、すべて無限と化するのだ。この錯迷の場所は、直線を知らない。人々は、そこでは、けっして或る地点から他の或る地点に行きはしない。ここから出発して、かしこへ行くのではない。いかなる出発点もなければ、前進へのいかなる端緒もない。始めるという行為が完了するまえに、すでにくりかえしており、やりとげるまえに、むしかえしている。けっして出発することなしに立戻るとか、まずくりかえすことで始めるとかいうこの一種の非条理性こそ、「悪しき」無限性に対応する、「悪しき」永遠性の秘密なのである。そしてこれらはいずれも、おそらく、生成の意味を内にふくんでいるのだ。

ボルヘスは、本質的に文学的な人物であって（これは彼が、つねに、文学によって許された理解の様式にしたがって理解しようとしているという意味だ）、彼は、この悪しき永遠性及び悪しき無限性とたたかっているが、法悦と呼ばれるあの輝かしい逆転に至るまでは、おそらくこの二つだけが、われわれの吟味しうるものである。書物とは、彼にとっては原理的に世界なのであり、世界とは一冊の書物である。まさしくこのことこそ、世界全体の意味に関して、彼を安心させることとなるようだ。なぜなら、世界全体が理性に貫かれているかどうかということについては、人は疑いを抱くことが出来るが、われわれが作る書物の場合、それも特に、たとえば探偵小説のように、まったく明確な解決がぴったりするまったく謎めいた問題として、たくみに構成された仮構物的な書物の場合、われわれには、それらが、知性に浸透され、精神というあの連結能力によって動かされていることがわかっている。だが、もし、世界が一冊の書物であれば、どんな書物もみな世界である。

そしてこの無邪気な同語反復から、さまざまなおそるべき結果が惹き起されるのである。第一にこういうことがある。つまり、もはや規準となるべき境界が存在しないのだ。世界と書物とは、映し出されたそれぞれのイマージュを、永遠にまた無限に、お互いに投げあっているだけである。このきらめきの無際限な力、輝きわたる限界のないこの増殖作用こそ――これは光の錯綜する迷路であり、いずれにせよ、高をくくれるものではない――、その場合、われわれが、理解したいというおのれの欲求の根底に、目まいを覚えながら見出すいっさいとなるだろう。

さらにまた、こういうことがある。もし書物が世界の可能性であるとすれば、そのことからわれわれは次のような結論を引出さねばならぬ。すなわち、世界のなかでの作品には、単に作る能力ばかりでなく、装い、偽造し、ごまかすというあの大いなる能力も属しているのであって、いっさいの仮構的作品は、この能力の産物なのである。それも、そこでこの能力がかくされていればいるだけ、より明確なかたちでそうなのである。仮構物《フィクション》とか、人工物とかいう言葉は、文学が受けとりうるもっとも適切な名前となりかねぬ。だから、ボルヘスが、あまりにもこういう名称にぴったりした物語を書くと言って非難するのは、彼に見られるあのあまりに極端な率直さを非難することになるのだが、この率直さがなければ、欺瞞が、ただ言葉通り、鈍重なとられかたをしてしまうのだ（おわかりと思うが、天空を奪われたこの天空で輝く星は、ショーペンハウアーとヴァレリーである）。

精神や文学に適用される偽造とか変造とかいう言葉は、われわれをおどろかせる。われわれは、この種のごまかしはあまりに単純だと思っている。たとえくまなく変造が行われているとしても、それはやはり、おそらく近付きえぬものではあるが尊敬すべきものである真理、或る人々にとっては熱愛すべきものである真理の名においてであると思っている。悪霊を仮定することは、もっとも絶望的な仮定ではないとわれわれは思っている。変造者は、たとえ全能の変造者であっても、やはりひとつの堅固な真理であって、われわれに、さらにそれを超えて考えることを免除してくれる。ボルヘスは、文学の危険な尊厳さとは、われわれに、この世界に対して何者か大いなる作者を仮定させることではなく、中性的で非人格的な或る奇怪な力の接近を体験させることであるのを、よく理解している。彼は、シェイクスピアについてこんなふうに言えばよいと考えている。「彼は、彼があらゆる人々に似ているというまさしくその点をのぞいて、あらゆる人々に似ていた」。彼はあらゆる作家のうちに、ただひとりの作家を見ている。それは、カーライルとかホイットマンとかいうかけがえのない個々の作家でありながら、また何者でもない。彼は、ジョージ・ムーアやジョイスのうちにおのれの姿を認めているが——ロートレアモンやランボオの場合にもそう言えるだろう——、これらは、自分たちの書物のなかに、自分が書いたわけではない文章や形象を加えることの出来た人々である。なぜなら、本質的なものは、文学であって個人ではないからだ。また文学そのものに関して言えば、それが、個々の書物のなかに非人格的なかたちで存在する或る唯一の書物の尽きることなき一体性であり、あらゆる書物の疲れ切ったくりかえしであるということだからだ。

ボルヘスは、誰か同時代のフランス作家が、おのれ自身の思考から出発して、『ドン・キホーテ』のなかの二章を文字通り写したような文章を書いた場合を想像してみるようにとすすめているが、この際、この記憶に値いする不条理性は、じつは、あらゆる翻訳においてなされていること以外の何ごとでもないのである。翻訳の場合、われわれは、二つの言語で書かれた同一の作品を所有している。ボルヘスの仮構物《フィクション》においては、われわれは、同じ言語の同一性のなかにある二つの作品を所有する。そして、さまざまな同一性のうちのひとつではないこの同一性のなかで、可能なるものの重複性が作りなす魅惑的な蜃気楼を所有するわけである、ところで、完全にそっくりのものがあるところでは、原文は姿を消す。起源さえも消え失せるのだ。かくして、世界は、もしそれが一冊の書物のなかに正確に移し入れられそこでくりかえされうるとすれば、いっさいの端緒といっさいの終末を失うことになるだろう。そして、あらゆる人間が書きまたあらゆる人間がそこに書かれているような、有限にして限界を持たぬ球体的な量となるだろう。それはもはや世界ではなく、その可能の無限の総体のなかに崩壊した世界となるだろう（おそらく、この崩壊こそ、おどろくべくまたいとうべき「アレフ」なのである）。

文学は単なるごまかしではない。それは、想像的なものの無限の多様性を通して、存在するものへと向かう危険な能力である。現実的なものと非現実的なものとのあいだの相違、現実的なものの持つ測りがたいほどの特権、これは、現実性がただ単に否定された非現実性にすぎない限り、否定の強力な働きと、働きというこの否定によって遠ざけられた非現実性にすぎない限り、その現実性には現実性がより少いという点にある。このより少いという性質、空間が瘦せ薄くなるとも言うべきこの性質こそ、われわれが、直線の幸福な進みぶりをもって、或る点から他の点へおもむくことを許すのである。だが、想像的なものの本質であるこのうえない無際限性は、K〔カフカの『城』の主人公である測量師〕がいつか「城」へ至りつくことを阻むのであり、また、アキレスが亀に追いつくことを永久に阻むのだ。そしてまたおそらくは、生きた人間が、彼の死をまったく人間的なものに、それゆえにまた不可視なものにするような地点で、おのれ自身に追いつくことを阻むのである。

9 デーモンの挫折、天職

ゲーテは、彼のデーモンを愛していた。そしてこのデーモンは、彼が幸福に世を終えることを許した。ところがヴァージニア・ウルフ[1]は、自分を守ってくれるこのデーモンと、一生のあいだたたかう。そして最後に、或る人知れぬ運動のなかでこのデーモンに勝ちを占めるのだが、おそらくこの運動は、彼女の天職の真理性を確立するものである。このたたかいは、奇妙なたたかいだ。われわれをあざむくものがわれわれを守ってくれるのだが、その際、われわれをおのれ自身に対して不実な、あまりにも慎重で賢明な存在にしてしまうのである。彼女の死後出版された『日記』によって、人々は、出版に付随するさまざまな制限をなげきながら、このあらそいの有為転変を追求している。制限というのは、二十六巻がただの一巻に変ってしまったことだ。世間のしきたりから見てこれが必要であった。だが、それでもやはり、これは、作家の態度についての驚嘆すべき記録である。そして、ここかしこで、かすかな光が、彼女の仕事の幸福と不幸とを照らし出している。[*1]驚嘆すべきものではあるが、またしばしば、読むことに苦痛を覚えるものだ。寛大さを持たぬ読者は、愛するヴァージニアが、あのように成功に陶酔し、あのように讃辞をよろこび、束の間人に認められたからといってあのようにのぼせあがり、認められぬことであのように傷つくのを見て、焦立ちを覚えかねぬ。そうなのだ、これはおどろくべき、辛い、ほとんど理解しかねることだ。あのような繊細さをそなえた作家をこのように粗野な隷属関係におとしいれるこれらのゆがんだ関係のなかには、何か謎めいたものがある。そして、毎度毎度、新しい書物が出るたびに、同じ喜劇と同じ悲劇が起るのだ。こうしたくりかえしを彼女ははっきり意識しているのだが——いったい誰が彼女以上に聡明だったろう？——これは、『日記』によって押しつめられることでさらにいっそう窮屈なものになる。だが、これらの見通しのあやまりにも、それぞれ真理性がある。そして突然出口があく。彼女が選んだあの死だ。[2] この死が読者大衆にかわって、彼女が待つことを止めなかった正しい答えを、ついに彼女に与えるのだ。

大いなる苦悩

ヴァージニア・ウルフが、表面的なことにまで感じやすいとしても、それで彼女を責めることは出来ないだろう。彼女が、時として嫉妬にかられ、ジョイスやK・マンスフィールド〔イギリスの女流作家（一八八八—一九二三）〕の才能が心配で彼らに不当な評価をくだしたのは残念だが、彼女もそのことは気付いているし、くやんでもいる。彼女は、きわめて自由な心情をそなえた文学者や芸術家のあいだでおのれを形成したのだが、その彼女がこうした文学者や芸術家が作る貴族的社会から、批評精神との何の自由もない関係をえていることは、おそらく、より重大な点である。何か書くとき、彼女は、友人のだれかれがどう思うだろうということを思い浮かべる。それらの友人は、いずれも、第一級の専門家であり、批評家であり、詩人であり、小説家なのである。書き終えると、彼らの判断を持っている（時には待ちながら逃げまわっている）。いい批評をもらうと、しばらくは幸福だ。それがまったくいいものでないと、長いあいだ、失意落胆の底に沈む。これは健全なことだろうか？ 私も、ロジェ・マルタン・デュ・ガールとコポーとジッドと「N・R・F」のブルームズベリー的環境[3]をひとつに結びつけたあのじつに実り多い（彼らはそう言っている）関係のことは知っているし、感心してもいる。だが、作家は匿名性をきわめて必要としているのではないであろうか？ 友人たちの顔や感受性と親しい関係を保ちながら書いていると思いこんでいる場合、彼は錯覚を抱いているのではないだろうか？ ゲーテでさえ、シラーにたいして何ひとつなしえなかった。そして、ヴァージニア・ウルフは、彼女の仲間だったすべてのすばらしい作家たちによって助けられたのであろうか？ たしかに、彼らは彼女を助けてくれた。だが、彼女は、彼らの讃辞やはげましの重みを、重い荷のごとく身に負うてもいたのである。

こんなことはまだ表面的なことである。彼女が傷つきやすいのは、単なる思いあがりのせいではないし、「有名」になりたいとか「偉大」になりたいとかいう欲求のせいでもない。あまりにも鋭い洞察力をそなえた友人たちに気に入られたいという不安な心使いのせいでもない。そういうかたちの弱さは、もっと本質的な弱さ、彼女がのがれえぬ或る不安定性を、いくらか自分から遠ざけておくことを許してくれるだけなのである。この弱さは、彼女の才能そのもののなかにある。「たぶん私には、自分の天賦にたいする自信がないのだ」。人は、彼女が、『ダロウェイ夫人』(一九二五)、『灯台へ』(一九二七)、『波』(一九三一)等といったもっとも重要な諸作品をすでに発表していながら、なおも自分を疑いうることに感心することだろう。だが、ゲーテのことを思い起して見るがいい。彼は、四十歳で、すでに有名な作家になっていながら、自分は詩人よりもむしろ画家か博物学者ではないかと自問して、突然イタリア旅行の途につくのである。ヴァージニア・ウルフは、もっとも才能ゆたかな芸術家であっても何か新しい作品にとりかかる度毎に自信がゆらぎ、言わば自分自身を奪い去られてしまうことを、はっきりと承知している。あの確信と力にみちたクローデルも、『人質』を書き終ったのち、ジッドにこんな手紙を書いている。「過去の経験というやつは、何の役にも立たぬ。新しい作品のそれぞれが、新しい問題を課する。この問題をまえにして、新参者みたいに、ありとあらゆる不確かさと不安を感ずるというわけさ、おまけに、油断のならぬ或る種の容易さもつきまとっていてね、こいつをきびしく抑えつけなければならぬ」。また、ペギーはこんなことを言っている。「ぼくは、いつも、おののきを覚えながら、新しい作品にとりかかる。ぼくは、書くというおののきのなかで生きている」[*2]。

だが、詩人の天職を——それはかりか詩人の生活までも——、詩作品の断言作用によって、一回一回、謎でもとくようなかたちで新たに定められるものとするこの不確かさは、おそらくまだ本質的なものではない。ヴァージニア・ウルフの場合、彼女における芸術は或る深い弱さを必須のものとし、生活上表現上のもっとも自然な諸資源の放棄を要求するものであるようだ(ジャック・リヴィエールは、アラン＝フルニエについて、「彼は、おのれが必要とするいっさいのものから見すてられたと感ずる瞬間においてのみ彼自身であり、おのれのすべての力を見出すのだ」と語っているが、この場合彼が言い表わそうとしたのも、おそらくこのことである)。『日記』のなかには、彼女がおのれの仕事によって導いてゆかれる欠如状態を、時としておごそかな口調で語るかずかずの覚書がある。「何もないのだ、われわれのなかの誰にとっても何もないのだというこの確実さを直視するようにつとめよう。仕事をすること、読むこと、書くこと、これらはみなごまかしにすぎない。人々との関係だって同じことだ。そうなのだ、たとえ子供があっても、何の役にもたたないだろう」。これは彼女をとりまく世間から一時的に借用した考えではない。これはひとつの信念であって、彼女はこの信念が自分の仕事の真理性と緊密に結ばれているのを感じているのである。彼女は、空虚と出会い(「大いなる苦悩」、「孤独の恐怖」、「壺の底を見るというおそろしさ」）、次いでこの空虚から出発して、たとえこのうえなくつまらぬものにせよとにかく何かを見始めなければならぬ。そして、彼女が現実と呼ぶものを——純粋な瞬間の魅力、何を意味することもない抽象的なきらめきをとらえなければならぬ。このきらめきは、けっして持続せず、何ものも明らかにせず、おのれが照らし出す空虚に帰するのである。これは、瞬間そのものの経験である。これ以上容易なことがあろうかと人々は思うかも知れぬ。容易かどうか私にはわからないが、これは、極度の自己分離と、ひどい屈従と、限界を知らぬ分散力（不忠実さの本質だ）に対するまったく完全な忠実さを要求するものであって、結局のところどのような危険をおかさねばならないか、はっきりと見てとりうるのである。

「現実性」

芸術は、ヴァージニア・ウルフにおいて、そのおそろしくきまじめなありようをはっきりと示している。ごまかしは許されない。時間を開きまた閉じるあのかずかずの束の間の天啓、彼女自身その価値をはっきり意識していて「存在の瞬間」(moments of being) と名付けているあの天啓を、ひとつの大きな啓示的断言へ移し変えようとするのは、いかにも心そそられることだろう。それらは、不可思議なかたちで、決定的に、生を変化させるのではないだろうか？　それは、プルーストの場合と同様に、それを中心として凝集する作品を可能にしうるような、決定力と創造力をそなえているのだろうか？　けっしてそんなことはないのだ。それらは、「小さな日常的な奇蹟」であり、「暗黒のなかで執拗にすり続けられるマッチ」であって、おのれ自身以外の何ものも語りはしないのである。それらは、その飽和状態に達した純粋さによって透明な空間に筋をつける輝く断片として、現われては消えてゆくのだ。[*3]

また同時に、それにこういう誤解はつねにおそれる必要があるのだが、これら運動する光の核が、或る必然的な分散状態のなかで彼女に知覚させるものは、ものの見かけのたわむれと混同されるべきではない。これらは、印象めいたおだやかさをそなえてはいるが、けっして「印象」ではない。彼女の書いたものを印象主義的と形容するほどのあやまりはあるまい。ヴァージニア・ウルフは、瞬間をまえにして受身の状態にとどまるべきではなく、短く、激烈で、執拗な、だが熟慮と——思考にみちた情熱によって応じるべきであることを知っている。「今私がしたいのは、あらゆる原子を飽和状態に導くことだという考えが心に浮かんだ。瞬間全体を、それが含みうるいっさいとともに示すことによって、私は、衰退であり死であり余剰であるようなすべてのものを排除したいのだ！　つまり、瞬間とは、思考と感覚の結合なのだ。海の声なのだ」。外観、なまなましさ、生、そんなもので充分ではないし、何ごとも保証しはしない。「文学が、生きたものから引出されうると思うのはまちがいだ。生から外へ出なければならぬ。……自分の外へ出て、或る唯一の点に、最大限におのれを集中しなければならぬ。……」「これは自分で認めていることだが、確かに私には『現実性』という才能がない。私は、或る点までは、わざと霊肉を分離させているが、これは私が現実性なるものを信用していないからだ。……だがしかし、これは、さらに遠くへおもむくためである」。さらに遠くで、いったい彼女は何を見出すのか？　一九二八年に、彼女は、かつて味わったもっとも重大な経験について語り、それを言い表わすために、恐怖、おそろしさ、苦悩といった異常に強い言葉を用いているが、さらに付け加えてこんなことを言っている。「まさしくこの経験が、私に、私が現実と呼ぶものを意識させた、つまり、眼のまえに見える或る物、抽象的だが荒地だとか空だとかに合体した何かだ。これにくらべれば何ものも問題とはならない。私はこのなかに憩いを見出して、そこに存在し続けるだろう。これが、私が「現実性」と呼ぶものだ。そして私は思うのだが、これこそ私にもっとも必要なものであり、私が絶えず求め続けているものだ」。

これこそ、気まぐれな火が燃えているときに彼女に与えられるいっさいであり、彼女が残余のすべてを断念して忠実を守らねばならぬものである——荒地や空と合体した抽象的な何かである。果敢な生活、労作の歳月、絶望と期待と不毛な探究の日々、それにまた、最後のときへの孤独なおそれ。彼女を支えてくれるのは、次の短い言葉が約束してくれるものだけなのだが、彼女は直ちに、そこに含まれうる欺瞞をあばいてしまうのだ。「だが、誰が知ろう、いったんペンをとり、書き始めてしまったあとのことを？　現実がただひとつのものである場合、あれやこれやを「現実」に変形しないのは、じつに困難なことなのである」。こういうわけで、プルーストも、美しく黄色にぬられた小さな壁の一部に、ひとつの生命に匹敵する重みを与えたのだ。[4]

不実なる天職

年月が流れるうちにこういう生活が彼女に与える悲愴な面ざし、言わば少しずつ消え去ってゆくような面ざしを見つめると、それを今なお眼に見えるものとしている唯一の特質である憂愁の色をのぞいては、あらゆる外的な力や、われわれが執拗に仕事を続けるために時としてひたすら頼らねばならぬあの個人的なエネルギーが、それを捨て去っているような印象を受ける。とすると、いったい彼女は、ほとんど気ちがいじみているとも言うべきあの仕事の可能性を、その最後のときに至るまで、どこから引出しているのだろう？　彼女は、その書物のすべてを、何度とも知れず書き直し、それらを支え、おのれの失意落胆のうえにしっかりと保持して、けっしてそういう状態に落ちこませはしないのである。ここには、弱さに固有な頑固執拗な力が予測されるのであって、それはまるで、もはやわれわれが何ひとつなし能わないときに、時として、まったく別の能力に属する手段が解き放たれでもするかのようだ。だが彼女は、なんという不安定さのなかに留まっていることだろう。散乱や、断続や、イマージュの断片的な輝きや、瞬間のきらめき光る幻惑に身を委ねること、これはおそるべき運動であり――おそるべき幸福である。とりわけ、それが、最後に一冊の書物を生み出すことになる場合はそうである。散乱したものを集め、非連続のものを連続的にし、彷徨するものをともかくも一体化した或る全体のうちに保持するための解決策があるのだろうか？　ヴァージニア・ウルフは、水の夢想や空想のごときあの動的なことばのうちに、時としてこの解決を見出しているが、彼女が全くは身を解き放ちえぬ小説的筋書のなかでは、時としてそれが見つからないでいる。彼女の最後の本の終りに近いページでは、次の二つの語がくり返されているばかりである。「一体性、散乱……一体……散……」。「われわれが自分自身について見うるいっさいは、切れっぱしであり、破片であり、断片である」。「今やわれわれは散乱状態だ、かつては総体として存在していたのに」。「われわれは散乱している……」。「一体性、散乱」。分割されなければならないのだ。

　ヴァージニア・ウルフの自殺は、彼女自身に密着しているから、人は、出来るものならそれを遠ざけておき、たとえそれが必然的なものであることを知っていても、まず最初にそれを忘れ、それに対して無知でありたいと思うほどだ。それに、これもやはり避けうるものではないかどうか、誰が知ろう？　どうしてそれを、彼女の創造的生活にあえて結びつけるのか？　どうしてそこに、彼女の運命の完成を見るのか？　このように適正を欠く最後に、いったいどのような適合性があるのか？ 人々が示唆するように、おのれの天職に対する忠実さが、このようなことを要求したとすれば、この場合、この天職という語は何を意味するのか？ これは、オルテガ・イ・ガセーが主張していることだが、人は誰しもひとつの本質的な——おそらくは唯一の——投企を持っていて、それを拒んだり果したりすることにその生活を捧げるのだが、果すにしても、ほとんどつねに、或る人知れぬ絶望的ななまなましいたたかいによってそれとあらそいながら果すのである。彼によれば、ゲーテの場合も同様であって、ゲーテは、その本来の天職を裏切ることでその高名なる生涯を過したのである。かくて、すべての現実生活は廃墟であり、すべての輝かしい成功は残骸の山であって、伝記作者はこれらの残骸のあいだから、当人がなるはずだったものを探し求めなければならないのだ。或る人にとっては、泥棒であることが彼の真実であったところが彼は、美徳の力によって、そうならぬことに成功したために、おのれの生をひん曲げてしまった。他の或る人にとっては、ドン・ジュアンであって聖者でないことがその真実であった。ゲーテにとっては、「文学史におけるもっとも大きな誤解」であるワイマールでのあのあわれな身の上に落ちこまぬこと、銅像に変ってしまわぬことが、その真実であった。この主張は、いかにも権威ある口調でなされているが[*4]、どうにも支持しがたい、人を困惑に導くものである。とらええず、実在しないが、事実上その絶えざる圧力が、人間たちに、それも特に、創造者とか知識人とか言う言わば各瞬間において自由に動きうる、危険な新しさをそなえたあいまいな存在に加えられているような、この人知れぬ投企とはいったい何なのか？　天職という観念（忠実さという観念）は、このうえなく邪悪なものであって、自由な芸術家を困惑させかねない。いっさいの理想主義的信念の外部においてさえも、いや外部において特に（そこではこの観念はより容易に飼いならされる）、われわれは、この観念が、あらゆる作家のそばに、まるで彼に先立つ影のように存在しているのを感ずる。彼はあるいはこの影をのがれ、あるいは、おのれ自身を見すてた人間として、この影を追い求める。かくて、自分自身を模倣し、または、これはより好ましくないかたちだが、芸術家とか人間とかいう模倣しえぬ観念を模倣し、この観念を大げさに見せびらかそうとするのである。

天職の持つ不実な面、これは、それが、天職の才の持つ方向に必然的なかたちでおもむくどころではないという点にある。なぜなら、それは逆に、生来の才能に対する断念を要求しかねないからであって、これは、最初は楽々と仕事をしていたが次いで自分自身であることを止めることによって現にあるがごとき姿になり、かくて自然発生的なおのれの天稟に対して忘恩的態度をとるに至った多くの芸術家たちの例が、われわれに示している通りである。——一方、ゲーテの場合は、彼の天賦の才の多様性が、その天賦を変えてしまったのだろうし、またわれわれは、学者であり作家であり宗教的天才であったパスカルが、その天職がついに回心に至るときまで、つねに困難な軋轢のうちにあるのを見出すのである。天職には、或る排他的な要請や、つねによりいっそう限定された形態へむかう運動や、多くの可能のうちのただひとつの選択などを前提するという邪悪な点がある。このただひとつの可能は、やはり謎めいたもののままではあっても、本質的なものとして確立されるのであり、或る彷徨の確かさ――否応ない、解きがたい確かさ――なしには、これから遠ざかりえぬようなものだ。かくて、このかけがえのない「現実」(ヴァージニア・ウルフが考えるような意味での)のために、決定的なかたちで、おのれを決定し、おのれを局限し、自分自身や残余のいっさいからおのれを解き放たなければならぬ。だが、作家の特性は、あらゆる作品において決定性のうちに未決定なものを留め、限界のかたわらに限界なきものを保持する点にある。言葉の全空間を、あるいはすべてを言う可能性を、無疵のままにとどめておかぬようなものは、何ひとつ口にしないという点にある。そしてまた同時に、ただひとつのことを、しかもそのことだけを、言わなければならないのである。

T・S・エリオットは次のようなことを指摘している。「これは私が、自分の経験で知っているのだが、生の道の半ばに達すると、人は次の三つの選択に直面するものだ。すなわち、もう何も書かないか、おそらくはつねに高度なものへ成長する名人芸と思考の努力とを通しておのれをくりかえし、かくてこの「中年」に適合するか、あるいは、別種の仕事の方法を見出すか、という選択である」[*5]。この場合、エリオットは、ただ単に生の道の半ばばかりでなく、おのれ自身のあらゆる転回点において、あらゆる新しい作品、その作品のあらゆるページにおいて、この三つの選択——さし当って三つということにしておくが——のうちのどれかが、一種の軽やかさのためにその度毎に運よくそれらを乗りこえられぬ限り、否応なく課されることになるのをよく承知しているのだ。ヴァージニア・ウルフは、きわめて不安な自信のない人物ではあったが、この軽やかさを持っていた。彼女においては、何ものも重くのしかかりはしない。このように重苦しい不安が、見たところこのように軽やかなのは稀有のことである。彼女が書いているあいだ、——「書くことは絶望そのものである」ときでさえ——、彼女は、或るおどろくべき運動と、おのれの「天職」の心ふるい立たせるような一致によって支えられている。この場合、天職とは、あの「荒地や空と合体した抽象的な何か」の魅惑であるようだ。彼女は、自分自身のために、或る明確な不明確さをもって、そのなかにおのれの秘密を閉じこめたのである。その書物のひとつひとつを書き終ったのち、はじめて人知れぬ不幸が彼女をつかむ。彼女は、何とかそれを軽減しようといたずらな努力を重ね、或る人々には好意的な評言を求め、他の人々には、自分の苦痛を局部的なものにしてくれるような批評によって傷つけて欲しいとねがうのだ。「それに、私がこの街のほとりで、昔ひとりっきりの弟が死んだあとでしたように、今こうして自分の不安とたたかいながら、ひとりぼっちで何かとたたかっていた、どんなに苦しんでいるか誰も知らない。でもあの頃は、私はデーモンとたたかったあとではほとんどいところが今では、無とたたかっている」。彼女は、書物を書き終ったあとではほとんどいつでも自殺の思いにとらえられた、とりわけ、『灯台へ』のあとがそうであった、とほのめかしている。ところが、これは、彼女がもっとも疑念を覚えなかった小説なのである。人々は、このことを、仕事が要求する極度の緊張は当然ひどい疲労を生むと言って簡単に片付けるかも知れぬ。だが、それは、物の一面にすぎない。彼女自身はこんなふうにも説明している。「仕事をやめるやいなや、私は、何だか自分が、深く深く沈みこんでゆくような気がする。そして、いつものように、もっともぐってゆけば真理に達すると信じるのだ。これが唯一の埋めあわせだ。つまり一種の高貴と厳粛さだ」。

「私は挫折する」

彼女が死ぬとき、その最後の小説(『幕間』)は未完のままに終る。これは、もっとも危険な瞬間である。書物が彼女を捨て去ると、書物からやって来ていた力が退いてゆき、彼女を、何の手段方法も何の信念もない状態でその課題に直面させる。「私の存在の流れのなかにはそれを阻むものがある。ひとつの深い流れがこの障害に逆らい、激しく打ちかかり、引き寄せる、ところがちょうど真中にある結び目が抵抗するのだ。ああ、これはほんとに苦しいことだ、不安そのものなのだ。私の力は弱まる。私は挫折する」[*6]。彼女は挫折する。自殺によって立証されるこの挫折において特に目立つのは、自殺が、それまではどこから見ても非の打ちどころのなかった生活の流れのなかに(彼女自身、皮肉まじりの悔恨の念をもってそう形容している）引き入れた醜聞的行為である。こういうわけだから、おのれの「天職」に忠実な作家の場合、たとえ彼が、何ひとつショッキングなふるまいをしないことを要求する文明社会の習慣にいかに結びついていようとも、世間の礼儀が崩壊するような瞬間がつねに存在するのは疑いもない。かくてわれわれは、若きゲーテのあの言葉が今ではよりよく理解しうるのだ。「ぼくという人間は、幸福に世を終えられそうもない」。これは、彼が、あの魔的な力、それとの和合こそおのれを破滅のおそれから守ってくれるべきあの力を発見する日まで、その青年期を通じて終始彼につきまとった確信である。この力はたしかに彼を守ってくれたが、そのとき、自分自身に対する不忠実が、栄光にみちた失墜が始まったのであり、ヴァージニア・ウルフは、かかる失墜よりも滅び去ることによってそれを逃れ去る方を選んだのである。

Ⅲ

未来なき芸術について

1　極限において

芸術はその終末に触れているのだろうか？　神を見た人間が死ぬように、詩は、まともに見つめられたがゆえにほろびるのであろうか？　われわれの時代を考察する批評家は、それを過去と比較しつつ或る疑いを表明することしか出来ない。何はともかく今なお制作を続けている芸術家たちに関して、絶望にみちた讃嘆を表明することしか出来ない。だが、ウラジミール・ウェイドレ〔白系ロシア人の美術史家、文芸評論家〕が、教養と理性と哀惜にあふれた或る書物で行っているように、人々が近代芸術が不可能であることを証明するとき——もっともこの証明は説得力はあるが読者におもねり過ぎているのだが——、人は、いかなる芸術家においても、芸術とはつねに、可能であることなしに存在するもののおどろきであり、極限において始まるべきもののおどろきであるという、芸術の人知れぬ要請を強調しているのではないだろうか？　すなわちそれは、世界の終末の作品であり、もはや芸術はなく芸術の諸条件も欠如しているところでのみおのれの端緒を見出す芸術なのである。人は、懐疑のなかに、あまり遠く進み入ることは出来まい。これは、疑いえぬものの驚異のなかに、さらに遠く進み入るための手段である。さまざまな手段のなかのひとつである。

ウェイドレ氏は、「マラルメのあやまち」[1]と書いている。また、ガブリエル・マルセル〔フランスの劇作家〕氏は「マラルメ的なあやまち……」と書いている。明白なるあやまちだ。だが、われわれにマラルメが得られたのはこのあやまちのおかげだということも、明白ではないだろうか？ どのような芸術家も或るあやまちと結ばれており、そのあやまちと独特な親近関係を保っている。ホメーロスのあやまちがあり、シェイクスピアのあやまちがある——、おそらくこのあやまちとは、彼らのどちらの場合も、現実に存在《エグジステ》しないという事実である。どのような芸術も、或る例外的な欠如をその根源としており、どのような作品も、このような根源の欠如の活動化なのだ。そしてこのことから、充溢の脅迫的な接近と新たなる光とが、われわれに生ずるのである。これは、芸術が、共通の主張や落ちついた集団的な驚異であることをやめ、ありそうもなくなればなるほど重要なものになっている現代に固有の考えであろうか？ おそらくはそうである。だが、かつてはどういう状態であったか？ それに、そこではすべてがきわめて容易で確かであったように見えるこの漠としたかつてというやつは、いったい何物なのか？ 少くとも、われわれに関わりがあるのは、この今日なのであり、そして、今日においては、次のことは断言しうるのである。つまり、芸術家は、重大で、孤独で、危険で、他に替えようのない接触のなかで、彼のうちにあって彼を彼自身のそとへ、おそらくはすべてのそとへと導くあの過剰に恐怖と恍惚をもって衝突するのだが、この接触のなかでは彼はまちがいすぎることも出来ないし、おのれのあやまちに結ばれすぎることも出来ないのである。

（弟子や模倣者とは、批評家と同様、あやまちから理性的なものを引出す人々だ、あやまちを、安定させ、しずめるが、だがまたそのようにしてあやまちをきわ立たせる人々だ。かくて、あやまちは姿を現わすのだが、その場合、批評家にとって、あやまちを示すのはたやすいことだ、あやまちがどのような袋小路に達しているか、成功がどのような挫折によってあがなわれているか、そればかりか挫折こそ成功だったことを示すのはたやすいことだ。）

あやまちとのこのつながり、達することは困難であり保持することはさらに困難なこの関係、あやまちによってそれの幻惑力のもとに引きとどめられている人間そのもののなかで或る疑惑、或る否認にぶつかるこの関係、この苦難、この逆説的な歩み、これらは、小説とも関わりがある。小説は、諸種のジャンルのうちでもっとも幸福なものだが、われわれは、小説がすでにその限界に達したと語られるのをつねに耳にしてきた。そして、このことが主張されたのは、小説がもはや大作品を作り出さなかったからではない。大作家たちが、文学的に重要な書物だと一致して認められるような大作品を書くたびに主張されたたのだ。これは、そのたびに、これらの著者たちが何かを打ちこわしたように思われたからである。彼らは、ホメーロスが叙事詩にたいして行ったように、この小説というジャンルを汲み尽しはしなかった。伝統的な形式に立戻ることも、逸脱した形式の使用にそれ以上深入りすることも、そういう形式をくりかえすことさえもはや可能とは思われぬほどの権威をもって、またそれほども人を当惑させ時としてはそれほども錯乱した或る力とをもって、このジャンルを変質させたのである。このことは、イギリスにおいては、ヴァージニア・ウルフやあるいはジョイスに関して語られた。ドイツにおいては、ブロッホやムージルや、そればかりか『魔の山』に関してさえ語られた。フランスにおいては、事情はいくらかちがっている。プルーストによって喚起された動揺は、世間一般の感嘆の波によってすぐにまた蔽いかくされてしまったので、この特異な現象も、しかもその最初のあらわれのひとつである現象も、プルーストの天才を証明するにすぎぬと見なされ、小説の伝統的な地平を無傷のままに残したのである。同様にまた、『贋金つくり』も、小説そのものよりもむしろ、ジッドの小説家的天分に疑いを抱かせる。さらにのちに現われた『嘔吐』も、サルトルの天稟を示しはするが、小説というジャンルの確かさを問題にすることはなく、彼のこの書物は、あるいは、(誤まって)イデオロジックな物語の諸形態のなかに、あるいは、自然主義的な物語のなかに投げこまれている。それにまた、サルトルの時代には、すでに不幸は起ってしまっている。小説は、すべての作家のほとんどすべての力を吸収し集中しているが、これはまた、今後いかなる未来も持たぬ芸術という姿をも呈している。

例外と規則

事態に関するこの極度に性急な見かたのなかにも、或る真理は存在するはずである。たしかに、バルザックもまた、奇怪な作品を創造することによって、彼が文学のなかに導入したこのジャンルに非常な歪形を加えている。だが、バルザックには、彼のあとを継いだ者たちがいる。バルザック的小説というものがある。われわれがさきに名をあげた著者たちはみな、何ものも生み出してはいない。人々が何と言おうが、プルーストにしてもジョイスにしても、彼らに似た他の書物を生れさせてはいないのだ。彼らは、模倣者たちを阻み、似たような試みを絶望させるということ以外の力を持ってはいないようだ。彼らは出口を閉じているのだ。

だがしかし、このような結果は、単に否定的なものではない。ジョイスが、小説形式を常軌を逸したものにすることによってそれを破壊してしまったことは事実であるとしても、彼は、小説形式がおそらくこのような変質によってのみ生きのびうることを予感させてもいる。小説形式は、法則も厳密さもない形をなさぬ作品といった怪物どもを生み出すことによってではなく、小説形式そのものに対する例外物、法則を形作りつつ同時にそれを排除する例外物をもっぱら喚起することによって、発展するであろう。

このように理解された小説は、読者に汲み尽しがたきジャンルの生命力を認めさせるような、才能と巧みさとをもって惜しみなく力を尽して書かれたかずかずの書物の巨大な堆積とは離れたところで、孤立したかたちで静かに打立てられているだけに、この状況はいっそう見わけがたい。この場合、時として輝かしい作品も現われ出るこれらすべてのすぐれた書物こそ規則を表わすものであって、他の書物は、続くものを持たぬ独創性という点でこの規則から除外されるとどうしても思いたくなるのである。こういう観点から見れば法則はジュール・ロマンで、例外はジョイスということになるだろう。だが、事情はそうではないようである。むしろ次のように考えるべきだ。つまり、ひとつの限界に到達したそれら例外的な作品においては、その度毎に、まさしく例外のみがわれわれに「法則」を開示し、また一方、「法則」からの異常にして必然的な逸脱をも構成している。かくて、小説的文学においては、いやおそらくどのような文学においても、われわれには、規則を破壊し去る例外を通してしか規則を認知しえないとでもいうふうにすべては起るようだ。規則と言うより、より正確に言えば、あの中心だろう。作品という確かな存在は、この中心の不確かな確認であり、そのすでに破壊的な性質を示す現われであり、その瞬間的で直ちに否定的なものと化する現存である。

問題は、すべてを賭して新しさを求めることではない。形式上のものにせよ、ヴィジョンに関するものにせよ、そういうテクニックのうえでの新しさを求めることではない。だが人々に感嘆されているバルザックという名前や、人々に愛されているスタンダールという名前が、われわれにその回帰を空しくねがわせているあの偉大な個性を啓示するような、堂々とした見事に仕上げられた作品を求めることでも必ずしもないのである。もちろん、天賦の才はきわめて有用なものだ。創造的な力は、時として始末に困るものだが、たとえ単にそれを乗りこえるためだけにせよ、とにかくそれなしにはすましえぬ助けである。だが、重要なのは、それとは別のことだ。或る極端な要請であり、不可能な企てを必然のものにしようとする情熱をもってただひとつの方向に進められる厳しく排他的な断言である。ヴァージニア・ウルフと同様、ナタリー・サロートも「現実」について語るのであり、彼女は、小説家というものは「彼自身のものであるようなこの現実の小部分を生み出そうとする」[*2]と言っている。それでは現実と言っておこう。だが、この現実は、たとえ傑作と称せられているにせよとにかく他の書物のなかや、われわれの日常的なまなざしが開き見る世界のなかなどに前もって与えられているわけではないし、また、それは、とらええぬものとして、言わばそれを表現するものによってかくされるようなかたちで、絶えずわれわれをのがれ去っているのだから、書物という、かくも単純ではあるがかくも例外的な一現実こそ、現実を、一瞬われわれの眼に輝かせることとなるだろう。

何らかの小説的な試みについて、われわれが、それが或る袋小路に達すると考えたり知ったりしても、おそらくそれだけでは、その試みを効果あるものとするには足りないだろう。だが、何か新しい書物のなかで、絶えず危険にさらされている法則の厄介な例外そのものとして、また、生成状態にあるより大きな運動のすでに消滅しつつある瞬間として理解された小説の、孤独な沈黙した断言をとらえる度毎に、われわれは、或る約束が与えられたという感情を味わうのだ、ひとりの新しい作家が、或る限界に触れたのちそれを移動させることに、おそらくは、もっと遠くの方に固定することに成功したという、心高まる印象を味わうのだ。これこそ、何よりもまず問題となることである。どのような作家でも、自分がこの新しい断言と固く結ばれていると感じている。たとえその断言が、彼が身に負うているはずの断言から彼を解放してはくれず（もしそんなことがあれば話がうますぎるというものだ）、それに逆らうとしてもである。ここには、彼が利用しうるような進展は何ひとつないし、小説形式に関するよりいっそう確かで純粋な了解があるわけでもない。それどころか逆に、すべては、よりいっそう困難に、不確かになる。そして、そのような作品は稀であり、またうつろいやすいものだ。それらは、必ずしもプルーストのごとき人によって書かれているわけではない。乱れた、「無器用な」ものであり、思い切って断念することの出来ぬさまざまな習慣に引留められている。また時には、極端な丹念さで仕上げられている。或るものは、ごく控え目だ。だがどれもすべて、今ではかげが薄れたものでも、「現実」との或る新しい接触に由来するあの力をそなえている。

2　ブロッホ

i　『夢遊の人々』・論理的めまい

彼の作品は、ごくわずかの著作しか含まない。これは、その惜しむことを知らぬ創造力を多種多様な面にくりひろげ、自分自身のために絶えず新たに語りという祝祭を開くトーマス・マンのごとき作家ではない。このように書物の数はごくわずかだが、いずれも長大なものであって、その量からいって圧倒的である。この点ですでに、彼が範としたジョイスに近いのである。戦前には、『夢遊の人々』の三部作（一九二八―三二）。一九四六年には、『ウェルギリウスの死』。次いで、連作物語集『罪なき人々』、これは彼の探究の極限と、おそらくはその手法の衰えとを示すと言われている。ところが、彼の全集は八巻を数えている。これは、遺作の小説『誘惑者』及び一巻の詩集のほかに、三巻の批評的哲学的エッセーがあるからであって、これらのエッセーは、ヘルマン・ブロッホの目標が彼をいかな

る地点にまで導いたかをはっきりと示している。だが、それだからと言って、彼の資質の

多様性や彼の関心のひろがりを云々するのは正しいことではあるまい。彼は、一方で作家

であるとともに他方で詩人でありまた他の瞬間には思想的な著述家だったわけではない。つまり

同時に、しかも多くの場合は同じ書物のなかで、それらいっさいだったのである。彼は、現代の他の多くの作家たちと同様、もはやジャンルの区別を許さずさまざまな限界

を打ちくだこうとする文学のあの烈しい圧力にしたがったわけである。

脈絡のない断片化した人間

彼は、おそくから作家になる。彼が何とか充分に抑えつけておきたいとねがっていた作品の非常軌性に、まったく徐々に、しかもおそらくおのれ自身に逆らいながら屈服するのである。四十歳になるまで彼は家業の織物工業に専心しているのだが、突然この仕事を断念して、哲学と、特に数学を学び始める。この点でドイツの或る註釈家たちは、彼をヴァレリーに比較している。ヴァレリーと同様、彼は、数学に対する一種の情熱に支えられており、数学において、人間のもっとも秘められた——もっとも危険な——部分を探究しようとしている。だが彼は、ヴァレリーのように何よりもまず精神に没頭する作家ではない。近付きつつある破局の脅威が重くのしかかるその時代によって呼びかけられるのを感じている。中世においてキリスト教という形で存在していたような唯一の価値体系の崩壊は、

個人を解放するどころか、或る不可避の破砕にさらしている。キリスト教の体系においては、信仰と、信仰の中心にある神、ひとりの生ける神とが、問いの持つ抑えがたい力をとどめる「是認点」をなしていた。ブロッホが特に興味を惹かれたのはこの力であるようだ。この力は彼に恐怖を与えるが、彼を惹きつけもする。すなわち、存在という概念の内部にある論理的不寛容、あの残酷さだ。なぜ存在は、「純粋な機能性のうちに解体」しようとするのか？　なぜ、世界の物理的なイマージュは消滅しなければならないのか？　なぜ現実は、必然的に象徴に屈服し、象徴は、象徴の象徴に屈服しなければならないのか？　抽象の方につかねばならぬとき、いったい何が起るのか？　われわれは或るおどろくべき不調和状態のなかで生きている。現在、人間は脈絡がなく、不連続的である。それも、歴史上の他の諸時代において起ったように一時的にそうなのではない。今では、不連続的であることが世界の本質そのものなのである。まったくのところ、今では、存在の持つ分裂した不調和で断片化した性格のうえに、あるいは人間のさまざまな欠陥のうえに、ひとつの世界を——全世界というもっとも全体的で一体化した断言を打立てなければならぬかのようである。

ブロッホは、合理的な純粋さのうちにも非合理的な不純さのうちにも、同じようにさまざまな危険を見てとっている。これらはいずれも様式を持たない。一方では自然が、他方では数学が、われわれを、無限性の空虚な要請にさらしている。たしかに、すべての価値体系は、非合理的要素を遠ざけ、そうした要素の「悪意性」の地上的存在を、より高い合理的な意味へ導こうとしている。「事物にも行動にも本能的に適切な位置を課することがわれわれに可能となる」ようなあの意味の総体の方へ導こうとしている。非合理的で何の価値も持たぬものを或る合理的な絶対へ変形させること、これが課題なのだが、この課題は必然的に挫折する。それは次の二つの理由からである。つまり、人々が非合理と呼んでいるものは、つねに近付きえぬものであって、人はただそれに接近することが出来るだけだ。そのまわりに、次から次へとよりせまい円を描くことは出来るし、さまざまな計算でそれを積分することは出来るが、それは結局のところつねにわれわれをのがれ去るのであり、われわれは、おのれの行動方法のなかに浸透している無意味さについては、けっして何ひとつ知らぬと言いうるほどだ。「人間は、「下方からの侵入」にさらされていながら、それについて何ひとつ知らない、そして彼がこのように何も知らないのは、彼が、一歩ごとに、また瞬間瞬間に、何らかの価値体系のなかにいるからであって、その体系は、地上と結ばれたわれわれの生を支えているいっさいの非合理を蔽いかくし抑えつけること以外に、何の目的も持ってはいないのである」。かくて、まさしく光こそわれわれが見ることをさまたげるものであり、意味づける能力こそ、意味の背後に身をかくしかかる隠蔽を通して活動するものの、それと気付かぬ活動へわれわれを委ねるのだ。

だが、さらに重大なことがある。すなわち問いの抑ええぬ力によって動かされた、演繹合理的なものは、超合理的な的な、あるいは弁証法的な理性は、絶対を目ざすのである。合理的なものは、超合理的なものになろうとする。論理的運動は、停止にも均衡にも耐えられず、もはや形態も許さない。いっさいの内容を分解させ、何か夢のような抽象の冷やかな支配を構成する。なぜなら、純粋な理性は、自律的なものになると、非合理的なものよりはるかに「悪意的」だからである。それは、それ自身が持つ分解作用を導入し、すべては、もはや価値の中心もないような抽象的な霧のなかに散り散りとなる。そして各個人は、不寛容な慣習の空虚なたわむれに委ねられ、理性の幻のあいだをさまよい動くのだが、なおもそれらの幻を、おのれ以上の確かなものと見なし続けている。その場合、彼は、形面上学的には締め出され、物質的には所有権を奪われた虚無に属する人間であり、おのれの夢のなかをさまよい、さらには夢からも追い立てられて、目覚めることも出来ず眠ることも出来ぬ夜の不安のなかに投げこまれた夢遊の人なのである。

これらの思想は(その起源は容易に認めうるだろう)、『夢遊の人々』三巻のなかでわれわれを輝かしいが因襲的な帝政期のドイツから一九一八年の崩壊に導く筋書のロマネスクな流れと並んで、抽象的なかたちで展開してゆくという特色をそなえている。この厖大な小説の主題はかくされてはいない。ブロッホは理論的思考をはっきりと示すという手法を用いているが、さもなければ、われわれは、それを物語の内部に探し求めることになるだろう。題名がすでにすべてを語っている。「パーゼノウまたはロマン主義——一八八八年」。

「エッシュまたは無政府主義――一九〇三年」。「ユグノーまたは即物主義――一九一八年」。そしてこれら三つの名前のうえに、『夢遊の人々』という夜を思わせる語が付されているのだが、これは、この場合、ひとつのイマージュでさえなく、ひとつの診断なのである。これは頽廃に関する小説だが、教訓小説などの場合のように、頽廃をわれわれに告げ知らせるものではなく、それを描き出しさえしない。その形式においてまで、価値をおとしめるさまざまな力に身を開きながら、この頽廃をまねているのだ。ブロッホが、われわれに、ポメラニアの田舎紳士パーゼノウ中尉の物語を語るとき、作家とその作中人物とのあいだには、トーマス・マンを、これまた衰亡する運命の物語である『ブッデンブローク家の人々』に結びつけているあの想像上の共感もなければ、生れのうえでの共感さえもない〔『ブッデンブローク家の人々』は、マン家の歴史に取材した作品〕。だが、非難中傷しようとする意志もまたないのである。あのあわれな若者、空虚な理想への彼の空しい執着、彼が自分自身に関して眼を開くことを許さぬ無能さ、そのおかげで、失敗した結婚の夜のあの窮状に追いつめられたくせになおも素直に認めようとせぬ無能さ、こういったものをわれわれは不快の念をもって考えるのだが、この場合、物語の形式にその責めがある。それは、古典的で、ほとんど旧套的とも言うべきものだ。ブロッホは、自分が喚起する時代の小説家がやったとも思われるようなかたちで物語ってたのしんでいる。彼は、なかば客観的でなかば心理的なこの語り的形式のなかで、のびのびとくつろいでいる。だが、ここでもすでに、筋の動きと思想とのあいだに、或る割れ目がある。どちらにも何か機械的なところがあって、それは、それらのあいだに軽いずれが生ずるとき辛うじて感じとれる。いったいわれわれは何とかかわっているのか？　出来事と語とのこの薄皮の背後には何があるのか？　ついに、作者が突然割りこんで来て、フィクションを完全に破壊し去ろうとする。彼が、おのれ自身を、おのれが体現する無性から救いとりたがっているのが、さらには、読者をも、それから救いとりたがっているのが感じられる。だが、書物とは、夢遊の人々であって、けっしてそれらを目覚めさせてはならないのである。

ただひとりのうちなる数人の作家

ブロッホは、第二巻の作中人物であるエッシュにはもっと近い。これは、ごく一般的なドイツ人で、最初はしがない会計係であったが、正義についてのさまざまな抽象的な観念や、秩序への欲求や、心やましさなどの微妙な混合が、革命的な時勢の流れが示すさらに深い動きのかたわらで追い求められるくだらぬ取引きやいかがわしい恋愛や安っぽい陰謀などのじぐざぐな動きを通じて、彼を、ルクセンブルクの或る企業での、会計課長の地位にまで導いてゆく。これは、きわめて説得力に富んだ物語である。その動きはきわめて速い。文章は短く、ぽつぽつと切れている。事件も、筋の動きも、思考も、まさしくこの小説の真理性をなす乾燥したすばやさをもって、一種のメカニックな熱っぽさと不毛な急激性をもって、相継ぐのだ。と言うより、重なりあうのだ。これは、まさに、ブロッホが身につけた、言語やスタイルの、そればかりか措辞法の、極度の多様性に感嘆すべき（またそれにおどろくべき）ときである。彼の中心的な作品『ウェルギリウスの死』においても、凝りに凝ったリズムの変化が見られるが、そこで支配的なのは、限りないくりかえしと、語が作る度外れな空間の壮大な豊かさとをそなえた巨大な文章であって、だから、誰かが、何かの壺の底にあの作品を見つけ出し、次いで、きれぎれな文章と狂ったような動きをそなえた、このエッシュについての小説に出くわしたとすれば、その人間は、互いにまったく未知であるか、あるいは敵対関係にあるような二人の作家を思い描くしかあるまい。――そしておそらく、彼は正しいのである。たしかに近代社会には、経済的、宗教的、軍事的といった特殊なさまざまな価値体系があって、それらのそれぞれは、他を支配しようとしてはいるものの、とにかく、防水壁のごときものでへだてられて相並んで存続しているのだが、それと同様に、作家も、それぞれ異った表現様式や、共通の尺度もなければ接触もなくほとんど互いに翻訳不可能とも言うべき言語というかたちで断片化されているのであって、彼は、それらのあいだで、解体を避けたりあるいは抑制したりすることが出来るような或る均衡を探し求めなければならないのだ。

文体や言語の多様性、これは、作家の語調のうちに、何かよくわからぬ独自なものや、その作家の人知れぬ真実や不易の魂の表現などを求めようとする、われわれの古めかしいロマンチックな信念に不安を覚えさせるものだ。われわれが、ジョイスやピカソのごとく、人に認められることなど少しも気にかけずに或る言語から別の言語へ移行するデミウルゴス的大芸術家たちを、疑わしげな眼で見るのはこのためである。ブロッホは、このフォルムの不連続性によって、単に、断片と残骸の世界をよりはっきりさせようとしているばかりではない。また、彼は、そういうテクニックそのものに興味を抱いているわけでもない(当時の多くの小説家と同様、彼も、小説というジャンルをいま一度問題としそれを再び発明し直さねばならぬと感じているとしてもだ)。そうではなくて、彼は、この世界がどこへ行くかを知り、その運命に先立とうという、絶望的な試みを行っているからこそ、物語的、抒情的、論弁的というような、あらゆる表現様式に身を委ねるわけである、――こうして、自分の書物を、ちっぽけな個人的意識のなかにいる彼自身には見わけられないような、より中心的な地点に到達させようというわけである。『夢遊の人々』の第三部は、一九一八年に起ることを描いている。ところが、ここでは、本質的なものは、もはやさまざまなエピソードの交錯のうちにはない。ユグノーという実利主義的人物の物語、彼がついにエッシュを破滅させ次いでその身体に銃剣を突きさして殺すに至る成行、さらには、救世軍のあわれな少女についての詩情にあふれた物語、こういうことの交錯のうちにはない。この書物の核心は論理そのものであって、『論理的付説』(Logische Exkurse)は、十度にわたって話を中断するほど大がかりに展開しながら、論理の持つ支配的な力を取返そうと試みている。[1]

運命は論理である

トルストイも、『戦争と平和』において、小説作品を、歴史についての解釈によって飾ろうとした。だが、この結びにおかれた註釈は、この小説を解体するにも至らないし、また、その註釈が、われわれにその無意味さを証明しようとしているかずかずの人物の、おどろくべき現実性を低めるにも至らない。『夢遊の人々』において、われわれは、或る新しい運命形態の出現に立会う。つまり、この運命は、論理なのである。もはや、人間たちがたたかうのではなく、出来事がぶつかりあうのでもない。さまざまな価値がたたかい、ぶつかりあうのであって、人物は、それらの価値をそれと気付かずに演じている主役なのである。もはや、現実の顔貌はなく、仮面がある。もはや事実はなく、抽象的な力がある。そして、人々は、夢のなかの人物のように、これらの力にかたわらでうごめきさわぐのだ。ユグノーの罪は論理的な罪だ。彼は、イデオロギー的な動機から殺すのではなく、充分に考えつくされぎりぎりまで検討された冷静な理由にもとづいて殺すのでもない。偶然殺すのであり、暴動期の無秩序によって与えられた機会をとらえて殺すのである。だが、人間たちが騒ぎたち、もっとも狭隘な価値が必然的により広大で複雑な価値に勝利を占めることの抽象的な砂漠においては、偶然は存在しない。ユグノーは、まさしく彼のものである世界、成功が支配する世界の内部にあって、おのれを阻むものを打ちこわすことしか出来ない。彼は、自分の行為を悔みもしなければ、覚えてさえいないだろう。彼はいかなる瞬間においても、おのれの行為の異常な性格に気付かない。これは、ドストエフスキーの主人公ではない。デーモンの時代は過ぎ去ったのだ。われわれは、ユグノーのなかに、或る体系のかげにかくれ体系によって正当化されながら、それと知ることさえもなく罪の役人や暴力の会計係となるあの通常人の最初の例を見出すのである。

たしかにブロッホは、『夢遊の人々』のこの最後の巻において、新しい小説様式として一種の思想小説を創造しようとしたようである。思想は――論理は――、そこでは、人々の特殊な意識のなかではなく、あの魔の輪のなかで活動するものとして現わされている。思想は眼に見えぬかたちで、世界をこの輪に引き寄せ、おのれの限りない問いの必然性にしたがわせるのである。ところで、彼がこの企図に失敗し、思い切ってそれを充分に意識さえせずに断念してしまうのは、おのれ自身の思想をあの夢遊的要素、彼によれば理性の内奥となりかねぬあの要素のなかにすべりこませてしまうのではないかとおそれたからである。それゆえに、彼は、自分の考えていることから終始距離をとっており、彼の付説は、もはやただ、時には悲愴だが時には衒学的《げんがく》な註釈にすぎぬ。それらには、無限性のめまいが欠けているのだ。

『ウェルギリウスの死』においては、事態は別様の動きを見せるようになる。そこでは、思想は、何の留保も警戒もなしに、彼の運命ときびしく一つに結ばれるようになる。思想は、想像的なもののなかに入りこみ、おのれ自身の極限を目ざし、おのれが形作る領域が、すなわち極度に合理的なものが、突如逆転して極度に非合理的なものになるあの自由と希望と窮乏の支配する地点にまでおもむくのである。ブロッホは、いかにしてこのような状態にまで達するのか？　吟味された思想であり厳密な分析であり冷静で抑制された語りであったものを、いかにして彼は、小説的な慎重さや慣例がすべて姿を消した一冊の厖大な書物にまで、ついには押し進めるに至るのか？　ブロッホは、投ぜられたばかりの牢のなかで、間近な最後を運命づけられていたときに、彼のこの中心的な作品を書き始めるのであり、[2] これは、彼に対して開かれたこの死の空間のなかでしか、だがまた、さらに生を与えられしずかな労作の年月を送ることによってしか、「よい結果」に導くことをのぞみえないような物語なのである。つまり、死のうとして目ざめた人間が、その完成に十年を要するような作品の第一ページを書き始めるのだ。おどろくべき挑戦、ほとんどおそれを覚えさせるような信頼である。

ii　『ウェルギリウスの死』・統一性の探究

『ウェルギリウスの死』は、二重の誕生をした。ブロッホは、アメリカで発表した或る手紙のなかで、一九三五年の春に、彼がどのような経緯でこの著作を考えるに至ったかを物語っている。彼は、ウィーン放送で、「一時代の終りにおける文学」というテーマで講演をする予定だった。ところが、その原稿を書いているうちに、ウェルギリウスの名前と存在と運命とが、彼の精神に否応なくのしかかってきた。このラテン詩人は、その限界に達した一文明に属する詩人でもあった。アウグストゥスの国家は、ローマの至上性と、この至上性が現わしている諸価値とを、そのもっとも高度な表現にまで高めているが、その詩によってこの大帝国を支え古代性と美という点でその基礎を築いたこのローマの作家のなかには、何か調和のとれた弱さのごときものが、別の時代への郷愁のごときものがあり、これが、彼の持つ透明さを乱すことなしに、彼をさまざまな予言的な懐疑に委ねている。一方では、今始まりつつある世界帝国と、平和がある。アウグストゥスによる大いなる平和がある。他方には、ローマ最大の詩人がいる。ローマと同様、つねに大地に結ばれ、その歌でほめたたえることによってローマとその原理とその主とに結ばれた詩人がいる。ここには、人間的事物の堅固さと永遠なるものに捧げられた芸術の確かさを意味しないものは何ひとつない。だが、有名な『牧歌』のなかのみならず、彼の多くの詩句を貫く光のなかにも、終末の神秘な接近が予感される。ウェルギリウスというこの教養と手腕と完璧さをそなえ、いっさいの霊感的な予見からきわめて遠く離れているようなこの詩人のなかで、時間は逆転しているようである。

……ウェルギリウスにおいては時として
詩句はそのいただきで奇怪なきらめきを帯びる

ヴィクトル・ユゴーと同様、ブロッホも、この奇怪さに感付いた。二千年祭が祝われたばかりのころであったが、彼は、そのなかに持続が作りあげた栄光と諸文明のおだやかな確かさが確立された堂々たる詩人のことなど思いはしない。彼が思い起すのは或る伝説であって、それによると、詩人は、死のうというときになって、未完に終った詩『アエネーイス』を破り去ろうと思ったということである。これは、近代的な思考である。彼は、自分の作品が不完全だと判断したのか？　それとも、彼の詩のなかに生れ出た、自分は今曲り角にいるのだというあの同じ感情や、彼のなかで逆転し彼を彼自身から遠ざけるように思われる時間のあの神秘な力によって、作品から身を外《そ》らしたのか？　ウェルギリウスの最後とはどういうものだったのか？　かくて、ブロッホは、『ウェルギリウスの帰郷』と題する短い物語を書き始め、一九三五年〔三七年のあやまり〕、聖霊降臨の祝日に、ラジオで朗読する。このラテン詩人を、彼のさまざまな不安や彼の作品を、西欧の象徴的な表現となすこと、これが、当時ブロッホが心とらえられていた思想である。ブロッホは、つねに、自分の時代について不安の念とともにあれこれと思いめぐらし、理性と背理とのあいだに横断路を探し求める作家である。

だが、ウェルギリウスは、今日もなお、われわれの運命の重みを支えるに足りるほど生き生きとした存在であろうか？　彼は、中世においては、ダンテが目覚めさせることの出来た神話であったが、[3] 現在では、われわれ自身が汲み尽された存在であることすら、もはやわれわれに告げることが出来ないほど、はるかに遠いすでに汲み尽された文学伝統に属しているのではないだろうか？　おそらくブロッホは、この疑惑にぶつかったのだろう。彼はこの主題が自分のなかでまだ御用ずみになってはいないことをはっきり感じてはいたものの、それを放棄して、のちにチューリッヒで上演されることとなった芝居やその他さまざまな計画に没頭した。

彼はオーストリアを去るべきだったのだろう。彼はユダヤ人で、脅威にさらされていた。だが、彼は、あきらめて出発したりはしなかった。彼は、牢に投ぜられたとき、「内心での死の準備」が、突如として彼のなかに、あの古い名前をよみがえらせ、「ウェルギリウスの死が、私自身の死のイマージュとなった」。彼の書物、それも特にその第四部において、彼が、詩人の消滅を普遍的な生成の表現と化するために用いたさまざまな形象は——ウェルギリウスは、そこで創造の全段階をふたたび通過するのだ——彼自身の経験から汲みとられたものだ。「私は、ただそれらを摘みとるだけでよかった」と彼は言っている。同様に、彼の自分自身に対する疑惑、何ひとつ意味しえないおのれの作品や何の根拠も与えられぬおのれの生活をまえにしての不安、或る本質的な義務をとらえ得ずそれを果し得なかったという確信、奴隷たちの苦悩が彼にもたらす非難、彼の裸形にされた魂、最後に、恐怖の甲角の門を乗りこえ虚無のもっとも間近で散乱と潰乱での救いを求める努力、これらは、文学的動機ではなく、「或る神秘的な始源の経験」の響きであり、これは、つねに、作品がそれをめぐって展開した中心なのである。

最後の日の内的な言葉

だが、ウェルギリウスは、単なる名儀上の存在ではない。この神話は、ブロッホを守り、彼が、自分の名前だけでは達しえなかったと思われるものを探索することを許すのである。だが、ブロッホは、彼の書物を書くとき、ただ単に、自分が体験したものをわれわれに感じさせようとするばかりではない。彼にとって重要なのは、彼の直接の経験ではない。彼は、むしろ、その経験を延長し、深化し、それに何らかの解決口を見出そうとするのであり、この解決口が、彼の作品そのものとなるだろう。これは、その作品が、人間が終末に向かうときそのあいだに身を裂かれる激しく相対立する諸運動を、一体性にまで高めることに成功するとしての話だが。これは、作家の壮大な野心である。彼が、その書物を始めるとき、彼は死のうとしているのだが、それと同様に、ウェルギリウスも死のうとしている。つまり、十八時間という時間が、彼を、最後の瞬間からへだてている。[4]この書物は、最後の日の「内的独白」となるだろう。だが、この独白は、伝統がそれに与えている形式とはまったく異っている。これは、三人称で書かれており、「私は」から「彼は」へのこの移行は、執筆上の便宜であるどころか、出来事の接近と、その非人称的な力と、その近接性にほかならぬ遠方とに、結ばれている。この独白は何にみたされているのか？　さまざまな事実は、ここでは、無視されているのではないが、ほとんど無に近いほど縮少されている。死に瀕した詩人ウェルギリウスを運ぶガリー船は、ブルンディジウムの錨地に入る。[5] 皇帝に歓呼する群集のどよめきが感じられるが、一方、輿は、おさない頃のウェルギリウスそっくりの若い農夫リサニアスに案内されて、この町のもっとも貧しい界隈を通ってゆかねばならぬ。これが第一部である。これは「到着」であり、ゆるやかにゆれ動く「水」である。[6]

第二部は、よりいっそう出来事に乏しい。夜のとばりは降りている。死なんとしているこの人物は、王宮の客ではあるがただひとりである。彼は、熱による不安に駆られ、「火」に身を焼かれ、ふと身を起して窓辺に近付く。そしてそこで、千鳥足で冷笑的な言葉を吐き散らしている三人組の酔っぱらいのいさかいを眼にするのだ。彼らの笑い声は、深淵から湧き出て、人間的な誓約を心地よげに打ちこわしているようだ。そして彼は、自分もこの偽誓のなかに引き入れられ、そこで攻撃にさらされ、自分自身のまえに裸形で置かれているように感ずるのである。かくて、あの領域、彼の名や作品や美や真の認識への希望や運命に支配されることなき時間への待望などこれまで彼を支えてきたいっさいのものの欠如したあの領域への「下降」が始まるのである。[7] これは、彼の内部や外部で行われる解明であり、これこそ真の自省と言うべきものだ。彼は、この自省のただなかで、不定形なものにさらされ、無名性に委ねられ、深みのなかに進み入っているという錯覚を抱きながら、転々とする。ところがその場合、彼の降下は、地上的な夢想の人工的な錯綜状態への空しい降下にすぎない。少くとも、死への接近は、つまり、死にゆく自分自身へのあの聴取や、真理とは無縁のままに象徴の作る非現実の世界に閉じこめられ、遊びに満足しおのれを真の義務からそらせてきた孤独な陶酔に心高まらせるおのれの芸術家という条件のあの確認や、また、恐怖と沈黙と空虚のかたわらでのあの試練は、彼を、「『アエネーイス』を焼かねばならぬ」という決意に導くのである。

第三部は、昼の世界への回帰である。それは、「期待」であり、夜に属する諸真理と大地に属する確実性との比較対照である。自分の作品を破壊し去ろうとするウェルギリウスと、それを救おうとする彼の友人たちとの対峙化、別の世界別の時間へおのれを開くウェルギリウスと、予言的な精神と定かならぬ贖《あがな》いのこころがでっちあげる空想に逆らって国家の諸価値と国家に属する『アエネーイス』の重要性とを守ろうとするアウグストゥスとの対峙化である。この作品のなかでもっとも長大なこの章においては、ブロッホの技術上の名人芸がふるわれているが、これは、歴史的な現実性がより大きな重要性をえている唯一の章でもある。だが、三人称による内的独白という原則は捨て去られていない。このとてつもない非人称的思考の空間のなかで、さまざまな対話が響くのだが、これらの対話は明確であり、しっかりと表現されている。それらの対話よりもより巨大な何かが、それを思い起しているのだ。われわれがほとんど関心を抱くこともない人物や時代を写実的なやりかたで喚起すれば、そこには何か人工的な感じがともないかねないのだが、そういういっさいの人工性がごく薄らいでいるのはこのためである。アウグストゥスとウェルギリウスとのあいだに、地上的部分と超地上的部分とのあいだに、俗世的ローマと精神的ローマとのあいだに、『アエネーイス』という名のもとに西欧全体の運命を賭けた長い論争が行われるが、これが、ブロッホの関心を惹いていたより現代的な論争をたいして作りものめいた感じを抱かせることなく再現しうるのもまたこのためである。芸術作品という、頽勢に向かった文明の生み出した貴重な果実、これは、奴隷の単純素朴を知らず神々さえも知らずただ神々のイマージュを迎え入れたにすぎぬ詩、結局のところ「ホメーロス風の叙事詩のたいして出来のよくない模倣」であり「くたびれた虚無」にすぎぬ詩なのだが、このような芸術作品の運命は、一個の象徴にすぎぬこの象徴の運命は、いったいどうなるのだろうか？　詩人が書いたものは、現実の火で焼かれるべきではないのか？　詩人は、やがては、ホメーロスやアイスキュロスなどという至高の老人たちのおそるべき不死性に身を委ねなければならないのだろうか？

いやそうではない。『アエネーイス』は焼かねばならぬ。だが、結局のところ、ブロッホとウェルギリウスは、彼らの作品を救い、西欧を救っているようだ。なぜであろうか？　このことは明らかではない。[*1] これは、未来の方へ賭けた賭のようなものだ。これはまた、救いの予感でもあり、第四部において、ウェルギリウスがその最後の移動を始めるときに、一方でこの予感が、独白に対して、同時性の井戸ともほとばしる中央部とも言うべきその中心に至りつくのを許すこととなる。この中心においては、死と創造が共存し、終末が端緒である、そして、統一性を封じこんだ無化のなかで、いっさいがそのうちに溶け入りそのうちに包含された語が、語の力のあの秘密が、発言されるのである。ブロッホはこの秘密に頼ることによっておのれの作品を救う、おのれの作品のなかで危機に瀕していると彼に思われるものを救うのだ。すなわち、源泉への回帰、再び見出された統一性の幸福である。

統一性の誘惑

事実、彼の書物は、絶望や、不安や、さまざまな否定的な経験を通じて、統一性を目ざすことを止めぬ。統一性の探究はブロッホの大いなる情熱であり、苦悩であり、郷愁であった。すなわち、統一性とは、円環が閉じる地点へ達しうるという希望であり、そのとき、充分に遠くまで歩を進めた人間は、ふりむいて、おのれを分割している限りなく相対立したさまざまな力を、統一した全体として、突如としてつかみとる権利をうるのである。

『夢遊の人々』は、すでにこの分割状態を語っていた。すなわち約分しえぬさまざまなシステムへの価値の四散、それらの価値のひとつひとつに場の全体を占めさせ、同時に、それが君臨する抽象性のなかで消失させる無限性のめまい、おのれ自身の解体を導入する論理、理性の仮面をかぶって勝ち誇る非合理などである。だが、『夢遊の人々』は、救済の漠とした約束で終っていた。つまり、人間がおのれの孤独を意識しその不安が大きくなればなるほど、人間は、導き手を渇望するようになる。自分の手をとり、その行為によって、時代の何とも理解しかねる出来事をとらえさせてくれる救済者を渇望するようになるのである。「これがノスタルジーだ」と、ブロッホは言う。つまり指導者《フューラー》へのノスタルジーであるが、すでに一九二八年から〔『夢遊の人々』を書き始めた年である〕彼は正当にも、この指導者に対して不信の念を抱いていた。

だが彼もまた、このノスタルジーを分け持っている。数学的抽象に冷たい情熱を注いでいるときにはじめてその存在を認めたあの絶対の呼び声に対して出口を与えることを断念しはしない。統一性はどこにあるのか？　人間世界を分割している相和しがたい諸力が、それらの不断の矛盾対立の密やかな法則がはっきり示されるような或る全体のなかに、いかにすれば確立されうるのか？　『ウェルギリウスの死』がその答えである。それはこの作品が、われわれに、統一性がどこにあるかを語り告げるからではない、統一性そのものを体現しているからである。つまりこの作品は、詩作品として、あの閉じた球体であり、そこでは感動の力と合理的な確かさとが、形式と内容とが、意味と表現とが、互いに浸透しあっているのだ。だから、ブロッホの作品で彼にとって問題となっていることは、作品そのものをはるかに超えていると言うことが出来る。彼が作品を書きうるのは、統一性が可能であるからだ。かくて、象徴は現実となるだろう。また、詩作品は、真理にして認識となるだろう。第二部において、詩人とその芸術とのあいだに行われるあらそいが重要性をうるのはこのためである。すなわち、芸術作品とは、つねにただ、一個の象徴にすぎないのだろうか？　もっとも遠くへだたった境界においても、なおそれは、美にしか出会わないのであろうか？　というあらそいである。

ブロッホが、従来の小説的伝統と手を切って、抒情的形式に新たなる統一の可能性を求め、内的独白を変形してそれを一つの進展力と化するのは、まさしくこの疑問に答えるためである。文学作品が、ただ単に問いと答えとの交互作用を一時的に停止させる壮麗な力ではなく、全体が確立される地点への接近となりうるかどうかを知るためである。彼は、ジョイスに負うているすべてをはっきり認めているが、『ユリシーズ』の形式と自分が用いた形式とのあいだには、ほとんど関係がないと主張している。ジョイスにおいては、思想とイマージュと感覚は並置されていて、それらを運ぶ巨大な言語の流れ以外にそれらを一つに結びつけるものは何ひとつない。ブロッホにおいては、人間的現実のさまざまな深みのあいだに交換作用があり、刻々に、感情から思想への、昏迷から瞑想への、なまな経験から反省によってとらえられたより巨大な経験への移行がある。――そして、次いでまた、新たに、この巨大な経験が、より深い無知のなかに没するのであり、この無知がまた、より内的な知へと変形するのである。

だから、ブロッホの理想は、いっさいの相対立する運動を、同時に、ただひとつの語句で書かれたようなかたちで、表現し得ることとなるだろう、それらの運動を、その対立性のうちにとどめながら統一性へ委ねることとなるだろう。さらにまた彼の目標にほかならぬあの全体の広大さを、一瞬一瞬に、出来事の起るたびごとに、そればかりか語が発せられるたびごとに、時間的展開に何ひとつ求めることのない或る同時性のうちに包み入れることとなるだろう。彼の文の多くは、途方もない長さに達しているが(専門家たちは、それらがドイツ語でいちばん長いものだと主張している)、これは、それらの文のひとつひとつが、この世を汲み尽し、経験のあらゆる段階を通過し、そのたびごとに、残酷さと善意、生と死、瞬間と永遠など、互いにぶつかりあういっさいのものを一つに結ぼうとしているからだ。だが、これはうまくやり終えることが出来ない。なぜなら、正と反の絶えざる逆転が、やむことのない搏動を裏切るまいとする努力が、時が満たないうちに出来あがってしまう形式に逆らう語の人知れぬ働きが、それらの文を、限りないくりかえしと敷衍拡大へと引き入れるからである。名詞が好んで用いられるために、このようなくりかえしや敷衍は、さらに巨大なものとなる。

ブロッホは、このような内的独白の形式について、次のように語っている。「ここでは、何か絶対的に新しいものが試みられたのであって、これを、自分自身に対する抒情的註解と呼ぶことも出来るだろう」。事実、彼は、つねにこの二つの可能性を一つに結びあわせようとのぞんでいる。すなわち、一方には、おのれの反省的能力を断念することなくつねによりいっそう内面化してゆく細心綿密な思考の働きによって、明晰さと真理性の要請を、究極まで保持し続けるということがある。そして他方では、歌や、リズムの持つ抒情的な力や、とりわけさまざまな楽曲形式に頼ることによって、経験の知的内容を破壊することなしにそれを乗りこえ、合理的なものと非合理的なものとの互いに調子のあわぬ要請に対して、それらを、ひとつの全体のなかで和解させるようなあの共通の調子を確保するということがある。彼の書物は、つねに、二つの顔を持っている。それは、もっとも遠くまで進み入った運動においてさえも、けっして理解力を傷つけることのない或る論理的現実性をそなえていて、その点では、ジョイスよりもプルーストに近い。だが、それは、その構造や、意識的に音楽から借りた展開様式などによってえた暗示的能力という点で、やはり表現《エクスプレシーフ》的なものである[*2]。

ブロッホの言葉によれば、『ウェルギリウスの死』は、「四重奏、より正確には交響曲」であり、それは、主題と変奏という名で知られている作曲形式にもとづいて、音楽作品が作曲されるようなふうに構成されたものである。古典的交響曲と同様、この作品は四つの楽章から成っており、この四つの楽章は、水、火、地、エーテルの四つの基本要素、及び、到着、下降、期待、帰郷という四つの精神的態度から、二種類の楽想指示をえている。この楽想指示のおかげで、われわれは、さまざまな世界において、あれこれ座標を動かして、旅の途次のウェルギリウスの正確な位置を定めることが出来るのである。作家は、各部において、独特なリズムを定め、このリズムに文章の特有のスタイルが対応しているが、これは、この瀕死の人間の移動運動の各段階での、彼の独特な思考をわれわれに感じさせるためのものだ。ウンターマイヤー夫人が指摘しているように、テンポが早くなり魂が波立てば波立つほど、文章は短くなる。テンポがゆるやかになり、目標のない探究の運動に委ねられた思考が夜の永続性と一体となればなるほど、文章は、入り組み、伸び、くりかえされ、停止した運動のなかで凝固する。この運動のなかで文章は不定形なもののなかに四散しようとしているようだ。時としては、別段それによって調子がこわれることもなく、ただ、リズムの諸要素のより強い集中化によって、散文が詩と化する。それはあたかも、この特別な瞬間に、作品の持つ力が結晶して、われわれの見うるものとなりでもするかのようだ。これこそ、この書物のもっとも真正なる部分である。われわれが、彼自身の知らぬ時代の告知者としてのウェルギリウスの固有の不安をこえて、「まだ存在しないがすでに存在している」――人間の希望と絶望とをもっともよく予感しうる部分である。それは、方向のない期待であり、絶えざる出発であり、回帰であり、回帰の幻想である。「おお回帰すること、事物のなかに、夢のなかに回帰すること、おお、今一度回帰すること、おお、逃亡よ！」。

作品の諸特質

この書物をいそいで一まわりして、その基本的な諸様相を明らかにする必要がある場合、おそらく次のように言わねばなるまい。詩人たちについては言わぬとしても、プルースト、ジョイス、トーマス・マンなどといった人々によるこの時代のすべての偉大な作品と同様、『ウェルギリウスの死』は、おのれ自身の可能性を中心とした作品である、と。西欧における文化の表現であり確立である芸術を、いったい何が脅かしているのか？　苦悩である。冒頭の数ページでウェルギリウスは、貧窮に支配されたせまい通りを進んでゆかねばならないのだが、そのときからすでに、彼は、自分自身を奪い去られたと感じている。奴隷の群の時間である過去も未来もない時間に、声で形作られた沈黙に直面しながら、ひたすら自分自身の思い出にかかずらい、ローマの起源の輝かしさをたたえてきたことに対する恥辱感。もし、記憶も名も持たぬものに対して終始無縁のままにとどまるならば、いったい詩の言葉とは何であるか？　このような非難は、単に精神的非難にとどまるものではなく、作品の根源に加えられる非難である。もし歌が、いっさいの形式をこえて、形のないものへ、いっさいの言語の外部にある声が語るあの深みへと、降ってゆくことが出来ないとすれば、そこには、真のコミュニケーションもなく、歌もまたないであろう。かくて、この瀕死の詩人が、その死によって成就しようとしているのは、この下降——無限定なものへのこの下降——にほかならぬ。歌の空間と死の空間とは、互いに結ばれ、しっかりと支えあったものとして描かれているのだ。

もうひとつの本質的特質は次のような点である。つまり、近代のほとんどすべての大作家と同様、ブロッホは、文学表現をひとつの経験としようとしているという点である。彼は、「ひとつの抒情的註解」と化した内的独白が、過去の無限と未来の無限とが絶対的な同時性という形でおのれに開示されるような唯一の現存点に、彼を到達させるだろうと信じている。また、音楽的展開の力によって、彼の作品の感情的要素と哲学的要素が、人間の魂の不調和を示すさまざまなイマージュが、充分に統一されると考えている。壮大な野望だが、彼はこの野望を最後まで抱き続けるであろうか？　そればかりか、彼の作品を正当化するものとなるべきこの自由な発見運動に対して、忠実を守っているであろうか？むしろ逆に、彼は、とりわけ第四部においては、彼固有のもともと持っていたさまざまな信念を、われわれに強制しているような印象を与えるのではないだろうか？　そこではウェルギリウスは、死への道を辿りながら、創造の内奥に入りこみ、一種のアダム・カドモン〔アダムが創造される以前の原初的人間像〕に、宇宙的人間に、人間に変身した世界になる。原始時代の動物界や、原初期のあつく生い茂る植物や最初の泥土などを次々と経て、ついに中心部の虚無と一体となり、突如として微小なるものが再び空虚をみたし全体と化するのを見るに至るまで、終りが始まりであることをのぞむ転廻の希望にしたがって調和あるかたちで根源へ立戻って行く人間となる。たしかに、この部分は、うまく書きあげられ、諧調にみちている。だが、音楽的な成功だけで充分だろうか？　それは、真理を保証するものだろうか？　それは、われわれに、この不吉な連なりや、この連なりがわれわれに約束するあがないの現実性を、信じさせることが出来るだろうか？[*3]　われわれはここでは、あの美的言語やうわべだけの比喩的な知識に向かいあっているのではないだろうか？　ブロッホは、まさしくこれらから芸術を解き放とうと願っており、死は、われわれをこれから自由にすることをその役割としているのだが。

このような疑問に対して、おそらくブロッホは、次のように答えたことだろう。自分は、かつてウェルギリウスと呼ばれた詩人の死の苦しみに対して、さまざまの東洋的な観念や着想のおかげで彼の経験そのものに適用しうるものとなった意味を与えたのだ、と。[*4]　まさしくこれらの想像の空間のなかで出来事は達成されたのであり、進歩のおくれた西欧に属する人間であるわれわれは、これらの媒介によって、われわれの過去でもあるこの過去に、もっともよく対応することが出来るのだ。事実、『ウェルギリウスの死』は、単に或る個人的経験の展開であるばかりでなく、ひとつの神話であり、全西欧文明の知識と運命とを象徴的に再現しようとする努力である。これはもうひとつの本質的な特質である。レオポルド・ブルーム〔ジェイムズ・ジョイス作『ユリシーズ』の主人公〕の物語が『オデュッセイア』のコンテキストのなかで読まれねばならぬと同様に、また、アドリアン・レーヴァーキューン〔トーマス・マン『ファウスト博士』の主人公〕がファウストの再生であり、『ヨセフの物語』〔トーマス・マンの作品(一九四三)〕が、語りを、その神話的源泉の持つ若々しさへ立戻らせようとする試みであるのと同様に、ブロッホは、われわれに身近であると同時に異質でもある一世界を出発点として、われわれにわれわれについて語ることが出来るような物語の資源を、ひとつの古い名前と伝説とに求めたのである。彼の課題は容易なものではなかった。われわれにとってウェルギリウスとは何者なのか? ローマとは何なのか? だが、彼は、彼にやりうる限り、見事にこの課題をやってのけた。彼の書物は、部分的には、歴史を扱った物語の持つ人工性を脱し去っている。そして、或る疑いようのない真実の力によって、われわれは、この詩人の憂愁にあふれた偉大な現存と、その運命の重大さと、その世界と、あの時間の回帰の予感とを、いやおうないかたちで少しずつ納得してゆくのであり、われわれもまた、この回帰を予感するのである。

ウィーンの、ホフマンスタールの生家から遠くないところで生れたブロッホの出生と、あのラテン的感受性とを関係づけるのは容易なことだろう。この感受性が、彼に、ローマの遺産がまさにゆらぎかかっている時期に、そのさまざまな亡霊を目覚めさせ、それらの亡霊のなかにおのれの姿を認めさせる――なぜなら、ウェルギリウスはブロッホなのだ

——。そしてまた、それらの救いを確立させるのである。もちろん、死を通してではあるが。このような説明を好む人には、ブロッホの資質の複雑さや、極端な場合でも或る古典的な調和によって和らげられているその試みの大胆さは、ウィーン生れという過去とユダヤ系という過去との二つの遺産のせいだと言うであろう。ハインツ・ポリツァーは、戦後プリンストンへブロッホに会いに行ったが、ブロッホのなかに、昔のオーストリアの宮廷の宮廷顧問官のおもかげを認めている。ブロッホは、礼儀正しく、ていねいで、高雅で、精神的な魅力をそなえているが、その顔は、彫り刻まれたようにきびしく、きわめて古い思想の持つ苦悩にあふれた厳密さを表わしている。このような相反する諸特質は、生れから発する特色という以上に、或る天職のしるしである。すべての近代芸術家と同様、またジョイスと同様、彼は、芸術に対する深い関心と、芸術上の諸手段に対する強い不信の念とを抱いていた。深い教養と、教養に対する激しい嫌悪とをそなえていた。知性を超越し乗りこえ、神秘的ヴィジョンにまで高まろうとする知的情熱を抱いていた。人の話では、彼は、何の悲愴感もなくほとんどモーツァルト的とも言うべき晴れやかな感情をもって、つねに死と親しんでいたようだ、この晴れやかさのために、彼は、ヒットラーの牢獄のうちにあってなお死とたわむれ、そればかりか死を軽視することが出来た。結局のところ、『ウェルギリウスの死』において表現されているのは、この信頼と和らぎにほかならぬ。すなわちこの作品は、葬いの歌であり、レクイエムではあるが、フォーレの『レクイエム』と同様、やさしくと言いうるほどのかたちで、われわれを導いて、恐怖の扉をあけさせ、磁力をそなえた記憶に先立たれながら、循環の輪の幸福と認識が成就されるあの地点まで降ってゆくことを許すのだ。これはいかにも奇怪な幸福であり、人知れぬ認識であって、ホフマンスタールもまた、それについてこんなことを語っている。「この循環の輪の力を知る者は、もはや死をおそれない」。そして同じ精神家族に属するリルケは、次のように言う。「輪が再び閉じ、或る物が再び他の物と結ばれるとき、私は愛する」。「輪ほど賢明なものはない」。「環は、その回帰によって豊かである」。

3　ねじの廻転

ヘンリー・ジェイムズの「創作ノート」を読むと、彼がきわめてこまごまとしたプランを立ててその小説の準備をしていることにおどろかされる。もちろん実際に本を書く場合はそのプランにあれこれ変更を加えるのだが、時には、忠実に、プラン通り書くこともある。

この「創作ノート」を、カフカがさまざまな物語の草稿を書きつけたあのノートとくらべてみると、おどろくほどのちがいが見てとれる。つまり、カフカの手帖には、けっしてプランなど書かれていないし、予備的な分析など何ひとつない。そこには、多くの草稿が書かれているが、これらの草稿は、作品そのものである。時には、ただの一ページだったり、ただの一句だったりすることもあるが、この一句は、物語の深みと関わっている。この一句がひとつの追求であるとしても、それは、物語自身による、物語の追求なのである。小説を書くという行為の、予見しえぬ運動だけが開くことの出来る道なのである。これらの断片は、あとになって役立てられる素材ではないのだ。プルーストは、はさみや糊を使う。また「書き加えた原稿をあちらこちらにピンでとめ」、これらの「紙きれ」でその書物を築きあげるが、「大寺院を建てるようにこまごまと語り尽すことまでは敢てせず、ただ単に、服を作るときのように語る」のである。他の或る作家たちの場合は、物語は、外部から構成されえない。物語は、もしそれ自身が、あの進展運動を、それを通して物語が自己を実現する空間を見出すあの運動を保持していなければ、いっさいの力と現実性を失うのである。書物の場合、このことは必ずしも人知れぬ非合理的な一貫性を意味するわけではない。たとえば、カフカの書物は、その構造という点から見れば、ジェイムズの書物以上にはっきりしている。プルーストの書物ほど読み辛くもなければ入り組んでもいない。

「主題がすべてだ」

だがしかし、ジェイムズの場合は——これはわかりきったことだが——一見そう思われるほど事は簡単ではない。彼はその「創作ノート」のなかに、あちこちのサロンで聞いてきたさまざまな逸話のたぐいを、面白いものもあるしまったくつまらぬものもあるが、いっぱい書きこんでいる、彼には、主題が必要なのだ。「主題がすべてだ——主題がすべてだ」と、彼はおどろきのこもった確信的な口調で書きつけている。「いろいろやって見るにつれて、私にはますますはっきりとわかって来たのだが、主題の堅固さ、主題の重要性や感銘力、今後はこういうものだけを土台にして自己を展開することが、私にはふさわしいようだ。他のすべては、崩れ、くだけてしまう。急に途切れてしまったり、貧弱な、つまらぬものになったりする——見るも無残に裏切られてしまうのだ」。これはわれわれを驚かせることでもある。「主題」とは何か？ J・L・ボルヘスのごとく洗練された作家は、近代の小説文学が秀れているのは、さまざまな性格の探究や心理的な多様性の深化のせいではなく、それが、さまざまな寓話や主題を作り出している場合だ、と断言している。一八八二年ごろ、R・L・スチブンソンは、英国の読者たちがロマネスクな波瀾万丈を軽蔑し、何の主題もない小説や、「あるいはほんのつまらぬ弱々しい主題の」小説を書きうる作家を好んでいる実情を、いかにも心に染まぬといった様子で、悲しげに見守っているが、これは、スチブンソンに対するひとつの答えである。五十年のち、オルテガ・イ・ガセーは、「今日、われわれのより高度な感受性に興味を覚えさせるような冒険を案出することはきわめて困難だ」と表明している。ボルヘスによればわれわれのより高度な感受性は、今日、かつてのいかなる時代よりも、より見事に満足させられている。「私は、自分が、いかなる迷信とも、昨日が今日とは根本的に異っているとか明日とは根本的に異るだろうとかいういかなる錯覚とも無縁であると信じているが、私としては、他のいかなる時代も、『ねじの廻転』や『審判』や『地の上の旅』[1]などのように、あるいは、A・B・カサレスがブエノス・アイレスで見事に書きあげたあの小説（『モレルの発明』）のように、すばらしい主題を持った小説を所有してはいないと考えている」。真実への愛は、ボルヘスを導いて、人知れぬ記憶のなかで、『円環の廃墟』や『バベルの図書館』[2]の名を思い浮かべさせたかも知れぬ。

だが、主題とは何か？　小説は、その筋の厳密さやそのモチーフの魅惑力によって価値があると言う場合、この主張は、伝統的な観点から見れば、それが思いたがっているほど人を安心させるものではない。つまり、この主張は、小説が価値があるのはその登場人物の真実性や心理的あるいは外形的なレアリスムのせいではない、と言っているのだ、人々の興味を保つために、この世界や社会や自然の模倣などをあてにすべきではないと言っているのだ。だから、主題のある物語とは、いっさいの素材から解放された神秘的な作品である。登場人物のない物語であり、歴史来歴のない日常性や出来事のない内面性のようにこれまで実に都合よく利用されてきた資源が、もはや手段であることを止めているような話である。それればかりか、この話においては、起ることが、人工的で気まぐれめいた継起作用のたわむれによって、ちょうどピカレスク小説でエピソードにエピソードが続くようなかたちで、起ることに満足しないのだ。それは、全体の人知れぬ中心として終始かくされていればいるだけさらに重要なものとなる或る法則によって厳密に秩序づけられた、或る統一した総体を形作っている。

「主題がすべてだ——主題がすべてだ」というこのジェイムズの叫びは悲愴であって、ボルヘスが惜しみなく彼にさしのべている救いの手も、簡単に利用しうるものではない。ボルヘスは、その主題から見て他のいかなる作品よりも感嘆すべき作品のなかに『審判』の名をあげているが、これは考えていい点である。この小説の主題はそれほどおどろくべき創案であろうか？　ヴィニー〔アルフレッド・ド・ヴィニー。フランスの詩人〕は、すでに、重々しい数行でこの主題を語っているし、パスカルもそうだ。おそらくわれわれは誰しもそうなのである。出会うことがないためにそのまえでおのれの正当さを訴えるすべもないわけのわからぬ裁判と争うように、自分自身と争っている人間の話、たしかにこれは興味を抱くに足りる。だが、それは辛うじて話と呼びうるにすぎず、フィクションと呼ぶことはさらに困難だ、カフカにとって、これは、彼の生活上の事実であった。彼の無罪性そのものが投げかけるかげであるだけにいっそう重苦しく彼にのしかかるあの有罪性であった。だが、『審判』の主題とはこんなものだろうか、この抽象的で空虚なテーマだろうか、われわれがそれを要約したあのひからびた文章だろうか？　おそらくそうではないのだ。それでは、主題とはいったい何だろう？　ボルヘスは、『ねじの廻転』の名をあげている。確かにこれは、おそらくその主題と思われる印象深く美しい話を出発点として輝いているような物語である。この作品を書く三年前に、ジェイムズは、「創作ノート」に、彼にこの作品の想を与えたアネクドート〔逸話、小話〕を書きつけている。カンタベリーの大司教が彼にそれを語ったのだ。もっともその話は「きわめて漠然とした、とりとめのない、細かな点は少しもはっきりしない、ほんの概略的なもの」であって、司教自身それを或る婦人から聞いたのだが、これがまた、うまく話す才能もなければ、明確に話すことも出来ぬ女性であった。「たぶん両親がなくなったために、田舎の古い館で、召使いたちの手に委ねられている、おさない子供たちの話（年も数もはっきりしない）。召使いたちは、根性の曲った堕落した連中で、子供たちを腐敗堕落させている。子供たちは、たちが悪く、おそろしいほど邪悪さにあふれている。召使いたちは死んでいるが（どんなふうにして死んだかについてははっきりわからずじまいだ）、彼らの亡霊や姿が、この家や子供たちのところに絶えず立戻って来る。彼らは子供たちに合図をし、危険な片すみの奥の方から——崩れた塀のあとの深い穴から、子供たちを招いたりそそのかしたりしている。子供たちをそそのかして、破滅させようとしているのだ、自分たちに従い自分たちに支配されることによって身をほろぼさせようとしているのだ。だが、子供たちは、長いあいだ彼らから遠くへだてられているから、身をほろぼすことはない。ところが、この不吉な存在たちは、飽くことなく子供たちをわがものとしようと試み、自分たちのいるところに引寄せようとしている」。ジェイムズは、次のような覚書を書き加えている。「こういうことはすべて、——舞台も、話そのものも——あいまいで不完全だ。だが、ここには、或る効果を、恐怖にみちた奇怪な戦慄を、暗示するものがある。この話は、或る目撃者によって、外部の観察者によって——充分信用しうるようなかたちで——語られねばならぬ」。

これが『ねじの廻転』の主題であろうか？　ここにはすべてが見出される。何よりもまず、本質的なものが見出される。すなわち、自分たちにつきまとい、そこでは必ず身をほろぼすこととなるあの空間へ悪の思い出を通して自分たちを引き寄せるあの幻たちと、ある支配的な関係によって結ばれている子供たちが見出される。ここにはすべてがある。最悪のものさえもある。つまり、これらの子供たちは堕落しているが、無垢でもあるのだ(「子供たちは、長いあいだ彼らから遠くへだてられているから、身をほろぼすことはない」)。このモチーフから、ジェイムズは、彼のもっとも残酷な効果のひとつを引出すこととなる。すなわち、この無垢の二義性である。つまり、この無垢は、彼らにおける悪の純粋性であり、この悪を周囲の誠実な人々に包みかくす欺瞞の完璧さの秘密であるが、これはまたおそらく、悪が彼らに触れたときに体現する純粋性でもあり、彼らが真の悪に、おとなたちの悪に対立させるけっして腐敗することのない無邪気さでもある。あるいはまた、彼らのせいにされているあの幽霊たちの謎そのものであり、この話全体のうえに重くのしかかっている不安でもある。この不安は、実はすべて、子供たちの女家庭教師の幻覚にとらえられた精神によって彼らのうえに投げかけられたものではないかという疑いを起させる、——彼女は、自分自身の強迫観念によって、子供たちを、死ぬほど苦しめるというわけだ。

ジッドは、『ねじの廻転』が、幽霊小説ではなく、おそらくフロイト的物語であることを発見した。つまり、さまざまな情熱と幻とを抱いた女家庭教師というこの語り手は、自分自身に対して盲目な、おそろしく無意識な存在であり、罪もない子供たちは、彼女のおかげで、もし彼女がいなければ気付きもしなかったような恐怖にみちたイメージに絶えず触れあいながら生きるようになってしまったというわけであって、ジッドはこの発見に感嘆し、うっとりしたものだ(もちろん、彼の心には、まだ或る疑いが残っていたが、彼はそんなものが雲散霧消するのを見たかったことだろう)。

それでは、これがこの物語の主題であろうか、とすれば、もはや大司教は、作者的ないかなる権利も持たなくなるのだが？　だが、いったいこれが主題なのだろうか？　ジェイムズが、意識的に扱おうと企てた主題とさえ言えるだろうか？「創作ノート」の刊行者たちはあのアネクドートを援用して、現代的解釈には何の根拠もなく、ジェイムズは、子供たちの腐敗と亡霊たちの現実性を当然のこととして仮定した幽霊話を書こうとしたのだと主張している。たしかに、奇怪さは、間接的なかたちでしか喚起されておらず、この物語の持つおそろしさや、それが生み出す不快な戦慄は、幽霊たちの存在よりもむしろ、それによって引起される人知れぬ無秩序から発している。だが、これは、ジェイムズ自身が、その幻想的な物語の序文のなかではっきり述べている規準であって、彼はそこで、「不思議なことや奇妙なことを語る場合、それらが誰かの感受性に与える反響だけを書く程度にとどめ、それらが作り出し強く感じとられる或る強力な印象のなかにこそ人の興味を惹く根本的な要素がある点を認めることが重要だ」と述べている。

すべての物語の悪意ある核心

だから、ジェイムズが、ジッドの考えに応ずることも、自分の発見をよろこんでいるジッドにその説を保証してやることも出来なかったとは、充分考えうることである。彼の答えが、気のきいた、逃げ口上的な、がっかりさせるようなものであったのはほとんど確かであると言ってよい。事実、フロイト的解釈は、たとえそれが、明々白々たる結論のようなかたちで押しつけられるとしても、物語がそれによって得るのは、ほんの一時的な心理学的な興味にすぎまい。しかも物語はそれによって、おのれを、幻惑的で、疑いようのない、とらえがたい物語と化しているいっさいを失いかねないのである。そういう物語においては、真実は、イマージュの持つ絶えずすべりゆく確かさをそなえていて、イマージュのごとく身近であり、イマージュのごとく近付きえぬものである。現代の読者たちは、きわめてすれてきているから、誰もみな、この話のあいまいさは、女家庭教師の異常な感受性ばかりではなく、彼女が語り手である点からも説明されることを理解している。この語り手は、おそらく子供たちが付きまとわれていると思われる亡霊たちを見るだけでは満足しない。彼女こそ、この亡霊たちについて語り、子供たちを、語りという不確定な空間へ引き寄せてゆく人間なのだ。この不確定な空間、この非現実的な彼方においては、すべては亡霊となる、すべては、すべりゆき、逃れゆくものに、現存しつつ不在であるようなものになる。あの悪の象徴になる。グレアム・グリーンは、ジェイムズが、この悪のかげのもとに書くのを眼にしているが、この悪こそ、おそらく、いっさいの物語の悪意ある核心にほかならないのだ。

このアネクドートを書きつけたのち、ジェイムズは、次のように付け加えていた。「この話は、或る目撃者によって、外部の観察者によって、——充分信用しうるようなかたちで——語られねばならぬ」。とすると、当時、彼には、本質的なもの、すなわち主題が欠けていたと言うことが出来る。すなわち、物語の内奥そのものをなすあの語り手の女性だ、そのまさしくよそよそしい内奥性だ。この存在は、話の中心部に入りこもうとつとめるが、終始、ひとりの侵入者であり、しめ出された証人であるにすぎぬ。暴力的におのれを押し通し、秘密をねじまげ、おそらくはでっちあげ、おそらくはむき出しにし、あらゆる手段を弄してねじ開け、こわし、一方、われわれに対しては、その秘密を包みかくすあいまいさしか示さないのである。

すると、結局、『ねじの廻転』の主題とは——ただ単に——ジェイムズの技術ということになる、つねに或る秘密のまわりをまわるあの語りかたということになる。この秘密は、彼の多くの書物において、アネクドートによって始動されるのだが、何らかの本物の秘密なのではまったくない、——何らかの事実や、はっきりと示すことの出来るような思想や真理なのではない、——精神の或る迂路でさえなく、いっさいの開示をのがれ去っているものだ、なぜなら、それは、光の領域ではない或る領域に属しているからである。[*1] このような技術について、ジェイムズはこのうえなく生き生きした意識を抱いている。もっとも、「創作ノート」においては、たとえば次のようないくつかの例外をのぞいては、この技術についての意識に関して、奇妙なほど沈黙を守っている。「私には、私の飛躍や短縮法は、私が作るさまざまな仮橋や、多くのものを内に包んだ大きな迂曲部は（生き生きとしたすばらしい一つ二つの文章だけで出来ている）、非の打ちどころのない見事な大胆さから生れてくるはずだと思われる……」。

とすれば、すべてが運動であり、発見と探索の努力であり、屈折であり、後退であり、曲折であり、抑制であるようなこの芸術、何ものも読みとくことなく、読みときえぬものの暗号文字であるようなこの芸術が、なぜ、それ自身から出発せず、固定した数行から成り各区切りごとに番号を付した、しばしばきわめて粗雑なシェーマから始まるのか、と自問することが出来る。また、なぜそれは、語るべき何らかの物語から、しかも、それが語る以前でさえ、そのためにはっきり存在しているような物語から出発しなければならないのか、と自問することが出来る。

このような特殊な性質については、もちろん、多くの答えがあるだろう。まず第一に、このアメリカの作家は、小説が、マラルメではなくフローベールやモーパッサンによって書かれているような時代に属している、という答えがある。彼は、自分の作品に重要な内容を与えることに心奪われており、彼にとっては、道徳上の軋轢がきわめて重要であったと言うわけだ。それはたしかにそうだろう。だが、また別のこともある。ジェイムズは、明らかに、自分の芸術をおそれている。その芸術によってさらされる「四散状態」とあらそい、彼を導いて、とてつもない長さにまで引きずってゆきかねぬあのすべてを語りたいという欲求を、「度はずれなほど語り描きたい」という欲求を拒否している。かくて、何よりもまず、明確なフォルムの完璧さを嘆賞するのである（ジェイムズは、つねに、世間的な成功を夢みていた。それも、芝居の領域で成功したいとねがっていた。[3]そしてその芝居だが、彼は自分の手本を、フランスのもっとも低級な芝居のなかに求めているのだ。たしかに彼は、プルーストと同様、舞台や、作品の劇的構成についての眼識をそなえていることは確かである。そしてこの矛盾が、彼のなかで、均衡を保っている）。彼に固有な形式のなかには、或る過度がある。おそらくは狂気的な一面がある。彼は何とかこれから身を守ろうと試みているが、これは、いかなる芸術家も自分自身をおそれるものだからである。「ああ、ただ単に、思いのままに過すことが出来れば——要するにそういうことなのだ」。「私のいっさいの反省の結果は、もはやただ、自分につけた手綱をはずすだけでいいということだ！　これは、私が、生涯のあいだ考え続けてきたことだ。……ところが、かつて一度も、充分に果したことがないのである」[*2]。

ジェイムズは、始めることをおそれている。つまり、始まりにおいては、作品はそれ自体をまったく知らないのであり、かくて、始まりとは、重さも現実性も真理性もないがすでに必然的であるもの、空虚な、だが避けえない必然性を持っているもの、そういったものの体現する欠乏状態にほかならないからである。彼は、このような始まりをおそれている。物語の力に身を委ねるまえに、まず彼にとって必要なのは、カンヴァスの持つ安らかさであり、主題を明確化しふるいにかける作業である。「神の御加護のおかげで、——もっとも、これは私がそうしたいと思ったわけではない、このことは天が御承知だ——私は、堅固に構成され、しっかりと組立てられ結びあわされた骨組を作るという、この強力で健康な方法を、ぐらつくことなくしっかりと守っておれるのだ」。始めるということをこのようにおそれていたために、ついには彼は、さまざまな準備作業のなかに迷いこんでしまうようになった。彼は、すでに彼の芸術が入りこんでしまっている種々の回り道をうろつきまわり、こまごまとしたやりくちで、ますますこの準備作業をふくれあがらせる。「始めるんだ、始めるんだ、いつまでも、喋ったりまわり道をしていては駄目だ」。「私は、ただ、思い切ってかじりついて、語と語とを結ぶだけでいいんだ。かじりつくこと、語を結びあわせること、これがいつでも効果のあるやりかたなのだ」。

「神的な圧力」

だが、これでいっさいが説明されるわけではない。年月がたち、ジェイムズがより断乎としたかたちで、自分自身にむかって接近するようになるにつれて、彼は、たしかに一個の仕事と言うべきものではないこの準備的な仕事の持つ真の意味あいを見出すようになる。彼は、この探究のときについて、いつも、「祝福されたとき」について語るごとく語っている。「不思議な、筆舌に尽しがたい、密やかな、悲愴な、悲劇的な」瞬間について語るごとく、さらにはまた、「聖なる」時について語るごとく語っている。この時においては、彼のペンは、「魔力につかれたような圧力」を加えるのであり、その曲りくねった線によって、まだ描かれていない無数の道を予感させる「解読力をそなえた」ペンと化する。あの動く魔法の針と化する。彼は、この筋書き的な仕事を貫く原理を、「神的」と名付けている。「古くからある神聖なかずかずの小さな潜在性に点火する神的な光」、「聖化された、抑えがたい、そのかずかずの小さな感動によって私の動脈を脈打たせるこの筋書きの古くからある神的なよろこび」。このよろこび、この情熱、この不可思議な生の感情、彼はこれらを涙なくしては喚起しえず、彼の覚書帖が、「忍耐強い、情熱的な小さな手帖が……生の本質となる」ほどなのだが、いったいこれらのものは何故起るのだろうか？　おのれ自身と心を打明けあったこのようなときにおいては、彼は、まだ始まっていない物語の持つ充溢とたたかっているからである。この場合、作品はまだ無限定であり、いっさいの働きいっさいの限界をまぬかれた、単に可能的なものにすぎず、純粋な可能性の持つ「祝福された」陶酔なのである。そして、この可能的なものが、——われわれがかつて実際にそうであったことのないもののこの幽霊めいた非現実的な生、われわれがつねに出くわしているさまざまな形態が――ジェイムズのうえに、危険な、時としては物狂おしいと言いうるほどの魅惑力をふるっているのであって、おそらく芸術によってのみ、彼はこの魅惑力を探索し被うことが出来たのである。「進めば進むほど、私にははっきりとわかってくる。生という強大な問いに対する唯一の慰め、唯一のかくれが、真の解決とも言うべきものは、主題、可能性、場所などという特殊な観念との、この絶えずくりかえされる、実り多い、内密なあらそいのうちにあるのだ」。

だから、このような準備作業の時期が、ジェイムズにとって、きわめて必要なものであり、彼がそれをあのようにおどろくべきものとして思い起しているのは、この時期が、そこでは作品がただ接近されているだけで触れられてはおらず終始あの秘められた中心のままであるような時期、彼がほとんどよこしまなと言いうるようなよろこびをもってその中心のまわりでさまざまな探索に身を委ねているような時期、そういう時期を現わしているからだ、と言うことが出来るだろう。この探索が物語を自由に発展させながらもまだ物語を実際に始めていないような場合、彼は、さらにいっそう、さまざまな探索をふくれあがらせることが出来るのだ。彼は、そのプランのなかで、いろいろな挿話をこまかくくりひろげているが、これらのすべては、多くの場合、作品そのものからは姿を消してしまうばかりではない。作品のなかで、言わば否定的な価値として、明らかに実際には起らなかったことに対するようなかたちでほのめかされる挿話として見出されるのである。ジェイムズは、そこで、おのれが書くべき物語ではなく、その裏側を、作品の他の側面を経験している。書くという運動が必然的に包みかくす側面を経験している。彼は、この側面に関心を注ぎ続けるのだが、それはまるで、彼が作品を書いているときにその作品の背後にあるものに対して、不安と好奇心を——素朴な、人を感動させる好奇心だ——覚えてでもいるかのようだ。

　ジェイムズにおいて、プランが持つ情熱的なパラドックスとも呼びうるもの、それは、プランが、彼にとっては、前もってはっきり限定された構成の持つ安らかさを現わすと同時に、その逆を、つまり、作品の純粋な無限定性と共存する創造の幸福を現わしている点である。この創造は、作品を試練にさらすが、作品を縮少することはなく、作品から、それがふくむいっさいの可能なるものを奪い去ることもない（おそらく、ジェイムズの芸術の本質は、次のようなものだ。あらゆる瞬間に、作品の全体を現存させること、そればかりか、彼が現に形を与えている調整され局限された作品の背後に、他の諸形式を予想させること、ありえたかも知れぬ物語、いっさいのはじまりに先立ってある物語の、限りない、軽やかな空間を予想させることである）。ところで、彼は、作品を局限するためではなく逆に作品を完全に語らせるために、その秘密そのものは留保しながらもその秘密のなかで何の留保もなく語らせるために、作品をあの圧力に従わせているのだが、彼は、この強固にして甘美な圧力を、このさし迫ったうながしを、いったいいかなる名前で呼んでいるのだろうか？　あの幽霊話の題名として選んだ名前、つまり、「ねじの廻転」という名前で呼んでいるのだ。「K・B（結局未完のままに終った小説だ）のように、ひとたびあの圧力に、あのねじの廻転に従ってしまった場合、いったい何をもたらしうるだろうか？」。これはいかにも教えるところ多い示唆である。この示唆的な言葉は、われわれに、ジェイムズが自分の物語の「主題」が何であるかについてけっして無知ではないことを、はっきりと示している。すなわちそれは、例の女家庭教師が、子供たちに無理やりにその秘密を白状させるために、子供たちに加えるあの圧力であり、おそらく子供たちは、見えないものからもこの圧迫を受けているのだ。だが、この圧力は、本質的に、語りそのものの持つ圧力であり、書くという行為が真理のうえに加える不可思議にしておそるべき運動である。それは、苦悩であり、責苦であり、暴力であって、ついには死に到るのであり、死においていっさいが明らかに示されるように見えるが、一方また、死において、すべては再び、懐疑と、深淵の空虚のうちに落ちこむのだ。「われわれは、深淵のなかで、仕事をしているんですよ——われわれは自分に出来ることをする、——自分の持っているものを与えるんです。われわれの懐疑こそ、われわれの情熱なんだ、われわれの情熱が、われわれのつとめなんだ。その他は、芸術の気狂い沙汰です[*3]」。

4　ムージル

i　無関心の情熱

　勇敢なる翻訳者の努力によって、今やローベルト・ムージルの作品がフランスの読者の近付きうるものとなったわけだが、私としては、このことで、その作品が安心してほめたたえられるようになるのではないかと心配である。それにまた、この作品は、読まれる以上にあれこれ註釈されるのではないかという逆の心配もある。なぜなら、これは、その稀有の構想や、矛盾したさまざまな性質や、書くに当ってのさまざまな困難や、その挫折の深さなどによって、批評家たちに、彼らの心を惹くに足るいっさいのものを与えているからである。それほども註釈の間近にあるものだから、これまでもしばしば、書かれるよりもむしろ註釈されてきたようであり、読まれるかわりに批評されることになりかねぬ。この巨大な試みは、解きがたく、汲み尽しがたい、何という驚くべきさまざまな問題によってれわれを楽しませることだろう。それが含む第一級の欠陥と同様、その質の精妙さによって、その試みの持つ極端さとその極端さのなかの慎重さによって、最後にその否応ない挫折によって、なんとわれわれを喜ばせることだろう。さらにまた、これは、未完成で、かつ完成しえぬ、途方もない作品である。さらにまた、これは、見事なかたちで廃墟と化した記念碑が与えるおどろきなのである。

無視されてきた作者や知られざる「傑作」が、突如として暗い無名性のなかから現われ出るのを眼にすること、だがそれと同時に、それらの作者や作品が、言わば貯蔵物のようにそれまで無名性のうちにあったのを知ること、これはおそらく、われわれにはこころよいことなのである。われわれの時代というこのすべてを知りしかもすべてを即座に知る時代は、何人かの具眼の士の忠告にもかかわらずこれらの作者や作品を無視してきたあとで、そういったかずかずの不正をつぐなうことを好んでいる。かずかずの発見を輝かしくやってのけることを好んでいる。つまり、この時代は、あまねくいっさいを知りながら、すべてを知っているわけではないことをよろこんでいるかのようだ。おのれのなかに、幸福な偶然だけが知らせてくれるような重要な作品を、眼に見えぬかたちで保持しえていることを、よろこんででもいるかのようだ。知られざる傑作に対するこのような信頼には、後世への或る異常な信用が結びついている。現在が拒んでいるものでも、芸術によっていささかでものぞまれれば、未来は当然それを迎え入れるだろうということを、われわれは、打勝ちがたい先入見の力をもって、今なお信じ続けている。そしてまた、天国などに何の興味も持っていない芸術家であっても、未来がそれによって彼のあわれな霊に報いてくれるあのもうひとつの天国を、つねに信じまたそれに幸福を覚えながら死んでゆかぬような芸術家は、ほとんどいはしないのである。

忘れ去られ、しかも忘れ去られていることに満足しながら姿を消す作家を――この消滅はおそらくもっとも重要な意味を持ってはいるが――、もしわれわれが、常軌を逸した存在と見なすとすれば、その場合、ローベルト・ムージルは、われわれにとって、そのきわめて典型的な存在と見えることだろう。彼は、自分の不幸な運命がべつだん気に入っていたわけではないし、そういう運命を求めたわけでもない。彼は、自分が何のひけもとらぬと考えているが名声の点で及ばぬ同時代の大作家たちに、しばしば、ほとんど攻撃的と評しうるほどのきびしさで批判を加えている。そのうえ彼は、けっして無名の人間ではなかった。彼自身語っているように、彼の名声は、小部数の本しか出さぬ大詩人の名声程度のものだったのである。つまり、彼に欠けていたのは、数と、世間的な重みにすぎない。彼は、人々が彼に関して持っている知識は、彼の知られなさに匹敵するとも語っている。「知られていないと同程度に知られているのだが、このことは、半ば知られているという意味ではない。或る奇妙な混合状態を生み出すのだ」。まず第一に、二つの賞と多少の評判とをもたらした輝かしい小説の作者であった彼は、周到なる方法をもって、或る途方もない作品の制作に没頭する。彼は、ほとんど彼の制作期全体に及ぶ四十年のあいだ、この作品の完成に努力するのであり、この作品は、彼にとって、まさしく彼の生そのものに匹敵するものである。生前の一九三〇年に、すでに彼はこの作品の第一部を出版する。この第一部は、プルーストのえたような名声を彼にもたらしはしないが、第一級の重要性を持った作品という印象を与えた。それから間もない一九三二年に、彼は、世界的な動乱の不吉な予感を覚えてそれに先まわりしようとでもするかのように、大急ぎで、第二部の第一巻を出版する。成功はやって来ず、そのかわりに未来との決裂が、貧困が、世界の動乱が、そして最後に、亡命が、やって来た。たしかに、ドイツ語を使う作家のなかで、亡命の苦労を味わったのは彼ひとりではない。肉体的には彼以上の脅威にさらされ、彼よりもっと残酷な試練を受けた人々もいた。ムージルは、ジュネーヴで、たしかにひどくひとりぼっちで(とは言っても、彼のそばには妻のマルタ・ムージルがいた)、貧しい生活を送るのだが、彼は、自分がこのような孤立を求めてきて、そのあげくに今それを嘆いていることを知らぬわけではない。一九三九年ごろ、彼は日記のなかに次のように記している。「友人たちや敵たちとの内的な対立。そこにもかしこにもいたくないという欲望。ところが、自分がそこやかしこから追い出されると、なつかしさや嘆きが生れる」。その晩年の十年間に——この十年というのはおおよその数字だが——、彼が、単にさまざまな出来事のためばかりではなく作品との関係という点で変ってきていることは、疑いのないところだ。

作品そのものもまた、彼が、最初の計画の大筋は何とか保持しながらも（もっともこれもしばしば変えられるのだ）、執拗にゆっくりと追求を続けるうちに、変化してゆく。私には、もはや彼にはまったく制御しえず彼に抵抗するこの書物のために彼に生じた深刻な混乱を無視することは出来ぬと思われる。そして一方、彼もまた、もはやおそらくそれにはふさわしくないようなプランをむりやり押しつけるというかたちで、この書物に抵抗するのである。彼は、いつでも、自分はまだ二十年生きると思っていて、おのれの突然の死のことなど何の予想もしていなかったが、その死は、戦争と執筆とがともにもっとも陰鬱な様相を示していた時期に突如として彼を襲ったのである。彼のこの最後の亡命には、八人の人物が付きそった。十年のち、ムージル夫人の仕事を受けついだ献身的な友人が、決定版を出版すると、彼は、プルーストやジョイスに匹敵する人物に祭りあげられた。さらに五年のち、今やこの書物はフランス語に訳されたのである。私は、彼の無名性よりむしろ、こうした名声の速やかさと輝かしさとに、ほとんどおどろきを覚えている。このような名声が示す死後の皮肉も、いかにも彼らしいと言いうるであろうが、それにしてもやはり、ひそやかなおどろきを覚えざるをえないものだ。

彼について、その小説のほかには、最近発表された日記しか知らないにしても、われわれは、この複雑な人物に、直ちにとらえられ、魅惑され、時にはおどろかされる。これは、おのれが愛するものを批判することも出来れば、おのれが拒否するものの間近にいると感ずることも出来るような、厄介な人物である。多くの点からみて、近代的な人間であり、新しい時代をあるがままに受け入れ、この時代の将来のすがたを明敏に予見している。科学に通じた、知識ゆたかな人間であり、技術がもたらすさまざまなおそるべき変革をいささかも呪おうとはしない正確な精神である。だが、それと同時に、その生れや、教育や、さまざまな伝統に対する確信という点からみて、これは過去の人間、洗練された一文化に属する人間だ。ほとんど貴族主義と称しうるほどの人物だ。彼は、彼がカカーニエンと呼んでいる（フランス語ではカンカーニエンと言った方がいいだろう）あの年老いたオーストリア・ハンガリー帝国を、きわめて諷刺的に描いているが、だからと言って、彼が自分を、その衰退期にある世界と無縁と感じていると考えるべきではない。たしかに、これは、衰えた文明に属する世界ではあるが、ムージルばかりではなくホフマンスタール、リルケ、フロイト、フッサール、トラークル〔オーストリアの詩人、表現主義の先駆者（一八八七―一九一四）〕、ブロッホ、シェーンベルク、ラインハルト〔ドイツの演出家（一八七四―一九四三）〕、カフカ、カスナー〔ドイツの文化哲学者（一八七三―一九五九）〕なども、カンカーニエン人であったことを思い起せば、この文明は、強力な創造的生をそなえていたと言いうるのである。これらの名前は、死にかけた文化が、革命的な作品や未来的な才能を作り出しやすいということを、われわれに示すに足りるであろう。

ムージルは、カンカーニエンの人間であり、われわれは、この特質を無視することは出来ないが、同様にまた、彼の書物において、中心をなす主人公のさまざまな発見や、時として戯画的に描かれているがけっして彼の皮肉な同情と無縁の存在ではない他の諸人物が果している対位法的な運動のなかに、このカンカーニエン的精神を見つけ出すことに満足すべきではない。平行運動[1]という、作り話めいたこっけいな物語のいっさいは——これはこの書物の第一部の骨組をなしている——すでに深淵に接した一帝国の絶頂期を祝うために上流社会の何人かの操り人形が行う努力を示すばかりではない。この話にはまた、人知れぬ劇的性質をそなえた重大な意味あいがある。つまり、文化はおのれに究極的な価値を与えうるか、それとも、空虚を包みかくすことによってわれわれを空虚から守りながら、空虚のなかで華々しくおのれをくりひろげることしか出来ないか、を知るという意味がある。

　昔の人間でありながら、きわめて近代的な人間であり、わざと飾りをとりさった時として啓示的なイマージュのきらめく軽やかで精妙な固さをそなえた言葉を用いてはいるが、ほとんど古典的と称しうるような作家であり、いっさいを文学に与えようとしながら(「自殺するかそれとも書くか」という悲愴な二者択一を口にするほどだ)、文学を世界の精神的征服に役立たせようとする作家であり、文学にさまざまな倫理的目的を与え、今日ではエッセーという理論的表現が審美的表現よりも価値があると主張しようとするような作家である。ヴァレリーやブロッホと同様、彼は、科学や、とりわけ数学の用語法から明確さの理想を引き出しており、このような明確さの欠如のために、彼には、文学作品は、空しい、ほとんど耐えがたいものと思われるのである。認識の非個人性、認識者の非個人性、これが彼に、或る要請をあらわにする。彼は自分が、この要請と危険なほど一致しているのを感ずるのであり、時代の現実が時代の認識より一世紀もおくれていないとすればこのような要請は現実にいかなる変形をもたらすかを追求しようとするわけだ。

中心的主題

本質的に両極をそなえたこの書物に、もし中心的主題とも言うべきものがあるとすれば、それはまさしく、『特性のない男』(Der Mann ohne Eigenschaften)という、この書物の題名によってわれわれに示されている。この題名は、フランス語にしにくい言葉だ。フィリップ・ジャコッテは、すぐれた作家であり詩人であると同様に正確なる翻訳者であるが、彼は、きっと、さまざまな訳語の可否を思いめぐらしたことだろう。ジッドは、冗談半分に、「自由に処理しうる男」(L'homme disponible)というジッド的な訳語を提案していた。雑誌「ムジュール」の「性格のない男」(L'homme sans caractères)という提案はなかなか巧妙だ。私なら、いちばん単純で、いちばんドイツ語に近く、フランス語としてもいちばん自然な、「特性のない男」(L'homme sans particularités)という訳にとどめておいただろうと思う。「特質のない男」(L'homme sans qualités)という表現は、たしかに上品な言いまわしではあるが、直接的な意味を持たず、問題となっている男が彼に固有な何ものも持たぬ、特質を持たないが実質もまた持たぬという観念を失わせるという欠点がある。ムージルが、覚書のなかで語っているように、この男の本質的な特性は、何ひとつ特別なものを持たぬという点にある。これは、誰でもいい男だ。もっと深い言いかたをすれば、これは、本質を持たぬ男だ。おのれをひとつの性格というかたちに結晶させることも、安定した個性というかたちに凝固させることも受け入れぬ男だ。たしかにこれは、自分自身を奪われた男だが、それは彼が、外部から到来するさまざまな特性の総体をおのれに固有なものとして受け入れようとしないからである。ところが、ほとんどすべての人々は、この総体のうちに、おのれとは無縁な、偶然的で、耐えがたい遺産を見るどころか、素朴にもそれを、おのれの人知れぬ純粋な魂と同一化しているのである。

だが、ここで、直ちに、この作品の精神のなかに入りこまねばならないのであるが、これはまさしく、皮肉《イロニー》というかたちでの精神である。ムージルの皮肉《イロニー》は、この書物に対する照明を、時として、それと目につかぬかたちで変える冷やかな光であり、(特に第一部においてはそうである)、これはしばしば不分明なものであるとはいえ、われわれを、明確な意味や、あらかじめ与えられた意味の持つ分明さのなかに休らわせてはくれないのだ。ドイツ文学の伝統においては、イロニーは、ひとつの形而上学的カテゴリーのごとく重大なものとして育てあげられてきたのだが、たしかに、この種の伝統においては、特性のない男を、皮肉なかたちで追求するという仕事は、絶対的な創造ではない。ムージルはニーチェの影響を拒否しながらもそれを受け入れているが、こうした追求は、ニーチェ以後にも行われている。だが、ここでは、イロニーはこの作品の中心のひとつである。それは、作家や人間が、彼自身に対する関係であり、いっさいの特殊な関係が欠如したとき、他人に対して何者かであることや自分自身に対して何物かであることを拒否したとき、はじめて生ずる関係なのである。[*1] これは、ひとつの詩的な賦与であり、方法上の原理である。これを、語のなかに求めれば、めったに見つからないだろう。見つかってもそれは諷刺的な表現に変質しかかっているだろう。イロニーは、むしろ、書物の構成そのもののなかにある。それは、或る種の状況や、その逆転のなかにある。主人公ウルリッヒのもっともまじめな思想やもっとも真実な行動が、必ず他の諸人物のなかで二番煎じ的にくりかえされ、そこではそれらはあわれなこっけいな姿を呈するという事実のなかにある。かくして、正確さという理想と魂というこの空虚を結びつけようとする努力は――これはウルリッヒの根本的な関心のひとつである――、美しい魂ディオティーマ[2]と大工業家で奸策にたけた資本家で観念論哲学者であるアルンハイム（ラーテナウ〔ドイツの実業家、政治家、著述家（一八六七―一九二二）〕がそのモデルとなった）とのあいだの牧歌に反映している。かくして、ウルリッヒと彼の妹との神秘的な情熱は、ウルリッヒとクラリッセ[3]との関係に至り、そこであわれなかたちでくりかえされる。この関係は、ニーチェから発した経験であって、それは結局は、不毛なるヒステリーに終るのである。かくして、さまざまな出来事が、次々とこだまを呼び起して変化してゆきながら、ただ単に、その単純な意味を失うのみならず、それらの現実性までも捨て去るという結果が生ずる。話として展開するどころか、さまざまな事実が、可能的な関係の不確さにとってかわられるような、運動する場を示すという結果が生ずる。

かくて今や、われわれはこの作品のもうひとつの面を前にしているわけだ。この特性のない男は彼という個人のなかに自分を認めることをのぞまず、彼にとっては、彼を特殊化しているいっさいの性質は彼を特殊な何ものにも化することはない。彼は、おのれにもっとも近いものに対してけっして近くはなく、おのれの外部にあるものに対してけっして無縁ではない。そして彼が、このようなおのれを選択するのは、或る自由の理想のためなのだが、それはまた、彼が、特殊な事実や行為がつねにさまざまな関係の非個人的な総体のなかに消え去ろうとし、それらの事実や行為はその諸関係の瞬間的な交叉点を示すにすぎないような世界──近代世界、われわれの世界だ──に生きているからでもある。このような世界、大都会と集団的な大群衆の作りなす世界のなかで、彼は、いったい或ることが本当に起ったかどうかを知ることにも、われわれがどのような歴史的現象の役者であり証人であると考えているかを知ることにも、何の関心も抱かない。起ったことは、結局はとらええぬものであり、そればかりかそれは付属的なものであり、何の意味もないものでさえある。ただひとつ重要なことは、このようにして起ったもの、だが別のかたちでも起りえたものの、可能性である。問題となるのは、一般的な意味と、この一般的な意味を、単に存在するだけで特別な何ものでもないもののなかで求めるのではなく、さまざまな可能の拡がりのなかに求めようとする、精神の権利だけである。われわれが現実と呼ぶものはひとつのユートピアである。さまざまな出来事が線をなして次々としずかに続いてゆく歴史といったものをわれわれは思い描き、それを生きていると思いこんでいるが、このような歴史は、堅固な事物や、単純な順序で展開する明白な出来事にしがみつこうとするわれわれの欲求をあらわしているにすぎない。物語芸術は、このいつの世も変らぬお伽話は、こういう事物や出来事の魅力的な幻を強調し、有効に利用している。このような語りの形式を範として、何世紀にもわたる歴史的現実が形作られたわけだが、ウルリッヒには、もはやこのような語りの持つ幸福は不可能なのである。彼が生きているのはもはや出来事の世界ではなく可能性の世界であって、そこには、物語りうるような何ものも起らない。小説の主人公にとっては何とも奇怪な状況であり、小説家にとってはいっそう奇怪である。それに、その主人公自身、たとえ仮構物としてではあっても、いったい現実的な存在だろうか？　だがしかし、彼は、さらにそれ以上の存在ではないであろうか？　つまり、彼は、大胆にして危険な実験であって、その唯一の結果が、彼が可能的な存在であることを彼に保証し、かくしてついに、彼を現実的に、だが、ただ単に可能性というかたちで現実的にするのではないであろうか？

可能的な人間

われわれは、徐々にではあるが、ムージルがあのように多くの年月を費してつくりあげた構想の豊かさに気付き始めている。彼自身、この構想をきわめて徐々に引き出して行ったのである。彼は、今世紀の初頭以来この書物について考え続けてきたのであり、彼の「日記」のなかには、彼が若年期の経験から引き出したさまざまな場面や状況が見出されるが、これらは、作品の最後の部分に始めて用いられるはずであった（少くとも、遺稿の出版によって復元されたかたちにおいてはそうである）[*2]。われわれは、このゆるやかな成熟や、彼の生が作品に与えているこの生を忘却すべきではない。彼の存在を終りを持たぬ書物に従属させ、次いでこの存在を変形して根本的にありえぬものと化するこの奇妙な経験を忘却すべきではない。この書物は、表面的にも、深い意味でも、自伝的な書物である。ウルリッヒは、われわれにムージルを思い浮かべさせる。だがムージルは、不安なかたちでウルリッヒと結ばれており、外部から真理を受けとるよりもむしろ真理なしに存在することを好むこの人物のうちにのみ、おのれの真理を所有している。「性格のない男」が、或る「性格」の諸内容を物珍しげに述べたてている初期のプランがあるが、この性格のなかには、作者自身の性格を見出すことが出来るようだ。すなわち、情熱的な無関心、彼が自分の諸感情と自分自身とのあいだに置いている距離、何かに加わって自分自身の外で生きることに対する拒否、荒々しさにほかならぬ冷やかさ、精神の厳密さと男らしい抑制力、しかもこの厳密さや抑制力は、この書物の官能的な有為転変が時としてわれわれに示す或る種の受動性と結びついているのだ。だから、特性のない男とは、少しずつ具体化される仮定ではない。むしろ反対だ。つまりそれは、ひとつの思想と化した生き生きした現存であり、ユートピアと化した現実であり、特性に欠けているという自分の特性を次第に見出してゆく特殊な存在なのである。この存在は、この欠如を体現しようと試み、それを、彼を或る新しい存在に、おそらくは未来の人間とも理論的人間とも言うべきものに化するような、或る探究にまで高めるのだ。そしてついには、真に自分自身であろうとして、つまり、単に可能的な不在にすぎないがあらゆる可能性に開かれた存在であろうとして、存在することを止めるのである。

ムージルのイロニーは、彼の構想にとってきわめて有用なものである。ウルリッヒのこのあだ名が、彼のおさな友達で（ムージルのおさな友達だ）、この書物が始まる時期にはもはやほとんど友人づきあいをしなくなっているワルターという人物によって、非難の意味で彼に与えられたものであることを忘れてはならぬ。いったい特性のない男とは何だろう？「いったいそれは何なの？」と、クラリッセは、愚かしい調子でたずねる。この問いに対する答えは、ムージル的なあいまいさによって、いかにも意味深い。「何ものでもない。まったく何ものでもないんだ」(Nichts, Eben nichts ist das!)。そして、ワルターは、次のように付け加える。「今じゃ、こういう連中が何百万もいるよ。現代が作り出した種族なんだな」。ムージルは、このような判断を、自分の考えとしてとりあげはしないが、だからと言ってそれを捨て去りもしない。とすると、特性のない男とは、いっさいの局限を拒否する自由な英雄であるばかりではない。本質を拒否しながら、現実存在をも拒否しなければならぬことを予想している(現実存在は可能性にとってかえられるのだ)英雄というばかりではない。それは、まず第一に、大都会にすむ、あの誰でもよい人間であり、誰ととりかえてもかまわぬ、何ものでもなく何ものとも見えぬ人間である。あの日常的な「ひと」であり、もはや何らかの特殊な存在ではなく、非個人的な存在の冷やかな真理性ととけあった個人なのである。ここでは、過去のムージルが現在のムージルを攻撃することを止めないが、現在のムージルは、科学の非個人性と、彼が自覚しているおのれの異様な性質とを利用することによって、おのれが――何ものでもない、まったく何ものでもないんだ――新たなる道徳の原理であり新たなる人間の端緒であることを、虚無のなかで勇敢に見出そうとしているのである。

このような探究に潜む危険なものは、けっして彼の心を離れ去ることはないが、同様にまた、彼は、すでに述べたように、おのれの運命をあの古いカンカーニエンの運命と別々にしようとはしないのである。彼の運動は、このカンカーニエンの崩壊を意味することしか出来ず、この崩壊は、当然、彼自身の崩壊ともなるであろう。だが、彼が、小説家としてさえも、もっとも向う見ずな実験の道を辿るべく途方もない努力を重ねながら敢然として歩みを進めるのは、幻めいたものへの嫌悪と、正確さへの関心のせいなのである。すでに一九一四年以前から、彼は、真理が彼の住む世界を非難しているのを眼にしていたのであり、かくて彼は、何ものよりも真理を好んだのだ。彼は、その技師や記号論理学者や数学者や心理学の教師としての短い生活のなかで、真理についての或る観念と情熱とを作りあげてきたのだが、このような真理への愛が、結局彼を、おのれのいっさいの運命を、一篇の小説による、——それも、その本質的な部分の一つから見て明らかに神秘的と称しうるような小説による——不敵な試みに賭けるような文学者と化したこと、これはいかにも奇妙なことである。

ii 「別な生の状態」の経験

一九三〇年に『特性のない男』の第一部が発表されたとき、たとえもっとも巧妙な読者であっても、その続きがどうなるかを予想しえたかどうか、これは大いに疑わしいところだ。当時の読者は、或るときは小説に或るときはエッセーに似ており、時には『ヴィルヘルム・マイスター』を、時にはプルーストや『トリストラム・シャンディ』(ロレンス・スターンの小説（一七六〇―六七）を、また時には『テスト氏』を思い起させるような、古典的な言葉と唖然とするような形式をそなえた小説を、まごついたりびっくりしたりしながら読んでいたのだ。もしそれが鋭敏な読者なら、この作品が、一見したところつねに自分自身を解説しているようでありながら得体の知れぬものであることによろこびを覚えただろう。だが、そういう読者も、次の二つのことは信じていたのである。そのひとつは、ムージルが、一九一四年前夜の人々のさまざまな幻を守っていた一種のアッシャー家が崩壊するのを、皮肉に、冷静に、しかも感情をこめて描いたということだ。もうひとつは、この書物の主人公であるウルリッヒが、正確さのもたらすさまざまな危険や近代的理性の非人称的な力に従って生きようと努めることによって、きわめて知的な冒険を追い求める、精神の英雄であるということだ。

一九三三年の読者は――第二部の第一巻が発表されたときに――唖然としたであろうか？　だが、ムージルの運命はすでに完成しようとしていた。なぜならそのときにはほとんど読者はいなかったのである。そのうえ、この巻は、第二のエピソードの口あけにすぎなかったにもかかわらず、きわめてたくみな、きわめて不幸なかたちで終っていたから、これでこの作品はほとんど終り新しい主題は結論に達したように思われたのだ。だが、この同じ物語は、さらに数百ページにわたって、しばしば絶望のかげのさす情熱をもって追求されるうちに、まったく異った内面的な有為転変にまで高められることとなる。このために、今日もなおわれわれを悩ませるような或る意味の変質が生ずるのだが、私には、ムージル自身もこれに悩んだであろうと思われる。なぜならわれわれには、このとき以後、彼が、或る途方もない創造の仕事のなかに、おそらくは、彼のさまざまな予測を超えた或る経験の中に入りこんだように感じられるからである。すべては、より困難に、より不確かになる。より暗くなるわけではないが（なぜなら、多くの場合われわれに達するのははっきりと感じられる単純な光なのだ）、彼が自分自身から獲得しようと悲愴な執拗さでつとめている意志による完成に対しては、より異質なものになる。何ものかが、彼をのがれ去るのであり、彼は、感受性の過剰、抽象の過剰といったさまざまな過剰をまえにして、おどろき、恐怖し、反逆する。彼のように人々の錯覚にへつらうために書くよりもむしろ書かぬ方をつねに選ぼうとする厳密な作家は、こういった過剰を、あらかじめ考えておいたプランの枠のなかに導き入れようと、空しく努めるのである。

近代人に関する二重の解釈

これはいかにも心ゆすぶられる点だが、この書物の予見しがたい続き具合は、ただ単にその主題の深化と結びついているばかりではなく、この作家の固有の神話作用と、或る人知れぬ夢の一貫性とによって必然化されている。われわれは、何の根拠もないとともに充分な動機をそなえた或る冒険にぶつかっているわけだ。ウルリッヒは、特殊な諸現実が作りあげる安定した世界を（特殊化されたさまざまな相違が作る安全性を）拒否する無関心な人間だが、彼が、父親の棺のそばで妹のアガーテと立会うとき（この父親というのは、貴族の位を授けられたペダンチックな老紳士で、二人とも彼を愛してはいない）、この出会いは、近代文学におけるもっとも美しい近親相姦の情熱の端緒をなすものだ。これは、独特なかたちをとった情熱であって、このうえなく自由でこのうえなく荒々しく、方法的であると同時に魔的なものでありながら、ながいあいだ、いやほとんど最後まで、成就されることがないのである。これは、抽象的な探求と神秘的な流出との原理であり、或る至高の状態の、別な生の状態の、千年王国[4]の眺めのなかでのこの両者の合体である。この千年王国の真理性は、最初は世に許されぬこのカップルの特別な情熱に与えられているのだが、ついにはおそらく、燃えあがるような力をそなえたいっさいの共同体にまで拡大されることとなるだろう。

もちろん、ここには何ひとつ恣意的なものはないのであって、これをロマン派的なものの名残りとして示したりすれば、人をあざむくこととなるだろう。[*3] ウルリッヒというこの特性のない男のなかには、認識の非人称的な運動や、大きな集団的存在の持つ中性的性質や、何ものかであることを拒むことによって初めてはじまるヴァレリー的意識の純粋な力が目覚めているのであり、これは思想的人間とも、自分自身についての理論とも、純粋な抽象という生きかたで生きようとするひとつの試みとも称しうる人物なのだが、このウルリッヒが、神秘的な経験のもたらす目まいに身を委ねることは、いかにもおどろくべきことだ。だがそれは必然的なことでもあって、このことは、まさしく、彼の運動であるあの運動の持つ意味から、彼が進んで迎え入れているあの非人称性から発している。彼はこの非人称性を、あるいは理性の持つ至上の無限定性として、あるいは神秘的な存在の、充溢へと逆転する無限定な空虚として、生きているのだ。かくして、あまりにも限定された特殊な関係のなかで他人や自分自身とともに生きることに対する拒否が――これこそウルリッヒの（またムージルの）魔力であるあの魅惑的な無関心の源泉にほかならぬ――近代的人間に関するあの二つの解釈を生み出したのだ。すなわち、近代的人間には、もっとも高度なる正確さも、もっとも極端な解体も、ともに可能であり、こわばった諸形式に対する拒否を、数学的な公式の無際限な交換によるとともに、無定形なもの公式化されないものに対する追求によっても、満足させようとし、最後にまた、生活というものを、意味にほかならぬ可能と不可能の無意味さとのあいだに拡大するために、生活の現実性を排除しようとするのだ。

ウルリッヒはアガーテと出会う。おさないときから、彼は妹のことなどほとんど忘れていた。父の死んだ家で、彼らが、自分たちが顔付きばかりか着ているものまで似ていることにおどろきながら、お互いのまえに立現われる現われかた、まだ気付かれていなかった彼らの関係が与えるおどろき、非現実的な過去の回帰、或る種の動作の共犯性（彼らが、死者の服のうえの本物の勲章を、代用品の勲章と替えるときのことだ。また、さらにのちに、アガーテは、彼女の夫を困らせるために、遺言書を作り変える)、この若い女性が、何を父への最後の贈物にしようかと考え、靴下どめの幅広のリボンをはずして、老紳士のポケットにすべり込ませるときの子供っぽい自由さ、魅惑的な節度をそなえたスタイルで表現された他の多くの細部、これらのものが、なかば夜でなかば昼の雰囲気のなかで、われわれが、彼ら自身と同様に心から受け入れたくなっているような情景を準備している。だが、この情景は、実際には起らず、もっとずっとあとのおそらくはわれわれの期待も彼らの期待ももはやそれに満足しないようなときになって、はじめて起るのである。世間の禁止命令を考慮したせいだろうか? だがそれは、或る程度のことにすぎず、またそこには、いかなる道徳的先入見も存在しないのだ。ただ彼らはいずれも、彼らの新しい関係による危険な冒険が彼らに委ねた好機、その不可能性のうちにある好機を、あまり早急に使い果したくなかったのである。

完成されることなき完成

「ほとんど到来していながらしかも到来しなかったこと」、「何ごとも起ることなしに真に起ったこと」、「かつて生じたこと、だが、それは実際に生じたのだろうか?」、明らかに現前する現実的なものでありながら実現しえぬこの出来事、望まれも拒否されもせず間近にあるが、現実では充分ではなく想像的なものの領域を開くような或る灼熱する近隣性によって間近にある出来事、これが、不可能事に対して、ほとんど肉体的と言いうるような形態を与えるのであり、兄と妹とは、自由であるとともに純粋なさまざまの奇怪な運動を行いながら、この形態のなかで互いに結ばれるのである。この形態の叙述こそ、この作品のもっとも新しい経験を形作っている。そしてさらに、長きにわたって、極端なまでに肉体を失っているこの不可思議な情熱が、言葉を根本的な媒介者となしている点を付け加えておかねばならぬ。これは、ムージルが進んで求めたことである。「恋愛においては、会話は、他の何ごとよりも大きな役割を演じていると言ってよい。恋愛は、いっさいの情熱のなかでもっとも会話的なものであり、それは、主として、話すという幸福のなかにある……。話すことと愛することとは、本質的に結ばれている」。私は、このきわめてムージル的な観念が、彼の作品以外の点でもわれわれを納得させると言うつもりはない。また、それが、彼の書物を形作っているあの長ったらしい理論的な会話を正当化するための手段にすぎぬと言うつもりもない。「そこではすべてが一つの肯定《ウィ》のなかで結ばれようとするあの不可思議で限りなく信じがたく忘れがたい状態」の接近に際して抽象的な言語がこうむる変形を識別するためには、感情の陶酔と言葉の支配力のなかに、それらをともに変形させ、抽象的な乾燥を情熱の新たなる状態へ変え、感情の高まりをもっとも高度な冷静さへ変えるような、或る共通の関係を求めなければならないのだ。沈黙への大いなる欲求なしには発せられることのない言葉。ウルリッヒとアガーテというカップルにおいては、さいわいにも、沈黙の部分を若い女性の方が体現している。彼女は、精神的解体と肉体的窮迫の状態から立現われ、兄のおしゃべりな受動性をまえにして「あの方は、話すなどということより別のことをなさるべきだったんだわ」と、悲しげに思うのだが、そこには、或る辛辣な底意が潜んでいないわけではない。

或る日、アガーテは、自殺の決心までするに至り、この危機が、この牧歌に、或る新しい転回を与えるのだ。「私たちは、何もかも試みてしまうまでは、自殺したりはしないだろう」。かくて、ゲーテ以来の伝統に従って、南方への旅というかたちをとった「楽園への旅」が始まる。だが、きわめて決然としたこの決心は、ずっとあとになって生ずる。すでに八百ページに及ぶ緊密なテキストが、内面的には終始わけへだてられている者たちを一つに結びあわせ、彼らを、すべての感情を超えた感じることの疲労そのもののなかで、あらゆる点で神秘家の運動に似ていると言いうるようなゆるやかで奥深い変身の運動へと運び去っているのだ。かくして、絶対はあらかじめ到達されており、ウルリッヒの試みは完成することとなき完成というかたちで、すでにその終りを見出しているようだ。

それは、兄と妹とのこの奇怪な関係が——バイロン的な背徳や挑戦とは或る意味できわめて遠ざかっているが、或る意味で遠ざかっているにすぎぬこの関係が——、まさしく、特性のない男が空しく求めているもの、しかも彼が欠如を通してしか出会いえぬものを、意味しているからである。つまり、彼は、彼のより美しいより感じやすい自我（彼には欠けている化肉の肉体だ）とも言うべきこの妹と結ばれることによって、彼女のなかに、彼が奪い去られている自分自身との関わりを見出すのだ。自己愛（Eigenliebe）であり、自分自身への特殊な愛であるような、或る甘美なる関係を見出すのだ。特性のない男は、この世において、彼のかげのようなかたちで彷徨する彼の同一物、妹にして妻であり永遠のイシス神〔古代エジプトの女神。豊饒の大地母神〕であるあの女性と出会わなければ、たしかに、この関係を知ることが出来ない。このイシス神は、その四散運動が、空虚へむかってくりかえし涯しなく落ちこむ限りない取り集めの期待にほかならないような散り散りの存在に対して、生命と充溢とを返し与えるのである。

もちろん、アガーテがウルリッヒであるとしても、彼女は、ウルリッヒが自分を奪い去られていると同様に、自分を奪い去られており——このことは、道徳上の或る無意識性によって明らかにうかがわれる——、この二重の欠如が、或る暗い牽引力によって、彼らを、地獄におけるパオロとフランチェスカのように互いに結びつけ、彼らに、精根つきはてるような幻惑的な自己陶酔の働きのなかで、互いを求めさせるのだ。彼らの結びつきの空しさそのものが、この結びつきを決定する運動の一部をなしている。ここで意外なことが起る。これはムージル自身をおどろかせ、途方にくれさせたことと私には思われるが、それは、彼がこの結びつきから引出したさまざまな異常な経験や、二人の恋人を、この世から遠く離れた光に溢れた園へ、存在の縁にまで導いてゆく恍惚状態や、彼にこのエピソードと手を切ることを許さず、まるで最後に待つ期待はずれの結果に対して密かに抗議でもするかのように数百ページにわたってこのエピソードを追求することを強いる創造的な多産性が、つまり、この書物の均衡を失わせるが失敗を現わすどころかこの書物に新しい力を与えるこれらのすべての常軌を逸した展開が、この不可能な愛のなかに、たとえ幻にすぎないとは言えある幸福と真理とを輝かせるということであり、ムージルは、彼の期待やプランに反して、この幸福や真理の幻を破壊することを決心しえないのである。[*4]

これは奇妙なうながしだ。人は、ムージルが、さまざまな個人的な関係を通してこのような主題と結ばれたと考えるかも知れぬ。いったい彼には女の兄弟があったのだろうか？たしかにあったが、その姉は彼が生れるまえに死んだ（彼が、ウルリッヒにすっかり妹のことを忘れ去らせているのはそのためだし、最初の出会いの際の不吉な陽気さのこもった雰囲気もおそらくそのためだ）。彼自身は、自分が持ちえたかも知れぬその女友達のことを、きっとあれこれと心に問うたのだ。いつもの簡潔な語り口で、彼は、自分はその姉に熱愛を捧げたと言っている。次いで、こんなふうに言い直している。「……その姉のことは、私には興味があった。私はよくこんなことを考えなかっただろうか？ その姉が今も生きていたらどうだろう、私はその姉をいちばん身近に感ずるだろうか、彼女と一心同体になるだろうか、と。これには別に何かの動機があるわけではなかった。それでもやはり私は思い起すのだが、まだ小さな服を着ていた年頃には、私は自分も女の子になりたいと思っていたらしい。私には、この性質のなかにエロチックなものの同義反復を見たいといった気持がある」[*5]。われわれは、このただひとつの思い出に、決定的な価値を与えぬように心しなければなるまい。ただここで思い起していただきたいのは、ウルリッヒとムージルとが、不確かな実験的な関係を通して結ばれているという点であり、この関係を展開させることが、この書物の賭金にほかならぬという点である。ムージルは、まさしくこの関係のなかに現存しているが、非人称的な、非現実的なかたちで現存しているのであり、一方、ウルリッヒは、近代生活が、一個の謎として、脅威として、手段として、そればかりかいっさいの源泉の源泉としてわれわれに示している深い非人称性と一致することによって、このような現存の仕方を体現しようと努めている。双生児的情熱の持つこの内奥性なき内奥性は、作家が自分自身について育てあげているひとつの神話であって、それはあるときはその不毛性によってわれわれを拒み、あるときは、さまざまな禁止を打ちくだくことによってわれわれに束の間絶対への接近を約束するものとして、われわれを引きつけるのである。

それはまさしく束の間のことだ。そしてここに、避けがたい挫折がある。ムージルは一九二六年の或る対話のなかで、自分の書物のプランを大胆に明らかにしているが、そこで彼は、この兄と妹のエピソードについて（そのプランでは双生児であった）次のように語っている。「この経験を保持し固定しようとする試みは失敗するんです。絶対というものは保存しえないものなんですよ」。二人の人間のあいだの沸き立つような交流を、この世の人間連帯を自由でつねに異常で絶えず新たにされる純粋な運動に委ねる力を持ったひとつの道徳というかたちで、はっきりと確立しえないのはなおさらのことである。だがしかし、このような失敗は、この書物を終らせるわけではない。なぜならムージルは「愛＝法悦」という複合体の不可思議な面を示したあとで、それを狂気の方へ移行させようとした。異常とか錯乱とかのこのうえなく不快な諸形態が特性のない男に及ぼす魅力をつつみかくすまいとした。狂気はこの書物の主題のひとつである。戦争の狂気は、可能的なものの涯《はて》へ向かうあの旅の終りであって、これはあの非人称的な力の決定的な闖入《ちんにゅう》を形作ったことだろう。特性のない男は、そのなかで、さまざまな非人間的な特性と出会い、おのれの最後のあわれな変身をとげるのである。この小説のありうべき結末のひとつを想像させてくれる数多くの断片のなかで、われわれは、ムージルが、さまざまな入り組んだ運命を、物語が欠けているにもかかわらずなおも存続している物語的なもののなかで完成させようと試み、またとりわけ、陰謀家や、理想主義者や、社交界の連中が——資本主義的な貴族たちだ——戦争前夜に世界平和の幻とたわむれるためにでっちあげたあの平行運動を、最後の解体状態に至るまで追求するのを眼にするのである。そればかりか彼は、少くとも一九二六年のプランにおいては、スパイ活動の複雑で活気にみちた筋さえ考えていた。[*6] ただ、ここで、或る奇妙な現象が生ずる。つまり、ウルリッヒとアガーテの小説のあとでは、われわれも、おそらくはムージルも、最初の本の物語や人物ともはやふたたび触れあうことは出来ないのである。作家は、あの神秘的なエピソードを語るあいだ、イロニーを沈黙させなければならなかったが、——なぜなら「神秘的な状態は、笑いのない状態であり、神秘家は笑わない」からだ——、このイロニーさえも、もはやふたたび、その密やかな創造の可能性を見出すことは出来ないのだ。すべては、あたかも或る極点が到達されでもしたかのように起るのであり、それが作品の通常の諸手段を破壊し去っている。もはや、いかなる解決も不可能だ。アガーテとウルリッヒは、うまくやりとげられなかった場合には、死を期待していた。だが今、彼らは、この経験においては、死ぬ能力さえも失われているのを感じている。生きる能力が失われているのは言うまでもない。またムージルにとって書く能力が失われているのも言うまでもないのである。彼は「私はこれ以上遠くへ行くことは出来ない」と、悲愴な調子で書いている。この結論は、われわれがこの書物のおかげで、いかに遠くまでおもむいたかを思い起させはするけれども、おそらくこの書物の意味するところをもっとも尊重した結論であろう。

非人称的なものの脅威のもとで

「この小説の物語は、結局のところ、そこで語られるべき物語が語られないということに帰する」。ムージルは、一九三二年、つまり彼の創造作業のまっ最中に、こんなことを反省している。少しあとでは、彼のさまざまな物語の根源にある、物語に対する彼の拒否について語ることとなる。そして、こんなことも書いているのだ。「持続を描くことに関する私の無能力さからひとつのテクニックを引出すこと」。彼は、彼の芸術や、彼の書物の形式の持つ必然性を、このような習練を通して、徐々に意識するようになり、それればかりか、おのれのなかの或る欠如と見なしていたものが、新しい種類の豊かさとなり、さらには、彼に、近代を解く鍵を与えうることを、見出すに至ったのだ。とすると、さらにわれわれは、本質的な問題を追求しなければなるまい。つまり、さまざまな主題と形式との関係は何かという問題であり、そこから、小説芸術に対してどのような結果が引き起されるかという問題である。

特性のない男が、個人的なかたちで、また極度に特殊な自我の主観的な調子でおのれを示しうるということは、どうにも考ええぬことである。ムージルの発見であり、おそらく彼の偏執観念でもあったのは、非人称性の持つ新しい役割である。彼は、最初は科学のなかでこの非人称性に出会って熱狂するが、次いで近代社会のなかで出会うときはもっとおずおずした態度であり、さらには、おのれ自身のなかで、冷やかな不安の念をもってこの非人称性に出会うのである。突如としてこの世界に現われ出たこの中性的な力はいったい何だろうか？　われわれの空間にほかならぬこの人間的空間のなかで、もはやわれわれが、おのれの特殊な経験を生きるそれぞれ異った人格とは関わりを持たず、「それらを生きるべき人格なしに生きられている経験」を相手にしているというような事態は、いったいどうして起ったのだろうか？　われわれのなかやそとに、何か無名のものが、おのれを包みかくしつつ現われることを止めないのは、いったいどうしてだろうか？　これは、不可思議で、危険で、本質的な変質、新しいとともに限りなく古い変質である。われわれが話す、だが、言葉は、明確で厳密なものでありながら、われわれに関心を抱かないのだ、われわれはわれわれ自身にとって異様な存在になってしまっており、それらの言葉は、ただこの異様さを通してわれわれの言葉であるにすぎないのだ。そしてまた同様に、あらゆる瞬間に「人はわれわれに応答する」が、われわれが知っているのは、それらの応答がわれわれに向けられたものでありながら「われわれと関わりを持たぬ」ということにすぎないのだ。

ムージルの書物はこのような変質を表現しているのであり、また、そのなかで正確さと無限定性との逆説的な結びつきが成就されるような人間にはどのような道徳がふさわしいかを発見しようと努めながら、この変質に形を与えようとしているのだ。芸術にとって、このような変身は、なにがしかの結果を生まずにはおかぬ。ムージルは、長いあいだ、おのれの選ぶべき形式に関してあいまいな態度をとっていた。つまり、彼は、一人称小説を考えていたのである（彼の書物が『地下墓地』[*7]と呼ばれていたときのことだ）、だが、この小説における「私」は、小説の登場人物の「私」ではなく、小説家の「私」でもなく、その両者の関係そのものであったようだ。作家が、芸術——これは本質的に非人称的なものだ——を通しておのれを非人称化し、非人称性という運命を身に負うた人物になることによって体現すべき、あの自我なき自我であったようだ。ひとつの抽象的な「私」、不完全な物語の空虚さを明示し、今なお試みの状態にある思考の中間部を満たすために介入する空虚な自我である。おそらくは、ムージルが精緻にその諸手段をひろげて見せたこの形式を惜しまねばなるまい。だが彼は、結局のところ、物語におけるあの「彼」によって、小説芸術がおそらくは支えがたいその要請を絶えず迎え入れようとしながらまた絶えずそれをためらっているあの奇怪な中性的存在によって、おのれがよりいっそう惹かれるのを感じるのだ。彼は、古典的芸術の持つ非人称的性質を、固定した形式としても、また、くまなく支配したひとつの筋を至上の力をもって語る能力としても、受け入れえないにもかかわらず、それにも心惹かれるのである。それは、彼が物語るべき何ごとも持たぬということでもある。なぜなら、この物語の意味とは、われわれが、現実に実現された出来事とも、そのような出来事を個人として実践する人々とももはや関わりを持たず、ありうべきさまざまな現われかたの明確だが無限定な総体と関わっているということにほかならないからである。本質的なことは現実に起ったことが、他のかたちでも起りえただろうということだ、それゆえに、それは、はっきりした決定的なかたちで真に起ってはおらず、幽霊めいた現われかたで、想像的なかたちで起ったにすぎないということだ、とすればこの場合、まず、このことが、次いでそのことが、最後にあのことが起ったなどと、いったいどうして言うことが出来るだろう？（その成就の不可能性のなかで、成就される近親相姦の持つ深い意味がここで現われてくる。）

かくてわれわれは、ムージルが、次の二つの課題と取組んでいるのを眼にするのだ。そのひとつは、古典的な言語に似ているが、根源的な非人称性によりいっそう近い言語を求めることである。[*8] もうひとつは、話というものが持つ時間が欠如し、われわれを、出来事そのものではなく出来事のなかにふくまれた可能なる出来事の無限の連なりや、何ひとつ確かな結果を与えることのない源泉的な力に注意を注がせるような話によって、物語を作りあげることである。

文学と思想

ムージルの芸術におけるもうひとつの重要な問題は、思想と文学との関係である。明らかに彼は、文学作品においても、哲学的な著作における場合と同じように面倒な思想を、同じように抽象的な形式で、表現しうると考えているのだが、ただその場合、それらの思想がまだ考えられていないことという条件がある。この「まだ……ない」こそ、文学そのものであり、これは、かくのごときものとして成就であり完成であるような「まだ……ない」なのである。作家は、あらゆる権利を所有しており、意味や真理を目指すきわめて習慣的な言葉をのぞいては、あらゆる在りかた語りかたをわがものとなすことが出来る。彼が語るもののなかで語られているものは、まだ意味を持たないし、まだ真実ではない——、まだなくて、けっしてそれ以上進むことはない。まだないが、これはかつて人が美と名付けていたような充分な輝きなのである。芸術のなかで開示される存在は、つねにその開示以前のものだ。ここからその無垢性が生ずるのだが（なぜならそれは意味によって埋合わせるべき何ものも持ってはいないからだ）、それが真理という約束の地から締出された場合の無限の不安もまたここから生ずるのである。

ムージルは、文学というこの本来的な経験に対してきわめて意識的であった。特性のない男とは、「まだ……ない」の男にほかならぬ。それは、何ものも確固たるものと見なさず、いっさいの体系化を阻止し、いっさいの固定化を阻み、「生に対して否ではなく、まだないと語る」人間だ、要するに世界が——真理の世界が——つねに明日にのみ始まるべきものであるかのごとく行動する人間だ。結局のところ、これは純粋な作家であって、他の何者でもありえないようだ。「試行」のめざすユートピアこそ、彼が情熱にあふれた冷静さで追求しているものである。

ムージルは、その作品のすべての美しい部分においては、よく作品を作品として守り切っている。そこでさまざまな思想を表現してはいるが、真実を語る思想と形を与える思想とを区別するすべを心得ているのだ。「詩的作品において、心理学に属すると見なされているものは、心理学とは異なる何かなのであって、これは、詩が科学とは別物であるのと同様である」。あるいはまた、次のような指摘もある。「人々は、人間を、筋の展開のなかでの、内部や外部での彼の行動と思われるものに即して、描き出す。だが個性の中心的な活動は、苦悩や混迷や情熱や弱さなどといういっさいの表面的なものの背後においてのみ、それも多くの場合もっとあとになってから、はじめて始まるものであって、この中心的な活動にくらべれば、心理的な内面でさえも、本来的に言えば、二義的な外部にすぎないのだ」。だがしかし、彼は、心理学や、倫理的な探究や、いずれもいかに生きるかを意味するさまざまな問いの輪にとりつかれている——さらにはまた、思想と触れあわせることによって芸術を変質させ、また、おのれの思想を芸術に委ねることによって思想を変質させたのではないかという危惧にとりつかれている。「根本的なあやまり。理論が多すぎる」。「私は、哲学的に私の心をとらえていたものを、科学的で哲学的なかたちで表現する勇気に欠けていただけだとか、このようなことが私のさまざまな物語の背後にひしめき続けていて、それらを不可能にしたのだとか、言われることになるのではないだろうか?」。ムージルは、ここで、未完成を呼びおこしたもうひとつの原因を明敏に示している。たしかに彼の言う通りであって、彼の書物には、人に不安を覚えさせるほどさまざまな問題があふれかえっており、あまりにも多くの主題に関するつつしみのない議論や、道徳や正しい生活や愛についての哲学的なかたちをとったお喋りが多すぎる。みな喋りすぎるのであり、

「言葉が多ければ多いほど、悪いしるしなのだ」。そのとき、小説家は、登場人物にさまざまな観念を表現させるために彼らを利用しているといったおそるべき印象をわれわれに与えるのである。これは、芸術を破壊し、観念を、観念の貧しさに縮少する重大な欠陥である。

このような批判に対して、人々は、なるほどその欠陥は明らかだが、それはこの作品の主題そのもののなかに含まれていると答えようとするかも知れぬ。つまり、特性のない男は、おのれ自身の理論を生きることを天職とし苦悩とする人間であり、感覚的なかたちでは存在せず実現されることのない抽象的な人間なのだ。とすると、ムージルは、理論的表現と美的表現のあいだで混乱に身を委ねながらも、この混乱を受け入れることによってつねにおのれに固有の経験を追求し続けているというのだろうか。私はそうは思わない。彼が、より根源的な地点に遡るかわりに、おのれの作品を、すでに特殊化されたさまざまな思想や、さまざまな具体的な情景や、理論的な談話や、活動的な人物などに分割することに同意したという点から見て、私にはむしろ、彼が自分自身に対して不忠実であるように見える。そのように根源的な地点においては、唯一の形式の持つ決定性のなかで、未だ特殊化されていない言葉が、特性のない存在の充溢と空虚とを語るのである。

5　対話の苦悩

批評とは、いかにも面倒な仕事である、批評家という人種は、ほとんど読まない。これは必ずしも時間がないからではなく、書くことばかり考えているから読むことが出来ないのである。批評家は、時としては込みいらせながらも結局は単純化し、あるいは称讃し、あるいは非難し、あるいはまた、何らかの評価判断の公正さや、おのれの豊かな理解力による好意あふれた断言を、書物の持つ単純さに置きかえることによって、そういう単純さからいそいで身を引きはなすのだが、これは、焦慮の念が、彼をつき動かすからなのである。また、一冊の書物を読みえぬ場合、当然彼にはすでにそれまでに二十冊、三十冊、さらにもっと多くの書物を読みえなかったという経験があるにちがいないからである。一方では彼の注意を奪い去るものでありながら他方彼を無視するものでもあるような、この無数の読みえなかった経験が、彼を、あらゆる書物のなかのどれひとつ読まなかったがゆえにおそらくはおのれ自身に衝突することとなるあの瞬間へ到りつかせるために、或る書物から別の書物へ、ほとんど読んでいない或る書物からすでに読んだと思っている別の書物へ、つねにいや増す速さをもって移行させるからである。このような、彼の彼自身との衝突は、或る無為の状態において起るのだが、この無為こそ、彼自身がずっと以前から作者になっていない場合には、ついに彼に、読み始めることを許してくれるものだろう。

書物とは、彼にとって、つねに、あまりに単純なものかあまりに単純さの欠けたものに見えるのだが、批評の持つ単純化への意志が書物の単純さと辛うじて結びついているということをわれわれに感じさせてくれるのが、マルグリット・デュラスの『辻公園』〔一九五五〕である。たしかにこの書物は素朴ではない。それにまた、この書物は、最初の数ページからすでに、何とも身をかくしようのない触れかたでわれわれをとらえはするが――読むことがわれわれのなかによみがえらせるこの一種の忠実さはいかにも奇妙なものだ――、一見そう見える単純さを実際は持ってはいないし、また持つことは出来ないのだ。なぜなら、この書物が、われわれと関わらせる単純な事物の持つきびしい単純さは、単純なかたちで姿を現わしうるにはあまりにもきびしすぎるのである。

ほとんど抽象的と言いうるような場所での抽象的な二つの声。われわれをまずとらえるのは、こういう点である、この一種の抽象化である。つまり、とある辻公園で話しあっているこの二人の人間は――女の方ははたちで女中であり、男の方は、年上で、市《いち》から市へ安っぽい品物を売って歩いている――もはや彼らの声以外に何の現実性も持たぬかのようだ。この偶然の会話から、生きた人間に残された好運や真理のいっさいを、もっと簡単に言えばそういう人間に残された言葉のいっさいを汲みとってでもいるかのようだ。彼らはどうしても喋らなければならないのであり、彼らのかわす用心深いほとんど固苦しいとさえ言える言葉には、単純な生活に見られる礼儀であるばかりでなくその極度の傷つきやすさが生み出したものでもある控え目な性質のために、ひどくおそろしいところがある。傷つけるのではないかという心配と、傷つけられるのではないかという恐れとが、言葉そのもののなかに潜んでいる。言葉は、互いに触れあうが、いささかでも、いくらか激しく接触をしたときは、互いに飛び退《しさ》る。たしかに、これらの言葉はまだ生きているのだ。ゆるやかだが、途絶えることがなく、時を逸するのが心配でけっして止まることがない。つまり、今も、これからさきいつまでも、話さなければならないのだ。だがしかし、それはけっして急ぐことはなく、辛抱強く、受身であり、ちょうど、しっかり抑えつけておかなければ叫びとなって飛び散りかねない言葉がしずかであるようにしずかである。そしてまた、或る種の幸福が生み出す気軽さと自由さにほかならぬあの気楽なお喋りといった性質を、苦しいほども奪い去られている。ここでは、欲求と必要が作りあげている単純な世界のなかにありながら、言葉は、本質的なものに委ねられており、もっぱら本質的なものによって惹かれている。それゆえにそれは単調であるが、それはまた、何を言わねばならぬかについて極端に細心であって、そのために、すべてを終らせかねないような荒っぽい言いまわしを避けてしまうのである。

ここでは、まさしく対話が問題なのである。現在、対話というものがいかに稀有であるかということは、この対話が、われわれを、不可思議というよりほとんど苦しげなとも言うべき或る異常な出来事と直面させることによって、われわれのなかに生み出すおどろきの念からもうかがうことが出来る。小説においては、いわゆる対話体の部分は、怠惰と紋切型の表現である。つまり、登場人物たちは、ページのなかに余白を作るためにお喋りをする。物語はなくただお喋りだけがあるような生活を真似てお喋りをする。こういうわけで、書物のなかで、時折、人々にお喋りをさせる必要があるのだ。直接の接触は、(読者にとって以上に作者にとっての)節約であり、憩いである。あるいはまた、「対話」は、或る種のアメリカの作者たちの影響で、意味ありげな無意味さにつらぬかれたものともなった。現実の対話以上にすり切れたものに、日常生活において充分われわれの用を足しているあのつまらぬ言葉よりさらにいくらか劣ったものになった。誰かが話すとき、話すことに対する彼の拒否がはっきりと感じられるものとなる。彼の談話は、彼の沈黙である。それは内に閉じた、暴力的なものであって、自分自身や、他人とけわしく区別した自分というかたまりや、話すよりもむしろ語を発したいという彼の意志以外の何ごとも語らないのである。あるいはまた、おのれをゼロよりもさらにいくらか劣ったものとして表現するこのたくみな方法は、(これはヘミングウェイにおいて見られるが)、ただ単に、われわれに、生や感動の思想の或る高い段階を信じさせるための術策なのである。これは昔からよく使われるうまい方策であって、しばしば成功を見ているが、ヘミングウェイにおいては、或る憂鬱な才能が、この方策に多種多様な方法を与えている。だが、現代における小説的な対話の三つの大きな方向は、私の信ずるところでは、マルロー、ヘンリー・ジェイムズ、カフカという三つの名前によって代表されているようだ。

マルロー

マルローは、その二つの偉大な書物、『人間の条件』と『希望』において芸術と生とを、きわめて由来の古い或る態度へ戻したのであり、この態度は、彼のせいで、ひとつの芸術的形式となった。その態度とは、討論という態度である。この態度をかつて英雄的に実践したのはソクラテスである。ソクラテスは、意見の一致に達するには話すだけで充分だと確信している人物である。つまり彼は、言葉が自己矛盾を起さぬかぎり、また、何かを証明したり証明を通して一貫性を確立したりするに足りるほどながく続けられる限り、言葉が有効なものであることを信じている。言葉は当然暴力に勝つべきものだというのが、彼が冷静に体現している確信である。かくて、彼の死は、英雄的だが冷静なものだ。なぜなら、彼の生を中断するあの暴力は、彼の真の生であるあの理性的な言葉を、最後には意見を一致させ暴力を失わせるあの言葉を、けっして中断させえないからである。言うまでもなく、マルローの登場人物たちは、われわれを、ソクラテスからはるか離れたところへ運び去る。彼らは、情熱的で、行動的であり、行動のさなかにありながら孤独に身を委ねている。だが、彼らは、彼の書物において、事件が一段落したような場合には、突如として、だがいかにも自然なかたちで、その物語に含まれる重大な諸思想を発言する声と化するのである。彼ら自身であることを止めることなしに、それらの重大な諸思想のあらゆる側面に声を与える。現代における何らかの重大な葛藤に際して互いに争っているさまざまな力のなかの、観念的な用語で言いあらわしうるものに対して声を与えるのだ。――ここに、彼の書物の持つ感動的な衝撃力がある。つまりわれわれは、討論が今もなお可能であることを発見するのである。そのささやかなパルナッソスの山で束の間の憩いを味わうそれらの素朴な人神たちは、互いにののしりあうこともなければ、対話を交すこともなく、ただ、討論する。なぜなら、彼らはおのれに道理があることをのぞむからである。そしてこの道理を支えているのは、語の持つ燃えあがるような生気なのだが、一方で、これらの語は、つねに、誰にも共通な或る思想と触れあっており、しっかりと守られたその共通性は、これらの語のひとつひとつによって尊重されている。意見の一致に達するために欠けているのは時間だけなのだ。時間から分割された精神が語っている一時的な小康状態が終り、再び暴力があらわな姿をとるのだが、これは、別物となった暴力である。なぜなら、それは、話す力も、これらの暴力的な人々それぞれのなかに執拗に存続している共通の言葉への尊重も、断ち切ることは出来なかったからである。

マルローの成功はおそらく一回限りのものであることを付言しなければなるまい。彼においては、芸術と政治との和解を通して、真正なる創造的な表明と、知性[*1]のリリスムとが見られるのだが、彼の模倣者たちは、それを叙述の上での便宜さと、議論のための方法に変えてしまったのである。これは厄介な芸術である。かくて、『アルテンブルクのくるみの木』〔マルローの小説（一九四三）〕に見られるように、マルロー自身が、彼の模倣者のひとりとなるといったことになるわけだ。

H・ジェイムズ

ヘンリー・ジェイムズにおいては、会話の部分はその芸術の重要な手段のひとつである。その会話が、ホーソンがうっとりと聞き入ったと語っているような、「老婦人の茶碗のなかの茶をめぐっての」くだらぬ世間話から直接発しているだけに、これはなおさらおどろくべきことなのである。だがしかし、壮大な規模をもった彼のさまざまな大作も、時にはもっと短縮された物語も、すべて、いくつかの重要な会話を極としている。そしてその会話においては、書物全体にひろがった、情熱的で人の情熱をかき立てる秘められた真理が、その必然的に包みかくされた性質のままで、立現われようと試みている。これらの会話の主役たちは、あれこれ奇妙な説明を口にするが、自分たちには理解する権利がないことを承知していることのかくされた真理を媒介とすることで、こんな説明でも不思議なほどよくわかりあうのである。彼らは、伝達しえぬもののまわりで、それを控え目な態度で取り巻き、それについて語ることなしに語ることを許すようなわけ知り顔をすることによって、互いに真に通じあうのである。その際、彼らの話はつねに否定的な表現で語られるが、このような言いまわしは、たとえ死でもっておびやかされようとも誰ひとり口にすべきでないこの未知なるものを知るための唯一の方法なのである（『ねじの廻転』においては、あの女家庭教師は、語られえないものをむりやり確認させ語らせるために子供に対しておそるべき圧迫を加えて、ほんとうに彼を殺してしまうのである）。かくしてジェイムズは、会話のなかに、彼の書物のそれぞれの中心であり賭金である謎めいた部分を、第三者として加わらせ、それを、単にさまざまな誤解の原因であるばかりでなく、或る不安な奥深い了解の理由となすことに成功したのである。言い表わしえないもの、これこそまさしく、われわれを近付けるものであり、他の場合にはばらばらになっていたわれわれの言葉を互いに引寄せるものである。いっさいの直接的な伝達をのがれ去るものをめぐって、はじめてわれわれの言葉の共通性が再び形作られるのである。

カフカ

ジェイムズとカフカとを対比するのは、勝手なやりくちではあるが容易なことだろう。なぜなら、これは直ちに気付きうることだが、ジェイムズにおいてはなおも言葉を互いに近付けるものであったあの未知なるもの表現されざるものが、今や言葉を互いにへだてようとしているのだ。談話の持つこの二つの側面のあいだには、分裂があり、乗りこえ得ざるへだたりがある。つまり、遠ざかることによってはじめて近付きうるあの無限が活動を始めたのだ。あの論理的なこわばりや、道理ある口をききたい、道理ある談話の持つさまざまな特権を何ひとつ失うことなく語りたいという人並はずれた欲求は、ここから発する。カフカの作中人物は、議論し、反論する。彼らのひとりについて、「彼はいつでもあらゆることに反論した」と言われている。この論理は、一方では、生きる意志の固執であり、生がまちがうことはありえないという確信である。だがまた、他方では、それは、すでに彼らのなかに入りこんだつねに道理をそなえた敵の力である。主人公は、自分が今なお、討論という幸福なる段階にいると思いこんでいる。今問題となっているのは通常の裁判だと彼は考えている。裁判の本質は、訴える側と弁護側とがあらゆる議論を正規の形式に従って展開し、そのような討論のあとで、判決が、あらゆる人々の一致した意見を、あの証明され確認された言葉を口にしなければならぬという点にある。この場合、この言葉によって負けた方の人間でさえも、この言葉をよろこぶのだ。なぜなら、彼は少くとも、彼にも相手方にも共通な証拠で勝つ可能性があるからである。ただ、Kにとっては、裁判とは、談話の法則に対して、さまざまな規則、なかでも特に非矛盾の規則と無縁な、或る別の法則が置きかえられたという点にある。この置換がいつ起るかはわからないし、また、この二つの法則を識別することも、自分が今どちらの法則とかかわっているかを知ることも出来ないから、この見かけの二重性が次のような結果を引きおこすのである。人間は、論理を超えているとともに論理以下でもあるこの法則にとらえられていながら、まさしくこの論理の名において、相変らず被告人のままであり、きびしく論理を守る義務を負わされ、矛盾した諸手段によってさまざまな矛盾から身を守ろうとする度毎に自分を有罪と、つねによりいっそう有罪と感ずる苦悩にみちたおどろきを与えられている。最後にまた、この物語全体のなかでおのれを保証するものとしてはそのゆらめき動くちっぽけな理性しか持たぬこの人物に宣告をくだすのもまた論理であり、この論理が、或る嘲笑的な決定を通して（彼はこの決定のなかで、理性の裁きと非条理な裁きとが再び手を結んで彼を敵視しているのを見出すのだ）、彼に論理の敵として死刑の宣告を下すのである（『審判』の末尾で、Kは、次のような最後の訴えを試みている。「まだ助かる見込はあるのだろうか？　まだとりあげていなかった異議があったのだろうか？　きっとそういうものがあるはずなんだ。論理がいかにゆるがしがたいものであっても、生きようとする人間に逆らえはしない」。とすると、この死刑囚は、ぎりぎりの絶望の網の目のなかにとらえられながらも、異議を申し立て、議論し、反論しようとしているらしい。つまり、最後にもう一度、論理に訴えかけようとしているらしい。だが彼は、それと同時に、論理を拒否し、すでに小刀を向けられながら、生きる意志というこの純粋な暴力の力をかりて論理に立ち向かっている。このように彼は、理性の敵としてふるまい、以後、理性によって、理性的に死刑を宣告されるのである)。

カフカが、会話をかわしている言葉のあいだに導き入れた揺れ動く冷やかな空間がつねに伝達交流を破壊すると考えるのはまちがいだろう。目標をなしているのはつねに一体性である。対話者たちをへだてている距離は、けっして乗りこえ得ぬものではない。それが乗りこえ得ぬものとなるのは、談話の助けをかりて執拗にそれを乗りこえようとする者の場合だけだ。なぜなら、談話においては、二元性が君臨しており、この二元性が、二枚舌や、それぞれと瓜二つの嘘っぱちの仲介人をつねにますます生み出しているからだ。カフカにおいて、関係のこの不可能性が、否定的なものとならず、かえって逆に、或る新しい伝達の形式を築きあげているのはいかにしてか、これこそまさしく、追求すべき問題だろう。少くとも、それらの会話がいかなる時にも対話をなしていないということは、終始はっきりと見てとれる。登場人物は対話者ではない。言葉は互いにかわされえず、それらは、意味のうえでは共通していながら、けっして同じひろがりや同じ現実性を持たぬ。或るものは、言葉を超えた言葉だ、裁判官の言葉や、命令の言葉や、権威や誘惑の言葉だ。他のものは、たくらみの言葉であり、逃げ言葉であり、いつわりの言葉である。これだけでも、それらの言葉がいつか相互的なかかわりを持つことをさまたげるのに充分だろう。

対話は稀有のものだ

対話は稀有のものだ、それが、容易なものだとか、幸福なものだとか考えてはならぬ。たとえば『辻公園』におけるあの単純な二つの声に耳をすましてみるがよい。議論の言葉は、論証から論証へという道を辿り、首尾一貫性という単純な作業を通して互いの一致をみるに至るのだが、『辻公園』におけるあの声は、そのようなかたちでの意見の一致など求めてはいない。それらは、決定的な理解という、お互いに認めあうことでそれぞれ和ぎをうるあの状態を求めているとさえ言いうるだろうか？　目標はあまりにも遠いのだ。おそらくそれらの声は、話すことしか求めていない。偶然によって与えられたがいつまでも自分のものであるかどうか確信のないこの最後の能力を使うことしか求めていない。最初二言三言口にするだけで、すでにこの単純な対話にその重々しい性格を与えているのは、弱々しく、脅威にさらされた、この究極的な手段にほかならぬ。われわれは、この二人の人物にとって、とりわけその一方にとって、話すのに必要な空間と空気と可能性とが、まさに尽きかけようとしているのを、はっきりと感じている。この場合、まさしく或る対話が問題であるとすれば、おそらくわれわれは、この対話の持つ第一の特質を、この脅威の接近のうちに見出すのであり、沈黙と暴力とが、この脅威という境界の手前に、人間を閉じこめてしまうのである。誰かを相手にして話し始めるためには、壁に背をつけていなければならぬ。安楽さや気軽さや自制は、言葉を非個人的な伝達交流の形式にまで高めるのであり、このような形式においては、人々は、さまざまな問題をめぐって語り、それぞれは自分自身を断念して、束の間、談話一般を語らせるのである。あるいはまた、逆に、この境界が乗りこえられた場合、われわれは、あの孤独と流謫《るたく》の言葉を見出すのである。これは中心を奪い去られ、それゆえに向いあうことも出来ず、人称の喪失によって再び非人称的になった、極限の言葉である。近代文学は、この言葉をとらえ、開かせることに成功したのであり、これは、深さなき深みの言葉にほかならぬ。

マルグリット・デュラスは、その注意力の極度の鋭敏さによって、人間が対話を行いうるようになるまさしくその瞬間を追求し、おそらくはそれを把握した。それには、偶然的な出会いという機会が必要だ。また、この出会いの持つ単純さが必要だ――この出会いは或る辻公園で行われるのであって、これ以上単純なことがあるだろうか――、そしてこの単純さは、この二人の人物が直面しなければならぬかくされた緊張と対照をなしているのだ。そしてさらにまた、かりにそこに緊張があるとしても、それが何ひとつ劇的な性格を持たず、何らかの大きな不幸とか罪とか特殊な不正とかいう眼に見える出来事と結びついておらず、ごく平凡な、何ら際立ったところのない、何の「利害関心」もかかわらぬ、それゆえにまったく単純でほとんど姿を消し去ったとも言うべきものであることから発するあのもうひとつの単純さが必要だ（人は、何らかの大きな不幸をもとにして対話することは出来ないし、また同様に、二つの大きな不幸はいっしょに会話をかわすことは出来ない

はじめて異なったいくつかの理由によって共同世界からへだてられていながらしかもそこに住んでいるという事実以外に何ひとつ共通な点を持たぬために、互いに関係づけられているのだ。

このことは、このうえなく単純でこのうえなく必然的なかたちで表現されており、この必然性は、とりわけ、若い娘の口にする言葉のひとつひとつのなかに現前している。彼女が極度に控え目でつつましい態度で口にするいっさいのことのなかには、人々の生活の根底に潜み、彼女の境遇が一瞬ごとに彼女に感じさせるあの不可能性がある。この女中という職業は、職業でさえなく、病気とも奴隷以下の状態とも言うべきものであって、ここでは彼女は、誰とも現実的なつながりを持たぬ。主人に対してさえも、奴隷が主人に対して持つほどのつながりも持たぬ。自分自身に対してさえそうである。そして、この不可能性が、彼女の固有の意志となった。彼女に対してその生活をより軽やかなものにしかねぬいっさいのもの、だがまた、この軽減化によって彼女にその生活が持つ不可能なものを忘れさせあの唯一の目的を見失わせるおそれのあるいっさいのもの、そういうものを拒否するあの荒々しく執拗なきびしさとなった。その唯一の目的とは、誰かとの出会いである。その誰かとは、彼女と結婚して彼女を自分の状態にまで引きあげ彼女を世間一般の人々と同じ人間にしてくれさえすれば、誰でもかまわないのだ。彼女の話相手は、静かな口調で、たとえ誰が相手でもたぶん彼女はひどく不幸になってしまうだろうと気付かせる。それでは、彼女は選ぶことはないのだろうか？　土曜日は彼女の生活がそれにかかった唯一の肯定的な時であって、彼女は土曜日ごとに、あのクロワ・ニヴェールの舞踏会に出かけるのだが、この舞踏会に、彼女は、自分自身で、自分にいちばんぴったりした男を探しに行くことにはならないのだろうか？　だがしかし、自分を存在させるために、まったくのところもはや他人の選択しかあてに出来ないほども、自分の眼から見て自分がほとんど存在していない場合、いったいどのようにして選択すればよいか？「だって、もしわたしが、自分自身の選択に身をまかせていたら、どんな男の人でもみんな、ただちょっとわたしを欲しがってくれたというだけのことで、わたしにぴったりの人になってしまいますわ」。「世間並の」常識はこう答えるだろう、選ばれるのはそれほどむずかしいことではないし、このはたちの若い娘は、女中ではあるが美しい眼をしているから、必ず、結婚によってその不幸な境遇から抜け出し、世間一般と同じようなかたちで幸福になったり不幸になったりするだろう、と。それは確かに本当だ、だが、これは、共通の世界にすでに所属している人間にとってのみ本当なのだ。ここには、困難が深く根をはっている。対話を形作っている緊張はここから生ずるのである。人が不可能なものを意識したとき、この不可能性が、もっとも通常の道を通ってそれを抜け出したいという欲求そのものに作用して、それを腐らせてしまう。「誰か男の人にダンスに誘われたとき、あなたはすぐに、その相手が自分と結婚するかも知れぬとお考えになるんですか？——ええ、そうなんです。わたしって実際家すぎるんでしょうね、困ったことが起るのはみなこのためなんです。でも、これ以外にどうしたらいいんでしょう？ わたしは、自由の始まりを手に入れなければ、誰も愛せないような気がしますわ。そしてこの始まりをわたしに与えることが出来るのは、男の人だけなんです」。

辻公園でのこの偶然の出会いから、生活をともにするというあの別のかたちの出会いが生ずるだろうという考えが最後に浮かんで来て、読者のこころに、おそらくは作者のこころにも、慰めを与えようとするのは自然なことだろう。たしかに、そのことを希望しなければならないが、それも、たいした希望を抱くことなしにである。なぜなら、むしろ行商人と言った方がいいような貧弱な外交員で、自分のトランクによってつねにさらに遠くまで引きずられながら、何の未来も何の夢も何の欲望も抱くことなく町から町へとめぐり歩いているこの話相手は、ひどく心の傷を負うた人間だからだ。若い娘の持つ力は、何ひとつ所有しないが彼女に他のすべてのものをのぞむことを許してくれるようなただひとつのものを欲している点にある。もっと正確に言えば、その場合彼女が、それをえたあとでこそさまざまな一般的な可能性に従って持ったり持たなかったりしはじめるような共通的な意志を借りうけているという点にある。この荒々しく英雄的で絶対的な欲求、この勇敢さ、これは彼女にとって出口なのだが、おそらく、彼女に対して出口を閉ざすものでもある。

なぜなら、この欲求の持つ激しい力は、欲せられているものを不可能なものと化する。男の方はもっと賢明であり、ものを受け入れ何ものも求めることないあの賢明さをそなえている。この見かけのうえの賢明さは孤独の持つ危険とかかわっており、それは、彼を満足させはしないが、言わば彼を満たしている。もはや彼に、他の事柄を期待するひまを与えないほどなのである。世間で言う言いかたによれば、彼は落伍者なのだろう。彼はあの貧弱な仕事に自分がすべり落ちるにまかせているが、この仕事は、その種のさまざまな仕事のなかのひとつというわけでもなく、あちこちさまよい歩きたいという欲求によって否応なく強いられたものだ。彼はこの欲求のなかに、彼に残された唯一の可能性、彼という人間を具現する唯一の可能性を見出している。彼が、若い娘を失望させまいとしてあらんかぎり慎重な態度で自分の考えを述べているにもかかわらず、彼女にとって、彼が、誘惑を体現しているように見えるのはこのためだ。すなわちそれは、何の未来も持たぬ未来の魅惑力であり、彼女は、そのことを思って突然黙って涙をこぼすのである。彼女と同様、彼も「人間のくずのくず」である。だが、彼は、単に世間一般の幸福を奪い去られた人間であるばかりではない。彼は諸方を旅行しているあいだに、束の間の幸福な啓示を、かすかなきらめきを経験しており、親切心からそれを彼女に話してきかせる。彼女はそれらのことについてあれこれ彼にたずねるのだが、最初は、気のない、いやそれどころか敵意さえ見られるような態度である。だが、不幸にも、次いで好奇心がだんだん目覚めてきて、すっかり心を奪われるのである。私的な幸福が、孤独に属しながら束の間孤独を輝かせ消滅させる幸福がそこにはある。この場合、この幸福は、不可能のもうひとつの形であり、不可能から、おそらくは眼もくらむほどのものではあるがおそらくは人目をあざむくごまかし的なものでもある或る輝きをえているのだ。

　しかしながら彼らは語る。互いに語りあうが、意見の一致をみることはない。彼らはお互いをまったく理解しあうことはない。彼らのあいだには、理解ということが実現される共通の空間が欠けている。彼らのいっさいの関係を支えているのは、自分たちは二人とも同じように、関係という共通の輪の外部にいるのだというきわめて強くきわめて単純な感情だけである。これだけでもたいしたことだ。このことは、一時的な身近さと、了解しあうことのない一種の完全な了解状態を作り出すのである。このような状態においては、言うべき事柄はただ一度しか言いえず言わずにすますことも出来ないだけに、それだけいっそう、それぞれが相手に対して、より多く注意を向けるようになる。より細心に、より辛抱強く真実を探りながら、自分の考えを表明するようになる。なぜなら、その場合、言うべきさまざまな事柄は、共同的な世間のなかで、真の対話の機会と苦悩がごく稀にしか与えられることのないこの世界のなかでわれわれがえているようなお互いの理解を利用しえぬと思われるからである。

6　ロマネスクな明るみ

『覗く人』〔ロブ＝グリエの小説（一九五五）〕のような物語を支配している光は、どこからさして来るのか？　これは光なのか？　いやむしろ、これは或る明るみだ。だがしかし、あらゆるものに浸透し、あらゆるかげを散り散りにし、あらゆる厚みを破壊し、あらゆる事物や存在を或る輝いた表面の持つ薄さにまでちぢめてしまうような、おどろくべき明るみなのである。これは、全体的で、一様で、単調とも言いうるような明るみである。この明るみには、いかなる色彩もなく、いかなる限界もなく、連続的で、全空間に浸み透っている。それはつねに同一だから、時間をも変形し、われわれに、新たなる感覚に従って時間を経めぐる力を与えているように思われる。

これは、すべてを明るくする明るみであるが、おのれ自身をのぞいたいっさいを明示するものだから、それ自体はこのうえなく秘められたものである。この明るみはどこからやって来るのか？　どこからわれわれを照らし出すのか？　ロブ＝グリエの書物においては、このうえなく客観的な描写という外観が、否応ないかたちで示されている。そこではすべてが、「見る」ことに満足している人間の手になるかのように規則的な明確さで微に入り細をうがって描き出されている。われわれはいっさいを見ているようだが、いっさいはわれわれにとって単に可視的なものにすぎないようでもある。このような結果は、いかにも奇妙である。かつて、アンドレ・ブルトンは、小説家たちに対して、彼らの持つ描写的傾向や、われわれの関心を部屋の黄色い壁紙や黒と白の床や戸棚やカーテンなどというたいくつきわまる細部に注がせようとする意志を非難したことがある〔アンドレ・ブルトン『シュール・レアリスム宣言』〕。たしかにその通りだ。こういう描写は何ともたいくつなものだ。これらの描写を読まぬ読者はいないが、彼はこれらの描写がそこにあることに、しかもまさしく単に読み飛ばすためにそこにあることに満足している。それは、われわれが、何とか早く部屋のなかに入ろうとしているからだ。やがて起るべきことに直ちに駆けつけようとしているからだ。だが、その部屋で何ごとも起らぬとしたらどうだろう? 部屋がからっぽのままだとしたらどうだろう? そこで起るいっさい、われわれが突然見出すいっさいの出来事、われわれがいま見るいっさいの人々などが、部屋を、単に眼に見うるものに、つねによりいっそう眼に見うるものにすることに役立つだけだとしたらどうだろう? よりいっそう描写されうるものに、しっかりと限定されながらしかも限りのない或る完全な描写の明るみによりいっそうさらされたものにすることに役立つだけだとしたらどうだろう? これ以上情熱をそそり、またこれ以上奇妙な、おそらくこれ以上残酷なものがあるだろうか？　結局のところ、これ以上シュール・レアリスムに近いものがあるだろうか（ルーセル）。

盲点

この探偵小説には、警察も出て来なければ、探偵小説的な筋書もない。おそらく何らかの罪があるのだろうが、たぶんそれは、極端に計画的なこの物語がわれわれに信じさせようとしている見かけだけの罪ではあるまい。ここには或る未知数があるのだ。外交員のマティアスが、腕時計を売るために、幼時を送った片田舎で数時間を過すうちに、とりかえしようのない或る死んだ時間がすべりこんでしまう。われわれは、この空虚に、直接的なかたちで近付くことが出来ない。探偵小説の伝統において、共通の時間のなかの一定の時に位置づけることさえ出来ない。だが、探偵小説の伝統において、さまざまな形跡や手がかりの作る迷路を通して、罪がわれわれを犯人の方へ導いてゆくのと同様に、ここではわれわれは、すべてが記録され表明され明示されたこの綿密な客観性をそなえた描写は、われわれがそれを通してそれ自体以外のすべてを見るあの極度の明るみの根源とも源泉とも言うべき或る空白を、その中心としているのではないかという疑いを抱くのである。われわれに見ることを許すこの人知れぬ地点、永遠に地平線のしたに置かれたこの太陽、まなざしが知ることのない、ヴィジョンのただなかにある小さな、不在の島のごときこの盲点、これがこの探索の目標であり、この筋の動く場所であり賭金である。

いかにしてわれわれはここに導かれるのか？　それは、挿話の糸に操られると言うより、さまざまなイメージの微妙な技術によってである。われわれが直接見聞することのない情景こそ、中心的イメージにほかならないのであって、このイメージは、さまざまな細部や形象や思い出の巧妙な重ねあわせと、外交員が眼にするいっさいがそのまわりに組立てられ生気づけられる或る構図乃至《ないし》図式のそれとわからぬ変形や屈折によって、少しずつ作りあげられてゆく。たとえばマティアスが、そこで何時間か過して時計を売るために、子供のとき以来初めて帰って来たあの島に近付いたとき、彼は、突堤の内壁に、8という字のかたちをしたしるしが彫りつけられているのを認める。「それは横に倒した8で、直径十センチに少したりないくらいの同じような二つの円の端をつないだものだった。8の中心部には赤っぽいふくらみが認められたが、これは錆びついた古い鉄のヒートンの軸らしかった」。これ以上客観的な言いかたはないし、かげひとつない描写が目ざすべき幾何学的純粋さにこれ以上近いものはない。だがしかし、この「8」は、或る執拗なモチーフとして、この物語に付きまとうこととなる。つまりそれは、島をめぐる道の形となるだろう。この道は一種の二重の周回路でその一方はわれわれに知られているがもう一方は知ることが出来ないのだ。それはまた、彼が開けねばならぬあらゆる戸口のうえで、材木の筋目や、でこぼこや筋を真似た塗りが作っている黒っぽい二つの輪になるだろう。それは若い娘が腕や脚を通すあの四重の鉄の輪にもなる。実際に行うことも想像するだけのこともあるが、彼はそういう苦しみを与えることで、娘の身体のしなやかさを際立たせるのである。また特にそれは、この視覚の小説の中心でじっと事物を見つめている眼が作るあの完全な二つの輪となるだろう。この眼の見つめかたには、或る絶対的なまなざしや、或る種の鳥たちに与えられていたり昔の写真が思い起させたりするあのじっと動かぬまなざしが持つ、非情さと残酷さが見られるのである。

一日というものの有効な使い方からはずれた取りかえしのつかぬ時間が、何かの刑罰を思わせるような形象にみたされていることにおどろく必要はない。この外交員が、「下の方の曲り角の先にある」、普通の道筋ではない道に入りこんで行ったというのは、本当だろうか？　彼は、或る娘の、昔の女友達とそっくりの物腰に心ゆすぶられたらしいのだが、その娘を探しに行って、実際に出会ったのだろうか？　彼女のすっぱだかの身体を海に投げこむまえに、彼女をしばりつけ、服をぬがせ、あちこちにちょっとしたやけどを作って苦しめたのだろうか？　この物静かな若者はサドなのだろうか？　だが、このような情景はいつ起ったのだろうか？　われわれは、この情景が実際に起ったかも知れぬ時よりずっと以前から、それが、ゆっくりと次々とタッチを重ねて、作りあげられるのを眼にしている。つまりそれは、この物語全体を貫いてめぐり流れており、あらゆる事物の背後に、あらゆる人々の顔のしたに存在している。二つの文章のあいだに、二つのパラグラフのあいだに介在している。これは、われわれがそのおかげでいっさいを見る力をうるあの冷やかな明るみの透明さそのものである。なぜなら、これこそ、そこではいっさいが透明さと化する空虚にほかならないからである。出発しようとしたとき、マティアスがとある路地で見かけた（あるいは想像した）暴力的な情景、何かの罰としてしばりつけられてでもいるように船のうえに突っ立っている姿を認めた娘、映画の看板、跪いた女の子の絵のかかったがらんとした部屋、新聞の切抜き、結んだ細紐、それに、これは事件とは関係がないが、路上で「太股をひろげ、腕をまっすぐ左右にのばして」死んでいる小さな蛙の死骸。これらは、われわれの眼には見えず見ることの出来ぬ中心的なイマージュが（なぜならそれは不可視なものなのだ）、束の間のあいだ、明るみの軽やかな幻のように、現実的な環境のなかでおのれを示す運動なのである。人知れぬ内的なカタストローフによって散り散りにされた時間が、現在を通して未来のさまざまな部分を生れさせ、あるいは過去との自由な交流状態に入らせているようだ。夢想された時間、思い出された時間、かつて存在したかも知れぬ時間、さらには未来の時間が、純粋な可視性の展開の場である空間の輝く現在性へと絶えず変形し続けているのだ。

時間の空間への変形

ここにこそ、この書物の持つ本質的興味があるように私には思われる。ここではすべてが明確である。少くとも、すべてが、拡がりの本質であるあの明るみを目ざしている。事物や出来事や人々と同様、物語そのものも、そこでは、均一な線や幾何学的形態から成る均質な配置に従って並べられているのだが、そこで意識的に用いられている技術をキュビスムに近付けるのはあまりにも安易すぎるだろう。ジョイスやフォークナーやハックスレーやその他多くの人々が、すでに時間というものを激しくゆすぶり、通常の継起が人々に与えたさまざまな習慣とのつながりを断切ってきた。意味もない技術上の理由から行っていることもあるが、時にはまた、深い内的な理由にもとづき、個性的な持続の転変を表現するために行っていることもある。だが、ロブ＝グリエの場合、その目的が、主人公のさまざまな偏執や、主人公を動かしている計画の心理的な里程標をわれわれに描き出すことであるとは思われない。彼の物語において、過去と未来が、さきにあるものとあとにあるものが、遠近法と近付きかたの充分に考え尽した微妙な働きによって、現在のなめらかな表面に立ち現われようとするのは、かげもなく厚みもない空間の要請に従うためである。この空間においては、すべてを描き出すために、時間を空間に変形させることによって、ちょうど絵画の場合のような同時的なかたちで、すべてがくりひろげられなければならぬ。そしてこの時間への変形こそ、出来ばえの高下はあるにしても、おそらくあらゆる物語が試みているものなのである。

この点で、『覗く人』は、小説的文学の諸傾向のひとつをわれわれに示してくれる。サルトルは、小説が、小説家の予謀にではなく登場人物の自由に応ずるものでなければならぬことを示した〔サルトル『シチュアシオンI』「フランソワ・モーリヤック氏と自由」参照〕。あらゆる物語の中心には、或る主観的な意識がある。出来事をとらえる視覚によって出来事を出現させるあの自由で意想外なまなざしがある。これこそ生命の根源であって、これをしっかりと守らねばならぬ。物語は、つねに或る観点と関係づけられているのであって、すべてを包みおのれが創造するものを支配するような芸術を持った小説家によってではなく、或る無限の自由の躍動に従って、言わば内部から書かれるべきものとなる。そしてこの自由は、無限ではあるが、それを確立し、表現し、またそれを裏切る世界そのもののなかで、局限され、位置づけられ、方向づけられている。これは、鋭く、また深い批評であって、近代小説の主要な諸作品と、多くの場合一致してきた。小説家に対して、彼自身がその作品を書いているのではなく、作品が彼を通しておのれを探究しているのであり、彼がいかに洞察力ある人間たらんとしても、おのれを超えた或る経験に委ねられているのだということを思い起させるのは、つねに必要なことである。これは厄介な、謎めいた運動である。だがこれは、その自由を脅かしてはならないような或る意識の運動にすぎないのだろうか？　そしてまた、物語のなかで語っている声は、つねに或る個人の声だろうか？個人的な声だろうか？　それは何よりもまず、心動かさぬ彼というアリバイを通して語る、奇妙な、中性的な声ではないのだろうか？　この声は、『ハムレット』に現われるあの亡霊の声のように、ここかしことさまよい歩き、時間のすきまからでも語るようにどこからとも知れず語りかけ、しかもそれは、この時間を破壊させも変質させもしないのである。ロブ＝グリエが行っているような試みにおいてわれわれが立会うのは、物語のなかで物語それ自体に語らせようとする新たなる努力である。見たところ、話はそれを体験した人物、つまりあののぞき屋の観点からのみ語られており、われわれはただこの人物の足どりを追うわけだ。われわれは、彼が知っていることしか知らず、彼が見たものしか見ない。おそらく、われわれと彼を区別するのは、われわれの方がいくらか知りかたが少いということだけである。だがまた、この「少い」ということから、物語のなかにあいたこの穴から、物語の固有の明るみが、さまよい動くあの奇妙な一様な光が生れ出るのだ。この光は、われわれには、あるときは幼年時から、時には思考から、時には夢から発したもののように見える。なぜならそれは、夢の持つ明確さとこころよさと残酷な力とをそなえているからである。

晴れ間

このように、この書物のなかには、主人公の意識やこの意識の中心的な出来事と一致した、一種の間歇状態、われわれはもとより彼自身もそこから遠ざけられているような領域がある。それと言うのも、彼自身の内部のこの空隙を通して、言わば晴れ間のように、純粋な見る力が生み出され、行使されるためなのである。一般的に内面性と呼ばれているものの価値を縮少し破壊しようとする試みが、ここでおのれを打立てようとしていることは疑いのないところだ。だが、物語が、真の謎と結びついた興味と特性をそなえているのは、内的生にとってかわった冷やかな明るみが、殺人とか刑罰とかいう蔽いのもとでしか呼び起しえないあいまいで近付きえぬ出来事であるあの内奥そのものに対する、神秘的な開口部という役割を果し続けているからだ[*1]。

のぞく人の罪は、彼がおかした罪ではなく、時間が彼にかわっておかした罪である。彼は、一日のすべてを、有用で、きっちり整えられたさまざまな行動に捧げていたはずなのだが（時計を売るという彼の仕事は、この何ひとつ欠けた部分のない時間に関する容易に思いつける象徴だ）、この一日のなかに、空虚で空しい時間が導き入れられたわけだ。だが、世間的な一日の規則正しい連なりをのがれ去ったこの失われた時間は、ベルクソンが表明したような個人的な持続の深みではない。それどころか逆に、これは、何の深みも持たぬ時間であって、むしろその作用は、深みであるようなもののいっさいを、――何よりもまずあの奥深い内的生を――、表面的なさまざまな変形に還元することにある。それは、言わばこの生の運動を、空間的な語彙で描き出すためだ。かくして、この物語においては、同一の事物が、何ページかの間隔をおいて、ほとんどそれとわからぬほどのわずかな変化を与えながら描き出されることになる。また、あの中心的な人物――つまり見ることを仕事にしているあの男が、別々の家に入って行っているのに、ただ単にいくらか別の地点に移されただけの同じ家に入って行くような観を呈するということになる。そして、いっさいの内的なもの、思い出のイマージュや想像的なもののイマージュが、つねに、ほとんど外面性とも言うべきかたちでおのれを打立てようとしているから、主人公もまた、つねに、おのれの想像力や記憶の空間から、現実の空間へと移行しようとしているのだ。なぜなら、言わば彼は、存在の大きな諸次元が或る表現しえぬ外部でひとつに結ばれうるような限界点に達しているからである。それゆえに、彼は、あの刑罰の行為が現実のものか想像上のものか、あるいはまた、時間のなかのさまざまの領域さまざまの時点から到来したいくつものイマージュの偶然の一致であるのかを知ることに関して、ほとんど無関心なのである。われわれもそれを知ることは出来ないし、知る必要もない。あの娘に触れたのはたしかにマティアスの手であるが、この行為は、時間の空虚な作用がおそらくそうであるように、はっきりそれと認めることは出来ないのだ。時間の、それと感じられぬこの作用をわれわれはそれ自体としてはけっして見ることはないのだが、それは、事物の表面に、しかもまさしくおのれの表面の持つ裸形性に還元された事物の表面に、はっきりと見えるかたちで、置かれているのだ。

われわれは、アラン・ロブ゠グリエの見事な手腕や、彼の新たなる探究を支えている綿密な考察や、彼の書物の持つ実験的な側面に感心することは出来る。だが、私は思うのだが、それらにその魅力を与えているのは、何よりもまず、それらを貫くあの明るみにほかならないのだ。そしてまた、この明るみは、われわれの壮大な夢の或るものを明らかに照らし出す眼に見えぬ光が持っているような異様な性質をそなえているのである。ロブ＝グリエのまなざしがさまざまな危険や有為転変を味わいながら何とか到りつこうとしている「客観的な」空間と、われわれの夜の内的な空間とがいかにも似通っていることにおどろいてはならぬ。なぜなら、夢の苦しみや、啓示力や魅惑力を作っているのは、夢が、われわれのなかにありながら、われわれを、われわれの外部へ運び去る点だからである。そこでは、われわれの内部にあるものが、永遠の外部のいつわりの光に照らされた純粋な表面として拡がっているようである。

7 H・H

i　自己自身の探究

この二つの文字は、かつて一九三一年頃に、東方巡礼の秘密団体に加わって、その憑かれたような巡礼の旅の有為転変を味わった旅人を示している〔『東方巡礼』（一九三二）〕。それはまた、別の二人の小説中の人物、ヘルマン・ハイルナー〔『車輪の下』（一九〇六）の登場人物〕と、ハリー・ハラー〔『荒野の狼』（一九二七）の登場人物〕の頭文字をも示している。前者は、マウルブロンのプロテスタントの僧院を逃げ出した若者であり、後者は、一九二六年頃、とある大都会の人知れぬ界隈を、荒野の狼という名前で、狂気と境を接しながらさまよっていた、不安で、孤独で、人馴れぬ、狂激な五十男である。最後にまた、このH・Hは、ヘルマン・ヘッセその人をもさしている。この高貴なドイツ語作家には、おくればせにノーベル賞の栄光が与えられたが〔一九四六年〕、これは、トーマス・マンにはかつて欠けたことのないあの名声の持つ若やぎを彼に与えはしない。

たしかに、これは、世界的に有名な作家であって、博大な教養をそなえた人物という姿を、叡智に心を注ぎ思考の力を持った創造者という姿を、今なお世界文学のなかで示し続けている。フランスにおいては、この種の人物は、おそらくヴァレリーやジッドとともに姿を消したのである。そのうえ、彼には、その時代のさまざまな熱狂的なあやまちに加わったことがないという功績がある。一九一四年以来、彼は、不健全な思想を持った人物と見なされたが、[1]これは、彼が、沈痛な口調で戦争に反対し、自分たちにはその意味を理解することも出来ぬあらそいに満足し切っている知識人たちの堕落を非難したからである。彼は、この決裂を激しく感じとり、それは彼の精神のなかにまで響きわたったのだが、この決裂から、或るうらみにあふれた思い出が残った。はるか後年、彼が『デミアン』〔一九一九〕や『荒野の狼』の高名な作者となってからさえも、彼の祖国は、彼に対するこのうらみを消そうとはしなかったのである。たしかに、彼は、一九二三年頃、その祖国の国籍を捨てた〔一九二三年、彼はスイス国籍をえた〕。また、たしかに、彼は、あるいはスイスであるいはイタリアで、自分自身のなかに亡命し、つねに不安な引裂かれた人間として、言わば余白に生きた。その点でまさしく時代の人間でありながら、しかしまた時代とはきわめて無縁な人間として生きた。彼の運命こそ、何とも不思議な運命だ。他の誰よりも、彼は、コスモポリットと自称する権利がある。第一に、その家系から言ってそうである。

彼の父は、ロシアの血のまじったドイツ人であり、祖母は、デュボアという名前で、フランス語を話し、スイスのフランス語地区の出である。母は、インドで生れ、その兄弟のひとりは英国人であった。彼自身も、シュワーベンの生れではあるが、最初はスイス国籍であり、祖国での勉強のために、ヴュルテンベルクのドイツ国籍をえなければならないのである。このように、その生れから言っても、その知識から言っても、そればかりかいくつかの精神上の好みから言っても、彼はコスモポリットなのだが、それにもかかわらず、彼は、たとえばリルケのような人物がきわめて早くからえているような、あの国籍を超えた共感を与えられていない。私は、彼がフランスで知られていなかったと言うつもりはない。つまり、彼は、フランス文学がとりわけ生命にあふれていた時期にそれとの個人的な接触を避けているのだが、このように冷やかに身を引いた態度を生む理由が、彼の芸術や運命と一体となっていることを理解すべきだろう。

この芸術それ自体もいくらか余白的な場所で、少くとも、プルースト、ジョイス、ブルトンなど、思い出すままに名をあげるだけでも、その活動力にあふれた確かさを呼び起すに足りるような、あの巨大な革新力と無縁なかたちで存在していることになるのだろうか？　それは事実そうなのだろう。だが、これもまた真実ではない。彼が、文学と彼自身とのあいだに、彼の書物のひとつひとつと彼の生涯のさまざまな重大な危機とのあいだに結びあげている諸関係、彼のなかでおのれの分割された精神の犠牲として没落すまいとする考慮と結びついた書くことへの欲求、異常さと神経症を迎え入れそれを異常な時代における正常な状態として理解しようとする努力、彼が受け、彼のもっとも美しい小説のひとつ〔『デミアン』〕を生み出した精神分析的療法、彼を解放しはしないが、彼が、精神分析を瞑想に、ユンクをヨガの修業に代え、道教の偉大な使徒たちに比しうるような位置に到ろうと試みることによって、何とか深めようとするあの解脱、また、こうしたことにもかかわらず、彼が血のつながりを感じているこのような叡智にもかかわらず、彼をとらえ、彼に、一九二六年に、その時代の鍵をなす小説のひとつで、おそらく表現主義がおのれに属する傑作のひとつと認めると思われるあの『荒野の狼』を、激しい文学的情熱をもって書かせたあの絶望。こういういっさいのこと、文学と生の探究のこのような関係や、精神分析への訴えかけや、インドや中国への呼びかけは、そればかりかさらに、彼の芸術が達しえた魔術的で時には表現主義的な荒々しい力は、当然彼の作品を、近代文学の代表的な一形態となしえたはずなのである。

たしかにこのようなことは一九三〇年頃起こっている。ドイツはますます彼から遠ざかり、彼はますます孤独のなかに閉じこもる。病気のために、彼は、この孤独を解き放って亡命という不安な世界に身を投ずることは出来ない。しかもなお彼は三冊の書物を書くのだが[2]、これらは、生き残り的精神の作品であるどころか、おくればせながら彼が見事な手腕を手に入れたことや、これまでながらく相争って来た諸資質の幸運なる和解を彼がついに手に入れたことを、示している。その三つの作品中いちばん最後の、もっとも壮大な作品が、『ガラス玉演戯』である。一九三一年から準備を始め、一九四三年に出版されたこの作品は、今なお非時代的な文学に関心を抱いていた少数の人々に、特に、ドイツの亡命作家たちやトーマス・マンに、深い印象を与えた。マンは、当時まだ『ファウスト博士』を書いてはいなかったが、その準備をしていた。そして、彼の語るところによれば、彼は、自分が計画している作品とこの作品との相似に、ほとんど恐怖に近いほどのおどろきを覚えたのである。事実、この相似は不思議なほどだ。だがしかし、それは、何よりもまず、さまざまな才能の独立性と、作品の特異性と、互いに関係のある諸問題が文学においてその解決を求めるに際してのそれぞれ独自な方法とを示している。かくしてこれは、一個の重要なる作品であって、戦争もこれを窒息させるに至らなかった。なぜなら、ノーベル賞が大いに称揚しようとしたのは、まさしくこの作品なのである。われわれは、たしかに、この作品を読むことは出来る。H・Hなどに心をわずらわすことなく、これに興味を抱くことは出来る。なぜなら、これは、おのれを照らし出すためにはただわれわれの経験のみを必要とするような、神秘的で美しい中心的イマージュをめぐって、それ自身の力で確立されているような作品なのである。

だが、この書物には、見たところ或る冷やかな感じがないことはない。これは、非個人的なかたちで、作家の本来的な情熱が欠けていると見えるような、綿密に注意を払ったたくみな技術によってくりひろげられている。とすると、これは、時代の諸問題に加わることなしにただ関心だけを抱くような作家によって、知的な、ほとんどペダンチックなやりかたで構成された、落ちついた精神的アレゴリーにすぎないのだろうか？　この書物をていねいに読んだ人間が、このことで思いちがいをすることはありえない。ヘッセは、ここにもやはり存在している。おのれをのぞき去ろうとするいくらか強いられた努力のなかにさえ存在している。そして何よりもまず、彼は、作品のふくむ諸問題とおのれの固有の生活のはらむ諸要請とを、つねに自分のためにひとつに結びつけてきたその探究を通して、そこに現存しているのだ。彼のすべての書物が自伝的というわけではないが、ほとんどすべては、密やかなかたちで、彼について語っている。彼は、詩について、それはもはや今日では、「それ自身の窮迫とわれわれの時代の窮迫とを、告白というかたちで、能う限り誠実に表現すること」以外に何の価値も持たぬと語っている（事実、これは一九二五年、彼が特に自分自身と争っていた時期の言葉である）。つねに、彼の物語のほんの片すみにでも、何らかのH・Hが、つまり彼の頭文字が、時には包みかくされ、時には切り刻まれて、存在している。エミール・シンクレールという仮名で出版された『デミアン』の場合のように、彼が、自分の書物のひとつに仮名で署名した場合でも、それは、或る選ばれた存在と魔術的に一体化しようとすることによって、おのれを取り戻すためなのである。つまり、『デミアン』の場合は、ヘルダーリンの狂気時代の友人と一体となるわけだ。この人物は、最初の頃、ヘルダーリンを狂気から守り、彼がなおもいくらか世間で生きることを許したのである。

彼の作品のなかで、作品によって行われる、このような自分自身の追求は、いかにも興味深い。彼の作品は、この追求をきわめて重要視している。だがまた、その限界をも示しているのだ。彼が――部分的ではあるが――おのれを解放しおのれを支配することにいかにして成功したか、また、最後に、この同じ運動を通して、作品を彼自身から解放することにいかにして成功したか、これこそ、彼の作家生活が描く曲線から学びうる点である。そしてまた、これが、『ガラス玉演戯』に、そのもっとも生き生きした真理を、彼の全生涯が時には文学を犠牲にしてまでも追求したように思われる真理を、与えているのだ。そして彼は、この真理を、結局のところ、作品のために彼の生がそこに姿を消す或るイマージュのなかにしか見出すことはないのである。

彼の伝記作者たちは、相反する二つの傾向のあいだに分割された彼の姿を描いてきた、つまり、放浪的であるとともに定住的であり、ほとんど人のひんしゅくを買うほど家族からおのれを解き放ちながら、おのれの家族の精神的伝統に忠実であり、自分自身もひとつの家庭を作りあげている。きわめて早くから、家を持ちドイツの市民階級の落ちついた生活を送る聡明な人間と化していながら、自分が望んでもいるこの安定に悩み、しかもまた、自分がこの安定に耐ええないことに悩んでいる。同様にまた、彼が一九一四年に、情熱の錯乱からのがれる力を持っていたのは、彼が人々と共通の道を歩んでいないからであり、力にあふれた或る固有の感覚によって動かされていたからである。だがしかし、彼は、容易に自分自身に満足することはない。彼は、自分があらゆる人間とちがったふうに考えるのは、自分のなかに、或る危険な調子っぱずれがある証拠であって、いつかはその報いを受けるだろうと考えている。そして実際、或る日、事態が悪化し、家庭生活が崩壊し、妻の精神と末の息子の生命が危険にさらされると見えるに及んで、何かが彼のなかでくだけるのだ。そして、一九一六年のこの危機こそ、やがて彼に精神分析学と出会わせ、彼を、その精神においても芸術においても、苦悩とともに、だが力強く変形することとなる。

この危機は、精神的な第二の誕生とも言うべきものだが、事実上これは第二のものにすぎぬ。彼の内面生活におけるもっとも重大な出来事は、彼が十四歳のとき、マウルブロンの神学校から逃げ出した日に起っている。[*1]この日、彼は、家族に課せられている運命からも、敬虔派の神学校の規則のきびしさからも、父や祖父のあとを継いで牧師とならねばならぬ未来からも逃げ出そうとしたのである。二日のあいだ彼は森にかくれているが、寒さのためにほとんど死にそうになる。猟場の番人が彼を見つけて連れ戻す。信仰深い家の者たちはひどくおどろく。彼は、祓魔師とでも言うべき人物にあずけられる。この人物は、彼が悪霊に憑かれているのだと見なすが、その悪霊を祓い去ることが出来ない。ヘッセによれば、彼に憑いた悪霊とは、きわめて邪悪なる詩的精神にほかならなかったのである。

　とすると、当然われわれは、アンドレ・ジッドを思い起したくなるだろう。ジッドもまた、遺伝や性向の作り出すさまざまな対立によって分裂していた。[3] だが、すべてはまったく異っている。ヘッセの場合、その亀裂は、もっと苦しみにみちた無意識的なものだ。彼の身に起るあのおのれを解き放たねばならぬという義務は、何とも理解しかねる不幸のごときものであって、彼がそれを支配し理解するにはその後長い年月を要するだろう。これは誇らしい反逆ではない。彼は、独立精神に結ばれていると同様、おのれが拒否するものにも結ばれている。詩人となった彼が、漠としたロマンチックな心情の吐露のうちにおのれの困難の忘却を見出してよろこぶ甘美な牧歌的詩人となるには、ほとんど手間ひまはかかるまい。そして、まさしくこれこそ彼の生涯の最初の時期に起ったことなのであって、この時期には、彼自身のなかの夢想的で忘却と平和にあふれた部分、『ペーター・カーメンツィント』〔一九〇四〕によって彼の名声を築きあげる部分だけが表現されているのだ。彼は、反抗的な若者たちを描いたこの物語のなかで、これはいかにも彼らしい点である。彼は、おのれを詩人とするために激しくおのれを解き放つことに成功したが、この反抗や、おのれのあらそいの荒々しい力を表現するどころか、むしろ逆に、それを見失いおのれの芸術によって或る観念的な和解に到達するために、能う限りの力を尽している。こういう和解に関しては、彼が過度なまでにその傾向をそなえていたロマンチスムが、さまざまな恰好の見本を示しているのだ。[*2]彼は、かなり早くから、きわめて敬意にあふれた名声をえていたし、詩人でありながら生活と生活の持つ安泰さのなかに身を落ちつけることが出来たから、このような成功は、彼の若年期の危機を決定的に閉じるもののように彼には思われた。だが、彼の若年期をそそのかし、彼がそれを意識することを拒んできたあの分割力は、このことで、より危険なかたちで働き始めたにすぎない。そしてこの力は、全世界にわたる失衡を利用して、彼を、一九一六年のあの激烈な動揺状態へ導いてゆくことになり、彼は、洞察力にあふれた勇気をもって、この状態から、再創造のためのもっともすばらしい機会を引出すことが出来たのである。

『デミアン』

この危機から生れ出た『デミアン』は、作家が、おのれ自身の根源的な錯綜状態にまで立入ろうとつとめている魔術的な作品である。若いシンクレールは、自分の生活を物語る。世界が二つの領域に分たれていることを自分が見出してゆく筋道を物語る。そのひとつは、明るい領域であって、両親のかたわらでの正しいけがれのない生活がそれだ。もうひとつの領域については人々はほとんど口にしないが、これは家庭のなかの低い部分にある領域であって、ここに足を踏み入れた人間は、かずかずの激しい邪悪な力にさらされるのである。そこに落ちこむためには、ほんのちょっとした偶然があれば足りる。そして実際、シンクレール少年は、ひとりの裏町の不良に脅迫されて、次々とよくない行為を重ねるようになったとき、この領域に落ちこんだのだ。彼の子供らしい世界は、この行為の重みのために、変質し、ぼろぼろに崩れ去る。そのとき、デミアンが現われる。デミアンとは、いくらか年上の学校友達にすぎない。彼は、シンクレールを脅迫から解放するばかりでなく、もはや善と対立するものではなく神的なものの暗鬱で美しいもうひとつの面を現わすような悪に関する、おそるべき思想の手ほどきをすることになる。彼自身は、奇怪な、魅惑的な人間だ。彼は、カインの弁護をして、牧師に逆らったりする。また時々、授業中に、彼の頭は、凝固し、石のようになる。年齢を持たず、言わば外見も持たぬような人間の顔になる。あとからわれわれは知らされるのだが、彼は母親と不倫な関係を結んで暮しているのだ。

ヘッセの目的は、明らかに、造物主的な世界を、たたえることにある。この世界においては、道徳、法律、国家、学校、父性的なせまいきびしさなどが口をつぐまねばならず、母性的な魅惑力の作る圧倒的な幻惑が、いっさいを根拠づける力として感じられる。この努力は、彼に多くのものを要求するのであり、彼はそのために、グノーシス派や、ユンクの精神分析学や、シュタイナー〔ルドルフ・シュタイナー（一八六一―一九二五）。ドイツの哲学者〕の凡庸な神智学などで見出したさまざまな資源手段を、いくらか行きあたりばったりに利用している。だがこれだけでは、この物語に魔力を加えるのに充分ではないだろう。

だがしかし、デミアンの姿、その姿の発する輝き、その姿を照らし出し、ちょうどわれわれが、夜、おのれの欲望の形象化された感覚を受け入れるように、それを受け入れるあの暗鬱な光、これこそ、われわれのように別の時代に属する読者を今なお魅惑する点である。この物語は単純でほとんど素朴と言いうるほどであり、これは少年の日の回想として当然なのだが、その果てにあの重大な経験が成就される。それに、作者は、おのれの秘密を包みかくすことによってわれわれの興味をかき立てようとはしない。デミアンという名前も、彼の母のエヴァという名前も、直ちに、われわれが知りたいと思う以上のことを語ってくれる。[4] ヘッセは、以後もつねにこのような態度である。彼は、日常的現実から自分が結びつけられた重大な魔的な秘密を徐々に現出させたりはしない。おのれのなかに直接的なかたちで見出す神秘的な感覚から出発し、その感覚をそういうものとして率直にわれわれに示す。そしてこの素朴な単純さによって、この感覚を、一時的にわれわれの世界のうえに開く世界のなかで生きさせるに至るのだ。人々は、彼に、生き生きとした形象や、日常的な細部や、叙事的な物語の才能がないと言って非難するだろう。おそらくそう言えるだろう。だが、なぜ、彼に、彼以外の人間であることを求めるのか？ 彼自身が語っているように、庭のクロッカスのまえにいながら、どうしてそれが棕櫚でないと言って責めるのか？ これも彼が語っていることだが、彼のどの物語においても、話や、人物や、エピソードは問題ではない。どれもこれも、結局のところ、ただひとりの人物が、世界や自分自身との関係を取戻そうと試みているモノローグにすぎないのである。かくして、『デミアン』において、われわれは、すべての形象が、シンクレールという少年の内的生から生れ出た夢想的なイマージュにすぎないことをはっきりと感ずるのだ。だが、われわれが、この夢想を迎え入れ、その光を通して再びおのれ自身を取戻しうるのはすばらしいことではないか。

ヘッセは、精神分析を受けることを承知する。ところが、ほとんど同じ頃、リルケとカフカは、いずれも自分のさまざまな障害を乗りこえるためにこの方法を考えたにもかかわらず、それを受けることを拒んでいるのだ。リルケは、気がつくと病気が癒っているにしても詩からも癒っているのではないか、つまり極端に単純な人間になってしまっているのではないか、ということを心配している。ヘッセにとっては、事物がこれ以上単純になることはないだろう。ところが逆に、彼は、おのれの複雑な分裂状態や、おのれ自身と矛盾しこの矛盾を捨て去らぬことの必要性を意識するばかりである。彼は、つねに統一性をのぞんでいる。彼が一人前になった頃は、それは、無意識的で見かけのうえだけの漠然とした統一性であり、彼は、自然のかたわらで、おのれ自身に眼を閉じたままで、このような統一性を求めた。だが今や彼は、この幸福な統一性はただおのれの無知によって出来ていたにすぎないことを悟るのである。それに続く何年かは、物質的にも精神的にもさまざまな試練を受けた重大な年であったが（彼はいっさいのつながりを断ち切って、ただひとりモンタニョーラ〔南スイスの丘〕で辛い窮乏の暮しを送る。食事としては、森で拾って来た栗しかないことがよくあった）、このあいだに、彼が到達し、聞きとり、また人に聞かせようとするのは、あの二重旋律であり、二つの極のあいだの流動であり、この世界の二つの「原理的な支柱」のあいだの往還である。「私が音楽家であれば、二声部の旋律を、何の造作もなく書くことが出来るだろう、これは、その連なりのあらゆる瞬間あらゆる地点において、このうえなく内的で生き生きとした交換関係対立関係のなかで、互いに応えあい補いあい闘いあい関わりあうことの出来る二つの線、音と音符の二つのつながりから成っているような旋律である。音符を読むことの出来る人なら、私のこの二重旋律を読みとり、あらゆる音のなかに、兄弟とも敵とも対蹠物とも言うべき対音を見、かつ聞くことが出来るだろう。ところで、この二重の声、この永遠の対照運動こそ、私が、話によって何とか表現しようとしているものである。だが、いくら努力してみても、うまくゆかないのだ……」。

内面の無限定性から出発しておのれのなかにさまざまな時代や空間や世界を魔術的に統一しようとするロマン主義の詩の巨大な夢想に誘われることを止めたわけではなかったのに、その彼が、どうしてインド的霊性による諸解決や、さらには中国思想の言葉に誘われるに至るのか、われわれにはよく理解しうる。彼はさらに次のように語るのである。「私にとって、人類の持つもっとも高度な言葉は、そのなかに根元的な重複性が魔術的な記号として表現されているようなこれらの一対となった語だ、世界の重大なる諸対立が必然的であると同時に迷妄的なものとして確認されているような、あのいくつかの格言や神秘的な象徴だ」。だが、ヘッセは、弁証法的な精神ではなく、思想を持った人間でさえない。詩や文学がおのれのなかにかくし持っている思想、そこに終始包みかくされていることを条件としてのみ思想であるような思想、そういう思想を持った人間でさえもおそらくはないのである。だから、彼が体験するさまざまな経験は、彼を豊かにしはするが、彼にしっかりした支点を与えてはくれぬ。統一性への彼の渇望は宗教的であるが、調子の狂った時代においては調子の狂ったものでしかありえぬ芸術もまた、彼の宗教なのである。この世の真理が、もはや情念に引きずられた分裂状態にすぎないようなときに、おのれの魂を救い、それに一貫性と均衡とを返し与えることがいったい何の役に立つのか？

『荒野の狼』

『デミアン』の十年あとに書かれた『荒野の狼』は、この運動の表現である。そこに明らかにうかがわれる絶望や、結局は優位を占めている非現実の感情にもかかわらず、これは、力強く雄々しい書物である。彼の物語においてしばしば見られるように、出だしが、この書物のもっとも真実な部分である。これは、五十歳になるひとりの孤独人の肖像であって（ヘッセの年齢だ）、この人物は、或る日、とある大都会のぜいたくな家に部屋を借りる。

ところが、その立派な物腰態度にもかかわらず、彼はそこに或る不快な感情を生み出すのだ。ヘッセは、細部をだらだらと並べ立てたりはしないが、わずかな細部だけで、われわれに、或るイメージを思い浮かべさせるに足りる。この見知らぬ下宿人の、ゆったりとしたブルジョワ的な服装と対照的な、秘めかくした不安と、神経質な動作。ためらい勝ちで苦しげな歩みよう。ところが一方、その態度は尊大で、いかにも気取った話し方をする。あるいはまた、次のような場面がある。或る日、家主の息子は、この上品な人物が、踊り場に腰をおろして、蠟のにおいを嗅ぎ、ドイツの市民階級というたっぷり蠟を引いた楽園に属する次の間を、郷愁をこめて眺めているのを見つめるのだ。これはいかにもほほえましい情景だが、感動的でもある。なぜなら、ここには、ヘッセがつねに付きまとわれていながら満足させることの出来ぬ、家庭への強い欲求が認められるからだ。つまり、たとえ彼が、その永続きのする住まいを手に入れたとしても、彼のなかの放浪者は絶えずそれを捨て去るのである。同様にまた、彼は隠遁者でありながら友情を欠かしえず、素朴で牧歌的な詩人でありながら、この詩人は、さまざまな問題によって自己破壊に至るほど苦しめられる作家と衝突するのである。

『荒野の狼』の主題は、人間とは、狼にして人間、本能にして精神というような、ルター的思想に由来するこわばった分裂体ではない、という点にある。内的世界の四散状態のなかにもっと深く降ってゆくことによって、このあまりにも単純な二重性の仮面をはぎ、魔法をとく必要がある。もうひとつの主題は、混沌から発して、世界を再びつかみとろうとする絶望的な試みである。書物のなかでは、それを書く人間の苦悩と、彼が書いている時代が持つ苦悩とが、相会うはずだ。それはまるで、自分に閉じこもり自分の不均衡に悩む作家である彼が、たとえいかに内向的な人間であるにせよ、おのれの生きる時代の不均衡によって初めておのれの不均衡を意識しうるかのようである。幻影的な自我の持つ一貫性を犠牲にしようとも、再び世界に結びつくこと、彼はこのことに成功しているだろうか？　或る意味では、否である。彼の書物がそれに与えている描写法においてさえそうではない。彼は、大都会の下層部を描写するにあたって、一種の魔術的な変形作用を用いて、それを現実的に描くことに対するおのれの当惑をごまかしているが、こういう変形作用は、何かアリバイめいたものに見える。官能的生活への手ほどきと言っても、それはつねに或る夢の展開にすぎぬ。しかもこの夢は、あまりにも現実に近すぎて、何らかの現実の経験を暗示しているのでなければ何の価値も持たぬ。要するに、この孤独者は、「魔術劇場」（『荒野の狼』において語られる）の試練を受けるのであり、そこで彼は、鏡の作用と酔いの作るくるめきのなかで、無意識な自分自身と出会わねばならぬ。つまり、これは、近代的なワルプルギスの夜であって、そこで、H・Hは、機械に対するその憎悪を思うさまくり拡げる。そして一方、もっと高級な辺りでは、モーツァルトやゲーテなどという超然としてほほえみを浮かべた神々が、彼に、もっと晴朗なる世界、技術そのものが非難を呼び起すことのない美的創造の世界の存在を思い起させるのである。*3

『荒野の狼』は、中心的人物の想像性と現実性と真実性とがうまく応えあわないで、ぎしぎしきしんでいるような書物である。この印象は、それ自体何の自然さも持たぬ時代に関して、苦しげに技巧をこらして作りあげたイメージが与える印象である。極端な表現に対してこのように無縁な作家が、自分の経験にもっとも正しい形態を与えるために、これほども自分自身から抜け出なければならなかったことは、確かに注意していい点だ。彼の友人たちは、この荒々しさと調和の欠如とに一驚した。彼は、友人たちに次のように答えている。「私にとって問題なのは、意見ではなく、必要性なのです。誠実さという理想を抱いていて、自分という人間のなかのすてきな側面や立派な部分だけを人に見せることなど出来ないのです」。また、別のときに、こんなことを言っている。「友人たちが、私の書いたものが調和と美を失ったと言って非難したとき、それはいかにももっともなことだったのです。それらの言葉に私は笑い出したものです。崩れかかる壁のあいだを生命を求めて駆けまわっている死刑囚にとって、美とは何でしょう、調和とは何でしょう?」。

そのとき人々は、ヘッセが実際に破滅してしまったような印象を受ける。だが、彼の運命は、さまざまな対照のなかを動くということである。彼が、何か或る経験を汲み尽してしまうやいなや、この汲み尽しが、彼を別の極端へと投げ返す。情熱的な爆発の時期には、引きこもりの時期が続くのであり、錯乱には、節度ある意志と人の心をしずめる確信とが続くのである。『荒野の狼』によって、はじめて彼は、自分のもっとも危険な傾向を、涯《はて》まで辿る力をえたように思われる。彼がこの作品において手に入れたみごとな技巧はもはや二度とゆらぐことはない。『ガラス玉演戯』は、この技巧の完成であって、それは、彼がついにおのれ自身から離脱することが出来、作品が彼の個人的な苦難の賭金であることを止めうるような或る空間を示している。

ii　演戯の演戯

『ガラス玉演戯』の執筆は、一九三一年から一九四二年まで、いや四三年にまで及んでいるが、これは、世界がもっとも激しい動乱を経験し、ドイツがその宿命的なときを味わった時期である。ヘッセは、まったく引きこもって暮してはいるが、このような事態に苦痛を覚える。のちに語るところによれば、恥かしさをも覚える。彼は、いくらかは、この事態に対する埋合わせとして、あのカスターリエンという精神の国を築きあげようと夢想するのだ。この国においては、二十世紀の大混乱ののち一時的に和解した世界のなかで、科学と芸術とが新たに花開くのである。これは二四〇〇年頃の話だ。こんな年代などにはほとんど意味がない。彼は、未来小説を書こうとしたわけではなく、ユートピア物語を書こうとしたわけでさえない。ヘッセが追求しているのは、もっと微妙で、もっとあいまいなことである。彼が、きわめてデリケートなニュアンスをもって実現しているのは、時間上の或る一時期における、あらゆる時代の集合的な存在である。演戯というかたちで、演戯という精神的空間のなかで、あらゆる世界あらゆる知識あらゆる文化に所属するという可能性である。これは、文学共同体だ、人類の昔からの夢だ。

だがこれは、ヘッセの古くからの夢想でもある。『デミアン』以後、彼のほとんどすべての書物には、つねに同盟（Bund）や、秘密団体がある。全能だが何ら実際的な力を持たず、遍在するがとらええぬ、秘教的な共同団体があって、中心的な人物は、この団体と結びつこうと空しい努力を重ねるのだ。ここには、ゲーテやニーチェの或る思想を、さらには、ドイツ・ロマン主義の思い出を見出すことが出来る。だが、これは、借りもの的主題に尽きるものではない。ここには、まず第一に、ヘッセ自身の、統一性に対する苦悩にみちた渇望が示されている。また、孤独と縁を切ることなく共同体のなかに入りこみ、芸術や魔術の諸手段を通して、一般の人々には所有しえぬあの真理をつかんでいる小人数の仲間とのつながりを回復したいという欲求が示されている。魔術は、ヘッセが、つねに足をさらわれかける誘惑である。それは彼に、近代の諸時代に対する嫌悪と、自分がもはや孤独ではないような世界を見出したいという欲求とを、うまく満足させてくれるのである。『ガラス玉演戯』を書き始める一年まえに、彼は『東方巡礼』を書いている。この小さな物語は、精神的な人々、悟りをえた人々、目覚めた人々など、東方を求めるあらゆる人々が形作る大きな団体を、素朴に、わざと素朴に、描き出したものである。東方とは、「ただ単に、或るひとつの地方なのではない、地理的な何かなのではない。魂たちの生誕の地であり、その青春である。至るところにありながらどこにもないもの、あらゆる時代の一体化である」。

ここではわれわれは、ロマン主義的な不可思議の状態にある。その巡礼を続けているあいだ、H・Hは、ホフマンやノヴァーリスの登場人物やおさない頃のお伽話に出てくるあらゆる人物と同様、自分の昔の書物に出て来る登場人物とも、肩を並べて歩いている。その目的は、まさしく、かつてノヴァーリスが『メールヘン』に与えていたものにほかならぬ。つまり、伝説という状態の復活であり、思い出と予感とによる、すでに消え去った根源的な王国の再生である。この東方巡礼者たちは、ひとつの教団を形作っているが、どの教団にも見られるように、その中心をなすのは、或る秘密、誰も他人に洩らしてはならぬ封印された書きものである。ヘッセが目指しているのは、明らかに、夢幻的世界と比喩とを、無邪気な信仰と謎めいた探究とを、コントの持つ単純さと認識への手ほどきとを一体化することである。つまり、ここでもやはり、彼の精神と才能との二つの面を和解させることなのである。だが、この旅がさまざまな異論や疑惑のなかに埋もれるように、この物語においても、素朴さは比喩と触れあうことによって微妙なものに変り、比喩は、素朴さと化する。

一方また、この小さな物語が、その主題を再びとりあげた長篇小説を書く助けとなったのは疑いのないところだ。彼は、その長篇を、夢想の安易さから解き放った。夢想を、直接的なかたちで表現したあとで、それを成熟させる忍耐力と、それをより高い段階で迎え入れる力とを獲得したのである。

新たなる芸術

カスターリエンもまた、ひとつの教団であるが、それは僧院的性格のものであって、もはや魔術的な性格のものではない。それは、ゲーテを記念して「教育州」〔『ヴィルヘルム・マイスター』で語られている〕と呼ばれているひとつの州であって、そこでは、ごく年少の頃に選ばれて専門の学校で育てあげられたいくらかの人々が、世間から離れて、きびしい儀式的な階級的秩序に従いながら、欲得を離れた研究とその教育に没頭している。文法、言語学、音楽、数学等、あらゆる学問、あらゆる芸術が、そこで、厳格な自由の精神によって実践されている。とすると、これは、教養人の教団、一種の生ける百科全書、全世界にわたる動乱が起ってももはや消滅の危機にさらされることがないように精神が保護される閉ざされた空間ということになるのだろうか？　いくらかそういうところもある。だが、カスターリエンが、つねに険悪な様相を呈する世界から離れたところで文化を永遠に存続させるための保存地といった、これまた勤勉なる人類の古くからの夢想を形作るにすぎないとすれば、このように心そそることのない企てに対して、関心を失わざるをえないだろう。だが、カスターリエンの中心部にはもっと稀な何かが存在していて、カスターリエンはそのまわりに集まり、厳かに仕事を進め、新たなる芸術というかたちでその仕事を果すのである。これこそ、カスターリエンがもたらすものであり、ヘッセの贈物でもあるのだが、これはけっしてつまらぬものではない。なぜなら、たとえ小説という枠のなかでのことにせよ、ひとりの創造者が、何か現実にはありえないような重要な遊戯をでっちあげ、それをわれわれの身近なものになしうるというのは、いつでもありうることではない。トーマス・マンも、『ファウスト博士』を書くに際して、新しい芸術形式を思い描こうという野望を抱いた。そして彼は、巧妙にして明確な幻惑的な喚起力によって、ひとりの未知の大作曲家が書いた作品が与える豊かで確かな感情を示すことが出来た。プルーストはヴァントゥイユ(『失われた時を求めて』に登場する大作曲家)を書いたし、バルザックは『知られざる傑作』を書いた。だが、ヘッセは、われわれに、さらにそれ以上のものを約束する。誰か別の音楽家でもなく、われわれが音楽についてこれまで理解してきたものをいくらか超えたところまで音楽を導くような音楽形式でさえもなく、彼が実際に作りあげる新しい規則に従って表現される新しい言語を約束する。もっとも、彼はその規則を完全に作りあげるわけではなく、その点彼は、われわれの期待ばかりかほとんど信仰までも目覚めさせる誘惑者としてふるまっている。この芸術はすでにわれわれのなかにあり、もったいぶった口調でわれわれにその由来を物語る年代記作者も、この芸術を予感したすべての人々の名をあげるのにいささかの不満も覚えてはいない。彼は、ヘラクレイトスやピタゴラスから、ニコラウス・クザヌス〔ドイツの神秘主義哲学者(一四〇一―六四)〕、ライプニッツ、ドイツ・ロマン派の大作家たちに至る人々の名をあげ、その際特に、彼らにもっとも近い中国の著述家たちに触れている。

これは、歴史の流れ全体を通じて続いてきたひとつの思想とも言うべきものだ。それは、或るときは、時代によってちがうがとにかく何らかの科学や芸術を中心としてまとめあげられた普遍的言語に関する単純な夢想であって、この言語を通して、人々は、さまざまな価値や形態を、はっきり感知しうる記号として表現しようとする。また或るときは――そしてこれはすでにより高い段階なのだが――、それは精神がそのなかで活動するあの大いなる演戯であって、この演戯は、さまざまな知識や文化や作品を、或る共通の尺度に従わせることによってそれらの総体を支配し、それらを或る諧調にみちた空間へ移しかえようとする。この空間のなかに、やがて新たなる諸関係が生れ出るのであり、また同時に、秘められたリズムや、究極的な法則や、あるいはただ単に無限の交換の可能性が、ひとつの歌として、はっきり打ち立てられることとなる。

この段階においては、この演戯という考えは、ピタゴラス的な夢想から直接発しているが、同様に直接的なかたちで、ノヴァーリスの思索とも通じている。ノヴァーリスは、十八世紀末葉のあの大いなる陶酔のなかで、詩とは科学であり、科学も、その完成したかたちにおいては詩的であるべきだ、と主張したのだ。この同じ段階において、われわれは、演戯者たちが、微に入り細をうがった研究によって作品を解明し、体系を分析し、それらから、プラトンの対話篇と何らかの物理的法則とバッハのコラールとをともに響かせることの出来る尺度を抽出するのを眼にするのだが、この場合われわれは、この演戯があまりにも純粋な知識人がその探究に際して落ちこむ極端さを反省させるための名人芸的軽業を意味しているのではないかと思いたくなるのだ。

だが、この演戯のうえにもっと高度なもうひとつの演戯がある。もっと正確に言えば、これらの学殖を積みあげる仕事も、綜合を目ざす研究も、知識や作品の限りない多様性を或る共通の空間のうちに統一しようとする激しい努力も、この高度の演戯のひとつの面を構成しているにすぎないのだ。省察もまた、ひとつの規律ひとつの技術として理解されているのであって、この演戯の別の面を形作っている。このとき、演戯は、演戯の演戯となる。音楽と数学と省祭との相協力した霊感にあふれた巧妙な結びつきによって、参加者たちの精神と心情とのうちに、その度毎に無限なるものの予感を目覚めさせ統一性の経験を作り出す力を持った普遍的な諸関係の芸術が展開しうるような、大いなる文化的祝祭、或る集団的な儀式となる。演戯は、さまざまな価値の形式の生き生きとした調和のとれた目録であることを止める。もはやそれは、さまざまな定式のはっきりとした共鳴のうちに身を没した演戯者たちにとっては、精神を享受するための特に繊細微妙な方法でさえない。それは、きびしい礼拝であり、宗教的祝祭であって、こういう祝祭が行われるあいだに、神聖な言語であり崇高な錬金術であるとともにおそらく或る新しい人間の育成でもあるような本質的なヴィジョンに近付くことが出来るのだ。

もちろん、ヘッセは、このような演戯の観念を明確で論理的な方法で表わしえないことをよくわきまえていた。彼は、われわれを魔術に引きこもうともせず、ドグマチックな説明でイメージをこわばらせもせず、明確なものと不明確なものを巧みに結びつけ、観点をさまざまに変化させ、これらのさまざまな標識をもとにして同じ思想のまわりにいくつもの円を描き、かくして、実現しえぬことを本質的特性とする芸術を実現可能なものと思わせることに成功しているが、その際の彼の技術は——これまでほとんどつねに彼には欠けていたその確実で繊細で皮肉な技術は——、まことに感嘆すべきものである。

カスターリエンを乗り越えて

教育州であり演戯者の村であるカスターリエン、そのさまざまな研究施設や独房、これらは、マウルブロンの思い出にもとづく生き生きとした説得力ある描きかたで描き出され、われわれの眼のまえに或る独立した知的共同体のイメージを浮かびあがらせているが、彼の書物は、これらのものだけをその中心としているわけではない。ヘッセは、最初は、その作品で、さまざまの主題が展開してゆくうちに種々の力や形式の永遠の運動の働きを表わすような人間の出ないオペラとも言うべきものを考えていたらしいが、結局、そこで、演戯名人のひとりで、彼がヨーゼフ・クネヒトと名付けた例外的人物の生涯を物語ることに決めた。これは、この人物を、ヴィルヘルム・マイスターと対立させると言うより、東方巡礼団の団長である修士レオを発展させるためであった。また特に、たとえ精神的な本質のものであろうともとにかくいっさいの指導者《フューラー》を認めぬ自分の態度を示すためであった。この伝記は、カスターリエンという空間を、その特記すべき代表的人物のひとりの物語を通じて照らし出し生気づけるといった説明上の意味あいしか持たなかったのかも知れぬ。おそらく、ヨーゼフ・クネヒトは、最初は、あの誇り高いカスターリエン住人で、おのれの差違性に閉じこもった精神の持主にすぎなかっただろう。当時作られた或る詩のなかで、[*4]ヘッセは、この演戯を、自分自身のために行うべき活動として描き出している。これは、彼を慰め、心を鎮めてくれるのだが、この活動の秘密を、彼はヨーゼフ・クネヒトに教えられたのである。「そして今や、私の心のなかに、私が永年専心してきた、ガラス玉演戯と名付けられた思想の演戯が始まる。音楽を支えとし、省察を原理とするみごとな創案。ヨーゼフ・クネヒトこそこの演戯の名人であって、この美しい想像に関する私の知識は彼に負う」。

かくして、ヨーゼフ・クネヒトは、彼にとって、きわめて身近な仲間に、現実に存在しうる人物になった。もはやこの人物は、彼にとって、実現不可能な芸術の本質を実在の面上に移行させるのに役立つばかりでなく、かつてもくろんだ異様な経験の意味や、おそらくはその危険を探るのにも役立つのである。この結果は、ほとんど驚嘆を呼ぶほどのものであった。至高の芸術と神聖なる言語との模範的演戯者であるクネヒトを、カスターリエンと一体化するこの同じ運動が、彼を導いて、ついにはカスターリエンを捨て去り、もはや、絶対的なもののイマージュと見えるものにも満足しえないような状態に引きずってゆく。たしかに、この歩みは、両義的なかたちでなされている。われわれがここで眼にするのは、一方では、世界から独立した精神が作る倨傲なる州に対する道理にかなった批判とも言うべきものだ。すでに以前、ノヴァーリスも、詩人について「われわれは或る天職を負わされている、われわれは地上を形成すべく召されているのだ」と言っており、精神の根本的な役割も、教育的な役割、地上の教化という役割であるべきなのだが、この精神は歴史を知らず、おのれの住む時代を侮蔑している。ヘッセは、このことによって、自分自身の孤立に対して悲愴な非難を加え、また世界に向かう決定的な一歩を実際に踏み出すことによって、もはや、統一性を、神と自己という精神の二つの極のあいだの密やかな関係ではなく、何よりもまず人間たちの生き生きとした共同体を通して示される或る断言と化そうとしているのだ。これは、彼の孤独な経験の究極の言葉であって、それは正しく、また共感しうるものである。だがしかし、このことから、彼の書物やそこに見られる仮構に関して、或る当惑が生れる。なぜなら、その演戯の時代が呼び起す時を超えた時を、われわれがよろこんで認めれば認めるほど、われわれは、カスターリエンの家の窓から眺めるその世界が、われわれがそのなかに入りこむことを求められている歴史的に日付と場所を与えられたその未来の時よりも、むしろ十八世紀のドイツに似ているのを眼にしておどろくのである。ヘッセは、ここで、彼が自分の書物の賭金となしている運動に対して、いささか軽率に違反しているのではないだろうか？ 彼は、共同的世界の現実性に対してその諸権利を返し与えようとのぞんでいながら、彼の物語においては、この世界はもはや背景的部分にすぎず、そこでは明らかに、将来もけっして何事も起りはしないのである。われわれには、世界への彼の回帰とは、彼自身が果したわけでない、それゆえにもはや比喩的な意味しか持たぬ、或る敬虔な願望ではなかろうか、という疑いが生れるのだ。これこそ、われわれの関心を乱す点である。

だがさいわいに、われわれにはもうひとつの疑いが生れる。クネヒトの最期は、簡単だが奇妙なものだ。このうえない演戯名人である彼は、その役割を捨てて、日常生活に戻り、そこで学校教師の仕事につこうと決心する。彼は才能はあるが人の手に負えぬおさない生徒の教師となるのだが、この生徒は、感動を覚えるほどおさない頃のヘッセと生き写しである。クネヒトは、カスターリエンの観念の閾を超えてその生徒と結ばれて間もなく、或る朝の水浴の際に、高山の湖の冷たい水のなかに姿を消す。この最期がはっきり示しているのは、さまざまな自然的な原因だけだ。ところが、伝記作家が、しつっこくわれわれに思い起させようとしているのは、この最期が伝説的な性質のもので、クネヒトはあの州を出て以来もはや歴史的な真実だけでは充分ではないような領域に入りこんだという点である。かくしてわれわれは、クネヒトの辞職、まるで彼の意志を超えた何かの意志の実現のように彼を過去から解き放つあのよろこびにあふれた決意、いっさいを飾りあげる神秘のようなあの最後の冷やかな挫折などという、彼の最後のさまざまなふるまいを理解しうるようになる。事実、このいちばん最後の場面の持つ意味あいはおのずから明らかである。トーマス・マンは、この場面を嘆賞し、面白いことに、そこに深いエロチックな意味を認めていた。のぼる太陽のまえで、このクネヒトのおさない生徒は、常軌を逸した昂奮状態に身を委ね、そのまるで沸き立つ踊りのような状態のなかでわれを忘れる。次いで彼は、そういう自分におどろき、最後には恥かしさでいっぱいになるのだが、それはまるで、このよそ者の先生に自分の秘密を打明けてでもいるかのようだ。平気らしい顔をしようとして、彼は、先生に、湖に飛びこんで、まだ陽の光のさしていない向う岸まで泳いで行こうと提案する。クネヒトは、辺りの高さのために疲れ、気分が悪いのだが、自分にはスポーツがほとんどやれぬことを示してこの生徒をがっかりさせたくない。それで彼も、刺すように冷たい水のなかに飛び込むのだが、たちまち水は彼を呑みこんでしまうのだ。少年は、自分こそこの死に責任があると心密かに思うようになる。少年が未来の時の呼びかけに応えるためには新たなる存在とならなければならないのだが、この死こそ、彼のなかに、この新たなる存在を目覚めさせるのに、どんな教えよりも役立つこととなるのである。

この結びには、ヘッセの芸術と、彼が比喩的な透明さへ身を開くに際しての率直さとの見事な一例がある。どの細部も、ここでは、それ自体として存在していながら、それが明確に呼び起すひとつの観念的な意味としても存在している。クネヒトの世界への回帰は山へ登ることによって象徴されているのだが、これは、彼が、おのれの個人的な存在を超えて辿ってゆかねばならぬ最後の超越の歩みである。昇る陽は、言わば絶対的なものの出現だ。カスターリエンは、この絶対的なものの一時的な讃美にすぎないのであって、絶対的なものは、いかなる形態においても、たとえそれがきわめて純粋な形態であっても、持続することは出来ない。クネヒトは、無名のデミアンに変えられて、伝説のなかでその生を終るのだが、これは、おのれが仕える絶対的なものに捧げられた犠牲であり、彼は、人間的地平を拡大させるために姿を消すのである（ヘッセは、この物語に、主人公が書いたということになっている三つの架空の伝記を付け加えることによって、非個性的個性とも言うべき、主人公の謎めいた本性を詩的に表現しようとしたのであり、おそらくこの試みは成功している。これらは、学校時代の作文ということになっている。カスターリエンの人間はみな、その学業の終りに当って、何か或る時代と文化を選んで、そこで生きた場合の自分の姿を想像するのだ。ヘッセはここで、彼固有の経験の方法を二次的に適用している。

これはまた、彼の書物を一種のガラス玉演戯と化し、移り変るさまざまの環境のきらめきと何の調和もないさまざまな文化の多様性を通じて、或る人格の統一性を示す方法でもある。要するに、彼は、もはや心理的なものではないような分析方法によって、或る生の深部に入りこみ、直線的な物語の運動では表わしえぬさまざまな可能性の充溢を暗示しようと試みているのである)。

他の多くの特質も、精神に語りかけるという役割を与えられている。湖でさえも、暗く謎めいた力の持つ魅惑力や、この世界に立戻った人間がより高度の情熱によって落ちこんでゆく母胎的な深みの呼びかけを暗示している。このような死にかたは、ヘッセに対して強迫観念的な力をふるっており、彼はいくつかの物語のなかで、しばしばこの力に屈している。それらの物語においては、溺れて死ぬ人物が四、五人に及ぶのである。そこでは、比喩的な意味が、魔術的なそのかしにとって代っている。この『ガラス玉演戯』の主人公は、その作者よりもむしろ作品そのものを表わしているのだが、ここでもヘッセは、その仮構と実生活とのあいだに、さまざまに関係の網の目を作りあげることを止めない。かくして彼は、カスターリエンの境のあたりでさまざまな中国風の神託を解きながら暮しているほとんどマニアックとも評すべき隠者として、自分を皮肉に描き出している。クネヒトが学ぶ学校はヘラスという名前だが、これはかつてマウルブロンでひとりの生徒が不幸な生活を送ったあの学院の思い出からきている〔その学院の寄宿舎には、ヘラス部屋という部屋があった。『車輪の下』参照)。ガラス玉演戯の最初の創案者は、バスチアン・ペロット・フォン・カルヴである。だが、ナゴールトのペロット・フォン・カルヴとは、若いヘッセが、正規の勉学を断念して、空しくさまざまな職業を試みていたときに、彼を自分の機械工場の見習い工として雇い入れた人物である。クネヒトに歴史の手ほどきをするヤコブス神父とは、ヤーコプ・ブルクハルトである。演戯名人のひとり、トーマス・フォン・デル・トラーヴェは、トーマス・マンである。これらの名前は、『ガラス玉演戯』が、別の或る演戯に、モデル小説に、それればかりか同時代批判の小説になりうることを意味しているのだろうか? そこでヘッセは、たとえばトーマス・マンの、友情と敬愛にみちた忠実な肖像を作りあげることで、その知的立場、あまりにも純粋な文学者という立場を批判しているのだろうか? このように想像すると、思いあやまることになるだろう。これらの名前や暗示や細部は、事情に通じていない読者にとってのみ秘密なのであって、それらは、魔力をそなえた備忘録といった役割を果しているのだ。そこでは、過去が作家に合図をし、現実には存在せぬ事物や時間の作るいくらか冷やかな空間のなかに、親しげに入りこんでくる。おそらくヘッセは、この最後の作品において、彼の全生涯がそれにかかっている謎めいた出来事を今一度しっかりと把握しようという試みを、さらに重大なかたちで行っているのだ。クネヒトは、カスターリエンという閉じられた共同体を離れ去るが、これはかつて、おさないヘッセが、マウルブロンの神学校を逃げ出したのと同様だ。おのれの使命をしっかりと果している成熟した人物も、おのれの感受性に苦しめられている若者も、いずれもおのれを解き放ち、危険なかたちで、おのれの運命を成就している。つまり、作家は、その経験の極点において、最後に、おのれの少年時をふりかえっている。彼が選ぶ跡つぎ、彼がおのれを委ねる後継者は、扱いにくく当てにならぬ若者だったかつての自分だ。この若者にむかって、彼は断乎として未来の鍵を手わたすのである。

老人と化した精神

こういうわけで、この書物はさまざまな延びかたをしており、さまざまなかたちで読むことが出来るだろう。だが演戯というイメージこそ、つねにその中心であって、すべてはそのまわりをめぐっている。未知の諸時代に対するこの高度の夢想は、一方ではわれわれのなかに、或る思い出を目覚めさせるのである。少しあとにマルローが、空想の美術館という経験にひとつの名前を与えることによって有名にした問題、そういう問題に対する新しい答えがここにはある。演戯とは、さまざまな美術館を集めた美術館である。演戯が行われる度毎に、その演戯のなかに、あらゆる作品、あらゆる芸術、あらゆる知識が、限りない多様性と、移り変る諸関係と、束の間の統一とを保ちながら、息づき、目覚める。これはまさしく、至高の完成状態である。とすると、われわれは、歴史の終りにいるのだろうか？　ミネルヴァとヘーゲルの鳥が、その夜の飛翔を始め、昼を夜に、活動的で創造的で非反省的な昼を夜のしずかで沈黙にみちた透明さに変えるたそがれのときに至っているのだろうか？　昼間が物語られ口にされるためには、それが終っている必要がある。だが、おのれ自身の物語と化した昼とは、まさしく夜にほかならぬ。このようなパースペクチヴは、ヘッセの書物に固有のものであろうか？　そこでは、年代記作者は、次のようなことを指摘している。つまり演戯というこの新しい芸術は、芸術作品の創造をすべて断念するという英雄的で禁欲的な決意によってはじめて生れえたというのである。もはや、なおもあれこれ詩を書いたり、音楽を、新しい「曲」によって豊かにしたりするような時期ではない。創造的精神は、自分自身に逆流しなければならず、以後、あらゆる作品の限りない現存こそ唯一の作品となるだろう。芸術とは、知識であり音楽であり省察であるような、諸芸術の総体の歌にあふれた意識である。さらにまた、この全体のなかにかくされた全体の意識であって、このなかば美的でなかば宗教的な厳かなつとめにおいては、或る至上の気晴らしとして、すべてが演じられ、すべてが問題となる。

　演戯は、文化の大成である。或る絶対的な要請が、ここにおいて成就されるのだ。これが、われわれの運命かも知れず、そしてヘッセは明らかにこの運命を愛したのである。だが、彼は、それに恐怖を覚えもした。『ガラス玉演戯』においては、この子供っぽい名前で、彼が終始夢みてきたその共同体が実現されているのだが、この作品は、おくればせな開花と言うべきものだ。もっとも高いものとともに[*5]、おとろえが始まっている。カスターリエンの精神とは、老人となった精神である。これが、新しい作品を創造することを禁じられているのは、それが征服者であることを止めたからである。このとき、絶対とは、或る高い精神的形態の、疲れきった孤立にすぎない。この形態は、生きた現実とは無縁なのだが、そのことを知らず、おのれが全体であると思いこんでいる。だが、これは、無知の空虚な総体にすぎないのである。

今やわれわれは再びきわめて低いところに落ちこんでいる。演戯は、不毛の夢想に、いつわりの慰めに化している。せいぜいのところ、衰退の物憂い音楽と化している。ヘッセは、この二つの解釈のいずれを選ぶべきかにためらいを覚えている。彼の書物は、この不確かさから、謎のもつあいまいな光を受けていて、この分裂が、時としてはそれを豊かにし、時としてはそれを弱めている。それは、もうひとつのより重大なためらいがあるからだ。演戯とは何か？　あらゆる作品の総体を、あらゆる時代の創造物を、或る生きた統一性のうちに取り集める至上の創造である。だが、ここで重要なのは何か？　どちらが第一に位しているのか？　統一性なのか、それとも全体なのか？　神にほかならぬ統一性か、それとも、完成した人間の確認にほかならぬ全体なのか？　何人かのドイツの註釈家は、性急にも、ヘッセのこの書物のうちにヘーゲル的な作品を見てとろうとしている。これはほとんど筋の通らぬ解釈である。演戯は、おそらく、全体に関する博識にして歌にあふれた意識であろうが、まさしくそのために、演戯は、衰退と衰弱におびやかされているのだ。

逆に、それが、統一性へ向かう一段階であり、統一性の一時的な実現である限り、作者によれば、それはさまざまな重大な約束をはらんでいるのだ。なぜなら、それは、「完全なものの探究の選ばれた象徴的な一形態を、崇高なる錬金術を、さまざまなイメージや多様性を超えての、一者それ自体である精神への接近を、神への接近を」意味しているからである。

かくて、演戯は、いずれにせよ乗り超えられなければならぬ。クネヒトの死は、この乗り超えが成就される宗教的な瞬間なのである。だが、演戯が乗り超えられなければならないのは、それが、歴史とその前進とを無視しているためなのか、それとも、それが、中心に通じていて中心に到達したときに終る正しい道であり、われわれのなかにある神と一体となったヴィジョンであるためなのだろうか？　ヘッセの書物は、これらすべてを語っているが、それはおそらく、同時に語りすぎることである。それは書物が語りうる以上のことなのである。同様にまた、これは小説としての一貫性に関することだが、作品の中心に作品全体を支えるような重大なイメージが置かれている場合に、そのイメージを、或る人工的な形象へ引下げてしまうようなかたちをとるのは危険なことではないかどうか、考えてみる必要があるだろう。その場合、その形象は、人が加えようとする批評にそなえるためにわざと組立てられたという観を呈するのである。何か或る作品において、その作品に対する否認作用は、おそらく作品の持つ本質的な部分であるが、その否認は、つねに、作品の中心をなすイメージ、結果がやって来て作品が姿を消す時点ではじめて現われ始めるようなイメージの示す意味のなかで、その深化を通じて、行われなければならぬ。

8　日記と物語

日記においては、思考も夢想も作りごとも自己解説も重要な出来事もつまらぬ出来事も、すべて思うがままの順序と乱雑さでぴったりとその場を占めるわけだから、それは、さまざまな形式からまったく解放され、生のさまざまな運動に従順に従い、いっさいの自由を与えられているように見えるが、だがしかし、それは、「カレンダーを尊重すべし」という、一見何でもないが実はおそろしい条項に従わされている。これこそ、日記が署名している契約である。カレンダーこそ、日記にとっての悪魔である。それは日記に何かを吹きこみ、構成を与え、煽動し、守護する者だ。日記を書くとは、日常的な日々の保護のもとに一時的に身を置き、書くという行為をこの保護下に置くことだが、それはまた、書く行為を、世間の人々がそれをおびやかさぬと約束しているあの幸福な規律に従わせることによって、この行為から身を守ることでもある。このとき、書かれたものは、否応なしに、日常的なもののなかに、日常的なものが局限するパースペクチヴのなかに、その根をおろすのだ。もっとも遠く迷い出た、もっとも常軌を逸した思想も、日常生活の環のなかに保たれているのであって、けっして日常生活の真理性を傷つけることにはならぬ。だから、日記にとって、誠実さとは、到達しなければならないがけっして乗り超えてはならぬような要請をあらわしている。いかなる人も、日記を書く人間以上に誠実ではないだろう。日記を書く人間は、ものを書くという関心を、その日その日の限られた生活だけに限っているのであって、誠実さとは、この生活のうえに何のかげもおとさぬことを可能にする透明さにほかならないのである。誠実さという、勇気をも要求するこの重大な美徳に違反しないためには、表面的でなければならぬ。深みは、さまざまな快い性質をそなえている。少くとも、それは、何らかの真理によってわれわれを自分自身や他人に結びつけている誓いだけで満足しないという決意を要求するのだ。

磁化された場所

物語が日記と区別されるのは、それが異常な出来事を物語るからではない。異常なものは、正常なものの一部でもある。それは、物語が、証明されえぬもの、証明や報告の対象とはなりえぬものと、取り組んでいるからである。物語とは磁化された場所であって、この場所は、現実の形象を、それがおのれのかげの幻惑に答えるために身を置かねばならぬ地点にまで引き寄せるのである。『ナジャ』は物語である。この物語は、「私は誰だろう」という言葉で始まっている。答えは、われわれが、いつか或る日、われわれの知っているどこかの街角で出会ったかも知れないような、或る生き生きとした形象である。この形象は、象徴でもなければ、蒼ざめた夢想でもない。これは、若いユンガーのもとに時折立現われるドローテーにも〔エルンスト・ユンガー『アフリカのたわむれ』において語られる〕、ヘッセが、学校の長椅子で仲間にしていたデミアンにも似ていない。そういう永遠の守護神の魅惑的な像ではないのである。ナジャは、物語の意想外さのなかに現われるがままの女性であった。偶然から生れ、偶然出会った、偶然的な生であった。誰かが彼女のあとについて行ったとしたら、偶然的な生の持つもっとも危険で——もっともきたない——曲折にまで入りこまされてしまうほどにも、この偶然に忠実な女性であった。だが、日記という形式、日記というこの報告は、位置と日付を与えられて日常的行為という網の目のなかにとらえられたこのような出来事に、いったい何故適合しなかったのだろうか？　それは、偶然ほど、ブルトンにとってはひとりの若い女という姿をとったあの偶然ほど、われわれが共同的世界の確かさに包まれながらとどまっている現実性と無縁なものはないからである。また、かつて実際に起りはしたがそれが起ったという事実によって出来事の網の目を引き裂くものを追求するためにはどうしても必要な、道もなければ限界もない不安な歩みほど、日常的な証明と異ったものはありえないからである。偶然と出会った人間や、「真に」或るイマージュと出会った人間の生のなかに、その偶然やイマージュは、それと気付かぬ或る空隙をあけるのであり、この空隙のなかで、その人間は、或る別の陽の光の幻惑を受け

別の言語の規準と釣合った状態にあるために、しずかな光と日常言語とを断念しなければならぬ。

人々は、報告しえないものを物語る。あまりにも現実的であるために、われわれの現実というこの節度のある現実の諸条件を破壊してしまうようなものを物語る。『アドルフ』は、バンジャマン・コンスタンの、純化された身の上話ではない。これは、彼から、彼のかげを解き放ち——これは彼の知らぬものだ——、それを、彼の感情の背後の、その感情が示す燃えるような空間へ導くための、一種の磁石のようなものだ。だがしかし、日常生活やなすべき事柄の歩みと同様、これらの感情を「生きる」という事実そのものが、彼に対して、つねにこの空間を包みかくしてきたのである。日記のなかで、スタール夫人は、物語のなかと同様激烈だし、コンスタンも、物語のなかと同様引裂かれている。だがしかし、『アドルフ』においては、さまざまな感情は、それらの重心の方へ方向づけられている。その重心にこそ、感情の真の位置があるのであって、感情は、時間の運動を追い払い、世界を四散させ、世界とともに、それらを生きる能力をも四散させることによって、この位置のいっさいを占めるのである。つまり、感情は、それらを耐えうるものとする或る均衡状態のなかで、互いに相手を軽くしあうどころか、いっしょになって、物語の空間へと落ちこむのだ。この空間は、情念と夜の空間でもあって、そこでは、感情は、到達されも、乗り超えられも、あらわにされも、忘れられもしないのである。

日記の罠

日記の持つ面白さは、その無意味さにある。これが、日記の持つ傾向であり、法則である。毎日、その一日に保証されながら、その一日を自分自身に呼び戻すために何かを書くこと、これは、沈黙をのがれ、また、言葉のなかにある極端なものをのがれるための、便利な方法である。どの日も、われわれに、何ごとかを語る。書きとめられた一日とは、すべて、守られた一日だ。これは、都合のいい二重の作用である。このようにして、人は、二度生きる。このようにして、人は、忘却からも、言うべき何ごともないという絶望からも、身を守るのである。「われわれの宝をピンでとめよう」と、バレスは、おそろしい口調で語っている。シャルル・デュ・ボス（フランスの批評家（一八八二―一九三九））は、彼独特の素朴な口調でこんなことを書いている。「もともと、私にとって、日記とは、書くという行為に直面した場合に、まったくの絶望からのがれるための、このうえない助け船であった」。また、こんなことも言っている。「私の場合面白いのは、日記がその沈澱物を書きとめていないときには、生きているという感情をほとんど持たぬという点である」[*1]。だがしかし、ヴァージニア・ウルフのような純粋な作家が、事物の透明さと輝かしい後光と軽やかな輪郭だけをとどめている作品を創造することにあのように熱中していたあの女流芸術家が、「自己」が流露しおのれを慰めているお喋り的な日記のなかで、自分自身のもとに立戻ることを、言わば義務と感じていたこと、これはいかにも意味深く、また不安を覚えることである。ここでは、日記は、書くことの危険をふせぐための火よけのような姿を呈している。かなたの、『波』〔ウルフの小説（一九三一）〕のなかでは、人が姿を消さねばならぬひとつの作品の持つ危難がとどろいている。かなたの、作品の空間では、すべてが消え失せ、おそらくは作品も消え失せている。日記とは、日常的なものという底を引っかきつまらぬ些事というざらざらした面に引っかかる錨のようなものだ。同様の事情で、ヴァン・ゴッホも、手紙と、手紙の相手であるひとりの弟とを持っているのだ。

日記のなかには、二つの空無性相互のあいだの、幸福な補いあいのごときものがある。生れて一度も何ひとつ作り出していない人間が、自分は何ひとつ作り出さぬ、と書く。そして、これでやはり、何かを作り出したことになるのだ。一日のさまざまなくだらぬことによって書くことからそらされていた人間が、これらの些事を物語り、告発し、あるいはそれに満足するために、それらの方をふりかえる。そして、これで、一日が満たされるのである。これは「ゼロが自分自身に対して行う省祭」であって、これについては、アミエル〔アンリ＝フレデリック・アミエル〕が果敢に語っている。

日記を書くことで、いかにも書いているような錯覚が与えられるし、時には、生きているような錯覚も与えられる。また、それによって、孤独から身を守るためのちょっとした助け船が保証される（モーリス・ド・ゲラン〔フランスの詩人（一八一〇—三九）〕は、その

『手帖』に、こんなふうに話しかけている。「ぼくのやさしい友よ、……今やぼくはおまえのものだ、あますところなくおまえのものだ」。また、アミエルはこんなことを書いているが、それではいったい何故、彼は結婚するのだろう? 「日記は、腹心の友のかわりになる、つまり、友人であって妻なのだ」)。また、すばらしい瞬間を永遠化し、そればかりか、生の全体を、しっかりと抱きしめて身につけていることの出来る堅固なかたまりにしようという野望や、さらにまた、生の無意味さと作品の非実在性とをひとつに結びあわすことで、空しい生を芸術のおどろきにまで高め、一方、形をなさぬ芸術を生のかけがえのない真理にまで高めようという希望が生れるのだが、これらさまざまな動機のからみあいが、日記を、救いの試みと化している。つまり人々は、書くことを救うために書くのであり、書くことによっておのれの生を救うために書くのである。また、おのれの小さな自我を救うために(人は他人に対してあれこれ復讐を加えたり、さまざまな悪意を注いだりする)、あるいは、おのれの大きな自我に息づくための空気を与えて救うために書くのである。次いでまた、人々は、その日その日の貧しさのなかに身を没し去らぬために書くのであり、あるいはまた、ヴァージニア・ウルフやドラクロワのように、芸術という、芸術の何の限界も持たぬ要請という、この試錬のなかに身を没し去らぬために書くのである。

一見きわめて容易で、きわめて快いが、それによって支えられる心地よげな自己反芻のために(まるで自分について考え自分の方を向くことにはごくわずかな関心しかないかのようだ）時としてきわめて不快なものでもあるこの雑種的形式の持つ独特な性質は、それがひとつの罠であるという点だ。人は、その日その日を救うために書くが、その救いを、その日その日を変質させる書くという行為に委ねるのである。人は、おのれを、不毛性から救い出すために書くが、そのとき人は、あのアミエルと化する。おのれの生活がとけこんだ一万四千ページの方をふりかえって、そこに、「忙しげな怠惰と知的活動の幻」[*2]によっておのれを「芸術的にも、学問的にも」破滅させたものを見てとるあのアミエルと化する。人は、自分自身を思い出すために書くのだが、ジュリアン・グリーンは、次のように述べている。「私は、自分が書きつけておいたものが、私のなかに、残余のもの、残余のいっさいの思い出をよみがえらせてくれるだろうと思っていた。……だが、今日になってみると、私の昔の生活に関して空しい反映しか伝えてくれぬせかせかとした不充分ないくつかの文章しか残っていない」[*3]。つまり、人は、生きも書きもしなかったわけだが、この二重の挫折以後、日記は、その緊張と重力とを再び見出すのである。

日記は、人はおのれを観察することが出来、おのれを知らねばならぬという奇妙な信念と結びついている。だがしかし、ソクラテスは何も書かない。もっともキリスト教的であった数世紀も、沈黙を媒介とすることのないこのような自省を知らぬ。プロテスタンチスムは、聴罪司祭のいないこのような告解を利用したと言われているが、いったい何故、聴罪司祭が、書くことに替えられねばならないのか？　作家が、このいつわりの対話のなかでおのれ自身を探究し、おのれのうちに語りえぬものに形式と言語とを与えようと試みるには、むしろ、カトリシスムとプロテスタンチスムとロマンチスムの厄介なごたまぜに立戻る必要があるだろう。こういったことを了解し、自分たちはおのれを知ることは出来ずおのれを変形し破壊することが出来るだけであることを徐々に確かめた人々、自分たちが、おのれのそとに、自分たちには近付きえぬ或る場所に引寄せられるのを感ずるようなこの奇妙なあらそいを追い求める人々、こういう人々は、それぞれの力に応じて、さまざまな断片をわれわれに残しているが、これは時として非個人的なものであり、そしてこれらの断片が他のどんな作品よりも好ましいこともありうるのだ。

秘密の周辺

作家にとって、自分が書いている作品に関する日記をつけようとするのは、いかにも誘惑的なことである。そんなことが可能であろうか？　『贋金つくりの日記』は、可能であろうか？　おのれのさまざまな企てに問いかけ、それらを測定し、吟味すること、それらが展開するにつれて、それらに自分用の註釈をつけること、こんなことは、困難なこととは思われぬ。つねに創造者の背後にいると言われている批評家は、語るべきおのれの言葉を持たないであろうか？　その言葉は、毎日そこに航海の幸福と過誤が書きこまれる航海日誌のようなかたちをとりえないであろうか？　しかしながら、このような書物は存在しえない。作品の固有の経験、それを通して作品が始まるヴィジョン、作品が誘発する「一種の錯乱」、作品が、われわれが毎日会うことが出来て明らかに自分自身に関する日記をつけている人間と、あらゆる偉大な作品の背後にいてこの作品からそれを書くために身を起す存在とのあいだに、つまり、イジドール・デュカスとロートレアモン〔イジドール・デュカスはロートレアモンの本名〕とのあいだに、打立てている異常な関係[*4]、これらはつねに伝達しえぬものでなければならないようだ。

われわれには、何故作家が、自分が書いていない作品の日記しかつけえないかがわかる。その日記は、想像的なものとなり、それを書く人間と同様、仮構という非現実性のなかに沈むことによって、はじめて書かれうるということもわかる。この仮構は、それが準備している作品と必ずしもかかわりを持たぬ。カフカの『日記』は、彼の生活と関係のある日付のついた記述や、彼が見た物会った人の描写ばかりではなく、数多い物語の草稿で出来ている。そのなかの或るものは数ページに及ぶが、たいていはほんの数行であり、多くの場合すでにはっきりと形をなしてはいるが、すべて未完成である。そして、もっともおどろくべき点は、ほとんどどれひとつとして、別の草稿と関係がなく、すでに用いられた主題のくり返しでない点だ。同様にまた、日々の出来事とはっきりした関係を持たぬ点だ。ところが一方、われわれは、マルト・ロベール〔フランスの評論家〕が指摘しているように、これらの断片が「生きられた事実と芸術とのあいだで」、生きているカフカと書いているカフカとのあいだで「口にされている」ことをはっきりと感ずるのである。そしてまた、われわれは、これらの断片が、おのれを現実化しようとしている書物の何の名前も持たぬ謎めいた足跡を形作っていることを予感する。だが、それは、これらの断片が、それらの出発点だったと思われる現実の生活とも、それらがその接近を形作っている作品とも、何らはっきりした親近関係を持たぬ限りでの話である。こういうわけで、もしわれわれがここで、創造的経験の日記となりうるようなものの予感を抱くとしても、[*5] われわれは同時に、この日記が、完成した作品と同じように閉じられており、そういう作品以上にわけへだてられているという証拠をも手に入れるわけだ。なぜなら、秘密の周辺は、秘密それ自体以上に秘められているからである。

「絶えず」このもっとも謎めいた経験の旅日記をつけようというこの誘惑は、おそらく素朴なものだろう。だが、この誘惑はつねに存続するのだ。一種の必然性が、つねに、それが生れるさまざまな機会を与える。作家は、自分が眺めに来たものを自分のかげでかくさずには、或る地点より手前に戻りえぬことを空しく知るばかりだ。つまり、源泉の持つ牽引力や、つねにそれを、遠ざけるものを面と向かってとらえようとする欲求や、さらには、結果を考慮することなき探究に身を委ねようとする関心は、懐疑よりも強いのである。そればかりか、懐疑そのものも、われわれを引きとめるよりもむしろ押しやるのだ。現代におけるもっとも堅固でもっとも夢想のかげのない詩的な試みも、この夢想に属しているのではないだろうか？　フランシス・ポンジュ〔フランスの詩人〕がいるではないか？　もちろん、ポンジュもそうだ。

9　物語とスキャンダル

現代におけるもっとも「美しい」物語は、ピエール・アンジェリックという今なお何者かわからぬ名前を持った作者によって一九四一年に発表されたと言っていいだろう（周知のごとく、この作者はジョルジュ・バタイユである）。そのときの発行部数は五十部で、一九四五年にさらに五十部出た。今度出たのはもう少し多い。その書物の題名は『エドワルダ夫人』である。だが、読み終って、裏表紙に眼をとどめると、読者はそこに、第一の題名と同じ意味の、『神的ナル神』というもうひとつの題名を見出すのである（六七年のボーヴェール版では、この題名は『エドワルダ夫人』という題名の前にある）。

私は、美しいという言葉を括弧に入れた。それはこの物語の美しさがかくされたものだからではない。これは明らかに美しい。だがここで美しいものは、われわれに、自分の読んだものに対する責任を負わせる。それに対して「美しい」という評価で報いることを許さぬようなかたちで責任を負わせるのだ。次のような数行は、いったい何を問題としているのか？

「もし君が、あらゆることをこわがっているなら、この本を読むがいい。だがまず、私の言うことを聞きたまえ。もし君が笑うなら、それは君がこわがっているからだ。本などというものは、君には、死物と思われている。そうかも知れぬ。だがしかし、本が現われたのに、読むことが出来ぬとしたら？　君はおそるべきではないか……？　君は孤独なのか？　寒いのか？　君は、人間がどれほどまで「君自身」であり、どれほど愚かで、どれほどむき出しであるか知っているか？」

この物語の書き出しの文章を引いておきたい。「とある町の片隅で、不安が、きたならしくうっとりするような不安が、私をばらばらにした（たぶん、洗面所の階段で二人の娘が人眼をしのんでいるところを見たからだ）」。そして、これが、結びの文章だ。「おしまいだ。ほんのしばらく、タクシーの奥に私を放り出しておいた眠りから、私は病人となって目覚めた、誰よりもさきに……ほかのことはイロニーだ、死への長い期待だ……」。

この両極のあいだに書きこまれていることは、スキャンダラスであろうか？　確かにそうである。だが、明らかではあるがわれわれにはそれをどこへ位置付けていいかわからぬようなスキャンダルによってわれわれに衝撃を与えることこそ、この物語の真理なのである。われわれはその用語を非難したいと思う。ところが、言葉がかつてこんなに厳密に用いられたことはない。また、われわれは、さまざまな情況を非難したいと思う。たとえば、エドワルダ夫人が娼家の女だという事実だが、これはむしろ逆に、安心すべきことかも知れぬ。また、当然猥褻と言われるようないくつかの細部にしても、それらは、或る必然性によって猥褻なのである。この必然性は、芸術という名においてだけではなく、おそらくは道徳的でおそらくは根本的な或る拘束によって、これらの細部を不可避なものとし、それらに品位を与えている。確かに、このような矛盾は、強力な衝撃力をそなえている。そして、それについて語ることが一般の道理にあわぬようなきわめて低級な事柄や行為が、このうえなく高い価値を持つものとして突然われわれに課せられるとき、この断言は、それが、不愉快だが否認しえぬ容赦のない明白さでわれわれを襲う瞬間に、スキャンダラスなかたちでわれわれを動かすのである。習慣によってきわめて低級だとか高級だとか見なされているものに関して、われわれがいかに自由な態度をとっていようとこのことに変りはない。

スキャンダルがわれわれを突き動かす部分を理屈のうえで他から分離しようとして（たとえば欲求と恐怖の対象である聖なるものに関してのわれわれの知識に頼ろうとする）われわれがなすさまざまな努力は、傷ついた部分を回復させるための血球の働きに似ている。身体はもとに戻るが、傷ついたという経験は残っている。傷を癒すことは出来るが、傷の本質を癒すことは出来ないのである。

「私はそっと呟いた。「どうしてそんなことをするんだい？」――「ほらね、私は神さまなのよ」と彼女は言う。――「ぼくは気狂いさ」――「ちがうわ、よく見なきゃ、ね、よく見て！」」。このような対話は、それが行われた環境のなかでは、錯乱したものと思われるかも知れないし、ごく簡単に書けるものと見えるかも知れぬ。われわれは、この対話にかかわりはしないし、作者も、或る意味では、われわれのかかわりを求めないが、作者自身のかかわりかたも同様に、彼の眼をのがれ去るような或る意味をそなえている。スキャンダルとはこのようなものだ。われわれがそれを離れ去らぬときにわれわれを離れ去るような性質のものだ。——たとえわれわれが、それに対して、笑いや皮肉や不快や無関心でしか答えなくても、物語がわれわれのまえに打立てる状況のなかには、まったくあいまいなものではあるがきわめて単純な或る確かさがある。この確かさは、きわめて極端できわめてひろがりのある或る真理と結びついていて、そのためわれわれは、自分の態度がいかなるものであるにせよ。すでにその真理の一部をなしそれを確認していることをはっきりと感ずるのである。このような話に反応するに際して、すでにそこに含まれ包まれていて直ちにその必然性を証明しないようないかなる手段もない。まさしくこの点で、この書物はわれわれをとらえる。なぜなら、誰もそれから身を守りえず、否認すればするほどそれに身をさらすことになるのがスキャンダルの本来の特質であって、この本来的にスキャンダラスな書物は、われわれを無きずのままにとどめえないからである。

この点で、作者もすべての読者と異るわけではない。彼は、その物語だけがわれわれに伝わっているような出来事によって実際に襲われたわけだから、よりいっそう事の中心部にいると言うことは出来ない。事がどんなかたちで起ったにせよ、彼がそれを物語った瞬間から、すべては彼にとって重大なものとなる。フェードル〔ラシーヌの劇『フェードル』の主人公、アテナイ王妃。義理の子を愛する〕にとって、彼女がエノーヌ〔フェードルの乳母〕のために秘密を打明けるのを承知したときにすべてが始まるのも事情は同様である。彼女はその人倫にはずれてはいるが無垢な情熱のために罪ある身となるわけではない。その情熱を可能的なものとし、沈黙という純粋な不可能性からこの世におけるその実現というスキャンダラスな真実へ移行させることで、この情熱を罪あるものとしたために、罪ある身となるのである。あらゆる悲劇作家のなかには、フェードルとエノーヌの出会いの持つこのような必然性がある。照らし出されえぬものの持つ光への、——ただ言葉のなかでのみ——行き過ぎとなりスキャンダルとなる過度への、この運動がある。

ジョルジュ・バタイユが序文で評しているように、このうえなく常軌を逸したこの書物が、結局のところこのうえなく美しく、おそらくこのうえなく甘美なものであるとすれば、このことこそ、まったくスキャンダラスなことなのである。

Ⅳ　文学はどこへ行くか？

1　文学の消滅

現在、人々は、さまざまな奇妙な質問が課されるのを耳にするに至っている。たとえば「現代文学の諸傾向は何か」というような質問、あるいは、「文学はどこへ行くか」というような質問である。そうだ、たしかにこれは人をおどろかせる質問である。だが、もっともおどろくべき点は、もし答えがあるとすればその答えは容易なものであるという点である。つまり、文学は、それ自身に向かうのだ、消滅というその本質に向かうのだ。

これと同程度に一般的な断言が欲しい人々は、歴史と呼ばれているものの方を向いてもよい。歴史は、そういう人々に、「芸術はわれわれにとって、すでに過去のものである」[1]というヘーゲルのあの有名な言葉が何を意味するかを教えてくれるだろう。これは、ロマン派の躍動の時代に、大胆にも、ゲーテを眼のまえにして発せられた言葉であって、当時は、音楽も、造型美術も、詩も、さまざまな重大な作品を待ち設けていた頃なのである。彼その美学の講義を、この重苦しい言葉で始めたヘーゲルも、そのことを承知している。彼は、今後芸術にそういう作品が欠けることがないのを承知しているし、同時代の人々の作品に感嘆してもいる。時にはそれらを特に好みもする（もちろん軽視することもある）。だがしかし、「芸術はわれわれにとって、すでに過去のものである」というわけだ。芸術はもはや、絶対的なものへの欲求を支える力がない。絶対的なかたちで問題となるのは、今後は、世界の完成であり、行動の持つ重要さであり、現実の自由を作りあげる仕事である。芸術が絶対の近くにあったのは、過去でのことにすぎぬ。それが今なお価値と力とを有するのは、美術館だけでの話である。あるいはまた、これはもっと重大な失寵状態だが、芸術は、われわれにおいては、単純な美的快楽や教養の補いと化するほどにも下落しているのだ。

こういうことはよく知られている。これはすでに現前している未来である。テクニックの世界においては、人は、作家を称讃し、画家を富ませ続けることは出来る。書物を敬い、図書館をひろげることは出来る。芸術が有用であるとか無用であるとかいう理由でそれに何らかの場所をあてがっておくことも出来るし、それに束縛を加えることも、その役割をちぢめることも、自由勝手にさせておくことも出来る。こういう好ましい場合でも、その運命は、おそらくもっとも好ましからざるものである。明らかに、芸術は、それが至上のものでない限り、何ものでもない。自分に何の根拠も与えられていないような世界で、なおも何ものかであり続けることに対する芸術家の当惑は、ここから生れるのである。

謎めいた不安な探究

歴史は、大ざっぱに、こんなことを語っている。だが、人が、文学や芸術そのものの方を向いてみた場合、それらが語っているように思われることは、これとはまったく異って いる。時代が、芸術創造とは無縁なさまざまな運動に従うことによってその重要性に対して身を閉じるにつれて、芸術創造が、もっと要求にみちたもっと深い観点から自分自身に近付きでもするかのように、いっさいのことが起っているのだ。この観点は、もっと倨傲《きよごう》なる観点というわけではない。これは、プロメテウスやマホメットの神話によって詩を昂揚させようと考えるシュトルム・ウント・ドランクである。このとき称えられているのは、芸術ではなく、創造的な芸術家であり、強力なる個性である。芸術家が作品よりも好まれる度毎に、このような好みや、天才に対するこのような宣揚は、芸術の低落や、その本来の力からの後退や、それを補うべき夢想の追求を意味するのである。これらのすばらしくはあるが混乱した野望を、ノヴァーリスは、「永遠の詩人クリングゾールは死なず、この世界のうちに残る」という言葉で神秘的に表現し、アイヒェンドルフ〔ドイツのロマン派詩人（一七八八—一八五七）〕も、「詩人は世界の核心である」という言葉で言いあらわしているが、この野望は、一八五〇年以後に（この年を選んだのは、この年以後近代世界はより決定的なかたちでその運命へと向かっているからだ）、マラルメやセザンヌの名前が示している野望、いっさいの近代芸術がその運動によって支えている野望にけっして似かよってはいないのである。

マラルメやセザンヌは、他の個人よりもより重要で人眼につく個人としての芸術家などを思わせはしない。ルネッサンス以来、芸術家の頭がその後光にとり巻かれることをつねにねがってきた栄光というあの燃えあがり輝きわたる空虚など、彼らはけっして求めはしない。彼らはいずれも、つつしみ深い存在であって、自分自身にではなく、或る人知れぬ探究に向かっているのだ。その重要性が、彼らの個性の確立や近代的人間の飛躍に結びついていないような或る本質的な関心に向かっているのだ。この関心は、ほとんど誰にも理解しえぬものであるが、彼らはそれに、或る執拗さと組織立った力とによって専心しており、彼らのつつましさというのも、この執拗さや力の、包みかくされた表現にほかならないのである。

セザンヌは、画家を賞揚しはしないし、自分の作品による以外は、絵画を賞揚しさえもしない。また、ヴァン・ゴッホは、こんなことを言っている。「ぼくは、芸術家ではない——自分がそうだなどと思うのは、まったくのところ、下品なことでさえある」。そして、次のように付け加えている。「ぼくがこんなことを言うのは、才能のある芸術家だとかない芸術家だとかについて云々することがいかに馬鹿馬鹿しいと思っているかを知って欲しいからだ」。マラルメは、詩のなかに、それを作ったと覚しい誰かに帰することのないような或る作品を予感している。また、誰か或る特別の個人の発意によることのないような或る決定を予感している。古い思想によれば、詩人は、われ語るにあらず、神わがうちに語りたまう、と言うわけだが、詩の持つ独立性は、こういう古い思想とは逆に、文学的創造を、何か或る造物主による世界創造の等価物と化するような倨傲な超越性を示しはしない。詩的領域の永遠性と不変性を示しさえしない。逆にそれは、われわれが作るとか存在するとかいう語に付している通常の価値を逆転させるのである。

歴史が人間に対してまったく異った課題や目的を課しているときに起った、近代芸術のこのおどろくべき変形は、これらの課題や目的に対する反作用と見えるかも知れぬ。確証と根拠づけのための空しい努力と見えるかも知れぬ。これは真実ではない。あるいは、表面的にしか真実ではない。作家や芸術家が、共同体の呼びかけに対して軽薄な自己閉塞で答えることはある。その世紀の強力な働きかけに対して自分たちの怠惰な秘密を素朴に賞揚することで答えることはある。あるいはまた、フローベールのように、自分が拒否している状況のなかで自分を認めさせる或る絶望で答えることはある。あるいはまた、彼らは、芸術を自分自身のなかに閉じこめることによって、芸術を救おうと考えるのである。つまり、その場合、芸術とは、魂の一状態となるだろう。詩的とは、主観的という意味になるだろう。

だが、マラルメやセザンヌの場合（ここでは象徴的にこの二つの名前を使うわけだが）、芸術は、このような弱々しいかくれがを求めはしない。セザンヌにとって問題なのは、

「レアリザシヨン」（現実化）であって、セザンヌの魂の状態ではない。芸術は、強力に、作品の方に向けられているのであり、芸術作品は、つまり芸術のうちにその根源を有する作品は、労働や価値や交換のうちにその規準を有する活動とはまったく異った或る断言として、異ってはいるが反対ではない断言として、示されているのだ。芸術は、近代世界や、技術の世界を否定しはしない。技術に支えられた解放と変形の努力を否定しはしない。だがそれは、いっさいの客観的で技術的な成就に先立つ諸関係を表現し、おそらくはそれを成就しているのである。

困難で不安にみちた人知れぬ探究だ。これは、本質的に危難にあふれた経験であって、そこでは、芸術や、作品や、真理性や、言語の本質が、ふたたび問題となり、危難のなかに入りこむ。だから、同時に、文学はおとしめられ、イクシオン〔ラピテースの王。ゼウスに罰せられ火焔車の輪にしばりつけられてタルタロスにおとされる〕の輪に横たえられ、詩人は、詩人が体現するものに対するきびしい敵となるのである。見たところ、このような危機や批判は、芸術家に、そこでは自分がほとんど何の役割も演じることのない強力な文明のなかで自分の立場の不確かさを思い起させるだけである。この危機や批判は、この世から、政治的社会的現実からやって来るようだ、文学を、歴史の名において文学をはずかしめる或る判断に、従属させているようだ。つまり、歴史が、文学を批判し、詩人を遠ざけ、日々の生活に役立つ仕事を持ったジャーナリストを詩人のかわりにする。これは確かに事実である。だが、これは注目すべき一致だが、外から加えられたこの批判は、文学や芸術がそれ自身の名において行っている固有の経験に、それらを或る根底的な否認にさらすような経験に応じているのだ。このような否認に対しては、シュール・レアリスムの激烈な主張と同様、ヴァレリーの懐疑的天才とその偏執の頑固さが協力している。同様にまた、ヴァレリーやホフマンスタールやリルケのあいだには、ほとんど何ひとつ共通点がないようであるが、ヴァレリーは、「私にとって、自分の詩は、詩人に関するさまざまな反省を示唆してくれること以外には何の興味もないものだ」と、書いている。そして、ホフマンスタールは、次のように言う。「詩人の本質のもっとも内部の核は、彼が、自分が詩人であることを知っていること以外の何ものでもない」。リルケの場合は、彼の詩とは、詩的行為が行う歌いつつ行く行列であると言っても、彼を裏切ることにはならぬ。この三人の場合、詩とは、それを可能にする経験に向かって開かれている深みであり、作品から、作品の根源へ、おのれの源泉への不安な限りない探究と化した作品そのものへ向かう、奇怪な運動なのである。

さらに付け加えねばならないのは、歴史的環境というものがこのような運動に対してそれらを導いていると見えるほどの圧力をふるっているとしても（こういうわけで、人々は作家がおのれの活動の疑わしい本質をその活動の対象と見なすことによって、この世での彼の立場と化するに至ったほとんど何の確かさもない立場を反映するだけで満足している、と言うのだ)、この歴史的環境は、それだけでは、この探究の意味を説き明す力をそなえてはいないという点である。われわれは今、それぞれほとんど同時代人で、さまざまの重大な社会的変革と時を同じくした三人の人物の名前をあげた。また、われわれは、一八五〇年という日付を選んだが、これは一八四八年の革命こそヨーロッパが、おのれを作りあげているさまざまな力の成熟期に身を委ね始めている時期だからである。だが、これまで、ヴァレリー、ホフマンスタール、リルケについて言われてきたいっさいのことは、ヘルダーリンについても、それもはるかに深い次元において言われえただろう。ヘルダーリンは、彼らに一世紀も先立つ人物であるが、彼においては、詩とは本質的に詩に関する詩なのである(ハイデッガーは、ほぼそういう意味のことを言っている)。詩人に関する詩人、そこでは歌うことの可能性と不可能性が歌と化している詩人、これこそヘルダーリンであり、また、もうひとり別の名前をあげれば、一世紀半のちに現われたルネ・シャールである。彼は、ヘルダーリンに応答し、その応答によって、われわれのまえに、単純な歴史的分析がとらえる持続とはまったく異った持続の一形式を出現させるのである。これは、芸術や、芸術作品が、言わんや芸術家が、時間を知らず、時間からのがれ去った一現実に近付いているという意味ではない。文学の経験がわれわれを導く「時間の不在」でさえ、けっして、非時間的なものの領域ではない。そして、われわれが、芸術作品によって、真の発意性の持つ動揺状態へ(存在するという事実の新しく不安定な現われへ)呼び戻されるとしても、この始まりは、歴史の内奥で、おそらくさまざまな始源的な歴史的可能性に機会を与えるようなかたちで、われわれに語りかけるのである。これらいっさいの問題は暗く謎めいたものだ。これらの問題を明確なものとして示すこと、それればかりか明確に表明しうるものとして示すこと、これはわれわれを、文筆上のアクロバットに導き、これらの問題がわれわれに与える、われわれに強く抵抗するという助力を、われわれから奪い去るのがおちだろう。

われわれに予測しうるのは、「文学はどこへ行くか？」というこの人をおどろかす問いが、その答えを、言わばすでに与えられている答えを、おそらく歴史からえようと期待しているということである。だがしかし、それと同時に、文学は、われわれの無知の持つ諸手段が働いているような或るずるいやりくちを通して、おのれが先んじている歴史を利用しながら、この問いのなかでおのれ自身に問いかけ、おのれが保持している固有の問いに関する何らかの答えではなく、そのより深くより本質的な意味を示している。

文学・作品・経験

われわれは、文学や作品や経験について語っている。ところで、これらの語は何を意味しているのか？　今日の芸術のうちに、主観的な諸経験の単なる一例や、美学の従属物を見ることはあやまっているように思われる。だがしかし、われわれは、芸術に関して、経験を云々することを止めない。芸術家や作家を動かしている関心のうちに、自分自身に対する興味ではなく、作品を通しておのれを表出することを要求するような或る関心を見てとることは正しいことと思われる。とすれば、当然、作品がもっとも大きな役割を演じるということになる。だが、実際にそういうことになっているだろうか？　けっしてそんなことはない。作家を引きつけ、芸術家をゆり動かしているのは、直接的なかたちでの作品なのではなく、作品の探究である。作品へ通じる運動とは、作品を可能にしているものへの接近なのである。つまり、芸術や、文学であり、この二つの語がつつみかくしているものである。それゆえに、画家は、出来あがったひとつの絵よりも、その絵のさまざまな状態の方を好む。また作家は、しばしば、ほとんど何ひとつ完成しまいとし、無数の物語を断片の状態に放置しておく。これらの物語は、彼を或る地点まで導くだけの重要性を有していたのだが、彼がその地点を超えてさきへ進もうと試みるためには、それらを捨て去らなければならないのだ。それゆえに、これまたおどろくべき符合なのだが、ヴァレリーとカフカという、ほとんどあらゆる点で異っているが厳密に書こうとする配慮という点だけは近い二人の人物が、相一致して、「私の作品全体は、練習にすぎない」と主張するのである。

同様にまた、人々は、記録とか証言とかほとんどなまな言葉とかいう名前を与えられていていっさいの文学的志向を持たぬようなつねにその数を増すテキストの山が、いわゆる文学的作品にとって替わるのを見て焦立ちを覚えている。人々は、こんなものは芸術に属するものの創造とは何のかかわりもない、と言う。また、まちがったレアリスムによる証言だ、とも言う。だが、人々は、これらについて何を知っているのか？　通常の教養ではとらええないような領域へのこのような接近について、失敗した接近にせよ、いったい何を知っているのか？　作者もなく、書物の形もとらず、語り捨てられ、語り捨てられることをのぞんでもいるこの無名の言葉が、一般に文学と呼ばれているものもまたわれわれに語ろうとしている重要な何ごとかを、どうしてわれわれに知らせないと言えるのか？　文学というこの時代おくれで何の名誉も持たぬ言葉、もっぱら概論書用にこき使われ散文作家のますます圧倒的になった歩みにつき従っている言葉、文学そのものではなく文学の歪みや過度を示しているような言葉（まるでこういう性質こそ文学にとって本質的なものでもあるかのようだ）、こういう言葉が、否認がいっそうきびしいものになりジャンルがばらばらになり形式が失われている時期に、ものを書く人々のつつみかくされてはいるがますます強く現前する関心と化するということ、この関心のなかで、その「本質」においてあらわに示されるべきものとして彼らに与えられているということ、これは、注目すべき、だが謎めいたことではないだろうか？　謎のように注目すべきことではないだろうか？　この時期においては一方では世界がもはや文学を必要とせず他方ではそれぞれの書物が他のすべての書物によそよそしい顔付きをしていてジャンルの持つ現実性に無関心であり、そればかりか作品のなかで表現されていると思われるものが、永遠の真理や典型や性格ではなくこういう諸本質の領域と対立する要請であり、有効なる活動としても諸ジャンルの統一態としても理想的なものや本質的なものが身を寄せる世界としてもこうした否認にさらされている文学なのである。

確かに、このような関心において問題となっているのはおそらく文学だと言いうるだろうが、その文学は、限定された確実な一現実としての諸形式の総体としての文学ではなく、しっかりととらえうる活動様式としての文学でさえない。むしろそれは、けっして直接的なかたちでは見出されず証明されず根拠づけられぬものとしての文学である。人々は、それからそれてゆくことによってのみそれに近付くのであり、或る探究を通してそれを超えて行った場合にのみ、それをとらえるのである。この探究は、けっして、文学やその「本質的な」ありように関わることとはならず、むしろ逆に、文学を還元し、中性化することに関わるのだ。もっと正確に言うなら、究極的には文学を逃れ去り文学を無視するような運動を通して、非人称的な中性しか語っていないような地点にまで降ってゆくことに関わるのだ。

文学ならざるもの

ここには、さまざまな不可避の矛盾がある。重要なのは作品だけだ、作品のなかにある断言や、せまい特殊なかたちをとった詩や、その固有の空間のなかにある絵だけだ。重要なのは作品だけだ。だが、結局のところ、作品がそこにあるのは、作品の探究へと人を導くためにすぎぬ。作品とは、われわれを、霊感という純粋な地点に導く運動であって、作品はそこから到来したのだが、姿を消すことなしにはそこに到達することは出来ないようだ。

重要なのは書物だけだ。だが、この書物は、さまざまなジャンルから遠く離れ、散文、詩、小説、証言などといったさまざまな項目の外部に存在するような書物であって、これらの項目のもとに並べられることを拒み、これらの項目が、おのれの位置を定め形式を決める力を持つことを否定するのである。書物とは、もはや何らかのジャンルに属するものではなく、ただ文学だけに属している。まるで文学は、それによってのみ書かれたものに書物という現実性が与えられるような秘密や定式を、一般的なかたちで前もって所有してでもいるかのようだ。かくして、ジャンルが散り散りになったあとで、文学だけが確立されているかのように、文学がくりひろげ、あらゆる文学創造がさまざまに多様化しつつ照り返している神秘な光のなかで文学だけが輝いているかのように、──まさしくここに文学の「本質」があるかのように、すべては起るようだ。

だが、文学の本質とは、いっさいの本質的限定を、文学を安定させそればかりかそれを現実化するようないっさいの確立作用をのがれ去る点にある。文学とは、けっして、すでにそこにあるものではなく、つねに、くり返し見出され発明されるべきものである。そればかりか、文学という語や芸術という語が、現実の何ものかに、可能的な何ものかに、重要な何ものかに、相応じているということさえ確かではないのである。これはすでに言われて来たことだが、芸術家であるとは、すでに或る芸術があるということも、或る世界があるということも、けっして知らぬことである。もちろん、画家は、美術館へ行き、そこで、絵画の現実性について、なにがしかの意識をうるだろう。つまり、彼は絵画を知るわけだが、彼の絵は彼を知らないのであり、むしろ、絵画が不可能で非現実的で現実化しえぬものであることを知っている。文学そのものなどを確認する者は、何ひとつ確認してはいない。文学を求める者は、かくされているものだけを求めている。文学を見出す者は、文学の手前にあるものを、より悪い場合は、文学の彼方にあるものを見出しているのだ。だから、結局のところ、あらゆる書物が、おのれが愛するものの本質として追求し、情熱的に見出そうとしているのは、文学ならざるものなのである。

だから、あらゆる書物が文学だけに属していると言ってはならぬ。書物のひとつひとつが文学に関して絶対的なかたちで判断をくだすと言わねばならぬ。あらゆる作品が、その現実性や価値を、文学の本質に適合する力から、それればかりか、この本質をあらわにし確立する権利からも、引出していると言ってはならぬ。なぜなら、作品というものは、それを支えている問いを、けっしておのれの対象とはなしえないからである。絵は、もしそれが絵画を可視的なものにしようとすれば、単に描き始められることとさえ出来ないだろう。どのような作家も、自分が、その固有の無知を通して、ただひとりで文学やその未来の責任をとることを求められていると感じているのかも知れぬ。この未来は、ただ単に歴史的な問いに尽きるものではなく、歴史を通して行われる運動であって、文学は、この運動を通じて、必然的にそれ自身の外部へ「おもむき」ながらも、一方では、それ自身へ、その本質的なありようへ、「立ち戻る」ことを欲しているのだ。作家であるとは、このような意味での問いに答えるという天職なのかも知れぬ。ものを書く人間は、情熱と真理と抑制力とをもってこの問いを保持し続けることをその義務としているのだが、彼は、けっしてこの問いをとらえることは出来ないのであり、この問いに答えようなどと思った場合は、なおさら出来ないのだ。彼は、せいぜいのところ、作品によって間接的な答えを与えるだけなのだが、人々は、けっして作品を支配しえず、また確信を持つことも出来ない。作品は、それ自体以外の何ものにも答えようとは思わず、芸術を、それが身をかくし姿を消す場所にのみ現存させるのである。だが、なぜそうなのだろうか？

2 ゼロ地点の探究

書物や著作や言語活動が、われわれの習慣は無意識のうちにすでにそれにさらされてはいるがわれわれの伝統は今なおそれに逆らっているさまざまな変身を運命づけられているということ、図書館が、その別世界的外見によって、まるでわれわれが、宇宙旅行のあとで、沈黙の永遠性のなかに凝固した別の遊星の痕跡を突然見出して好奇心とおどろきと尊敬の念を覚えでもしたかのような印象を与えるということ、こういうことに気付かぬには、つねづね自分というものによほど関心を持たぬ人間である必要があるだろう。読むとか書くとかいう語が、それらが今世紀のはじめにはなおも演じていた役割とはまったく異った役割をわれわれの精神のなかで演じることを求められているという点については、われわれは何の疑いも持たないのだ。これはまったく明らかなことであって、どんな放送局でもどんなスクリーンでもわれわれにそのことを示している。われわれのまわりのあのざわめき、われわれのなかのこの誰のものともわからぬ絶えず続く呟き、敏活で疲れることを知らぬこの不可思議な聞きとりえぬ言葉、これらを思えばますますそのことは明らかである。

これは、瞬間毎に、われわれに、束の間の普遍的な知識を与えるのであり、われわれを、そこではひとりひとりがつねに前もってあらゆる人々と交換されてしまっているような運動の、単なる変転と化するのである。

このような予測はまだわれわれのなしうるところだ。だが、さらにおどろくべきことがある。つまり、今日われわれが何のおどろきもなく認めているこれらの変化の方向とひろがりを見出すためには、電波の使用や映像の利用などという技術上の発明よりまえに、ヘルダーリンやマラルメの主張を聞けばおそらく足りただろうということである。詩や芸術は、それ自身に立戻るために、時代と無縁のものではない或る運動を通して、だがしかしまたこの運動に形を与えた固有の諸要請を通して、今日われわれが日常生活の安楽さに包まれながら別の面でその印象深い諸形態を感じとっているものよりもはるかに重大な大変動を、計画し、確立したのである。読むとか書くとか話すとかいう語は、それらが実際になされる経験にもとづいて理解されているが、マラルメが言うように、これらの語は、われわれに、われわれはこの世界のなかでは話しも書きも読みもしないことを予感させるのである。これは、批評的な判断といったものではない。話すとか書くとかいうことが、これらの語のなかに含まれた要請が、特殊化された仕事や知識の有効性が要求する理解の様態に適合するのを止めなければならぬということ、言葉はもはや人々が互いに理解しあうのに不可欠のものではないのかも知れぬということ、こういうことは、この言語なき世界の貧窮を意味するのではなく、それが行った選択とこの選択のきびしさとを意味するのである。

散乱状態

マラルメは、異様な激しさでさまざまな領域を区分した。一方には、道具にして手段である有用なる言葉があるが、これは、行為や労働や論理や知識の言語であり、直接的なかたちで伝達する言語であり、きわめて出来のいい道具として慣習の規則正しさのなかに姿を消した言語である。他方には、詩や文学の言葉があり、そこでは、話すことは、もはや一時的で従属的で習慣的な手段ではなく、或る本来的な経験のなかで遂行されることを求めている。こういう激しい区分、諸領域をきびしく局限しようとする諸帝国の分割は、少くとも、文学が文学自身のまわりに集中することを、また、文学にそれを際立たせ一体化する言語を貸し与えることによって文学をもっと眼に見えるものとすることを助けたはずなのだが、人々が眼にしたのはそれとは反対の現象である。十九世紀に至るまで、書くということは、それを実践する人々が破壊しようとも乗りこえようとも思わぬような或る安定した地平を形作っていた。韻文で書くことは、文学活動の本質をなすことであって、その厳格な枠のなかにありながら詩はつねにあいまいな姿をとっていたにしても、韻文ほど明確なものは何ひとつありはしないのである。少くともフランスにおいてはそうだし、文筆表現《エクリチュール》における古典的時代ならおそらくどこでもそうだと思うが、詩は、芸術のあらゆる危機をおのれのなかに集中し、かくして言語を文学によって負わされたさまざまな危険から救うことをその使命としていると言いたい。つまり、人々は、詩を、高い壁に囲まれた領地のようにはっきりと眼に見えるきわめて特殊なものにすることによって、共通の理解を詩の作用から保護するわけだ——そして同時に、詩を強く固定し詩の無際限性が和らげられるほどきわめて局限されたさまざまな規則を詩に与えることによって、詩を、詩自体から守るのである。ヴォルテールは、その散文においてはもっとも純粋でもっとも効果的な散文家となるために、おそらくなおも韻文で書いているのだ。シャトーブリアンは、散文でしか詩人となりえない人物であって、彼は、散文を芸術に変形しはじめる。彼の言語は、墓の彼方の言葉と化するのである〔シャトーブリアンには『墓の彼方の回想』という作品がある〕。

文学が一貫性を持った領域であり共通の場であるのは、ただそれが現実に存在せぬ限りでのことだ、現実にそれ自身として存在せず、身をかくしている限りでのことだ。文学の姿と思われるもののはるかな予感のなかにそれが姿を現わすやいなや、たちまちそれは散り散りに飛び散って散乱状態の道に入りこむのであり、そこでは文学は、明確な限定しうる記号によってそれと認められることを拒むのである。だがそれと同時に、伝統はなおも力をふるい続けており、ユマニスムは芸術にその助けを求め続けており、散文は相変らず世界のためにたたかっているからここから或る混乱が生ずる。一見して明らかなことだが、こういう混乱のなかで何が問題となっているかを決めようなどと思うのは、まったく筋の通らぬ話である。一般に、このように散り散りに飛び散った状態において見出せるのは、限られた原因や二義的な説明だけである。人々は、個人主義を非難する。つまり個人主義においては、あらゆる人間からぬきんでようとねがっている自分というものに従って書くというわけだ。[*1] 人々は、共通の価値の喪失や、世界の深刻な分裂状態や、理想や理性の解体を非難する。[*2] あるいはまた、いくらかの明確さを回復するために、詩と散文との区別を復活する。つまり、詩を、予見しがたいものの無秩序状態に委ねるわけだ。だが、一般に指摘されているように、今日では、小説が文学を支配しており、文学は、この小説という形式においては、言語の持つ慣習的で社会的なさまざまな志向に対してつねに忠実なのである。文学は、それを局部化し特殊化する力をもった限定されたジャンルの限界のなかにつねにとどまっているのだ。小説はしばしば怪物的だと言われているが、いくつかの例外をのぞけば、それは、よく仕込まれよく飼いならされた怪物である。小説は、誤解をひきおこすことのない明確な記号によっておのれを示すのだ。小説は、その見かけのうえでの自由や、けっしてそのジャンルを危険にさらすことのない大胆さやその約束事の持つ控え目な確かさやその人間中心的な内容の持つ豊かさなどによって卓越した地位を占めているが、これは、かつての定型詩の卓越性と同様、われわれが感じている、文学を危険なものとするものから身を守ろうとする欲求の表現にほかならぬ。まるで、文学が、毒を分泌すると同時に、ただそれだけが文学をおちついてゆっくり味わわせてくれるような解毒剤を、われわれ用に大急ぎで分泌しているようなものだ。だがおそらく文学は、それを無害にするものによってほろび去るのである。

このような従属的原因の探究に対しては、文学の飛散こそ本質的なものであり文学が入りこんだ散乱状態は文学がおのれ自身に接近する瞬間をも示す、と答える必要があるだろう。書くという行為が、安定した地平のそとに、根本的に不和離反の支配する地域に位置づけられているということは、作家の個人性などというものでは説明されない。いっさいを再び問題とする探究の持つ緊張力は、気質や、気分や、さらには生活の多様性よりも、もっと深いものである。ひとつの世界の地平そのものを拒否するような要請は、諸世界の裂け目よりももっと決定的なものだ。経験という語を用いてみてもわれわれには信じられないことだろうが、今日、文学が、以前の諸時代が知らなかったような散乱状態でわれわれに姿を現わしているのは、文学をつねに新たにくりかえされるさまざまな試みの場と化しているあの放縦さのせいなのである。今日、ものを書こうとする人間の手を動かしているのは、おそらく、或る限りない自由の感情だろう。つまり、人々は、すべてを語れると思い、それをあらゆる語り方で語れると思っている。何ものもわれわれをさまたげず、すべてはわれわれの思いのままになる。すべてとはたいしたことではないだろうか？　だが、すべてと言っても、それは結局ごくわずかなものにすぎぬ。彼に限りないものを支配させる無頓着さのなかでものを書き始める者も、結局のところ、せいぜい自分は、自分の全力を、ただひとつの点だけを求めることに捧げていたと気付くのである。

文学は、かつて以上に多種多様ではなく、おそらく、夜は昼よりも単調であると言いうるような意味でかつてよりも単調である。文学は、それが今後さらにいっそう書く人々の任意性に委ねられるとか、ジャンルや規則や伝統の外部にあって多種多様にして無秩序な試みの行われる自由な場所と化しているとかいう理由で、非統一的なのではない。文学を或る散乱状態の世界と化するのは、さまざまな試みの多様性や、幻想性や、無政府性ではない。もっと別の言いかたで言いあらわし、たとえば次のように言う必要があるだろう。つまり、文学の経験は、散乱状態の試練そのものであり、統一性をのがれ去るものへの接近である、と。了解も一致も権利もなしに存在するもの——彷徨にして外部であり、とらええぬものにして不規則なもの、そういうものの経験である、と。

言語《ラング》、文体《スティル》、文章表現《エクリチュール》

文芸の未来が書きこまれた稀有の書物のひとつである最近の或るエッセーのなかで、ロラン・バルトは、言語と文体と文章表現とを区別していた。*3 言語とは、われわれ皆のそれぞれに、時間における或る時期において、世界のなかでわれわれが属している場所場所に応じて与えられている、共通語という状態である。作家も、作家ならざる者も、ひとしくこれをわけ持っている。この共通語をやっとの思いで受け入れているにせよ終始よろこんで迎え入れているにせよ進んで拒否しているにせよ、そんなことはどうでもよいのであって、言語は現にそこにあり、われわれが投げこまれ、われわれを取り巻き乗りこえる或る歴史的状態を示している。言語は、歴史を通じて丹念に作りあげられたものでありいっさいの端緒的なものからきわめて遠いものなのだが、にもかかわらずそれは、誰にとっても直接的なものなのである。文体はどうかと言うと、それは、血や本能の神秘と結びついた暗く人知れぬ部分、激烈なる深み、イマージュの濃密さ、われわれの肉体や欲望や、われわれ自身に対しても閉じられたわれわれの秘められた時間などのさまざまな好みが盲目的に語っている孤独な言語ということになるだろう。作家は、自分の言語を選ばぬと同様、自分の文体を選ばない。文体とは、体液が強いる必然であり、彼のなかのあの怒りであり、あの激情や痙攣であり、自分自身との奥深いかかわりから生ずるゆるやかさやすばやさであって、彼は、こういったものについてはほとんど何ひとつ知らぬ。そして、これらは、彼の言語に、たとえば彼の姿かたちを見わけさせるあの独特な気配と同じような一種独特の調子を与えているのだ。こういうものはみな、まだ、文学と呼ばれるべきものではない。

文学は、文章表現とともに始まる。文章表現とは、さまざまな儀礼の総体であり、はっきりした、あるいはひそやかな、ひとつの礼式であって、この礼式を通して、表現しようと思うものや表現の方法から独立したかたちで、或る出来事が、つまり、書かれたものは文学に属しておりそれを読む者は文学の幾分かを読むという出来事が、告知されるのである。これは、修辞法ではない。と言うよりも、われわれが文学空間という閉ざされ分離され聖化された空間に入りこんだことをわれわれに了解させるための、一種独特の修辞法なのである。たとえば、小説についてのさまざまな考察にあふれた章（ロラン・バルト『文章《エクリチュール》表現の零度』第一部第三章「小説の文章表現」）において指摘されているように、話し言葉とは無縁なあの単純過去という形式は、物語という芸術を告知するのに役立っている。それは、作者が、語りというこの線状をなした論理的な時間を受け入れていることを、前もって示している。語りは、偶然という場から夾雑物を取りのぞくことによって、しっかりと限定された話の持つ安定性を否応なく押しつける。こういう話は、はじめに何らかのはじまりがあり、次いで、たとえ不幸な結末にせよとにかく或る結末という幸福に向かって、しっかりとした姿で進んでゆくのだ。単純過去や、三人称の偏用などが、われわれに、これは小説だと語る。画布や、絵具や、また以前は遠近法が、われわれに、これは絵だ、と語っていたのと事情は同様である。

ロラン・バルトは、次のような指摘までしようとしている。つまり、文章表現が誰にとっても同一であって、すなおな同意をもって受け入れられているような時代があったというわけだ。その場合、あらゆる作家は、うまく書くというただひとつの関心しか持たなかった。つまり、共通語を、もっと完成した、自分たちの言おうとしていることにもっとぴったりした段階にまで導こうという関心である。あらゆる人々にとっての、志向の統一性と、同一の道徳とがあったわけだ。だが今日では、もはや事情は同様ではない。作家たちは、その本能的な言語によって互いに区別されているが、文学的礼式に対する彼らの態度によってさらにいっそう対立している。書くとは、生来的な権利と有機的な宿命とによってわれわれの言語であるような言語とは独立したかたちで、われわれに、いくつかの慣例と、或る絶対的な信仰と、われわれが言おうと思うすべてをあらかじめ変化させそれにあらわに口に出されないだけにいっそう作用の強いさまざまな志向を負わせる或るざわめきとを課するような聖域に入ることであるとしても、それは、神殿を築くよりさきに、まず神殿を破壊しようとすることである。少くとも、その敷居をこえるよりさきに、このような場所の隷属状態や、ここに閉じこもろうという決意がやがて作りあげることになる根源的な過誤について、自問することである。書くとは、結局のところ、この敷居をこえるのをおのれに拒否することであり、おのれが「書く」のを拒否することである。

現今の文学は、統一性の喪失に苦しみあるいはそれを誇っているが、その喪失は、これで説明がつくし、また、いっそうよく見分けられる。どのような作家も、文章表現をおのれの問いと化し、この問いを、自分にそれを変えることが出来るような何らかの決定の対象と化している。作家たちが互いに引き離されているのは、ただ単に、世界に関するヴィジョンや言語の特質や才能の偶然や特殊な経験によるのではない。文学が、いっさいが変形する（また、美化される）場としてのおのれの姿を示すやいなや、そこの空気が空虚ではなく、また、そこの明るさが、単にものを照らし出すばかりでなく事物に慣習的な光を投げかけて変形するものでもあることに人々が気付くやいなや、また、ジャンル、記号、単純過去や三人称の使用などという文学的な文章表現が、単なる透明な一形式ではなく、さまざまな偶像が君臨しさまざまな偏見が眠りいっさいを変質させるさまざまな力が眼に見えぬ姿で生きているような孤立化した世界であることを予感するやいなや、この世界から身を解き放とうとすることが、あらゆる人間にとって必須の仕事になる。それ以前のいっさいの慣習を洗いきよめたこの世界を再建するためにこの世界を破壊したいというのが、いやもっとうまくゆけばその場所を空っぽのままにしておきたいというのが、あらゆる人間にとっての誘惑となる。「文章表現」なしに書くこと、文学が消え去りわれわれが虚偽という文学の秘密をもはやおそれる必要のないあの不在の地点へと文学を導くこと、これが、「文章表現《エクリチュール》の零度」である。あらゆる作家が、進んで、あるいはそれと知らずに求め、何人かの作家を沈黙へと導く中性的状態である。

全体的経験

このような見方は、われわれを助けて、われわれに課されている問題のひろがりと重大さをもっとよく把握させてくれるはずだ[*4]。まず第一に、もし分析を厳密に辿ってみれば、作家は、文章表現から、つまり、独特の慣習やイメージや標識や、たとえば中国文明などといった他の文明がはるかに完成した範例を示しているように思われるすでに試験ずみのさまざまな定式を持ったあの典礼的な言語から自由になることによって、直接的な言語へ、彼のなかで本能の作用のように語るあの孤独な言語へ立戻ることになるように見える。だが、その場合、この「回帰」は何を意味するのだろう？ 直接的言語はけっして直接的ではない。それには、歴史や、さらには文学までがのしかかっている。そして、これこそ本質的な点なのだが、ものを書く人間がこの直接的言語をとらえようとするやいなや、それは彼の手の下でその本性を変えるのである。ここに、文学というこの「飛躍」がはっきりと認められる。われわれは、共通語を思いのままに使用する。そしてこの共通語は、現実を思いのままに処理しうるものとし、事物を語り、それらを遠ざけることによってわれわれに与えるのだが、共通語自体は、つねに無的で外に現われぬものとして、この使用行為のなかに姿を消すのである。だが、この言語が、「フィクション」の言語となったとき、それは使用ということから外れた、用いられぬものとなる。そして、おそらく、われわれは、それが示すものを、日常生活の場合と同様に、いやもっとはるかに容易に受けとっていると思いこんでいる。なぜなら、その場合、パンという語や天使という語を書きつけるだけで、直ちに、天使の美しさやパンのかぐわしさを、われわれの思いのままにすることが出来るからである。――たしかにそうなのだ、だがこれはどのような事情にもとづくのだろうか？　それは、われわれが単に事物を使用することが出来るだけの世界がまず最初に崩壊してしまい、事物が事物自体から限りなく遠ざかり、ふたたび、イマージュの使用不可能な遠さと化したという点である。また、私がもはや私自身ではなく、もはや私といえぬという点でもある。おそるべき変容である。私がフィクションを通して所有するもの、それを私はたしかに所有するのだが、それが存在として与えられていることが条件である。この存在を通して私は自分が所有しているものに近付くのだが、この存在は、私から、私を、またすべての存在を奪い去るのである。同様にまた、それは言語を、語るものではなく存在するものと化する。存在の無為な深みとなった言語、そこでは名前が存在となっているが何ものも意味せず何ものもあらわにしないような場、と化するのだ。

　これは、おそるべき変容であり、またもっともとらえがたい変容であって、最初はそれと感じとれず、しかも、絶えず身をかくし続けている。この「飛躍」は直接的だが、この直接的なものはいっさいの検証をのがれ去っている。周知のように、われわれは、この飛躍がなされたときに初めて書くのだが、この飛躍を行うためには、まず最初に書かねばならぬ。終ることなく、無限を出発点として、書かねばならぬ。話し言葉の持つ無垢と自然に立戻ろうと思うのは（これはレーモン・クノーが多少の皮肉をこめてわれわれにすすめていることだが）、この変身が、屈折率のように計算されうるものだと主張することだ。

それではまるで、事物の世界のなかに不動化された何か或る現象が問題であるかのようだが、実際は、この変身は、この世界の空虚そのものであり、自分自身が変えられたとき初めて聞きとれる呼び声であり、それをくだす人間を非決定的なものに委ねるような決定なのである。ロラン・バルトが、文体と名付けているあの内臓的で本能的な言語、われわれの人知れぬ内奥と結びついたあの言語は、当然われわれにもっとも近いものであるはずなのだが、もし次のことが確かなら、これはわれわれにもっとも近付きがたいものでもある。つまり、この言語を取戻すためには、われわれは、ただ単に、文学的言語を遠ざけなければならぬばかりではなく、エリュアールが「途絶えざる詩」と言ったときにおそらく指していたと思われるあの止むことのない言葉の空虚な深みに出会いそれに口をつぐませなければならぬ、ということだ。

プルーストは、最初は、ラ・ブリュイエールやフローベールの言語を語っている。これは、文章表現からの疎外なのだが、彼は、絶えず書くことによって、それも特に手紙を書くことによって、この疎外から少しずつ身を解き放ってゆく。「多くの人々」に「多くの手紙」を書くことによって、彼は、やがて彼のものとなる書く運動にすべり込んでゆくようだ。この形式こそ、今日われわれが、おどろくほどプルースト的なものとして感嘆し、素朴な学者たちが彼の肉体的構造に結びつけているものなのである。だが、ここではいったい、誰が語っているのだろうか？　これは、プルーストだろうか？　社交界の一員で、もっとも空しい社会的な野心やアカデミックな好みを持ち、アナトール・フランスを尊敬し、「フィガロ」に社交界の消息記事を寄稿するあのプルーストなのだろうか？　さまざまな悪習を持ち、異常な生活を送り、かごのなかの鼠をいじめて楽しんでいるあのプルーストなのだろうか？　すでに死んで、動かなくなり、埋められてしまったプルースト、友人たちにも見わけられず、彼自身にも見知らぬ者となったプルースト、書く手以外の何ものでもないプルースト、「毎日、いついかなる時でも書き」、まるで、時間の外にでもあるように、もはや誰にも属さぬ手以外の何ものでもないプルースト、そういうプルーストなのだろうか？　われわれは、プルーストと言う。だがわれわれは、まったくの別人が書いていることをはっきりと感じている。ただ単に、別の誰かばかりではなく、書く要請そのものが書いているのを感じている。この要請は、プルーストという名前を使ってはいるが、プルーストを表わしてはいない。プルーストに対する所有権を放棄し、彼を他者とすることによってのみ、プルーストを表わしているのだ。

文学という経験は、全体的な経験であり、いかなる限界にも耐ええぬ問いであって、この問いは、安定させられたり、たとえば何らかの言語上の問題に還元させられたりすることを（この唯一の観点のもとにすべてがゆらぎでもしない限り）、受け入れようとはしないのだ。つまり、この経験は、それ自身が持つ問いの情熱そのものであって、おのれが引き寄せる者に、全身的にこの問いのなかに入りこむことを強いるのである。だから、文学的な礼式や、聖化されたさまざまな形式や、典礼的なイマージュや、美しい言語や、韻や調和や物語についてのさまざまな約束などを、疑わしいものにするだけでは、この経験にとって充分ではない。単純過去だとか三人称だとかを無数に使用して書かれた小説に出会った場合、けっして「文学」に出会ったわけではないのはもちろんのことだが、文学を孤立させ挫折させるものに出会ったわけでもないのである。実際、文学の接近を阻むものも保証するものも何ひとつ存在しないのである。今日、充分に気をくばって書かれたもの、投げやりに書かれたもの、美しい文体で書かれたもの、人を感動させるもの、退屈なもの、等、幾百とも知れぬ小説があるが、これらは、いずれも同じように文学とは無縁であり、しかも、それが無縁であるのは、投げやりのせいでも気くばりのせいでもなく、高尚な言語のせいでもしまりのない言語のせいでもない。

ロラン・バルトは、重要な考察を通して、われわれを、彼が文章表現《エクリチュール》の零度と名付けるものの方へ向けているが、おそらくその場合、彼は、文学がおのれをとらえうるような瞬間を示しもしたのだ。だが、その時点においては、文学は、ただ単に、不在的で中性的な、無色の文章表現ではなく、この「中性」の経験そのものとなるだろう。この「中性」は、誰も聞くことのないものだ。なぜなら、この中性が語る場合、それに沈黙を課する者だけが、それを聞きとるための準備をととのえるのであり、しかも一方では、そこで聞かれるべきものは、あの中性の言葉であり、つねにすでに語られたものでありながらおのれを語ることを止めえずまた聞きとられえないものだ。サミュエル・ベケットの文章がわれわれをその予感に近付けているあの苦悩なのだ。

3　「今どこに?　今だれが?」

サミュエル・ベケットの書物においては、誰が語っているのか? 一見いつでも同じことを語っているように見えるあの疲れることを知らぬ「私」は、いったい何者なのか? 彼は、どこへ立戻って来ようと思っているのか? 作者は確かにどこかにいるはずなのだが、いったい彼は何を希望しているのか? 読んでいるこのわれわれは、何を希望しているのか? それとも彼は、或る環のなかに入りこんでしまい、そこを、方向《サンス》を奪われてはいないが中心を奪われた彷徨する言葉、始まりも終りもしないが渇望と要求にあふれ将来もけっしてとどまることのないような彷徨する言葉に引きずられて、人知れずめぐっているのだろうか? 人々は、この言葉がとどまることに耐ええないのであって、それと言うのも、とどまった場合、この言葉は語っていないときにもなおも語っており、途絶えたときにも執拗に続いている、というおそろしい発見をしなければならぬと思われるからだ。しかもその執拗に続く言葉は、沈黙した言葉ではない。なぜなら、そのなかでは、沈黙が永遠におのれを語っているからだ。

この経験は、書物から書物へと、それが続くことを許す薄弱なる諸手段を捨て去りながらより純粋なかたちで続けられるのだが、そこにはいかなる解決もない。

まず第一に人をおどろかせるのは、この運動である。ここでは、誰かが書いているが、その誰かは、美しい書物を書くというりっぱな楽しみのために書いているのでもなければ、一般に霊感と呼びうると思われるあの美しい拘束によって、つまり、われわれに語るべき重要な事柄を語るためだとか、それが自分のなすべきつとめだからだとか、書くことによって未知なるもののなかに進み入りたいと思っているとか、そういう理由によって書いているのでもない。それでは、おしまいにしようと思って書いているのか？　自分が、自分を引きずる運動を今なお支配しているし、自分が話しているのだから話すのを止めることだって出来るのだという印象を手に入れることによって、その運動からのがれ去ろうと試みているせいなのか？　だが、いったい、彼が話しているのだろうか？　そこで姿を消している人間の開かれた内奥で言葉と化しているこの空虚は、いったい何なのか？　彼はどこへ落ちこんだのか？「今、どこに？　今、いつだ？　今、だれが？」

彷徨の領域で

彼がたたかっていること、これははっきりと見てとれる。だが時には、密やかに、言わば、われわれにも自分自身にもかくしている或る秘密をもととして、たたかっていることもある。彼のたたかいには策略がないわけではなく、自分の手札をばらして見せるというもっとも深遠な策略を使うこともある。第一に使われる手は、彼と言葉とのあいだに、さまざまな仮面や形象を介在させるという手だ。『モロイ』〔ベケットの小説（一九五一）〕は、まだ、そこで表現されているものが物語という確かな形式をとろうと試みているような書物である。もちろん、これは幸福な物語ではない。それが語っている限りなく悲惨な事柄のせいだけではなく、その物語がそれを語ることに成功していないという点から言っても、それはよく出来た物語ではない。すでに彷徨のための手段を持たぬこの彷徨者は（だが彼にはまだ足があり、自転車さえ持っている）、包みかくされ打明けられまた再び包みかくされる或る人知れぬ目標のまわりを永遠にめぐっているのだが、この目標には、すでに死んでしまっているがなおも相変らず死につつある彼の母親と関わりのある何かがあり、また、この書物の冒頭からすでに彼がそれに至りついているために（「ぼくは母の部屋にいる。今そこで暮しているのはたしかにぼくだ」）、彼に、おのれを包みかくしてあらわに示そうとせぬものの異様な性質のなかで絶えずそれをめぐって彷徨させるような何かがあって、——われわれは、この放浪者が、もっと深刻な或る彷徨にとらえられており、このぎくしゃくした運動が非人称的な偏執の領域とでも言うべき領域で行われていることを、はっきりと感ずるのである。だが、われわれの眼に写るモロイの姿がいかにまとまりのないものであっても、彼はつねに、はっきりそれと見極めうる一人の人物であり、われわれを、もっと混沌とした脅威から守る確かなひとつの名前なのである。だがしかし、この物語には、人に不安を覚えさせる或る風化運動がある。つまり、この運動は、放浪者の不安定な境遇だけでは満足しえず、さらに彼に対して、ついには分裂して、別の人間になることを、刑事モランになることを、要求するのである。この刑事は、彼を追いまわすがつかまえることは出来ず、こうして追跡するうちに、刑事自身も、限りない彷徨の道に入り込んでしまうのだ。モロイは、自分でも知らぬうちに、モランとなる。つまり別人になる。つまり、変りはしてもまだ別のひとりの人物に変るだけであって、この変身は、物語の安定的要素を傷つけることはないのである。もっとも、そこに、或る比喩的な意味を持ちこみはするが、おそらくこの意味はがっかりさせる程度のものだ。なぜなら、それが、そこに潜んでいる深みに応じうるほどのものとは感じられないからである。

『マロウンは死ぬ』〔ベケットの小説（一九五二）〕は、明らかにさらに遠くまで歩み入っている。ここでは、放浪者は、瀕死の人間になっている。彼が彷徨しなければならぬ空間は、『モロイ』ではまだわれわれに与えられていたような、無数の通りのある町とか、森と海の自由な地平とかいった手段を、もはや提供してはくれぬ。ここにあるのは、部屋と寝台だけだ。そこには、死にかかっている人間が、物を引っぱったり押しやったりして自分の不動性の環をひろげている棒がある。また特に、自分の空間を語と物語の無限の空間と化することによってこの環をさらにひろげる鉛筆がある。マロウンは、モロイと同様、ひとつの名前であり人物なのだが、それは一連の物語でもある。だが、これらの物語は、もはやそれら自身にもとづいてはいないのだ。読者に信じられるように語られるどころか、それらは直ちに作り話的人工性をあばかれてしまう。「今度はどこへ行くかわかっている。……さあ今度は遊びだ、ぼくは遊びに行く。……それぞれちがったテーマで、四つの話を自分に話してきかせることが出来るだろうと思う」。なぜ、こういう無意味な話を作るのか？　マロウンが落ちこむと感じている空虚のなかに家具のようにそれらを並べるためだ。やがて死の無限の時間となるこの空虚な時間に対する不安からだ。この空虚な時間に勝手に喋らせておかぬためだ。そしてこの空虚な時間に口をつぐませる唯一の方法は、それに否応なしにむりやり何かを語らせ、何か或る話を語らせることなのである。こういうわけで、この書物は、もはや、大っぴらなごまかしの一手段にすぎない。だから、何とかあわせたつじつまもぎしぎし軋んでこの書物の均衡を失わせ、さまざまな仕掛がぶつかりあって実験は混乱してしまうのである。なぜなら、話は結局話であって、その輝かしさとか、皮肉にあふれたたくみさとかいう、話に形式と興味を与えるいっさいのものは、話を、マロウンというこの死にかかった人間から引離してしまうものでもあるからだ。それらは、話を、マロウンの死の時間から引離し、われわれが信じてもいない物語の持つ通常の時間に再び結びつけてしまう。この場合、その物語は、われわれにとって何の意味もない。なぜならわれわれは、もっとはるかに重要なものを期待しているからである。

『名付けられぬもの』

『名付けられぬもの』〔ベケットの小説（一九五三）〕においては、たしかに、さまざまな話がおのれを保持しようと試みている。かつてのあの瀕死の人間は、寝台と部屋とを持っていた。マーフッドは、レストランの入口の飾りに使われている壺に閉じこめた屑のごとき人間だ。ウォームという人物もいるが、これはまだ生れてもいない人物であって、彼の生活は、存在することへの無能力が作り出す胸苦しさだけである。同時にまた、以前のさまざまな人物も姿を見せるが、これらは、実体のない幻とも、名前のない「私」が占める空虚な中心のまわりを機械的にまわっている空虚なイマージュとも言うべきものだ。だが、今や、すべては変っており、経験は、その真の深みへ入りこんでいる。もはや、そのひとりひとりの名前という確かな保護のもとにある人物が問題でもなければ、たとえ内的独白という形も使わずに現在形で運ばれている物語にせよとにかく何かの物語が問題でもない。かつて物語であったものが今やあらそいとなっており、ぼろくずのようなばらばらな人間の姿であるにせよとにかく何らかの姿をしていたものが、今や何の姿もないものになっている。今は、誰が語っているのか？　休みなく語ることを余儀なくされているあの私、「ぼくは語ることを強いられている。けっして口をつぐむことはないだろう、けっして」と語るあの人物は、いったい何者なのか？　いかにも安心出来る習慣に従って、われわれは、それはサミュエル・ベケットだと、われとわが問いに答える。そうすることで、われわれは、仮構的でないがゆえに或る現実の生存の真の苦悩を喚起するような状況に含まれた重苦しいものを受入れているようだ。経験という語は、真に体験されたことを示唆しようとしているようだ。しかしまた、われわれは、このようにして、名前の持つ安定性を再び見出し、書物の「内容」をあの個人的段階に位置づけようともするのである。この段階においては、そこで起るいっさいのものが、何らかの意識に保証され、われわれに私と言う能力を失うという最悪の不幸をまぬかれさせてくれているような世界のなかで、起るのである。しかしながら『名付けられぬもの』は、まさしく、非人称的なものの脅威のもとに生きられた経験であり、ただおのれだけを語る中性的な言葉の接近である。この言葉は、それを聞く者を貫き、何の内奥もなく、いっさいの内奥を排除するものであり、また人はそれに口をつぐませることが出来ない。なぜならそれは、止むことのないもの、途絶えないものであるからだ。

それでは、ここでは誰が語っているのか？ 「作者」なのか？ だが、書く者が、結局のところもはやベケットではなく、彼を自分自身のそとに引出す要請であるとすれば、彼から所有権を奪って解き放ち、彼を外部に委ね、彼を、名前のない存在に、名付けられぬものに、生きることも死ぬことも止めることも始めることも出来ぬ存在なき存在に化する要請であるとすれば、彼を、空虚な言葉の無為が語り多孔質で瀕死の私がやっとのことで蔽っている空虚な場と化する要請であるとすれば、いったいこの「作者」という名前は何を示しうるのか？

ここで示されているのは、まさしくこのような変身である。語り続ける生き残りが、けっして屈服しようとせぬ人知れぬ残存が、まさしくこの変身の内奥で彷徨するのであり、何かの能力ではなくおのれを止めえぬものの呪詛を意味するような辛抱強さをもって、或る不動の放浪を続けながらあらそうのである。

進んでいっさいの手段を捨て去り、もはや可能的ないかなるつながりもない地点で始めることを承知し、何のペテンもごまかしもなく執拗にその地点にとどまり、三百ページにわたってつねに変ることのないぎくしゃくした運動とけっして進むことのないものの足踏みを聞かせている書物、このような書物には、おそらく感嘆しなければなるまい。だが、これもまだ、よそよそしい読者が立つ観点であって、そういう読者は、自分には或る力業と思われるものを、落ちつきはらって眺めているのだ。のがれることの出来ぬ試練には、何ひとつ感嘆すべきものなどありはしないし、そこに落ちこむにはまさしくすでに生のそとに落ちてしまっていなければならないから死によってさえ脱け出ることの出来ないような空間のなかに閉じこめられ、そこをぐるぐる廻っているという事実には、感嘆を呼び起すものなど何ひとつありはしないのだ。審美的な感情などというものは、もはやここでは通用しない。おそらくわれわれは、一冊の書物に直面しているのではなく、おそらく、一冊の書物をはるかに超えたものが問題なのだ。すべての書物がそれから生ずる運動への純粋な接近が、おそらく作品がそこでは失い去られるようなあの根源的地点が問題なのだ。この地点は、つねに作品を破壊し、作品のなかに限りない無為を回復するのだが、しかしまた、作品は、何ものでもなくなるという危険を冒して、この地点と、つねによりいっそう始源的な関係を結ばなければならないのだ。名付けられぬものは、まさしく、無限を汲み尽すことを余儀なくされているのである。「ぼくには、何ひとつなすべきことがない、つまり、何ひとつ特別なものを持っていない。喋らなければならないが、これはあいまいな仕事だ。何ひとつ話すことはないし、他人の言葉しかないのに、喋らなければならぬ。喋りかたも知らないし、喋りたくもないのに、喋らなければならぬ。誰もぼくに強いているわけではないし、誰ひとりいはしない。これは、偶然の出来事で、ひとつの事実なんだ。けっして何ものも、ぼくにこの仕事を免除することは出来ないだろう。ここには何もない、見出すべきものも、まだ話すべきことを減らしてくれるようなものも、何ひとつない。海を飲むようなものだ。ここには海がひとつあるってわけだ」。

ジュネ

どうして、このようなことが起ったのか？　ジュネは、或る奥深い「悪」の拘束を受けなければならなかったのだが、文学が、この悪を表現することによって、いかにしてジュネに、徐々に支配権と力とを与え、彼を受身な状態から行動へ、形をなさぬものからひとつの形姿へ、ぼんやりとした詩から豪華ではっきりとした散文へと高まらせたかという点について、サルトルは次のように指摘している。「作者は気付いていないが、『花のノートル・ダム』〔ジュネの小説（一九四四）〕は、或る解毒と回心の日記である。ジュネは、そこで、自分自身の毒から解き放たれ、他者の方へ向かう。この書物は、解毒作用そのものを実現しているのだ。有機的な産物、さまざまな夢想の凝縮物、マスターベーションの叙事詩として、この書物は、或る悪夢から生れ出たのち、死から生へ、夢から覚醒へ、狂気から健康へと、さまざまな堕落が里程標のように立並んだ道を、一行また一行と辿ってゆくのだ。……」「彼は、われわれをその悪に感染させながら、自分はそれから解放される。彼の書物のひとつひとつは、カタルシス的なとり憑かれの発作であり、霊魂の劇である。見かけのうえでは、それぞれ、それに先立つものをくりかえしているにすぎないが、それぞれを通して、このとり憑かれた人間は、おのれにとり憑いている悪霊を少しずつ支配するようになる。……」。

これは、古典的と称しうるような経験の一形式であって、ゲーテの「詩は解放である」という言葉に対する伝統的な解釈によって、その定式が確立されている。『マルドロールの歌』もまた、この経験を明らかにしている。なぜなら、そこでは、変身の力とイマージュの情熱とつねによりいっそう執拗なものとなる主題の回帰とによって、少しずつ、夜の奥底から夜という手段を通して或る新しい存在が立現われ、それが、昼の輝きのなかでその姿の現実性を見出そうとしているのが見られるからだ。かくして、ロートレアモンが生れ出るのである。だがしかし、文学がわれわれを昼の方へ導くと思われても、それが、理性的な光のしずかな享受へ人を導くと考えるのは乱暴な話だろう。人々と共通の昼に対する情熱は、ロートレアモンにおいてすでに、卑俗さに対するおそろしいほどの強調にまで高まっており、共通の言語に対する情熱は、常套句や模倣語の皮肉な肯定と化することによっておのれを滅し去るのであり、これらが彼を押しやって昼の無限界性のなかに迷いこませ、彼はそこで姿を消してしまうのである。ジュネの場合も事情は同様であって、サルトルが完璧に見ぬいたように、たとえ文学が、人間に対して或る出口を開きその支配性の成就を容易ならしめているように見えるとしても、文学は、すべてがうまくいったときに、突如として、それに固有な出口の不在をあらわにし、さらにはその成就の絶対的な挫折性をあらわにするのであって、文学自体、アカデミックな境涯の無意味さのなかに解体してしまうのである。「『ノートル・ダム』の時代においては、詩は出口であった。だが、今日目覚め、合理化され、明日への不安も、恐怖もなくなった彼は、いったい何故書くのだろうか？　文士になるために書くのだろうか？　これこそまさしく彼がのぞまぬことだ。……或る作者の作品がきわめて深い欲求から生れたものであり、その文体がきわめて明確な意図のもとにきたえあげられた武器であり、そのイマージュや推理のひとつひとつがきわめて明らかなかたちで生全体を要約しているような場合、その作者が、一挙に他のことを語りはじめえないことは、想像しうるところだ。……得る者、は失う者だ。彼は作家という名を得ることによって、同時に、書くことの必要と欲求と機会と手段とを失うのである」。

それにまた、事実、文学的経験に関しては、すでに古典的なものとなった或る語りかたがある。この語りかたに従えば、人々は、作家が、作品のなかでおのれ自身の暗い部分から幸福なかたちで解き放たれるのを眼にするというわけだ。その部分は、作品のなかでは、まるで奇蹟のように、作品の持つ固有の幸福と明るみとに化するのであり、作家は、作品のなかに、或るかくれがを見出すのである。もっとうまくゆけば、他人との自由な交流のなかでおのれの孤独な自我が溢出するのを見出すのである。これは、フロイトが、昇華作用の効力を強調しながら主張した考えであって、この主張を貫いているのは、彼が意識と表出とが持つさまざまな力に対して抱いていたきわめて感動的なあの信頼の念である。しかしながら、事は必ずしもそれほど単純ではない。経験にはもうひとつ別の段階があると言わねばならないのであって、その段階においては、人々は、ミケランジェロがますます苦悩にあふれた人間になり、ゴヤはますますとり憑かれた人間になり、あの明るく快活なネルヴァルが街灯で生を終り〔ネルヴァルは、街灯に首を吊って死んだ〕、ヘルダーリンが、詩的生成のあまりにも強い運動のなかに入りこんでしまったために、自分自身と自分自身の理性的な所有に対して死別する〔ヘルダーリンは発狂した〕のを眼にするのである。

中性の言葉の接近

どうして、このようなことが起るのか？　このことを思い返してみるにあたって、ここでは、次の二つの点を示唆することしか出来ない。そのひとつは、ものを書き始める人間にとって、作品とは、彼がその平和で充分に守られた自我のなかに閉じこもって人生のさまざまな困難から身を潜めている囲い地ではない、ということである。おそらく彼は、自分が、事実上この世から守られていると思っているだろうが、それは、はるかに重大な或る脅威に身をさらすためなのである。この脅威は、彼が無防備のところを見つけるわけだから、さらに脅威的な脅威であり、外部から、彼が外部にいるという事実から、彼に到来する脅威にほかならぬ。そして、彼は、この脅威に対して身を守るべきではなく、逆にそれに身を委ねなければならないのである。作品は、それを書く人間が、作品のために身を犠牲にして別のものになることを要求する。誰か或る他人となるのではなく、たとえまだ生きていようが、さまざまな義務や満足や興味を持つ作家となるのでもなく、むしろ誰でもない者に、作品の呼び声が響きわたる空虚だが生気にあふれた場になることを要求する。だが、なぜ、作品は、このような変形を要請するのか？　この問いに対しては、こんなふうに答えることが出来る。作品は、その出発点を見なれたもののなかに見出すことが出来ず、未だかつて考えられたことも聞かれたことも見られたこともないものを求めているからだ、と。だが、この答えは、かんじんな点をまったくいいかげんにしているようだ。作家も、あるいはまた、次のように答えることも出来るだろう。作家も、生きた人間であり、それも、共同社会のなかで生きている人間であって、そこでは彼は、有用さに対して力をふっており、作られたものや作るべきものの持つ堅固さに支えられ、彼がのぞむと否とを問わず何か或る共同の計画の真理性とかかわっているのだが、作品は、作家に、その宿りの地として想像的なものの空間を与えることによって、彼から世界を奪い去っているからだ、と。事実、『名付けられぬもの』がわれわれに対して喚起しているものの一部は、この世の外に落ちこんだ人間の不安である。そうした離隔状態のうちにあって、以後はもはや死ぬことも生れることも出来ず、自分が作り出しはしたがその存在を信じてもおらず、また何ひとつ彼に語ってもくれないようなかずかずの幻につきまとわれながら、存在と虚無とのあいだを永久に浮遊する人間の不安である。だが、しかし、これもまだ真の答えではない。われわれはむしろ、その真の答えを、作品がおのれを成就しようとするにつれて、作品を、それが不可能性の試練にさらされる地点に連れ戻す、あの運動のなかに見出すのである。そこでは、言葉は、語るのではなく、存在するのであり、言葉のなかでは、何ものも始まらず、何ものも語られない。言葉はつねにふたたび存在するのであり、つねにくりかえし始まるのである。

このような根源への接近こそ、作品の経験を、それを耐えている人間にとっても作品そのものにとっても、ますます脅威的なものと化するものだ。しかしまた、この接近だけが、芸術を本質的な探究と化するのであり、また、もっともけわしいかたちでこの接近を感知しうるものとしたために、『名付けられぬもの』は、文学がわれわれに与えている「成功した」作品の大半とくらべて、文学にとってははるかに重要なものなのである。「自分が嘘っぱちだし、話していることに何の関心もないし、たぶん年をとりすぎてもおりはずかしめられすぎてもいるからそれを限りに黙らせてくれるような言葉をけっして語りえないことを知りながら、喋っているあの声」を聞きとるようにつとめてみよう。ものを書くために、時間の不在のなかに落ちこんだ人間が、以後、語に身を委ねながら没してゆくあの中性的領域、彼が、終りのない死によって死ななければならぬあの領域に、くだってゆくようにつとめてみよう。「……言葉はいたるところに、ぼくのなかにも、ぼくのそとにもある、何てことだ、さきほどぼくには密度というやつがなかった。言葉がきこえる、聞く必要はないし、頭も必要じゃない、言葉をとどまらせることは不可能で、ぼくは言葉のなかにいる、言葉で出来ている、他のものの言葉で、他のものって、場所でもあり、空気でもあり、それに、壁や、床や、天井や、言葉ども、全世界は、ここに、ぼくといっしょにいる、ぼくは空気で、壁で、壁に閉じこめられた者だ、すべては屈服し、開き、流れ出、逆流する、雪片、ぼくは、交叉し、ひとつに結ばれ、また別々になるあのすべての雪片だ、ぼくは、どこへ行っても、自分を見つけ、自分を捨て去る、自分におもむき、自分からやってくる、いつもただ自分だけ、自分の切れっぱしだけ、そいつが取戻され、失われ、取逃される、言葉ども、ぼくはあのすべての言葉だ、あのすべての見知らぬやつら、あの言《ことば》のほこりだ、散りしく地面もなく、飛び散る空もなく、それらは互いに出会い、また互いにのがれあっては語るのだ、ぼくがそれらすべてだ、と、ひとつに結ばれたものたち、相わかれたものたち、互いに知らぬものたちで、それ以外のものではないと、いや、そうじゃない、まったく別のものなんだ、ぼくがまったく別のものだと語るのだ、沈黙せるひとつの物、それがいる場所は、固くて、空虚で、閉じていて、乾いていて、明確で、暗くて、そこでは、何ものも効かない、何ものも話さない、そしてぼくは、耳をすまし、聞きとり、探し求める、まるで檻で生れた動物で、そいつは檻で生れた動物の檻で生れた動物の檻で生れた動物の檻で生れた……」。

4　最後の作家の死

その人間とともに、誰も知らぬうちに文章表現というこのささやかな神秘が姿を消すこととなるような、最後の作家を夢みることは出来る。このような状況にいくらかの幻想性を与えるために、たとえばあのランボオが、それも本物のランボオよりもさらに神話的なランボオが、おのれのなかで、おのれとともに死ぬあの言葉を沈黙させようとするというようなことを想像することも出来る。さらにはまた、世界と諸文明が作る環のなかで、この決定的な終末が何らかの方法で知覚されるかも知れぬと推測することも出来る。このようなことから、いったいいかなる結果が生ずるだろうか？　外見的には、大いなる沈黙があるだけだ。それは、誰か或る作家が死んだようなときに、礼儀上よく言われることである。ひとつの声が口をつぐんだ、ひとつの思想が消失した、というわけである。とすると、世間の評判のざわめきにともなわれた作品の言葉というあの際立った語りかたでは、もはや誰ひとり語らぬ場合、何という沈黙が支配することだろう。

このようなことを夢想してみよう。こういう時代はかつて存在したし、将来も存在するだろう。こういう仮構された状況は、われわれそれぞれの生活の或る瞬間においては、現実なのである。常識はおどろくことだろうが、この光が消え去る日に、言葉なき時代が告知されるにしても、それは、沈黙によってではなく、沈黙の後退によってであり、沈黙の厚みの亀裂によってであり、また、この亀裂を通しての或る新たな物音の接近によってである。何ひとつ重々しいものもなく、何ひとつ騒々しいものもない。ただひとつの呟きのごときものがあるだけであって、これは、われわれが悩まされていると思っている町々のとてつもないざわめきに、何ひとつ付け加えはしないだろう。その唯一の特質とも言うべきことは、それが止むことがないという点である。ひとたび聞きとられたが最後、それは、聞きとられるのを止めることが出来ない。人々はけっしてそれを真に聞きとってはおらず、それは人々の了解をのがれ去っているが、それは、いっさいの放心をものがれ去っているのであって、人々がそれから身を外《そ》らせば外らすほど、さらにいっそう現存するのだ。つまり、かつて語られたことがなく、将来けっして語られることのないものが、あらかじめ響きわたっているのだ。

秘密なき秘密の言葉

これが近付くにつれて、われわれの周囲ではすべてが物音になるが、これはひとつの物音なのではない（それに、現在、われわれは、物音が何であるかを知らぬ、という点を思い起す必要がある)。これは、むしろ、ひとつの言葉であって、語りまた語ることを止めない。これは、語る空虚のごときものであり、軽やかで、執拗で、無差別的な呟きである。これは、おそらくすべての人々にとって同一のものであるが、ひとりひとりを孤立させ、ひとりひとりを、他の者たちから、世界から、彼自身から引離し、小馬鹿にしたような迷路を辿って引きずって行く。或る幻惑的な斥力によって、日常の言葉の共通的世界の下方へ、つねにより遠くへ、直ちに引っぱっていくのである。

この言葉の奇怪さは、それがおそらく何ひとつ語っていないのに、何ごとかを語っているように思われる点にある。それればかりかさらに、この言葉のなかでは、深みが語っているようだ。未聞のものがおのれを聞かせているようだ。それは、おどろくほど冷やかで、何の親密さも、何の幸福も持たぬものではあるが、ひとりびとりに対して、もし彼が束の間でもこの言葉を固定することが出来れば彼にもっとも近いものとなりうるようなものを、語っているようだ。この言葉は、何ごとも約束せず何ごとも語らないから欺瞞的な言葉ではない。これはつねにただひとりで、だが非人称的に語り、すべてを内部で語りながら外部そのものであり、それを聞けばすべてを聞きうるような唯一の場所に現存しているが、それは、どこにもないところであり、いたるところである。またこれは、沈黙した言葉である。なぜならこれは語る沈黙であり、聞きとりえぬ見かけだけの言葉と化した沈黙、あの秘密なき秘密の言葉と化した沈黙なのである。

どのようにしてこの言葉に口をつぐませるのか？　どうすれば、この言葉を聞き、また聞かぬことが出来るか？　この言葉は、昼を夜に変え、眠りなき夜を空虚な鋭い夢想に変える。これは、人々が語るいっさいのものの下に、見なれたあらゆる思想の背後にあって、それと気付かれぬかたちで、人間のすべての誠実な言葉を沈め、飲みほしてしまうのであり、あらゆる対話に第三者として加わり、あらゆる独語に対してこだまのように響くのである。この言葉の単調さは、この言葉が忍耐をもって支配し、その軽やかさを通して打ちくだき、霧のようにすべてのものを散り散りとし解体させてしまうと思わせるかも知れぬ。それがあらゆる情熱のかわりに課した対象のない幻惑によって、人間を互いに愛しあう力から外らせてしまうと思わせるかもしれぬ。いったい、これは何であろうか？　人間の言葉だろうか？　神の言葉だろうか？　いまだ発音されたことがなく、発音されることを求めている言葉だろうか？　一種の幻とも言うべき死んだ言葉で、幽霊のように、やさしく、無邪気な、だが人を悩ませるものなのだろうか？　あらゆる言葉の不在そのものが語っているのだろうか？　誰もこれについてはあえてあげつらおうとはしないし、ほのめかしさえもしない。そしてみな、秘めかくされた孤独のなかで、この言葉を空しいものにする適切な方法を探しているのだ。この言葉は、空しいものであることだけを、つねによりいっそう空しいものであることだけを求めているのであって、それがこの言葉の支配の形式なのである。

作家とは、この言葉に沈黙を課する人間であり、文学作品とは、そこに入りこみうる人間にとっては、静けさにあふれた豊かな宿りの地であり、堅固な守りであり、われわれをわれわれから外らせることによってわれわれに語りかけるこの語り止まぬ無量の拡がりに対する高い防壁なのである。もはや誰のうえにも聖なるしるしが見出されないようなこの想像のチベットにおいて、すべての文学が語ることを止めた場合、欠けることとなるのは沈黙なのであって、この沈黙の欠如こそ、おそらく文学の言葉の消滅を明らかに示すこととなるだろう。

造型美術の偉大な作品をまえにした場合、つねに、或る特殊な沈黙の持つ明白さが、必ずしもやすらぎとならぬ或るおどろきとして、われわれを襲う。これは、それと感知しうる沈黙であって、時としては専横な力をふるい、時としてはこのうえなく冷やかであり、また時としては立ちさわぎ、生気とよろこびにみちている。そして、真の書物は、つねにいくらか彫像的なのである。それは、沈黙に対してまた沈黙を通して形と堅固さとを与える或る沈黙した力として、きずきあげられ、組織されるのである。

突如として芸術の沈黙が欠け落ち、他のすべての言葉を破壊する力をもった空無的で未知の言葉の謎めいた裸形性が打立てられるこの世界には、もはや新しい芸術家や作家はいないにしても、そこにはまだ、人々がひそかにいくらかの静けさや沈黙した雰囲気を求めに行ける昔の作品という宝庫や美術館や図書館というかくれががある、と人々は反論するかも知れぬ。だが、これははっきりと推察しておかねばならぬことだが、この彷徨する言葉が否応なく課される日においては、われわれは、あらゆる書物のきわめて独特な錯乱状態に立ちあうこととなる。つまり、かつて束の間この言葉を支配し、多かれ少かれつねにこの言葉の共犯者であるすべての作品が（なぜならこの言葉こそそれらの作品の秘密なのだ）、この言葉によって再征服されるのに立ちあうこととなる。設備のよいすべての図書館には、読んではならぬ書物を入れておく地獄〔猥本の棚を言う〕がある。だが、すべての偉大な書物には、別の地獄がある。さまざまの言葉のなかのひとつではなく永劫回帰の甘い息吹きであるようなこの言葉の局限された力が眼を光らせて待ち設けている読みえぬ中心がある。

だから、そのような時代の巨匠たちは、（こんなことを想像するのはたいして大胆なことではないが）アレクサンドリア〔エジプトの町。大図書館で有名〕にかくれ住もうなどとは思わず、そこの図書館を火に委ねようとするだろう。きっと、書物に対する深い嫌悪が、彼らのひとりびとりに浸みこむだろう。書物に対する怒りが、激しい窮迫が、独裁を呼び求める衰弱した時代につねに認められるあの悲惨な暴力が、浸みこむだろう。

独裁者

独裁者《ディクタトウール》、これは考えさせる名前だ。独裁者とは、語る《ディクターレ》ことを特質とする人間であり、否応ないくりかえしを事とする人間だ。未知の言葉の危険が告知される度毎に、反論の余地もなく何の内容もない命令の持つきびしさによって、この言葉とたたかおうとする人間だ。事実、彼はその公然たる敵であるようだ。何の限界もない呟きにほかならぬものに、彼は、スローガンの明確さを対置する。聞きとられぬもののほのめかすような動きに、断乎たる叫びを対置する。『ハムレット』に出てくるあの亡霊は地面の下を、年老いたもぐらのように、何の力も運命も持たずにここかしこと彷徨するのだが、あの亡霊のとりとめもない歎きのかわりに、彼は、命令をくだしけっして疑うことのないあの王者のごとき理性のはっきりと定まった言葉を口にするのである。だが、この完璧な敵は、あの亡霊めいた言葉のあいまいさが作る霧をその叫びと鉄のごとき決定とによって蔽いかくすべき天命を受けて生み出されたこの人物は、実は、あの言葉によって生み出されたのではないであろうか？　不在のおそるべきざわめきをのがれ去ろうとする疲れはて不幸となった人々のねがいで——このざわめきはおそるべきものだがまやかしではない——ただ従順さしか求めず内面的な聾という深いやすらぎを約束する絶対的な偶像の存在へ向かうときに現われる、この言葉のパロディではないだろうか？　この言葉よりさらに空虚な仮面、この言葉に対するいつわりの返答ではないであろうか？

こういうわけで、独裁者たちは、当然の成行として、作家や芸術家や思想家などのかわりを果すこととなる。だが、命令の空虚な言葉が、注意力という強い個人的な努力によって迎え入れ自分のなかで鎮めたりするよりも、むしろ広場でわめき立てられるのを聞きたいとねがっているものの、恐怖といつわりにみちた延長である場合、作家は、まったく別の責務と、まったく別の責任とを持つこととなる。つまり、あの始源のざわめきとの親密な関係に、誰よりも深く入りこむという責任である。このような犠牲を払うことによってはじめて、彼は、そのざわめきに沈黙を課し、その沈黙のなかでそれを聞きとり、次いで、それを変形したのちに表現することが出来るのである。

　このような接近なしには、また、この接近が加える試練をしっかりと受けなくては、作家は存在しない。この語ることなき言葉は、霊感に酷似しているが、霊感と混りあうことはない。それはただ人々を、それぞれにとって唯一のあの場所に、オルフェウスが降るあの地獄、あの散乱と不調和の場に導くのである。そこで、突如として人々は、この言葉に直面し、自分のなかに、この言葉のなかに、また、すべての芸術の経験のなかに、無能を能力に変え彷徨を道に変えるものを見出さねばならぬ。語ることなき言葉を、それがあってのち初めてこの言葉が真に語ることが出来るような或る沈黙に変えるもの、それがあってのち初めてこの言葉が人間たちをほろぼし去ることなしにおのれのなかで根源を語らせることが出来るような或る沈黙に変えるもの、こういうものを見出さねばならぬ。

これは、単純な事柄ではない。今日文学が体験している、つねによりいっそうこの孤独な呟きに近付いて行こうとする誘惑は、われわれの時代や、歴史や、芸術の運動そのものに固有な、数多くの原因と結びついている。この誘惑の結果、われわれは、近代のすべての大作品において、突如としてもはや芸術も文学もなくなった場合に聞かせられるようなものを聞かせられると言っていいほどだ。それゆえにこれらの作品は独自なものであり、それゆえにまた、これらはわれわれには危険なものに見える。なぜなら、これらの作品は、直接、危険から生れ出たものであり、また、辛うじてその危険をたぶらかしているからだ。

確かに、この荒地の言葉を支配するための数多くの手段がある（それと同じだけの作品や作品のスタイルがある）。レトリックは、これらの防御手段のなかのひとつであって、それは、この危難を祓い去るように、だがまたこの危難との関係が軽やかで有益なものとなるほどにもこの危難を必要にして緊急のものとするように、効果的に案出されており、それればかりかさらに、悪魔の仕業めいたかたちに組立てられている。だがしかし、レトリックは、きわめて完璧な防御手段であって、いったい自分が何を目的として組立てられたかを忘れてしまうほどである。つまり、あの語り止まぬ無量のひろがりを拒否するばかりではなく、それを外らせつつ引き寄せるという目的である。日曜の散策者が訪れる空想的な砦ではなく、不穏な砂漠のただなかの前哨となるという目的である。

人々は或る種の「偉大な」作家たちが、その声のなかに、何かよくわからぬ断乎たる響きをそなえていることに気付かれるだろうが、これは、おののきと痙攣の極限において生れ出たものであって、これが芸術の領域においては、あの語る《ディクターレ》という態度を支配させるのである。彼らは、自分自身や、何らかの信念や、それぞれの確固たる意識にわれとわが身を集中させているようだ。だがしかし、この意識は、彼らのなかにいる敵にとって代るために、直ちに閉じられ局限されるのであって、彼らは、その言葉使いの尊大さやその声の激しさやその信念乃至《ないし》信念の欠如が生み出す先入見によって、辛うじてこの敵を沈黙させることが出来るのだ。

他の或る作家たちは、あの中性的な口調を持っている。この口調はいかにも目立たず、何のかげりもないほど透明であって、彼らは、この透明さによって、あの孤独な言葉に、その言葉のあるがままの姿を示す充分制御されたイメージを与えているようだ。その言葉に、そこにかげを映したく思わせるほどの冷やかな鏡のごときものをさし出しているようだ。——だが、たいていの場合、その鏡は終始何のかげも映しはしないのである。

ミショーはすばらしい人物であって、彼は、おのれ自身のもっとも間近でこの未知の声と一体となった作家であるが、彼の心には、自分は罠にかかったのではないか、ここで痙攣するようなユーモアとともに表現されているものは、もはや彼の声ではなく彼の声を真似た声ではないか、という疑いが生ずる。この声の不意を襲い、それをしっかりとつかみとるために、彼は、立て続けのユーモア、計算された無邪気さ、狡猾なまわり道、後退、放棄など、さまざまな手段を用いる。そして、まさしくほろび去ろうとする瞬間に、あのざわめきのヴェールを貫く或るイマージュの唐突にして鋭利な先端が現われるのだ。極限的なたたかいと、おどろくべき、だがそれと気付かれぬ勝利。

ここにはまた、おしゃべりがあり、また一般に内的独白と呼ばれているものもある。だが、周知のように、この内的独白は、けっしてひとりの人間が自分自身にしゃべることを再現しはしない。なぜなら、人間はけっして自分自身に話しかけたりしないからだ。そして、人間の内奥は、けっして沈黙したものではなく、たいていの場合口をつぐみ、間を置いたいくつかのしるしに還元されているのだ。内的独白とは、きわめて大ざっぱな模倣であって、語ることとなき言葉が作る絶えることなく止むことのない流れの、いくつかの外見的な特徴を真似ているだけだ。これは忘れてはならないことだが、この言葉の力は、その弱さのなかにある。この言葉は聞きとられることがなく、それゆえに、人々はそれを聞くことを止めない。それは能うかぎり沈黙に近いものであり、それゆえに、沈黙を完全に破壊する。要するに、内的独白は、すべてをおのれ自身に引戻すあの「私」という中心を持っているが、このもうひとつの言葉は、中心を持たず、本質的に彷徨する言葉であり、つねに外部にあるのだ。

この言葉に沈黙を課さねばならぬ。この言葉を、そのなかに存在する沈黙へと、再び導いてゆかねばならぬ。三重の変身を通して、或る真の言葉へ、マラルメが、書物の言葉と言うあの言葉へ生れ出ることが出来るためには、この言葉が束の間忘れられなければならぬ。

5 来るべき書物

i コノ書物ヲ見ヨ

書物。この語によってマラルメは何を理解していたか？ 一八六六年以降、彼はつねに同じことを考え、同じことを語ってきた。だが、この同じことがつねに同じだったわけではない。だから、ここでの課題のひとつは、なぜ、また、いかにして、このくりかえしが、彼に対してゆっくりとひとつの道を開く運動を形成するかを示すことにあるだろう。彼が言わねばならぬことは、すべて、最初からはっきり定まっているようだが、同時にまた、それらに共通する性格は、大ざっぱなかたちでしか定まっていないのである。

多くの巻を持つ書物

共通の性格とは次のようなことである。つまり、書物は、最初から、文学におけるもっとも肝要な存在たる書物そのものと見なされているが、それはまた、「ただ単に」、或るひとつの書物でもある。この唯一の書物は、何巻かで出来ている。五巻だ、と彼は一八六六年に語っているし、一八八五年においてもなお、数部から成ると断言している。[*1]このように複数的なものであるのは何故だろうか？　寡作であり、またとりわけ、一八八五年においては、自分のなかで叙述という拡がりを持つことを拒んでいるいっさいのものについて何の疑いも持ちえぬようになっていた作家の場合、このような複数性は意外なことである。成熟期に入って間もないころ、彼はいくつもの面を持つ書物を必要としたようだ。この書物の持つさまざまな面のうちのひとつは、彼が虚無と呼ぶものに向かい、別のひとつは美の方に向かうものであったようだ。それはちょうど、彼がのちに語るように、音楽と文芸が、「或る唯一の現象の交互に現われる二面であって、ここでは闇の方へ拡がり、かしこでは、疑いようもなくきらめいている」〔『音楽と文芸』（一八九四）〕ようなものだ。とすれば、唯一のものの持つこの複数性が、創造的空間をさまざまな段階に応じて並べ重ねる必要から生じていることは明らかだろう。彼がこの時期に、作品のプランについて、まるですでになしおえた仕事についてでも語るように、あのように大胆に語るのは、その作品の構造について考えているからであり、この構造は、彼の精神のなかに、内容に先立って存在しているからである。[*2]

　その理由が、変ることのないもうひとつの特質となる。つまり彼は、この書物について、まず第一に、その不可欠な性質を眼にしている。つまり、「建築的で計画的な、たとえ不可思議なものにせよ何か偶然の霊感を集めたものではない」（一八八五年、ヴェルレーヌあて書簡）ような書物という性質である。これらの主張は後年（一八八五年）のものであるが、一八六八年からすでに、彼は、自分の著作について、それは「きわめてよく準備され段階づけられている」と語っている（他の場所では、「完全に境界を定められている」と語っている）。それは、作者が、そこから何ひとつ取り去ることが出来ず、何らかの「印象」や、思想乃至《ないし》精神的傾向のごときものを、あらかじめ除き去ることも出来ぬほどなのである。そこから次のような注目すべき結論が生じる。もし彼が、その後、この作品から離れて何か書こうとしても、「つまらぬ十四行詩」しか書きえないであろうという結論である。このことは、異様なまでに将来を告知している。なぜなら、書物を別に留保しておこうとするこの要求は——これはつねにただ彼自身の留保にほかならぬこととなるのだが——、彼にもはやつまらぬ詩以外の何ものも書けぬようにしてしまったようだ。つまり、全体の外部にあるもの（そしてまた、書物というこの全体の外部にあるもの）にだけ詩的な力と実在性とを与えるように、だがまた、そのことによって書物の中心そのものを見出すように、してしまったようだ。

……偶然もなく

「計画的、建築的、境界を定められた、段階づけられた」などという語は、いったい何を意味するのか？　どれもこれも、或る計算的な志向を、著作の全体を必然的なかたちで組織することの出来る極度の思索力の作動を示している。まず最初に問題となっているのは、厳密な構成のための諸規則に従って書くという単純な配慮である。次いで、もっと入組んだ要請が問題となる。つまり、精神の支配権と相和しそれに充分な展開を保証しうるような、厳密に考えきわめられた方法で書くということである。だが、さらに、偶然という語と、偶然を排除しようとする決意とによってあらわされたもうひとつの志向がある。原則的には、これは、一定の標準的形式をそなえたつねに変ることのない意志である。一八六六年に、彼はコペー〔フランスの詩人（一八四二―一九〇八）〕にあてて次のように書いている。「偶然が、ただ一行の詩句の発端も傷つけておりません、これはたいしたことです」。だが、彼はこう付け加えている。「われわれも、幾人かの人間は、このことを達成しました。それで私は思うのですが、詩行がかくも完璧に境界を定められている場合、われわれが何よりもさきに目指すべきことは、詩作品のなかで、言葉が――これらはすでに、もはや外部からの印象を受けつけぬほど充分言葉そのものになっているのですが――もはやそれぞれの固有の色彩を持たず或る色階の推移にすぎぬと見えるほど互いに反映しあっているということなのです」。ここには、後年のテキストが深化するに至るさまざまな主張が見てとれる。偶然を排除するという決意、だがこれは、現実の事物を排除し感覚的な現実に対して詩によって示される権利を拒否するという決意と一致した決意である。詩は、事物の呼びかけに答えるものではない。それは、事物を命名することによってそれらを守るべく運命づけられてはいない。それどころか逆に、詩的言語とは、「自然的事実をそのふるえ動きながらの消失とも言うべきものに置きかえる不可思議」(「詩の危機」)なのである。もし言語が、その能力の果てにまでおもむいて、特殊な諸現実の具体的な実質に攻撃を加え、もはや「全体のなかに存在する諸関係の総体」しか出現させないならば、偶然は書物によって阻害されることとなるであろう。そのとき、詩は、音楽がその沈黙した本質に還元されたときになるようなものになる。つまり、純粋な諸関係の前進であり展開である。つまり、純粋な動性である。

偶然に逆らう緊張は、あるときは、詩句に関する固有のテクニックと構造に関する諸考察を通して、言葉の変形作用を成就しようとするマラルメの作業を意味する。——あるときは、神秘的乃至哲学的な性質の経験、『イジチュール』の物語が謎めいた豊かさで作品化し部分的に実現した経験を意味する。

ここではいくつかの目印的な指摘にとどめることとして、私はただ、マラルメと偶然との関係が二重のかたちでなされていることを思い起しておきたい。つまりそれは、一方では、彼を、挿話的なものも現実的なものも偶然的なものも何ひとつ場を占めてはならぬ不在と否定の詩へ向かわせるような、或る必然的な作品の探求である。だが、また一方、これまた言語のなかで活動しているあの否定的な力、彼が生身を削りつつ或る厳密な言葉に到りつくためにもっぱら利用していると思われるあの力だが、われわれは、彼が、この力を本質的な重要さをそなえた或る直截な経験と化していることを知っている。まさしくこの直接的《イメディア》なものこそこの経験のなかで「直ちに《イメディアトマン》」否定されるものでなければこれこそ、直接的と呼びうるような経験である。ここではただ、一八六七年に、ルフェビュール（マラルメの少年期からの友人。のちエジプト学者となる）にあてた次のような宣言を思い起しておこう。「ぼくは自分の作品を、いつもただ、削除を通して作りあげてきた。あとから得たいっさいの真理は、いつだって、何らかの印象を失い去ることから生れたのさ。この印象は、きらめき光ったのち焼き尽されてしまったが、それが解き放った闇のおかげで、ぼくは、絶対的な闇の感覚のなかにさらに深く進み入ることが出来た。破壊がぼくのベアトリーチェだったんだ」。

……非人称化され

書物というこの書物は、他のさまざまな書物のうちのひとつである。これは、何冊かで出来ていて、言わばそれ自身のなかでそれに固有な或る運動によって繁殖するのだが、そこでは、それがおのれをくりひろげる空間の、さまざまな深さを基準とした多様性が、必然的なかたちで成就されている。必然的な書物は、偶然から引離されている。それは、その構造とその劃定とによって偶然を離れ去り、かくして、事物をすりへらしてそれらをそれらの不在に変えまたこの不在をさまざまな関係の純粋な運動にほかならぬ律動的な生成へ委ねるあの言語の本質を成就しているのだ。偶然を持たぬ書物とは、作者を持たぬ書物である。つまり非人称的な書物である。この主張は、マラルメのもっとも重要な主張のひとつであるが、これもまた、われわれを次の二つの面に導くものだ。そのひとつは、テクニックと言語の探究に相応ずる側面であり（これは、言ってみれば、マラルメのヴァレリー的側面である）、もうひとつは、一八六七年のかずかずの手紙によってよく人に知られた経験に相応ずる側面である。この両面は互いに支えあっているものであるが、両者の関係は明らかにされてはいない。

マラルメがその主張を配分したあらゆる段階を明らかにするには、綿密な研究が必要だろう。時には彼は、書物はつねに無名のものでなければならぬと言おうとするだけだ。つまり、作者はその書物に署名しないことに甘んじることになるだろう（「一巻の書物がいかなる署名も持たぬことが認められ」）。詩作品と詩人とのあいだには何ら直接的な関係はなく、所有関係などなおさら存在しない。詩人は、自分が書いたものをわがものと主張することは出来ない。彼が書いたものは、たとえ彼の名を付されてはいても、つねに、本質的な意味で名前のないものなのである。

この無名性はいったいなぜだろうか？　マラルメは、書物について、まるでそれが、われわれのなかに先在し自然のなかに書きこまれてすでに現実に存在しているかのごとく語っているが、ここにこの問いに対するひとつの答えを見出すことが出来る。「私は、これはすべて、何も見ないことに汲々としている人々にだけは勝手に眼を閉じさせておくようなかたちで、自然のなかに書きこまれていると思っています。この作品は現実に存在しているのであって、誰でも、それと知ることなしに、この作品を試みてきたのです。天才だろうが、軽薄な男だろうが、この作品のなかの一句をそれと知らずに見出したことのない者など、ひとりもいはしないのです」。これらの文章は、或るアンケートに答えたものであって、おそらく、表面的な好奇心にでも近付きうるようなことしか語っていない。ヴェルレーヌを相手にした場合も、彼の言いかたはほとんど変ってはいない。別の或るとき、彼は次のように書いている。「詩の書物の持つ配置は、先在的乃至は遍在的に立現われているものであって、偶然を排除する。しかしまた、作者を除き去るにはどうしてもそれが必要なのである」。しかしここでは、その意味がすでに別のものになっている。マラルメは、神秘学の誘惑を受けている。神秘学は、文学上の要請が彼に課するさまざまな問題に対するひとつの解決として立現われた。この解決は、芸術をその能力中のいくつかから切離し、これらいくつかの能力を、実際的な目的に直接役立ちうるような力に変形することによって、それらを別個に実現しようと試みる点にある。このような解決をマラルメは受入れはしない。彼の共感的な表明を人々は引用するが、彼がつねにそれに付するさまざまな留保を無視している。「いや、あなた方は、彼ら（あわれな秘法家《カバリスト》たち）のように、不注意と誤解とによって、芸術から、芸術においては全体的で根本的なものであるような諸作用を切り離して、それらをあやまって孤立したかたちで働かせるだけでは満足しない。このようなことは、まだ不器用な一種の崇敬なのだ。あなた方は、その神聖な始源的な意味までも消し去ってしまうのだ……」[*3]。

マラルメにとっては、文学以外にいかなる魔術もありえないと思われるのだが、文学は、魔術を排除するようなかたちでそれ自体と直面することによって、はじめて成就されるのである。彼が明確に示しているように、精神的な探究には美学と経済学という二つの道しか開かれていないのだが、「錬金術は、主としてこの後の方の目標に関して、輝かしく、早きにすぎる、混乱した、先駆者であった」。この「早きにすぎる」という言葉は注目してよい。性急さこそ、魔術を特色づけるものであって、魔術は、自然を直ちに支配しようという野望を抱いているのだ。ところが、詩的な断言のなかでは、これとは逆に、忍耐が働いている[*4]。錬金術は、創造し、作りあげることをねがう。詩は、存在しないもの、ありえないものの支配を命じ、打立て、人間に対して、その至高の天職として、能力的な言葉では言い表わされえぬ何物かを示すのである（ここでわれわれが、ヴァレリーの対極にあることを注意する必要がある）。

マラルメは、結局のところ、神秘学的教説に対して世俗的なかかわりしか持っていなかったのだが、さまざまな外面的類似を感じとっていた。それらの教説から、用語や、或る種の色あいを借りており、また、多少のノスタルジーを覚えている。自然のなかに書きこまれた書物は、そもそものはじまりから次々と伝えられ秘伝伝受者たちの手で守られてきた聖伝を思わせる。つまりそれは、ここかしこで断片的に輝く、秘めかくされた、尊敬すべき書物なのである。ドイツ・ロマン派の作家たちは、この唯一にして絶対的な書物に関して、同じような思想を表明している。たとえば、ノヴァーリスは、一冊の聖書を書くことこそ、事に通じたすべての人間が、完全な存在となるためには、どうしても迎えとらねばならぬ狂気だ、と語っている。彼は、聖書を、すべての書物の理想と名付けており、また、F・シュレーゲルは、「無限の書物、絶対的に書物であるもの、絶対的な書物、についての思想」を喚起している。そしてまた一方、ノヴァーリスは、聖書のあとを継承するために、メールヘンという詩的形式を役立てようとしている(だがここでは、われわれは、マラルメからはきわめて遠ざかっている。彼は、ワグナーを次のようにきびしく批判しているのだ、「想像力豊かでしかも抽象的な、それゆえに詩的なフランス精神が、輝きを発するとすれば、それはこのような仕方ではないであろう。フランス精神は、伝説を嫌悪し、そのことによって、いっさいを新たに見出す完全なかたちでの芸術と一致するのだ」)。おそらく、マラルメが、神秘学者やドイツ・ロマン派や自然哲学流の言いかたでその考えを表明し、書物のなかに、普遍的な自然の文章による等価物を、その自然のテキストそのものを見出そうとしているような段階があるだろう。「キマイラ、それについて考えてみたということが、すでに証明しているのだ……すべての書物は、数えあげられたいくつかのくりかえし文句の融合を多かれ少かれふくんでいることを。そればかりか——さまざまな国民がそれぞれ自国のものめかして作りあげている聖書のように——実際にはただ一冊の書物しかなくて——この世においてその掟となっていることを」[*5]（「詩の危機」）。これは、彼の傾向のひとつであって、このことを否定することは出来ぬ（同様にまた、彼は「物質的に真実」（同右）であるような言語を夢想している）。

だがしかし、作者を持たぬ書物の確立が、きわめて異った、だが私の考えではるかに重要な意味を持つような、もうひとつ別の段階がある。「作品は（マラルメの原文は「純粋な作品は」である）、詩人の語りながらの消失をふくんでおり、詩人は、ひとつひとつの相違のために衝突して動員状態におかれた語に主導権をゆずるのである」（同右）。「詩人の語りながらの消失」という言いまわしは、あの有名な文章に見出されるものにきわめて近い。「自然的事実を、言葉の働きにしたがって、そのふるえ動きながらの消失とも言うべきものに置きかえる不可思議も、もしそれが……でなければ、何の役に立とう」（同右）。詩人は、作品の圧力のもとにあって、自然的現実を消失させるのと同じ運動によって姿を消してしまう。もっと正確に言えばこうである。つまり、事物が散り散りとなり、詩人が消え去ると言うだけでは充分ではない。さらにまた、事物も詩人も、真の破壊作用によって中断をこうむりながら、この消失そのもののなかで、この消失の生成のなかで——一方はふるえ動きながらの消失であり、他方は語りながらの消失だ——おのれを確立すると言わなければならぬ。自然は、言葉によって、それを絶えることなく無際限に消失させるリズミックな運動のなかに置きかえられる。そして、詩人は、彼が詩的に語るという事実によって、この言葉のなかに姿を消し、唯一の先導者にして原理でありつまりは源泉であるこの言葉のなかで成就される消失そのものとなる。「詩とは、聖別式だ」。「自我の脱落」や、「誰か或る人間としての死」は、このような詩的な聖別式と結びついており、それが、詩を真の犠牲と化するわけだが、それは、不安な魔術的な昂奮状態を目指すものではなく、——ほとんど技術的と言いうるほどの理由によるものである。つまり詩的に語る者は、真の言葉のなかで不可避的に活動しているこの一種の死に身をさらすのである。

「作られ、存在する」

書物は、作者なしに存在する。なぜなら、それは、作者が語りながら消え失せてのち初めて書かれるからである。書物は、作者が不在であり不在の場である限りにおいて、作家を必要とする。書物は、それを読む人間の固有の感覚から自由であると同様、それを書いたと覚しい誰かの名前にけがされておらずその存在から自由であって、そういう誰かに帰するものでない場合に、書物なのである。偶然的な人間——特殊な人間——が、作者として書物のなかにその位置を占めえぬとすれば、どうして彼が、読者として、そこで、重要な存在としてのおのれを見出すことが出来るだろう？　「非人称化された書物から、人々は作者として引き離されるのだが、この書物は、読者の接近も求めはしない。書物は、このようなものとして、まさしくそういうものとして、さまざまな人間的な付属品のあいだで、単独に生れ出る。つまり、作られ、存在する」（「制限された行動」）。

この最後の断言は、マラルメのもっとも輝かしい断言のひとつである。それは、おのれのなかに、決定的な刻印を帯びたかたちで作品の本質的要請をとり集めている。すなわち作品の孤独、或る場所を出発点とするようにそれ自体を出発点とする作品の遂行、作品のなかで対置され論理的にして時間的な中断によって分離された、作品を存在させるものと作品がそこでは「させる」などということには関わりなくただ自らに属している存在との二重の確立——、つまり、作品の瞬間的な現存とその実現の生成との同時性である。すなわち、作品は、作られるやいなや、作られたものであることを止め、もはや、それが存在するということしか語らないのである。

今やわれわれは、ロマン主義的な伝統における書物からも、秘教的伝統における書物からも、能うかぎり遠ざかっている。そのような書物は、実体的な書物であって、永遠の真理によって実在しており、この真理を、近付きうるものではあるが秘められたかたちで暴露している。つまり、この真理に到りついた人間に、神的な秘密と存在とを所有させるような暴露なのである。マラルメは、恒久的にして現実的な真理という観念も、実体という観念も拒否している。理想にせよ、夢想にせよ、その根拠として、仮構物の確認され確立された非現実性しか持たないような何ものかが実在するか、ということになる。それゆえに、彼にとっての重要な問題は、文芸のごとき何ものかと関わっている。文学はどのようにして実在するか、文学と存在の確立とのあいだには、どのような関係があるか、ということになる（『音楽と文芸』参照）。マラルメが、現在からいっさいの現実性をのぞき去っていることも周知のことだ。「……いかなる現在もない。そうなのだ、――現在などは実在しないのだ」。「自分が自分自身と時を同じくしているなどとわめく者は、事情をよく知らないのである……」。また、同様の理由から、彼は、歴史的な生成のなかに、いかなる移行状態も認めない。すべては断絶であり、決裂である。「歴史においては、すべては、中断することによって現実的な力を持つのであり、流動的推移などはほとんどない」。彼の作品は、あるときは、素白で不動の潜在性のなかに凝固しており、またあるときは、――そしてこれがもっとも意味深い点なのだが――、極度の時間的な不連続性によって生気づけられ、時間上のさまざまな変化や、加速や、減速や、「断片的な停止」に委ねられている。これらは動性のまったく新しい本質をあらわすしるしであって、そこでは、日常的な持続とも永遠の恒久不変性とも無縁な、或る別の時間のごときものが告知されている。

「未来や過去でありながら、現在というつわりの見かけのもとにあって、ここでは先立ち、かしこでは思い起させる」。

作品によって表現され、作品に含まれた、作品の内部の時間は、この二つのかたちにおいて、現在を持たぬ時間である。また、同様に、書物は、けっして、真にそこにあるものと見なされるべきではない。書物を手にとることは出来ないのである。しかしまた一方で、たしかに現在などというものがなく、現在は必然的に非現実的で言わば見かけだけの仮構的なものであるとすれば、作品が表現する時間ではなく（この時間はつねに過去か未来であり、現在の深淵を超えた飛躍である）、作品がおのれに固有な明白さのなかでおのれを確立している時間こそ、もっとも高い意味で、非現実的な作品の時間ということになるだろう。このとき、作品は、それ自身の非現実性と現在の非現実性との一致を通して、おのれがそのきらめくような集中化である闇を出発点とし、いっさいを照らし出す稲妻のような光のなかで、この両者を互いに存在させあうのである。マラルメは、現在を否定しているが、作品に対しては現在を保存しており、この現在を、存在するものが消え失せると同時に輝いているような、現存性なき断言の持つ現在と化している（「それらが、そこで、急速な花のなかで、エーテルで出来たような透明さのうえで、輝き、死に絶えてゆく瞬間」）。書物の持つ明白さ、その明らかな輝き、これは、書物について、それは存在し、現存していると言わねばならぬようなものだ。なぜなら、書物がなければ、何ひとつけっして現存することはないからだ。だがまた一方、書物には、現実存在のための諸条件がつねに欠けていると言わねばならぬ。つまり、それは存在しているが不可能なのである。シェレール氏が語っているように、マラルメの遺稿は[*6]、書物が、批評家たちの嘲笑に反して、けっして単なる夢物語ではなく、マラルメがそれを実際に実現しようとまじめに考えていたことを、はっきりと示している。こういう指摘は、おそらく素朴なものだ、マラルメのほとんどいっさいの理論的な著作は、このような作品の計画を示唆しており、つねにこの作品について考えている。そして、この作品に対して、つねによりいっそう深められた観点、実現されざる作品がわれわれに対して本質的なかたちで確立されるような観点を投げかけている。この種の保証に対して無関心な人々、相も変らずマラルメのなかに、愚にもつかぬ作品についてもったいぶったお喋りをし、無意味な紙きれを神秘めかした様子でふりまわして、三十年のあいだ世間をだましてきた人物を見てとっている人々は、このような新しい証拠によっても、説得されることはないであろう。それどころか逆に、彼らは、現実に存在しもしない書物をめぐって、その出版に関するいっさいの物質的経済的問題がこまごまと取り扱われているこれらの細目のなかに、世間周知の、完全に素性の知れた、或る病的状態の諸徴候を見てとることであろう。

さらにまた、次のように言わねばならぬ、つまり、もし、この書物が現実に存在した場合、シェレール氏は、われわれに「この書物を見よ」と語りわれわれにこの書物を確認させるためにどのような態度をとるものか、私はそのことを知りたいものだと思う。この書物の本質は、それ自身を確認することさえも非現実的にすることであり、さらにまた、その明白な現存性とそのつねに疑わしい現実性との軋轢であるからだ。

「記憶すべき危機」

この原稿が、作品の実現を計画するに際しては、費用、発行部数、売上高等、さまざまな実際的な条件があるが（バルザック的条件だ）、このような条件に関して心にとどめうる点は、それらが、マラルメが歴史的行為の可能性や文学上の生成につねに加えてきた極度の注意をはっきりと示していることだ。しばらく以前から、人々は、マラルメが、つねにローマ街のサロンに閉じこもっていたわけではないことを考慮に入れ始めている。彼は、歴史に問いを投げかけている。また、経済学に基礎づけられた一般的行為と、作品を出発点として限定された行為（「制限された行動」）とのあいだの諸関係にも問いを投げかけている。「時代」というものが、おそらく作家にとってはつねに或る「トンネル」であり、合い間的時間、言わば中間的時間であることを確証することによって、彼は、次のような思想を表明している。つまり、書物の完全性のなかに含まれた極限的な芸術上の結論に対してはつねに不完全なかたちでしか役立たぬ諸状況にもとづいて冒険を行うよりもむしろ、それらの結論を、いっさいの歴史上の好機に逆らったかたちで働かせ、それらを時代にあわせるためには何ひとつせず、それどころか逆に、その軋轢や、時間上の裂け目を明確にして、それから或る明白さを引出す方がよい、という思想である。かくして、作品は、「当面の時」と文学的活動のあいだの不調和の意識とならねばならぬ。そしてこのような不一致はこの活動の一部をなすものであり、この活動そのものなのである。[*7]

マラルメは、彼の時代に文学がよぎっていた重大な危機に対しても注意を怠らなかった。人々はもはやヘルダーリンとロマン主義とを関係づけようとはしないが、それと同様に、今やついに、マラルメのなかに、ひとりの象徴派詩人を見てとることを止めている。マラルメは、『音楽と文芸』のなかで、三十年前にまず彼自身の危機であった危機について、当然のかたちとしてそれを最近の世代に特有な歴史的な危機に変えながらも、きわめて明確に語っているが、この場合、象徴主義の有為転変が問題なのではない。「……このようなさまざまな大騒ぎのなかで、最近の世代のために、書くという行為が、その根源まで探られたのです。少くともこの探究はきわめて徹底的なもので、たとえば次のように言い表わせるほどなのです。つまり、「書くことは存在する余地があるか」ということです」。そして、少しあとでは、次のように言っている。「文芸のごとき何ものかが実在するであろうか……いかにも気持の暗くなるこういう謎は、これまでほとんど問題にされたことはないのですが、私は、こんなに年をとってから、自分が夢中になって語ろうとしているものに関する突然の疑惑にとらえられながらも、この謎を考えているのです」。そして、周知のごとく、彼はこの「異常な催告」に対して、次のように答えているのだ。「……そうです、文学は確かに存在するのです。他はすべて駄目でも、文学だけは存在すると言ってもいいのです」。

書物の計画とその成就は、明らかに、この根本的な問題提起と結びついている。文学は、それから可能性の日常的な諸条件をのぞき去るような経験ののちに初めてその本質的な完全さにおいて抱懐されうるだろう。マラルメの場合は、まさしくそうであった。なぜなら、彼が、作品を思い描くのは、「書くという行為だけで惹き起されるきわめて不安なさまざまな徴候」を感じたのち、さらに書き続けているときにほかならないからである。それと言うのも、このとき、書くことは、彼に対して、可能的な活動として示されることを止めているのである。「浄めの嵐」〔『音楽と文芸』〕。ただ、その過程を通じていっさいの文学的慣習が運び去られ、文学に対して、二つの深淵が出会うところにその根拠を求めることを強いるこの嵐は、結果として、もうひとつ別の騒ぎをもたらすのだ。マラルメは、全身的なおどろきの念をもって、この騒ぎに立会っている。「たしかに私はニュースを持って来ました。……このような例はまだ眼にされたことがありません。人々は、詩句に手を触れたのです」〔『音楽と文芸』〕。「政府は変りますが、韻律法はつねに無きずのままなのです」〔同右〕。ここにあるのは、彼の見るところでは歴史を本質的なかたちで規定するような種類の出来事なのである。歴史が転回するのはそこに文学の全体的な変化があるからであって、文学は、徹底的におのれに異議をとなえ、「根源まで」おのれを問いただすことによって、はじめて築きあげられるのだ。そしてこのような変化は、伝統的な韻律法が問題とされることによってまず最初にあらわされるのである。

マラルメにとっては重大な打撃である。なぜだろうか？　これは明らかとはなっていない。彼は――これは彼のもっとも変ることのない指摘のひとつなのだが――リズムのあるところにはつねに詩句がある、と終始主張している。存在の純粋なリズミックなモチーフの発見と支配だけが重要だ、と主張している。また、すべてが言葉に到りつくことが出来るためには、文学上の重要なリズムがくだけ散ることが不可欠であることを認めている。だが、同時にまた、彼は、今や無視されるに至った措辞法について語りながら、詩の休止と詩が通過している中間的状態について語り、まるで、伝統的な詩句がその欠点によって詩そのものの破壊を示してでもいるかのように、おのれに或る閑暇を許している。これらのすべては、われわれに、「旧套的な」韻律に対する攻撃が、彼にとって重大な変動を表わしていたことを予測させるのである。だがしかし、彼の最後の作品は、「詩作品」である。これは、本質的な詩作品（散文詩ではない）であるが、はじめて、しかもただ一回だけ、伝統との縁を断ち切った詩作品である。つまり、ただ単に、その決裂に同意しているばかりでなく、進んで、未だなお来るべき芸術であり芸術としての未来であるような或る新しい芸術を始めているのだ。これは、根本的な決定であり、作品そのものも決定的なものである。

ii　文学空間の新たなる理解

マラルメが、つねに、伝統的な詩句のなかに、偶然に対して「逐語的に」打ち勝つための手段を認めていたことを承認するとすれば（いささか性急だが）、『骰子《とうし》一擲《いってき》』のなかには、偶然を打ち勝ちえぬものと表明する中心的な詩句の権威と、古い詩句というもっとも偶然的要素の少い形式に対する断念とのあいだの、或る緊密な対応があることが見てとれるであろう。「骰子の一擲は、けっして偶然を排除すまい」という詩句は、この新しい形式の持つ意味あいを作り出し、その特質を表わしているにすぎないのだ。だがしかし、それによって、また、詩の形式と詩を支えつつ貫き通っている断言とのあいだに明確な相関関係が生れたときから、再び必然性が打ち立てられる。偶然は、定型詩の破壊によって解放されることはないのであって、それどころか逆に、明確に表現されることによって、それに対応する形式の正確な法則にしたがっているのであり、またそれは、この形式に対応しなければならないのである。偶然は、このことによって打破られはしないにしても、少くとも、言葉の厳密さへと引寄せられ、偶然が閉じこもる形式の堅固な形態へと高められる。そして、ここから再び、必然性をゆるめる或る矛盾のごときものが生ずるのである。

散乱を通して集中される

『骰子一擲』においては、それが形作っている作品そのものも、はっきりと示されている。この作品とは、詩作品を、現存する一現実、あるいはただ単に未来的な一現実とするものではない。詩作品に、未完了の過去と不可能な未来という二つの否定的なひろがりのなかで、或る例外的なおそらくの極度の遠方性のうちにあることを強いるものである。それによって初めて事物の現実的創造が確かめられるようなさまざまな確かさを求めてみても、すべては、詩作品が現実に存立しえないような具合になっている。われわれの手も、眼も、われわれの注意力も、『骰子一擲』の確かな現存性をはっきりと認めているが、この作品は、ただ単に非現実的で不確かであるばかりでなく、偶然に法規を与える一般的規則が、存在のどこか或る領域で、必然的なものと偶然的なものが災厄の力でいずれも挫折状態に置かれるような領域で、崩れ去るときに、初めて存在しうるだろう。かくて、この作品は、現にそこにあるものではなく、つねに彼方にあるものと一致した場合にのみ現存するものである。『骰子一擲』は、それが、それ自身の、あの星座（『骰子一擲』中の言葉）の、極端にして精巧な非蓋然性を表現する限りにおいて存在する。この星座は、或る例外的なおそらくのおかげで、（天空の空虚と深淵の解体以外に何ひとつ根拠を持たずに）、「どこか空虚にして高い表面下に」（同右）身を投ずる。未だ知らざる或る空間、作品の空間そのものの誕生である。

かくして今や書物にきわめて近い。なぜなら、書物だけが、それが体現する作品に対する告知や期待と同一視されるのであって、その限りなくあいまいな未来の現存以外に何ひとつ内容を持たず、存在しうる以前につねに存在しており、ついにはおのれの分割と分離そのものとなるためにつねに分割され分離されることを止めないのである。「目覚め続け、疑い、揺れ、輝き、思考し」〔『骰子一擲』中の言葉〕。ここで、この五つの語に足をとどめなければなるまい。これらの語によって、作品は、それに固有な生成の不可視性のなかで示されるのである。この五つの語は、いっさいの魔術的な喚起性を極度に洗い去られていて、或る新しい時が、期待と注意の純粋な時が作りあげられていると覚しい無際限な緊張のなかで、あの唯一の思想に呼びかけ、この思想に対して、詩的運動の輝きに心を配らせようとするわけである。

もちろん私は、『骰子一擲』が書物であるというつもりはないのであって、このような主張は、書物への要請から見て、まったく意味のないものだろう。だがしかし、シェレール氏によってよみがえらせられたあの数々の覚書をはるかに上まわるほど、この作品は、書物に、支えと現実性を与えている。これは書物に対する準備的存在でありそのつねに包みかくされた現存である。書物の企ての含む危険であり、その途方もない挑戦が持つ尺度である。それは、書物から、次のような本質的特性を享けている。つまり、おのれを分割し集中させる稲妻の矢とともに現存しているが、一方また極度にあいまいな存在であって、今日でさえ、親密ならざるいっさいのものに対してかくも親密になった（と思っている）われわれにとって、相変らずこのうえなくありうべからざる作品であり続けているほどだ。われわれは、マラルメの作品を、多かれ少かれ何とかうまく同化してきたと言いうるだろうが、『骰子一擲』の場合はそうではない。『骰子一擲』は、今なおわれわれの書物であるような書物とはまったく異った書物を告知している。西欧的伝統においては、まなざしが、理解の運動と線的な往復運動のくりかえしとを一致させているのだが、この作品は、われわれが、こういう伝統の慣習にしたがって書物と呼んでいるものが、分析的理解の容易さのなかにしかその根拠を持っていないことを予測させるのである。要するに、次のことを充分考慮に入れておく必要がある。つまり、われわれは、考えうるもっとも貧弱な書物しか所有していないということだ。また、つねにただ、読むことを学び始めてでもいるかのように、数千年もまえから、読み続けているということだ。

『骰子一擲』が書物の未来を方向づけるのは、もっとも激しい散乱状態という方向《サンス》であると同時に、より複雑な構造の発見によって限りない多様性をひとつに取り集めることが出来るような或る緊張という方向である。マラルメがヘーゲルのあとを継いで語っているように、精神とは、「揮発性の散乱物」なのである。かくして、精神を取り集める書物は、極度の爆発力と、限界を持たぬ不安を取り集めるのだ。この不安は、書物がうちに包むことの出来ないものであり、それは書物から、いっさいの内容と、限られ限定され完結したいっさいの意味を締め出すのである、この散乱運動は、けっして抑えつけられるべきものではなく、この運動を出発点として突き出される空間のなかにかくのごときものとして保存され迎えとられなければならぬ。この運動はつねにただこの空間に応えているが、この応答は、そこでは散乱が統一という形態と外見をうるような無際限に増殖された空虚への応答なのである。つねに運動状態にありつねに散乱の極限にあるこの書物は、その散乱そのものにより、この書物に本質的な分裂に従って、つねに、あらゆる方向からひとつに集中されることにもなるだろう。この書物は、この分裂を消滅させるのではなく、それを出現させて保持するのであり、かくしてそこでおのれを成就するのである。

『骰子一擲』は、新たなる運動関係を通して、新たなる理解関係が生み出されうるような、文学空間の新しい理解から生れ出た。マラルメは、言語とは、通常の幾何学的空間も実生活の空間もけっしてその独自性をとらえさせてくれないような限りなく複雑な空間的諸関係の一体系であるという、彼に至るまで無視されてきたし彼以後もおそらく無視されている事実を、つねに意識していた。人は何ひとつ創造しないのであり、言語が局限され表現された言葉である以前に諸関係の黙々たる運動でありつまりは「存在のリズミックな押韻分解」であるような極度に空虚な場所へあらかじめ接近することによって、はじめて人は創造的に語るのである。言葉がそこにあるのは、つねに、それらの関係のひろがりを示すためにすぎない。つまり、それらの関係が投げ出される空間を示すためにすぎない。そしてこの空間は、示されるやいなや、曲り、たわみ、どこでもないところになり、どこでもないところに存在しているのだ。[*8] 言語の源泉であり「結果」である詩的空間は、けっして何らかの事物のようには存在しない。つねに「それは間があき、散らばって存在している」。マラルメが、彼を場所の持つ独持の本質へと導くいっさいのものに興味を抱くのはこのためである。演劇も舞踊もそうだし、人間の思想や感情の特性もまた、何らかの「環境」を作り出すことであるのを忘れてはなるまい。「いっさいの感動は、人々から発して、ひとつの環境をくりひろげ、あるいは、人々にとけこんで、この環境と合体させる」(『劇場鉛筆書き』「舞踊再論」)。だから、詩的感動は、内面的感情ではなく、主観的な変形でもない。それは、或る奇怪な外部であって、この外部においては、われわれは、われわれの外部にあるわれわれのなかへ投げ出されるのである。かくして、舞踊は次のようなものになる。と彼は付言する。「かくしてこの多様な解放は、或る裸形をめぐるものであり、この裸形が解放を秩序づけている相矛盾したさまざまな躍動によって偉大であり、嵐のように湧き立ち、ただよい動きながら、そこで、この裸形を、それを解体させるまでたたえる。中心をなす裸形……」。

マラルメが、何かよくわからぬ秘教的欲求によって創造したと言われているこの新しい言語は――かつてシェレール氏がきわめて綿密に研究した――、さまざまな新しい手段によって言語活動に固有の空間を作りあげるための厳密な言語なのだが、われわれは、日常的な散文においても文学上の慣習から言っても、これを、単一で不可逆的な運動によって経めぐられる単純な表面に還元してしまっている。マラルメは、この空間に深さを回復している。語句は、線的なかたちで、おのれをくりひろげることに満足せず、おのれを開く。そしてこの開示によって、さまざまな段階の深さに、異った語句の運動や、異った言葉のリズムが、重なり、解き放たれ、間をおかれ、収縮する。これらの運動やリズムは、通常の論理——従属的論理——とは無関係だが堅固な構造上の限定によって、互いに関係づけられている。通常の論理とは、空間を破壊し、運動を画一化するものなのである。マラルメは、深いと評しうる唯一の作家である。彼は、比喩的な意味で深いのではなく、彼の語るものが持つ知的なかたちでの意味あいのために深いのでもない。彼が語るものは、いくつかの次元を持つ空間を規定しており、それは、相異なるいくつかの段階において同時にとらえねばならぬこの空間的な深みによって、はじめて理解されうるのである。(それにまた、われわれが好んで使うこの「それは深い」という言いまわしは何を意味するのか?意味の深さとは、背後への——後退的な——歩みのうちにあり、意味は、われわれを導いて、おのれのために、このような歩みを強いるのである)。

『骰子一擲』は、この新たなる空間の明らかな確立である。詩作品と化したこの空間である。そこで作用している仮構は、——つねによりいっそう遠くなる空間をますます微妙に暗示するさまざまな形象がそこから生れそこで衰えてゆく難破の試練を通じて——いっさいの現実的なひろがりの解体と「深淵の同一的な中性的性質」(『骰子一擲』中の詩句)へ達する以外に、何の目標も持ってはいないようだ。このことによって、散乱の極点において、もはや次のような場所しか、つまり何ごとも起らぬ場所としての無という場所しか、確立されないのである。それではこれは、イジチュールが至りつこうとしていたあの永遠の虚無なのだろうか? 純粋にして決定的な空白なのだろうか? そうではなくて、これは、不在の無際限な動めきであり、「どれと言うこともない下層の波音」(同右)であり、「そのなかにいっさいの現実性が解体する漠としたものの領域」(同右)である。この解体作用が、いつか、この解体の運動そのものを、場所の深みのなかで絶えず生成し続ける生成作用を、解体することがなければだが。

ところで、この場所、深淵の「大きく口を開いた深み」(『骰子一擲』)は、例外の高みで逆転して、空虚な天空というもうひとつの深淵を築きあげ、そこで星座という姿をとる。星たちの限定された複数性のなかに集中した無限の散乱であり、語がつねにそれらの空間であるためにこの空間が純粋な星のきらめきとなって輝く詩である。

詩の空間と宇宙的空間

詩に関するマラルメの思想は好んで宇宙的な用語で語られているが、これが単にポー

（「ユーレカ」「言葉の力」）の影響によるばかりではなく、むしろ創造的な空間、それも無限に空虚なものとして創造的であり無限に動的な空虚に属するものとして創造的な空間の要請によるものであることは明らかである。「葬いの乾杯」における対話は、マラルメによれば人間にはいかなる名称が適当であるかをわれわれに予感させてくれる。つまり、人間とは地平に属する存在であり、彼の言葉のなかにあるこの遠方の要請であって、彼が語るやいなや溶けこむこの空間を、その死によってさえも拡大するのだ。

すでに昔ほろぼし去られたこの人間に虚無は語る、
「かずかずの地平の思い出、おまえにとって大地とは何だ？」
この夢を叫びたてよ、すると、その明晰も今はかわりはてた声、
空間はたわむれのように叫ぶ、「私は知らぬ」（「葬いの乾杯」）

空間の永遠の沈黙をまえにしたパスカルの恐怖と、空虚が星のようにちりばめられた天空に面と向かったジューベールの恍惚のあいだにあって、マラルメは、人間に新たなる経験を与えた。もうひとつの空間の接近としての空間を、詩的運動の創造的根源であり冒険であるような空間を与えた。不安や、不可能性への配慮や、虚無の意識や、まさしく彼の時であるあの窮迫の時、あの「中間と空位の時」が、詩人に属するものであるとしても、

だからと言って、一般的傾向として見られるように、マラルメの顔のうえにストイックな仮面をかぶらせたり、彼のうちにもっぱら鋭敏な絶望の闘士を見たりするのは、不正確なやりくちだろう。あいまいな哲学上の用語のなかから何かを選ばねばならぬとすれば、彼の思想にもっともぴったりするのは、ペシミスムという用語ではないだろう。なぜなら、マラルメが、詩を位置づけることを強いられる度毎に、詩は、つねに、よろこびとか、昂揚した断言とかいう面において表明されているからである。『音楽と文芸』におけるあの有名な文章は、このような至福状態を語っている。その文章は、あの二十四の文字に対する信仰とともにそれらの相互関係に対する感覚を持ち続けることに心をくだき、かくして「エデンのありかに通じた人間」は、「他の富以上に、至福の要素を所有し、ひとつの理論を手に入れると同時にひとつの領土を手に入れる」と語っている。この領土という言葉は、われわれを宿りの地という言葉に連れ戻す。マラルメが、或る手紙で多少焦立たしげに答えているように、詩は、「かくして、われわれの宿りの地に、真正なる性質を与える」[*9]のである。われわれは、詩が、みずから生れ何かを生れさせているような場所においてのみ、真に滞在しているのだ。これは、ヘルダーリンの言葉とされているあの言葉（これは晩年の、真偽に関して異論のあるテキストのなかの言葉だ）にきわめて近い。「……詩的にのみ人間は滞留する」。それにまた、ヘルダーリンには、次のような詩句もある。「だが、滞留するものをこそ、詩人たちは築きあげる」。われわれは、これらいっさいのことを思い浮かべるが、おそらく、ハイデッガーの註釈によって一般に認められている解釈には合わないようなかたちで思い浮かべている。なぜなら、マラルメの場合、詩人たちが築きあげるものは、つまり、言葉の深淵であり基底であるあの空間は、留まることのないものであり、真の宿りの地は、そこで人間がおのれを守るかくれがではないからである。そうではなく、それは、遭難と深淵とを通して、暗礁と関わっており、それによってはじめてあの運動する空虚へ、創造の仕事が始まるあの場所へ至りつくことが出来る「記憶すべき危機」〔『骰子一擲』〕と関わっているからである。

マラルメは「地上のオルフェウス的解明」と、「人間の解明」とを、詩人の義務とし書物の課題としているが、この場合彼は、くりかえし用いられているこの「解明」という語によって何を言おうとしているのか？　それはまさしくこの語に含まれていること、つまり、地上と人間とを歌の空間へくりひろげることである。この両者が自然的なかたちではどういうものかを知ることではなく、人間と世界とを——それらに与えられた現実性のそとへ、それらの持つ神秘的で明らかならざるもののなかへ、空間の持つ拡散力と、律動的な生成の集中力とによって——展開することである。詩が存在するという事実によって、ただ単に、この宇宙のなかに何か変化したものが存在するというばかりではなく、宇宙の本質的変化とも言うべきものが存在するのであって、書物の実現は、つねに、この変化の意味をあらわにし、それを築きあげているのだ。詩はつねに、他のものの端緒となる。現実的なものと比較して、それを非現実的と呼ぶことが出来るであろうし（「この国は実在しない」）、われわれの世界の時間と比較して、それを「空位的時間」乃至は「永遠」と呼ぶことが出来るだろう。自然を変容させる行為と比較して、「制限された行為」と呼ぶことも出来るだろう。だが、これらの言いかたは、この他のものの理解を、再び、分析的理解におち入らせてしまうだけなのである。

ここで、次のような指摘が必要だろう。つまり、「葬いの乾杯」、「かげが宿命の掟で始めたとき〔ブランショの誤記あるいは誤植、原文は「おびやかしたとき」〕で始まる『ソネ』及び『骰子一擲』のあいだには二十五年の間隔があるが、それらはいずれも、詩的空間と宇宙的空間とが関係づけられた三つの作品を形作っているという点である。これらの詩のあいだには多くの相違がある。それらの相違のなかの或るものはきわめて顕著である。『ソネ』においては、天空に「祭りの星」のように輝く詩的作品より確かなものは何ひとつ存在しない。それは、さまざまな太陽中の太陽として、他に立ちまさった品位と現実性をそなえており、現実の星どもの「いやしい火」は、この太陽のまわりをめぐって、その輝きを証しているにすぎない。「そうだ、私は知っている……」（『ソネ』のうちの詩句）。だが、『骰子一擲』においては、このような確信は消え失せている。作品の星座は、ありえぬものであると同時にはるか遠いものであり、例外性によって高められる高みのせいでかくされており、現存するものではなく、それが形成されるかも知れぬ未来のなかにつねにただ留められていて、それは、おのれを表明すると言うよりも、むしろ、存在するまえにおのれを忘れ去っているのだ。このことから、懐疑にとらえられたマラルメが、作品の創造も、星に匹敵するその性質をもはやほとんど信じなくなったと結論すべきだろうか？　詩を信じられなくなった状態で死に近付いている彼の姿を見てとるべきだろうか？　事実、そのように考えるのが論理的かも知れぬ。だが、論理が、他のもののための法を定めようとする場合、論理がいかに欺瞞的であるかをわれわれはここで眼にするのである（論理は、この他のものを、他の超地上的世界に、他の精神的現実にするために用いられているのだ）。『骰子一擲』は、むしろ逆に、創造的な言葉に固有な決定力を、『ソネ』よりもはるかに断乎としたかたちで、また、われわれをより本質的な未来に関わらせるような語りかたで語っているのだ。そしてマラルメ自身は、相変らず作品に対して、事物にのみふさわしいような種類の確かさを与えており、作品の現存が、もっとも遠くもっとも不確かなものへの期待としてわれわれに達しうるような観点からのみ作品を喚起しているが、作品の確立に対するはるかに信頼にみちた関わりのなかに入りこんでいるのだ。このことは、（不正確な言いかただが）次のように言いかえることが出来るかも知れぬ。つまり、懐疑は、詩的な確かさに属しており、同様にまた、作品を確立することの不可能性が、われわれを作品の本来的な確立へ近付けるのだ。「目覚め続け、疑い、揺れ、輝き、思考する」という五つの語によって、思考にその配慮が委ねられているあの確立へ近付けるのだ。

作品と生成の秘密

詩の現存とは、来るべきものである。つまり、それは、未来をこえてやって来るものであり、現にそこにありながら来ることを止めない。この世の時間がわれわれに支配させているものとは別の或る時間的次元が、言葉のなかで働いている。そしてそのとき、この言葉は、存在のリズミックな節奏によって、その展開の空間をあらわにする。そこでは、何ひとつ確かなものは告知されない。確かさにかかずらわっている者、いやそればかりか、蓋然性に属するより低次な諸形態にかかずらわっている者も、けっして「地平線」に向かって歩み出すことはなく、同様にまた、彼は、偶然の内奥であの五種類のやりかたでなされているあの歌う思考の道連れではない。

作品とは、作品に対する期待である。この期待のなかにのみ、言語という本来的空間を手段とし場所とする非人称的な注意が集中するのだ。『骰子一擲』は、来るべき書物である。マラルメは、空間と時間的運動との諸関係を、それらを変化させるようなやりかたで表現するという自分の計画を、とりわけその序文のなかで、明確に断言している。空間は、存在するものではなく、著作の動性が持つさまざまな形式にしたがって、「節奏され」「内面化され」、散り散りにされ、休まされるものであって、これは、通常の時間を締め出すのである。この空間においては——書物の空間そのものだ——、不可逆的な生成の水平的な展開にしたがって瞬間が瞬間に続くことはけっしてない。そこでは、たとえ仮構的であろうとも、かつて起ったような何かが語られることはない。物語は、「たとえば……」という仮定にかわってしまうのである。この詩がその出発点としている出来事は、歴史的で現実的な事実として示されてはいない。仮構のうえでの現実的な事実としても示されてはいない。それが価値があるのは、それから生じうる思考と言語のいっさいの運動に関してのことにすぎないのであり、「後退と、延長と、回避とによって」この運動を感知しうるように形象化することこそ、空間と時間との新たな作用を作りあげるもうひとつの言語活動と言うべきものなのである。

このことは、当然きわめてあいまいなことだ。われわれは、一方では、歴史的な持続を、マラルメの探究がつねに大いに役立ててきた均衡と相互性という関係に置きかえることによって、その持続を排除しようと企てている。「これがあれなら、あれはこれだ」というわけである。これは遺稿のなかの覚書に見られる言葉だが、そこには、こんな言葉もある。「同一の主題に関する二つの選択——これか、あれか、——(これは、連続的に、歴史的になされるのではなく、つねに知的に行われる)」。彼は、フランスの十七世紀が、ギリシャやローマの思い出のなかに悲劇を求めるかわりに、デカルトの作品のなかにそれを見出さなかったことを、いつも残念がっていたが(ラシーヌと結ばれたデカルトだ。のちに、ヴァレリーが、いくらか表面的なかたちでではあるが、この夢想を思い起すこととなる)、同様にまた、言葉を感覚的な継起から解放し、言葉にそれ自体の諸関係の支配性を返し与えるために、幾何学的厳密さに属する諸手法を模倣しようとしている。だがそれは模倣にすぎない。マラルメはスピノザではないのである。彼は、言語を幾何学化しはしない。たとえばということだけで彼には充分だ。「すべてが要約されて仮定というかたちで生ずるようになる」やいなや、「人々は物語を避ける」。なぜ人々は物語を避けるのか？ それは、ただ単に、人々が物語の時間を排除するからではない。物語るかわりに見せるからである。周知のごとく、これこそ、マラルメが誇りたいとねがう革新である。ここではじめて、思想と言語の内的空間が、感覚的な方法で表わされている。「語群や、個々の語を精神的に分離する……距離」が、印刷のうえで感知しうるものとなり、同様に、何がしかの概念の重要さも、それらの断言力も、それらの相互関係の加速も、それらの集中も、それらの散乱状態も、最後にまた、語の歩みとリズムとを通しての、それらが示す対象の再現も、感知しうるものとなっている。

この効果は、非常な表現力を持ったものだ。まったく人をおどろかせる力をそなえたものだ。だが、おどろきは、マラルメがここで自分自身に対立しているという事実のなかにもある。今や彼は、かつて自分がその非現実的な不在の力を考察した言語に対して、いっさいの存在と現実性を返し与えているのだが、言語はかつてはこれらを消滅させることをそのつとめとしていたのだ。「抽象作用の黙々たる飛翔」が、語の可視的な風景に変っている。私はもはや「花」とは言わず、さまざまな用語によって花を描くのである。このような矛盾は、言語のなかにあると同時に、言語に対するマラルメの二重の態度のなかにもある。この二重の態度は、これまでしばしば指摘され、研究されてきた。『骰子一擲』は、それ以上の何をわれわれに教えてくれるだろうか？　文学作品は、そこでは、その可視的な現存と可読的な現存とのあいだに、つまり、読まねばならぬ楽譜乃至絵と、見なければならぬ詩のあいだに宙吊りになっている。またそれは、揺れ動くこの交互性のせいで、全体的で同時的なヴィジョンによって分析的な読書を豊かにするとともに、さまざまな運動の働きが作り出す活力によって静的なヴィジョンを豊かにしようとするのであり、さらにまた、聞くことが見ることであり読むことであるような交点に身を置こうとするのだが、それはまた、そこでは実際の接続が行われておらず、詩は、例外的な未来を形作るあの中心的な空虚を占めているにすぎないような、そういう地点に身を置くことである。

マラルメは、この先在的な地点――概念に先立つ歌だ[*10]――に身を保とうとしているが、ここでは、すべての芸術が言語であり、言語は、それを消し去ることによって表現している存在と、意味の不可視性に形態と語り続ける動性とを獲得させるためにおのれ自身のなかに取集めている存在の見かけとのあいだで、どちらともつかぬ状態にとどまっている。この動的な非決定性こそ、言語に固有な空間の現実性そのものであって、ただ詩だけが――この未来の書物だけが――、この空間の持つ運動と時間の多様性を確立することが出来る。これらの運動と時間は、この空間を、いっさいの意味の源泉として保持しながら、それを意味として構成しているのだ。かくして、書物は、ヴィジョンとしての読みと、読みうる透明性としてのヴィジョンとのほとんど同時的な交互作用が形成する理解のうえに集中される。だが、それは、それ自体との関わりにおいては、つねに中心を外されているのであり、それはただ単に、完全に現存的であると同時に完全に運動状態にある作品が問題であるからだけではない。作品をくりひろげる生成そのものが、作品のなかで作りあげられ、作品に依存しているからである。

　作品の時間は、われわれの時間から借りられてはいない。作品によって形成されることによって、それは、作品という考えうる限りもっとも不動性の少いもののなかで活動しているのだ。だから、まるでここには、ただひとつの持続の方法しかないように、単数で時間と言うのは、この書物の本質的な謎とその尽きることのない魅惑力を無視することである。たとえ綿密に研究してみなくても、「現在といういつわりの見かけのもとで」、相異ったさまざまな時間的可能性が互いに重なりあうことを止めないのは明らかなことだ。しかもそれは、漠然とした混合状態で重なりあうのではない。或る全体があって（それはたいていの場合見開き二ページによって表わされる）、それには或るひとつの時間が適合しているのだが、この全体は、それが属している全体群が別の時間的構造を優位に立てる限りにおいて他のさまざまな時間にも属しており、このことからそのような事態が生ずるのだ

――また一方、「それと同時に」、作品全体を通じて、まんなかを貫く強い横線のように、中心をなすしっかりとした声が響いており、その声のなかでは未来が語っているが、この未来は永遠に否定的な未来なのだ――「けっして廃棄すまい」――、しかしまた、この未来は二重のかたちで伸びてゆくものだ。つまり、一方では、行為をその非実現性という見かけにまで無化する過去的前未来によってであり――「起こりはしなかっただろう」〔『骰子一擲』中の詩句〕――、他の一方では、まったく新しい或る可能性を通してである。作品は、さまざまな否定を超え、これらの否定を支えとしながら、なおもこの可能性に向かって飛躍する。すなわちそれは、或るおそらくの高みにおける例外の時間である。

読むこと、「操作《オペラシヨン》」

この作品のなかでは、それを近付きえぬものとするさまざまな時が働いているわけだが、マラルメはこのような作品を現存化するという配慮を読むという行為に委ねているのではないか、と人々は自問するかも知れぬ。これは、マラルメが読者を捨て去ってもけっして捨て去ることのなかった課題である。それどころか逆に、読者が遠ざけられることによって、読むことという問題はより本質的なものになったにすぎない。マラルメは、この問題について深く思いをこらした。「絶望的な仕事」と彼は語っている。書物の交流性――作品に固有な生成のなかでの作品の作品自身に対する交流――については、遺稿によっていくつかの新しい知識が与えられている。作者も読者も持たぬ書物は、必ずしも閉じられたものではなく、つねに運動状態にあるが、もしこの書物が、何らかのかたちで自分自身の外に出ないならば、また、その構造にほかならぬ動的な内奥性に応ずるために、おのれのへだたりそのものと触れあうような外部を見出さないならば、いかにしてそれは、おのれを構成するリズムにしたがっておのれを断言しうるだろう？　この書物には媒介者が必要だ。それが、読むという行為なのである。ここに言う読む行為は、つねに著作をおのれの偶然的な個人性に近付けようとするそこらの読者の行う読書ではない。マラルメは、この本質的な読書の声となるだろう。作者として消滅し排除されるが、この消滅を通して、彼は、書物の、立現われながら消え去っている本質と関わるのだ。この書物の交流にほかならぬ絶えまないゆれ動きと関わるのだ。

この媒介者という役割は、オーケストラの指揮者やミサにおける司祭の役割に比較しうるだろう。だが、遺稿が、読書に対して、手品や芝居やカトリックの典礼に似た神聖な儀式といった性格を与えているとしても、この場合、何よりもまず、次の点を心にとどめておかねばならぬ。つまり、マラルメは自分がありきたりの読者ではないが、テキストを解釈したり、或る意味から別の意味へ移行させたり、可能なるすべての意味のあいだでテキストを運動状態に保ったりする力を持った、単なる特別の解釈者でもないことを意識している点である。彼は、真の意味で読者ではない。読む行為そのものなのである。それを通して、書物が書物自身に交流する交流運動そのものなのである——、この運動は、まず第一に、用紙の可動性がそれを可能にし必然的にするさまざまな物理的交換[*11]によって行われるのであり、次いで、言語がさまざまなジャンルさまざまな芸術を統合することによって作りあげる新たなる理解の運動によって行われる。最後にまた、書物がそれを出発点として、それ自身の方へ、またわれわれの方へおもむき、われわれを空間と諸時間の極限的な作用にさらすような、例外的な未来によって行われる。

マラルメは、読者を「操作者」(opérateur) と呼んでいる。読者は、詩と同様に、「操作」(opération) なのである。だが彼は、この「操作」という語に対して、「作品」(œuvre) という語に相通じる意味を与えると同時に、この語の技術的な用法から皮肉なかたちでとり出したほとんど外科医術的な意味をつねに与えている。つまり、操作とは、切除なのであり、或る意味で、ヘーゲル的な止揚 (Aufhebung) なのである。読むことは、切除であり、それは、おのれを切除することによっておのれを成就する働きなのである。おのれ自身と対決することによっておのれを証し、おのれを確立しながらおのれを中絶させる働きなのである。遺稿のなかで、マラルメは、読むという行為がふくむ危険で大胆な性格を強調している。危険は、それが、書物に対して一種の作者的権利を僭称するように見え、この作者権が、書物をふたたび通常の書物にしてしまいかねぬという点にある。この危険は、交流そのものから生れ出る。つまり、マラルメという読者に対してさえも、書物が何であるかを、書物が存在するかどうかを、また、書物が、その切除作用によって構成しながら相応じているあの生成が、今からのちわれわれにとって何か意味を持ちいつか何か意味を持つようになるかどうかを、前もって知ることを許さないような、冒険と試練の運命から生れ出るのだ。「目覚め続け、疑い、揺れ、輝き、思索する」。さまざまな時間のこのような崩壊のなかで、無限定な交換作用が表現され、この交換作用によって作品が作られるのだが、この崩壊が、いつかは、すべてが成就されるべき瞬間にぶつかるのだろうか？　書物に先立ってのがれ去りながら、書物のまえに、「それを聖別する究極的な点」を置くことによって、前もって書物を不動化するあの最後の時にぶつかるのだろうか？それはすべての瞬間が、終りなきものの終りとも言うべき最後の完成のなかで停止する瞬間だ。これが終局なのだろうか？　われわれは、今からのち、まさしくこの不動の地点で、普遍的な死という未来的なまなざしで、つねにいくらか読者のまなざしであるこのまなざしで、作品の全体を眺めねばならないのだろうか？

おそらくの高み

だが、『骰子一擲』は、この停止やこの彼岸をこえて、なおも語るべき何かがあることをわれわれに教えてくれる。その断言の確固たる口調は、この書物全体の要約とも「結果」とも言うべきものであり、作品がおのれをあらわに示すことによっておのれを解決しているような断乎たる言葉である。「あらゆる思想は、骰子の一擲を発する」（『骰子一擲』の最後の詩句）。この一節は、ほとんどきびしいとも言うべき口調で単独に語られており、まるで、この一節を通して言葉の孤立性がこのうえないかたちで完成されてでもいるようだが、この一節を位置づけることは困難である。それは、結論めいた力をそなえていて、われわれがさらにさきにまで話を進めることを禁じている。だが、それ自身、すでに、言わば詩の外部にあり、詩という、それに加えられた限界は、それに属してはいないのだ。この一節は、思考と偶然とを、運命に対する拒否と運命への呼びかけとを、賭けられた思考と思考としての賭けとを交流させることによって、短い一句のなかに可能なるもののいっさいを保持しようとするような内容をそなえている。「あらゆる思想は、骰子の一擲を発する」。これは、結句であり、また起句である。球体をなす運動が、終始、終りであるとともに始まりであるような、不可視の移行運動である。すべては終っており、すべては再び始まっている。かくして、書物は、おそらくはその意味である生成のなかに、ひそやかに打立てられるのであり、この意味は、円環の生成そのものとなるだろう[*12]。作品の終末は、その根源であり、その新たなる、また、より以前の始まりである。つまり、作品とは、新たに投じられた骰子が、支配的な言葉の投擲そのものとなるように、今一度開かれたその可能性である。この言葉は、作品が存在することをさまたげることによって――「骰子一擲はけっして」――あの究極的な難破を立戻らせるのであり、その難破においては、つねに、すべてが、すでに姿を消し去っている。偶然も、作品も、思想も、おそらくという高み以外では、消え去っているのだ。

6　権力と栄光

私は、文学と作家とを位置づける助けとなりうるようないくつかの簡単な主張を要約してみたいと思う。

作家が、芸術家と同様に、栄光と関わりを持っているような時代があった。栄光をたたえることが作家の仕事であり、栄光とは、彼が与えまた受けとる贈物なのである。栄光とは、その古い意味においては、神聖な臨在や至上者の臨在が発する輝きなのである。さらにまたリルケが言うように、栄光をたたえるとは、何かを知らせることではない。栄光とは、存在が、それを包みかくすものから解放され、そのあらわな現存の真理性のなかに確立されることによって、存在の壮麗さのなかに進み出る、存在の発顕《はっけん》なのである。

栄光に続くものは名声である。名声とは、もっとせまく、名前のなかに受けとられるものだ。名付ける能力、指名するものの持つ力、名前の持つ危険な確かさ（名付けられることには危険がある）、これらのことが、名付けたり自分が名付けるものを理解させたりする能力をそなえた人間の特権となる。ここでは聞きとりは反響に従属しているのだ。書かれたもののなかで永遠化された言葉は、何らかの不死性を約束する。作家のなかには、死に対して勝利をうるものと結ばれた部分がある。彼は仮りのものを知らぬ。彼は、魂の友であり、精神に属する人間であり、永遠なるものの証人である。多くの批評家たちは、今日でもなお、芸術や文学は人間を永遠化することをその使命としていると、大まじめに信じているようだ。

名声に続くものは評判であって、これは真理に対して単なる意見が続くのと同様である。このとき、公表するという事実——出版——がかんじんなこととなる。このことは、簡単な意味にとることも出来る。つまり、作家が公衆に知られ、評判をえ、おのれを際立たせようとするが、これは、彼が、まさしく価値にほかならぬ金というものを必要とするからである。だがしかし、この価値を与えてくれる公衆を、いったい何が目覚めさせるのか。公開性である。この公開性それ自体がひとつの芸術となるのであって、それはあらゆる芸術の芸術であって、この公開性こそもっとも重要なものである。なぜなら、それは残余のいっさいに限定性を与えるような力をはっきりと打立てているからだ。

ここでわれわれは一連の考察に入りこむわけだが、これらの考察は、論争的な誘惑に引きずられて単純化してはならぬものだ。作家は、公表する。公表するとは、公衆を作ることだ。だが、公衆を作り出すとは、ただ単に、何かを、単なる転位によって、私的な状態から公的な状態へ、たとえば、内心とか密室とかいった或る場所から、外部や街路といった別の場所へといったぐあいに移動させることではない。それは、誰か或る個人に対して、何かの知らせや秘密を啓示することでもない。「公衆」とは、それぞれただ自分自身のために読んでいるような、多数の乃至《ないし》は少数の読者によって構成されているのではない。作家は、その書物を、ただひとりの友のために書いている、などということを好んで口にする。だが、このような願いはまったく裏切られるのだ。公衆のなかには、友人などのいる余地はない。そこには、はっきりと定まったどんな人間もいる余地はないし、家族、グループ、階級、国民などという限定された社会的構造物も入りこむ余地はないのである。何者も、この公衆の一部をなすことはないが、すべての人々が公衆に属している。ただ単に人間の世界だけではなくすべての世界が、すべての事物がそれに属しており、しかも個々の何物もそれに属してはいない。つまり、他者一般がそれに属しているのだ。だから、検閲がいかにきびしく、さまざまな禁止命令にいかに忠実にしたがっていても、この公表するという行為のなかには、ひとつの能力として、つねに何か疑わしい、発育不良なものがある。そしてそれゆえに、この行為は公衆を実在させるのであって、公衆は、つねに無限定なものであることによってこのうえなく堅固なさまざまな限定を逃れ去るのである。公表するとは、読ませることではなく、何ものにせよ何か読むべきものを与えることでもない。公的なものは、まさしく、読まれることを必要としないものである。それは、すべてを知り何ひとつ知ろうとのぞまぬ或る認識によって、つねにまえもって知られているのだ。公的な興味は、つねに目覚めており、飽くことのないものであるが、つねに満足しており、何の興味も抱かないくせにすべてを興味深いものと見なしているのであって、人々は、この運動を、中傷的な先入見をもって語るというひどいまちがいをおかしてきた。つまり、われわれは、ここに、確かに弛緩し静化したかたちでではあるが、文学的努力の根源に障害としてまた手段として存在しているものと同様の非人称的な力を見出すのである。作者は、無際限で止むことがなく、始まりも終りもない言葉に逆らって、逆らうがまたそれに助けられて、おのれの考えを表現するのだ。一方、読者は、この公的な興味に逆らい、放心的で不安定で普遍的で全知的な好奇心に逆らうことによって、初めて読むに至るのであって、読むまえにすでに読んでしまっているあの最初の読みからかくして辛うじて浮かび出るのである。すなわちそういう読みに逆らいながら、だがやはりそれを通して読むわけである。読者と作者のうち、前者は或る新しい理解に、後者は或る新しい言葉に関わっているわけだが、彼らは、これらを束の間中絶させて、もっとよく理解された表現に場所をゆずろうというわけだ。

さまざまな文学賞の制度を思い起してみよう。これを、現代における出版の組織や、知的生活の社会的経済的構造から説明するのは容易なことだろう。だが、多くの場合何の意味もない賞を受けたときに、作家が、ほんのわずかな人々をのぞいてはほとんど例外なく味わうあの満足の念を考えてみると、われわれとしては、それを、虚栄心のよろこびなどという理由からではなく、公的な理解というあの交流以前の交流に対する強い欲求という理由から説明したくなる。そこではすべてが、現われたり消えたりしながら一種の三途の川のような漠とした現在のなかに身を浸しているあの奥深くしかも表面的なざわめきへの呼びかけ、という理由から説明したくなる。この三途の川は、白昼、われわれの街の通りを流れ、生きている人々をさからいようもなく引寄せるのであり、まるで彼らは、すでに亡霊となっていて、よりよく忘れられるために、忘れがたい存在となろうと願ってでもいるかのようだ。

ここではまだ、影響などというものは問題ではない。盲目の群衆によって見られ、未知の人々によって知られるというよろこびさえも問題ではない。そういうよろこびは、無限定な現存がすでに限定された或るひとつの公衆へ変形されることを、つまり、とらええぬものがまったく意のままになる近付きうるものへ低下することを前提としている。さらにもう少し下降すれば、われわれはこの見世物的光景の持ついっさいの政治的軽薄さを眼にすることになるだろう。だが、作家は、この最後の勝負において、いつもあまりよい待遇は与えられない。もっとも有名な作家も、ラジオで毎日しゃべっている人間ほどその名をあげられはしないのだ。そしてもしその作家が、知的能力を渇望している人間なら、彼は自分が、その能力を無意味な高名さのなかで無駄に使っていることをよく承知しているのである。私は、作家は、自分自身や自分の著作のためには何ひとつのぞみはしないと思っている。だが、公表されたいという欲求は――つまり、外部の存在に、外部への開口部に、現代の大都会がその場であるあの露出解体状態に至りつきたいという欲求は、――作品がそれから生れ出た運動に関する思い出のように、作品に属している。作品は、この運動を絶えず延長しなければならないのだが、一方また、何とかそれを徹底的に乗りこえたいとねがっており、事実、作品は、それが作品となる度毎に、この運動を、束の間終らせているのだ。

「外部」という意味に理解されたこの「公衆」の君臨は（それは、つねにそこにありながら、近くもなく、遠くもなく、親しくもなく、無縁でもなく、中心を奪い去られた、すべてを同化しながら何ものも存在しない一種の空間とも言うべき或る現存の魅惑力だ）、作家の目標を変えてしまった。彼は、栄光に対して無縁になり、名声よりも無名の探究を好み、いっさいの不死性への欲求を失い去ってしまったが、それと同様に――このことは、最初ちょっと見るとそれほど確かなこととは思われないが――、彼は、少しずつ権力への野望を捨て去るのである。この権力への野望は、一方ではバレス（モーリス・バレス。フランスの小説家）が、他方ではテスト氏が、ひとりは或る影響力をふるうことによって、もうひとりはそんなものをふるうことを拒否することによって、きわめて独特なその二つの型を体現しているものである。人々は言うかも知れぬ。「だけども、ものを書く人間がかつてこれほど政治にかかわりあったことはない。たとえば彼らが署名する請願や、彼らが示す興味や、自分がものを書くというだけの理由であらゆることについて判断をくだす権利があると信じこんでいるあの性急さをごらんになるがよい」と。それは確かにそうだろう。二人の作家が会った場合、彼らは、けっして文学の話などしはしない（幸いなことだ）、彼らが口にする最初の言葉は、いつだって政治に関するものなのである。それで私は想像するのだ。つまり彼らは、全体として見れば、何かの役割を演じたり何かの力を打立てたり人をおのれの命令に従わせたりする欲求を極端なほど奪い去られており、高名でありながらおどろくほど控え目であり個人崇拝からは極度に遠ざかっているのだが（そればかりかまさしくこの点から、現代の二人の作家をくらべて、今日の作家と昔の作家とを区別することがつねに可能だろう）、彼らが、外部のざわめきにさらに深く入りこみ、あの公的な不安のさらに間近に近付き、つねにその呼びかけへの尊重をうながされているように感じているあの交流以前の交流への追求をさらに進めるにつれて、いっそう政治に惹かれることとなるわけだ。

このようなことは、最悪の事態を惹き起すかも知れぬ。ディオニス・マスコロが「フランスの知的悲惨に関する」エッセー[*1]で語っているああいう連中を生み出すかも知れぬ。「あの何にでも首を突っこむ奴ら、何でも喋りまくる奴ら、何でも知っている奴ら、こういう奴らは、何にでも通じていて、あらゆることに即座に断定的意見を口にし、やっと起ったばかりのことに大急ぎで決定的な評価を下すのであり、かくしてわれわれは、やがて、何にせよ学ぶことが不可能になるだろう。われわれは何でもすでに知っているのだ」。そしてマスコロは、次のように付け加えている。「この地の人々は、何にでも通じていて、聡明で、好奇心の強い人々である。彼らは何でも理解する。どんなことでも直ぐに理解してしまうから、いかなるものについても、それを考えるなどという時間をかけたりしない。彼らは何も理解していないのだ。……すべてをすでに理解した人々に何か新しいことが起ったなどということを認めさせてみるがいい！」。このような叙述のなかには、まさしく、あの公衆的存在の持つ諸特質、つまり、中性的な了解や限りなく開かれた関心や嗅ぎつけ予感する理解力などという特質を——ただここではいくらか強調され特殊化されまた下落させられているけれども——はっきりと認めることが出来るだろう。そこでは、誰もかれもが、つねに、起ったことに通じており、いっさいの価値判断を破壊しているくせにあらゆることにすでに判断をくだしてしまっているのだ。明らかに、こういったことは、最悪の事態を生み出すかも知れぬ。だが、それは、ある新しい状況をも生み出すのである。この状況においては、作家は、何らかのかたちでおのれの固有の生活とおのれの個人的な確信を失い、未だ何の限定も受けず無力であるとともに強力であり無価値であるとともに完全な或る交流の試練をこうむるのであって、かくして彼は、マスコロがはっきり指摘しているように、おのれが「無力さに還元された」のを眼にするのだが、「しかしまた、単純さに還元された」のも眼にするのである。

だから、今日、作家が、専門家にとってはいかにも苦々しい昂奮状態で政治に心を奪われているとしても、その場合彼は、まだ政治そのものに心を奪われているのではなく、またはっきりと気付かれていないこの新しい関係に心奪われているのだ、と言うことが出来る。文学作品や文学の言語は、公衆的現存と触れあうことによって、この新しい関係を目覚めさせようとしているのだ。だから彼は、政治について語りながら、すでに何か別のことについて、たとえば倫理について語っているのであり、倫理について語りながら、存在論について語っているのであり、存在論について語りながら詩について語っているのだ。そして最後に、「彼の唯一の情熱」である文学について語るのだが、これは、「彼の唯一の情熱」である政治に立戻るためなのである。このような可動性は、人を迷わせるものであり、今一度、最悪の事態を歩み出すかも知れぬ。つまり、有用な人々によっていつもビザンチン風のおしゃべり〔無駄な議論の意〕とか知的なおしゃべりとか名付けられるあの空しい議論を生み出すかも知れぬ（このような形容そのものが、当然、その饒舌な空しさの一部をなしているのだ、なぜなら、それらは、能力をそなえた人々の焦立ちを抑えられぬ弱さをかくすのに役立ってはいないからだ）。このような可動性については、マスコロが正当に指摘し定義しているように、[*2]シュール・レアリスムが、われわれに、それが含むさまざまな困難や容易さを、またそのさまざまな要請や危険を示しているのだが、われわれとしてはただ、それがけっして充分に動的ではなく、またあの不安な人を疲労困憊させる不安定性に対してけっして充分に忠実ではないと言いうるだけだ。この不安定性は、絶えず増大しながら、あらゆる言葉のなかに、たとえどのような決定的な断言であろうともそこに足を留めることに対する拒否をくりひろげるのである。

さらにまた、作家が、いっさいの専門家的な利用から外らされたこの可動性のために、文学の専門家であることも出来ず、まして、文学の特殊な一ジャンルの専門家であることはますます出来ないにしても、だからと言って、彼が、十七世紀の紳士や、ゲーテ的人間や、次いでは階級なき社会の人間が（テイヤール・ド・シャルダン〔フランスの聖職者・哲学者〕師が語るもっと遠くに描き出された人間については言わぬにしても）、幻乃至目標としてわれわれに示している普遍性を目指しているわけではないことを付け加えておく必要があるだろう。公衆的な理解が、つねにすべてをすでに理解してしまっておりながらいっさいの本来的な理解を挫折させるのと同様に、また、公衆的なざわめきが、確固として決定的ないっさいの言葉の不在であり空白であって、つねに語られているもの以外のものを語っているのと同様に（このために或る絶えまのないおそるべき誤解が生ずるのであって、イヨネスコのおかげでわれわれはこの誤解を笑いの種にすることが出来るのだ）、また、公衆が、いっさいのグループいっさいの階級を破壊する無限定性であるのと同様に、作家は、彼が、「公表する」という事実によって動き始めるものの幻惑力のもとに入りこみ、オルフェウスが地獄のなかでエウリディーケを求めるように、公衆のなかに読者を求めるときに、或る言葉に向かうのである。この言葉は、誰の言葉ともならないであろうし、誰ひとりこの言葉を聞きとりはしないだろう。なぜなら、この言葉は、つねに、別の誰かに向けられているのであり、それを迎え入れる人間のなかに、つねに或る他者を目覚めさせ、つねに、他の物に対する期待を目覚めさせるからである。何ひとつ普遍的なものはなく、文学を、あらゆるものに対して権利をふるうプロメテウス的乃至神的な力とするものは何ひとつない。あるのは、所有権を奪われ根こぎにされた言葉の運動であり、この言葉は、すべてを語るといううぬぼれよりも何ひとつ語らぬことを好む。それは、何かを語る度毎に、もし語り始めようと思えばそれを超えてさらに降ってゆかねばならぬような段階を示すにすぎないのである。だから、われわれの「知的悲惨」のなかには、思想のための財産もまた存在する。考えるとは、つねに、一般に人々が考えるよりもより少く考えるすべを学ぶことであり、これまた思想にほかならぬあの欠如を考えるすべを学ぶことであり、また、語ることによって、今日見られるように極端に長ったらしいくりかえしによるにせよとにかくこの欠如を言葉に導き、かくしてこの欠如を守るすべを学ぶことなのであって、このようなことをわれわれに予感させてくれるようなあの貧窮状態が存在するのだ。

だがしかし、作家が、このような誘惑に引きずられて、公衆的存在という無名にして中性的な存在へ関心を抱くようになった場合、また彼が、もはや他の興味を持たず他の地平を持たぬように思われる場合、彼は、けっして彼自身をとらえるはずのないものに、あるいはただ間接的にしかとらえるはずのないものに、心を奪われているのではないであろうか？　オルフェウスが作品を求めて地獄へ降ってゆくと、彼は、まったく別の三途の川に直面するのである。すなわち、それは夜という境界であって、彼はけっしてそれを固定させることのないまなざしによって、この境界を魅惑しなければならぬ。これは、本質的経験であり、あますことなく身を委ねるべき唯一の経験である。昼の世界に立戻って来たとき、さまざまな外的な権力に対する彼の役割は、直ぐにそれらの権力の代表者たるバッカスの巫女たちによってばらばらにされて、姿を消すことだけなのだが、一方昼の三途の川は、つまり、彼の肉体がばらばらにして投げこまれたあの公衆的なざわめきの流れは、歌い続ける作品を運んでゆく。ただ単に運び流してゆくばかりではなく、この作品のなかでおのれを歌と化し、そのなかでおのれの流動的な現実性と、いっさいの岸と無縁に限りなくざわめき続けるその生成とを保持しようとする。

今日、作家が、地獄へ降っていると思いながら、ただ街路に降り立つだけで満足しているのは、この二つの流れが、基本的な交流のこの二つの巨大な運動が、互いに浸透しあっていて、ひとつに溶けあおうとしているからだ。深い根源的なざわめきは——そこでは何かが語られるが言葉はなく、何かが口をつぐんでいるが沈黙はない——公衆的な「精神」や「方途」という、語ることなき語りや、よく聞かれずにしかもつねに耳をすましている聞きとりに似ていなくもないからだ。それゆえに、作品は、たいていの場合、存在するまえに公表されようとするのであり、それに固有な空間のなかにではなく、外部的なさわぎのなかで、豊かな外観を持っているがそれを手に入れようとすると危険なうつろいやすさを示すあの生のなかで、実現されようとする。

このような混乱は偶然のことではない。作家には、書くまえに公表させ、公衆には、聞きとってもいないものを形成し伝達させ、批評家には、読んでもいないものを評価し規定させ、最後に、読者には、まだ書かれてもいないものを読ませることとなる、この異様なごたまぜ状態、作品形成のさまざまな契機の全体をつねにそれらに先んじて混ぜあわせるこの運動は、それらの契機を、或る新しい統一性の追求のなかへ集中してもいる。われわれの文学的作業の豊かさと貧窮、誇りと謙虚、極度の露出状態と極度の孤独、そういうものはまさしくここから発するのだが、この作業は、少くとも、権力も栄光も求めないという長所をそなえているのだ。

あとがき

これらのテキストは、いくらか手を加えられてはいるが、一九五三年以降「N・R・F」に「探究」という題名で発表された一連の小論から選ばれたものである。おそらくあとでまた、別の選集を編むこととなるだろう。ここで選んだ一連の「探究」において問題とされていることは、本書の諸処で明らかにされているだろう。それが欠けている場合でも、この探究を、見出すことが軌跡を示すことであって証明をでっちあげることではないような場所で開示しておく必要性そのものは明らかにされているだろう。ここで私は、ルネ・シャールを引くが、この名前はもし何かの思想でそれをあいまいにしたり局限したりする心配さえなければ、文中で時折思い起すべきだっただろう。だがとにかく、巻を閉じるにあたって、次の三つの言葉を引いておこう。「われわれが体験するこの世界の炸裂のなかには、何という奇跡があることか！　崩れ飛び散る断片のひとつひとつが生きているのだ。」「われわれが予見してもおらず、明らかにしてもおらず、それが持つ手段だけでわれわれの心に語りかけようとする何かが成就されるとき、われわれのなかのすべては、よろこびにあふれた祝祭にほかならぬはずだろう。」「死ぬほどにも打ちのめされる夜を眺め、そのなかで自足し続けること。」

原註

Ⅰ　セイレーンの歌

2　プルーストの経験

＊1　もちろん、プルーストにとっては、またプルーストの言語においては、何らかの心理的な事実や感覚が問題なのであって、これは、彼自身が語っていることである。

＊2　『ゲルマント氏のバルザック』、ここでプルーストは、おのれ自身の審美的理想をバルザックと対置している〔『ゲルマント氏のバルザック』は『サント＝ブーヴに逆らって』中の作品〕。

Ⅱ　文学的な問い

1　「幸福に世を終えられそうもない」

＊1　アンドレ・ブルトン『野を開く鍵』

2　アルトー

＊1　「それに、これはあなたに申しあげたことだが、作品もなければ、言語もなく、言葉もなく、精神もなく、何もないのです。すてきな神経の秤をのぞいては何もね」。

3　ルソー

＊1　ジャン・スタロバンスキー『ジャン＝ジャック・ルソー、透明さとさまたげ』

＊2　「考えることをのぞいては、書くことほど私を疲れさせることはない」。

＊3　スタロバンスキーは、執念につきまとわれたようなこれらの詩的な言葉の形式そのものが、「支えの欠如、事物に対するはっきりした把握力の不在といった印象を、具体的に」与えると指摘している。

＊4　「私が言わねばならぬもののためには、私の計画と同じくらい新しい言語を作り出すことが必要だろう」。

＊5　「これらの諸要素をとり集め、それらが構成する存在をはっきり定めるのは、彼（読者）の仕事だ。つまり結果は、読者の作品でなければならぬ」。

＊6　ピエール・ビュルジュラン『J＝J・ルソーの実存の哲学』

4　ジューベールと空間

＊1　「いかなる作品にも似ることなく、芸術に似なければならぬ」。

＊2　ジョルジュ・プーレ『内的距離』。ジョルジュ・プーレは、さまざまな不一致を指摘す

ることも忘れてはいない。

*3 こういう観察は、いつも八月に行われた。この寒がりの天才は、冬に、自分自身の外に出て考えたりはしない。

*4 「八月一日。(夜々ノ不眠《インソムニス・ノクテ》)。私は、思想は、書物のなかで、ちょうど夜空の星のように、連なればいいと思う。秩序正しく、調和をもって、だが、ゆったりと、間隔を保ち、互いに触れあったり、とけあったりせずに」。

*5 『手帖』一八〇五年二月七日。

*6 「ニュートン。彼はあらゆる事物に対して『いかに』を知る能力を与えられた」。「ニュートンは、いかにということを発明しただけだ」。

*7 「美しいものはすべて無限定だ。」「或る事物を限定し、制限するものこそ、つねに、その事物の、特性や、明確さ、厳密さ、完璧さを作りあげる」。

*8 そのなかのひとつは、のちのサンボリスムが、あやまって利用したもの、つまり音楽である。「思考は、ちょうど音楽における音のように、ハーモニーという唯一の関係でつながり、結ばれなければならぬ。——鎖における輪のようにではない」。ジューベールは、感動的な、だが素朴な語りかたで、自分には手に入れられなかった未知の諸思想を惜しんでいるが、おそらく絵画や音楽などによる表現が、彼にこれらの思想の予感のごときものを与えたのだろう。「ああ、もし私が、言葉で自分の考えを表現するように、音楽や、舞踊や、絵画で表現することが出来たなら、自分の持っていないどれほど多くの観念を所有し、おそらく永久に私には味わいえぬどれほど多くの感情を味わいうるこ

とだろう」。

＊9　「いつでも、一冊の本全体を一ページに、一ページをただひとつの文章に、その文章を一つの語に押しこみたいという呪われた野望に苦しんでいる人間。それが私だ」。

＊10　「……憩いは、それ（魂）にとって、けっしてつまらぬものではない。それは魂にとっては、魂が、何ひとつ異質のものの衝撃を受けることなく、もっぱらそれ固有の運動に委ねられた状態を現わしている」。

5　クローデルと無限

＊1　ボードレールは、その有名な詩句〔「旅」をさす〕で、「未知なるものの奥底に」と言っていたのだが、クローデルはそれを取りちがえている。彼のこのような取りちがえは、彼が未知なるものから顔をそむけながら、さらにそのなかにある無限を拒否していることを示唆している。無限という語は、たしかに、ボードレールの固有の言語に属している。

＊2　「十一月」、「灼熱」、「河を降る」、「引きこもり」、「庭の刻《とき》」〔これはいずれも『東方所観』中の作品〕などは、われわれに、彼の光への接近を語っている。

＊3　「私は、人間たちのあいだから身を退け抜け出るべく、うまく手を打っておいた、そういうことになっていたのだ！」〔『真昼の分割』第一幕〕。

＊4　周知のごとく、クローデルは、単なる文学的な美しさにはほとんど心を向けなかったから、のちに、このテキストを、読むに耐えぬものと判断して、削除しようとした。メザ

は、時折、おそるべき言葉を口にする。たとえば彼がイゼに、彼女の夫が死んだこと——この夫を偽善的なやり口で死に追いやったのは彼自身なのだ——これからは自分たちは愛しあっても罪にはならぬことを告げるあの言葉がそうである。「だが今、私はきみに教えよう、シーズは死んだのだ、私はきみを妻に出来るのだ。われわれは、何の秘密も持たず何の悔恨も抱かずに愛しあえるのだ」。

＊5 『真昼の分割』は、或る点では、彼を、あやまちによって解放した若い女に対する復讐的行為であった。のちに、クローデルは、彼女を、ドナ・プルエーズ（『繻子《しゅす》の靴』の女主人公）として再生させることによって、彼女を正当に扱おうと試みる。だが、彼が、『黄金の頭』の王女、ヴィオレーヌ（『マリアへのお告げ』の主人公）、シーニュ（『人質』の登場人物）、プルエーズ、などの若い女たちに加えるほとんどサディスティックとも言うべき暴力には、心打たれざるをえない。彼は、彼女たちを救うために、多少のよろこびをもって、彼女たちを苦しめるのである。「何度か彼は私を鞭打ち、拷問を加えました」と、プルエーズは、夫のドン・カミーユについて語っている。この夫なる人物は、すみずみまで悪意にあふれた人物であるが、『繻子の靴』のなかでもっとも欠くべからざる人物のひとりであり、——もっとも存在感にあふれた人物である。これはけっして作者と無縁な人物ではないことははっきりと感じられる。クローデルのなかには、おそらくは彼の劇的な天才に対応する思考の残酷さがある。彼がこれをもっと自由にくり拡げなかったのは、残念なことである（クローデルの「知的悪意性」についてのスタニスラス・フュメの洞察にあふれた考察を参照されたい）。

＊6　リギュジェでの経験ののち、彼は、自分が拒否したこの世からも、今まさに自分を拒否したもう一つの世界からもともに捨て去られたと感ずるのだが、この失敗に終った決意が彼を委ねた空虚の状態はまさしく、不能性の試練であり、それなくしては詩がその本質とは無縁のままに終る不可能性への接近である。これは、ヘルダーリンがその純粋な体現者であった「窮乏の時」であり、マラルメもまたそれを予想していたものだ。このような予感の持つ意味を、クローデルは、と言うより彼のなかの理論家は、必ずしも認めようとはしなかった。だが、クローデルのなかの詩人は、不能性や――不可能性――が、詩の力の尺度であることを、霊感にあふれた語を通して示すことが出来た。

そして実際、私は見つめた、そして突然まったく孤独な自分の姿が眼に写った。
引離され、拒まれ、見捨てられ
義務もなく、つとめもなく、世界のただなかで外に出され
権利もなく、理由もなく、力もなく、承認もされぬ自分が（『ミューズたち』）。

これらの言葉のそれぞれは、詩的な状況に、マラルメがその保持を試みたと言って彼が非難しているまさしくあの状況に応じている。

6　予言の言葉

＊1　マックス・ウェーバーとマルチン・ブーバーは、ギリシャの予言と聖書における予言と

を比較している。ギリシャ人においては、プラトンが『ティマイオス』のなかではっきり指摘しているように、霊感による予見力にとりつかれて狂気状態になった神がかりの人間は、言葉でさえないような呟きによって秘密を示すのであり、一方、予言者は、司祭か詩人であり、あるいは司祭にして詩人であって、彼らのつとめは、この呟きを解釈することにある。つまり、それを人間の言語にまで高めることにある。ところが、マックス・ウェーバーが言うように、聖書の世界においては、巫女と予言者は別々ではない。イスラエルの予言者は、この両者を一つにして体現している。これは、ギリシャ的な予見はまだ言語ではないということである。それは或る根源的な物音であって、この物音にとりつかれておらず、それを聞きとり測定する力をそなえた人間だけが、言葉とリズムというかたちでそれをとらえうるのだ。聖書の世界においては、精霊に触れた者は、直ちに、すでに真実の言葉であるような言葉を語る。端緒の言葉であるが完成した言葉であり、たとえ瞬間の荒々しい力によって押し動かされるにせよ厳密なリズムをそなえた言葉を語るのである。

＊2 アンドレ・ヌエル『予言の本質』。

＊3 「エホバの息、荒地より吹起らん」(ホセア書十三章)。

＊4 『予言の本質』一三九ページ。この「しかしながら」は「同様に」という意味でもある。だが今や、同じ理由で、というわけだ。「われ、この民に、この大いなる不幸をもたらしたが、同様に、彼らに大いなる幸いをもたらし、そを彼らに許さん」。カフカが「しかしながら」とか、「それにもかかわらず」とかいう言葉、つまりあの「trotzdem」と

いう語に彼の希望のいっさいを注いだとき、彼のなかでは予言の言葉が語っているのだ。

＊5　ジェローム・ランドン『ヨナ記、訳及び註釈』

＊6　アダムが木から取ってくらったあと、すぐに神は、彼に「なんじ、いずこに居るや」とたずねるが、この問いは心痛にみちたものだ。神にはもはや人間がどこにいるかわからない。本質的な方向喪失である。神は真に、人間を見失ったのだ、とヌエル氏は指摘している。悪が王座を打ちくだいたのである。「なんじ、いずこに居るや？」この問いに対して、のちに、『エレミヤ記』において、「神はいずこにありや」というもうひとつの問いがこだまを返している。

＊7　エゼキエルは、河のほとりで、途絶えることなき言葉を聞き、それが語っていることを知るが、それが彼にむかって語りかけていることはまだわからない。このために言葉は、彼に語りかけ、「心せよ、われなんじに語らん」と言う必要があるのだ。

＊8　『予言の本質』二四〇ページ。

＊9　『ヨナ記』のなかで、ランドンはたくみに語っている。「ヘブライ語は、象徴や比喩を用いない。現実を純粋状態で表現する」。

＊10　ブーバーは、次のように言う。「それは生きた実在である。それは、おそるべきまじめさをそなえた神聖な行為であり、真の秘蹟的な劇である。予言者《ナビ》は、しるしというかたちで生きる。彼のなすことがしるしなのではなく、それをなしながら、彼自身がしるしとなっているのだ。ところで聖書の語法においては『しるし』とは何であろうか？　しるしを求めるとは、証しを求めることではなく、ことづてが、具体的で肉体的なかたち

をとるように求めることだ。かくて、精神が語によるよりも、より完全に、より真正なかたちで表現されるのを求めることだ、つまり、精神が具象化するのを求めることだ」。

*11 エレミヤは、わざわいの言葉の執拗な持続を何とかさまたげようとする。だが、それを口にすることなしにさまたげようとする。彼はそれをおのれのうちにとどめ、それを沈黙させようとするのだが、一方「彼の骨のなかに閉じこめられた」この言葉は、いっさいを燃やし尽す火と化する。「私は考えた、「もう何も思うまい、何も口にするまい」、だが、それは、私の心のなかで、いっさいを燃やし尽す火となり、私はそれを支えることに空しく身をすりへらした」(ジャン・グロジャン訳)。

*12 ジャン・グロジャン『予言者たち』。たとえば、エルサレムの誠実で有用でしばしば勇敢な聖書を読んでみよう。「シオンの道は　悲嘆にしずむ、もはや何者もその祭におもむかぬ。そのすべての門には人かげもなく、その僧たちは呻き、乙女たちは悲しむ、今やそれは苦悩のうちにある！」そしてグロジャンは次のように訳す。

シオンにはもはや祭りはない、道は悲嘆に沈み
門は見捨てられ、僧たちは涙にくれる
乙女たちは絶望している。限りない不幸。

私には、アモス書、ホセア書、また時にはイザヤ書の翻訳がもっとも美しく、その抑揚を通して、これまでわが国語にはなかったような言語を喚起する力をもっとも多くそ

なえているように思われる。

7　ゴーレムの秘密

＊1　象徴は、創造的な冒険をとらえはするが、さかさまにとらえるのだ、と言いうるかも知れぬ。かくして、象徴は、読書を、この冒険的な動きの深みに関わらせるのだが、それは作家に象徴のために進んで地ならしをしようという気持がなければないほど、いっそうそうなのである。

9　デーモンの挫折、天職

＊1　『作家の日記』、ジェルメーヌ・ボーモン訳。「N・R・F」第六七号所載のドミニック・オーリーの見事な解説を参照されたい。

＊2　新しい小説を書き始めるにあたって、ジュリアン・グリーンはその日記（『美わしき今日』）にこんなことを書きつけている。「経験は、こういう場合何の働きもなく、何ものももたらさず、少しも仕事を容易にはしない。……今朝のように、書きたいと思っていながら書けないのは、ぼくにとって一種の悲劇だ。力はちゃんとあるのだが、ぼくにはわからぬいろんな理由のために、自由に働かせることが出来ないのだ」。

＊3　モニック・ナタン『彼女自身によるヴァージニア・ウルフ』

＊4　「或るドイツ人への手紙」と題されたエッセーでなされている。この文章は、エッセー集『誘惑された観客』にフランス語で再録されている。

＊5　ジョルジュ・カットーイがその研究『T・S・エリオット』のなかで引用している。

＊6　ローダは『波』のなかでこんなふうに語っている。

Ⅲ　未来なき芸術について

1　極限において

＊1　「マラルメのあやまちは、このようにして、詩的本質を孤立させ、乗りこえがたい美しさをそなえた言語的な結合物を互いに深く溶かしあわせることなしに並置することによって、この本質を純粋状態で示そうとした点にある」（『アリスタイオスの蜜蜂たち』）。

＊2　ナタリー・サロート『不信の時代』

2　ブロッホ

＊1　ウェルギリウスは、アウグストゥスには拒んだものを、オクタウィウスには許している。アウグストゥスが、彼に「おまえは私を憎んでいる」と言うとき、彼はこのような疑いに耐えることが出来ない。かくして結局、彼はその作品を友情の手にわたすのである。

＊2　この二重の現実性は、翻訳という変形作用によって強調される。『ウェルギリウスの死』は、難解な作品ではあるが、幸いにも秀れた翻訳がなされている。——まず最初に、ジーン・スター・ウンターマイヤー夫人によって英訳されたが、彼女は才能ある作家であるのみならず、何年かのあいだ、ブロッホといっしょに仕事をした。——最近、アルベ

ール・コーン氏によって仏訳された。この二種類の翻訳は、いずれも注目すべきものである。だが、この二つの国語の固有の性質のために、或るときはこの作品の知的な面が強調され、或るときは、その魔術的な表現力が強調されるという結果が生じた。仏訳は、論理的な忠実さをそなえたものであって、この忠実さは、ごくささいなニュアンスのなかでまでも追求されており、けっしてその厳密さを断念することのない思考のうちに明確さと正確さを保持している。英訳はもっと歌っており、それを読むと、内的独白の巨大な流れが、あの流動的な一体性や、あの虹のような輝きが、いっそうはっきりと感じられる。この虹の光は、あるいは輝き、あるいはまた、なおも輝きながらもそれと同時に次第に消えてゆくのであり、死に瀕した思考もそれとともに消えてゆくように思われるが、この光は、思考を、それ自身を超えた彼方にまで延長拡大するのである。英訳は、原作以上に歌っていると言いうるほどだが、一方、仏訳の方は、ほとんど原作以上に明確ではっきりしたフォルムをそなえている。ここであらためて一般に内的独白と呼ばれているものが、いかにフランス語に根付きにくいかということがわかるのである。わがフランス語を、この形式の持つ真理性へと解放するには、サミュエル・ベケットの持っていた二重の知的源泉が必要であった。

＊3　これはここで究明すべきことではないが、いったいなぜ多くの芸術家が、永劫回帰に関するニーチェの思想をよろこび迎えようとするのだろう。ブロッホは「そして終りは始まりだった」と語っている。「私の始まりのなかには私の終りがあり、私の終りのなかには私の始まりがある」と。T・S・エリオットは、『イースト・コーカー』のなかで

語っている。また、ジョイスの次の言葉は、彼の全作品にとって、また特に『フィネガンズ・ウェイク』にとって価値あるものだ。「さまざまな終りが始まる場所に合するために、間道がめぐっている」。

＊4　事実、これは、第四の『牧歌』の神秘的な思想である。「数世紀にわたる大いなるめぐりが新たに始まる。」

3　ねじの廻転

＊1　彼は十八歳のころに或る事故の犠牲となり、この事故については、ほんの時たま、しかもあいまいなかたちでしか語らなかったが（それはまるで、彼を、或る神秘的で心ゆすぶる不可能性のもっとも間近におくような何かが彼の身に起りでもしたかのようだ）、彼が、このような語りかたで絶えずこの事故のことをほのめかしているとなすのは、いかにも心そそられる考えである。この背骨の損傷のために彼は通常の生活が出来なくなったのだろうと、示唆されてきたが、これは自然な推測である（彼は、女性との交際が作る世界が限りなく気にいっていたが、この独身者に関しては、確実ないかなる女性関係も知られていない）。また、彼は、内戦のさまざまなあらそいをのがれるために、この事故を（これはニュー・ポートで火事の消火を助けていたときに起った）、多少とも意識的に引起したのだとも考えられている。精神的「自己破損」を云々すれば、誰にも特権を与えずにすべてを語りえたと思いこむわけだ。

＊2　ジェイムズは、他の場所で思うがままに行動することに対する神経的な危惧について語

っている。この危惧がつねに彼を無力化してしまった。

＊3　これは、誇り高く悲愴な告白であるが、『中年』を書いたこの老作家は、自分が何ひとつなしおえずに死んでいくが、しかし一方で自分に出来るいっさいのことを見事にやりとげてきたことを発見して、このように語るのである。

4　ムージル

＊1　イロニーとは、冷静さと感情とのあいだの交換作用である。

＊2　ムージルに捧げた或る興味ぶかい研究のなかで、マルチン・フリンカーは、一九三四年にムージルが彼によこした次のような手紙を引用している。「私の仕事に関するさまざまな問題を、簡単にお話しすることはあいにく私には出来ないのです。今日でもなお、いろいろ問題があるのでしょうか？　時として反対の感じがしますが。私がまったく錯乱しているのではないことを私に信じさせてくれる唯一の理由は、私が長いあいだ探究を続けてきたということですよ。一九一四年以前にまでさかのぼる最初のころから、私の問題は、実にくりかえし手を加えられてきましたから、或る種の永続性を持った密度が生れたのです」（『アルマナハ』一九五八）。

＊3　だが一方、アガーテは、後年の断片のなかでではあるが「われわれは、愛の最後のロマンチストでした」と語っている。ムージルは、このカップルの試みの特質を示すために、後年の別の断片のなかで「愛におけるアナーキーの試み」と語っている。

＊4　原稿を検討した研究者たちによれば、ムージルが、死の床にありながらなおも手を加え

ていたのはこのエピソードにほかならない。それもまさしく「或る夏の日のそよ風」と題された神秘的な性質の文章であった。

*5　少年のころに彼が愛した、長い絹のような金髪を持った少女のおもかげは、彼の書物に入りこんでいるが、彼女はこの未知の妹と同じ名前、エルザという名前であった。彼はこの結びつきをその自伝的エッセーのなかで述べており、これは彼には、偶然のこととは思われないのだ。一九二三年ムージルは、『イシスとオシリス』と題された詩を発表しているが、彼の語るところによれば、この詩は彼の小説を萌芽的なかたちで含んでいる。

*6　ムージルは、生成状態にある近代社会の持つ奥深い力をわれわれに示そうとしているが、近代社会に関するこのような観点からは、階級の革命的な力がほとんど欠如している。それに対しては、或る二次的なエピソードが捧げられているだけだ（いくつかの草稿が示しているように、おそらくこれは、発展させられるはずだったようだ）。ムージルは、保守派でもない彼が、革命をではないが革命が出現するにあたってとる諸形態を嫌悪する理由を説明している。だがしかし、非所有をその特質とするプロレタリアートが、もっぱら、いっさいの特殊な存在様式の排除を目ざすものであるとすれば、特性のない男とは、本質的にプロレタリアではないであろうか？　ムージルが、おのれの主題に関してあらゆる問いをおのれに課そうとしているのに、身近なこの問いをはっきりと避けているのは、奇妙な、注目すべきことである。ところが逆に、彼の書物は、それによってやがて国家社会主義が生み出されるさまざまな力のなかのいくつかが、蠢き始めている

ことを、すでにはっきりと示している。

＊7　もっと正確に言えば『地下墓地』とは、彼の小説がまだはっきりした題名を持っていなかった時期に（一九一八―二〇）、この小説に関して心に浮かんださまざまな想念をその下に書き並べた見出しの名前なのである。その頃、彼はいくつかの計画を考えていたのだが、これはすべて、互いにとけあってただひとつの書物になった。

＊8　事実、ムージルはしばしば、客観的真理の非個人性と彼という個人の主観性とのあいだの中間的な言語を守っている。たとえば、或るエッセーのなかで次のように書いている。「観念相互間の結びつきが充分堅固なものでなく、また、作者がそれらに与えうるような緊密さなどが軽蔑されているとしても、主観的でも客観的でもなく同時にその両者でありうるような或るつながりが残るだろう。世界に関する可能的なイマージュ、可能的な人格、これこそ私が求めているものである」。

5　対話の苦悩

＊1　知性であって、理性ではない。批評の持つ単純化する能力がどのようなものであろうとも、この語が、もう一方の語のかわりに用いられることによって、われわれをソクラテスからきわめて遠ざけていることを、密かに、だがはっきりと注意しておく必要がある。知性はあらゆるものに関わる。つまり、諸世界、諸芸術、諸文明、文明の残骸、さまざまな下書きや完成、こうしたいっさいが知性にとって重要なのであり、知性に属しているのだ。知性とは、いっさいを情熱的に理解し、いっさいをいっさいとの関わりにおい

て理解する普遍的な関心なのである。

6

＊1 ロマネスクな明るみ

『嫉妬』において、筋書や語りの中心をなすものは、或る強力な不在性である。刊行者たちの説明によれば、このような不在というかたちでわれわれに語っているものが、嫉妬する人間というつまり妻を監視している夫という登場人物であると考えなければならなくなる。だが、私の考えでは、それは、読者が近付くことを求められているこの物語の真の現実性を無視することである。読者は、何かが欠如していることをはっきりと感じており、すべてを語りすべてを見ることを可能にしているのだがこの欠如にほかならぬことを予感している。この欠如が、どうして誰か或る人間と同一視されることになるのか？　どうして、そこになお、ひとつの名前と、ひとつの身元があるのだろうか？　これは名前も顔も持たぬ。これは、純粋な無名の現存である。

7

＊1 H・H

ヘルダーリンもまた、マウルブロンで学んでいる。われわれは、彼の手紙で、彼がそこでひどく苦しんだことを知っている。フーゴー・バルは、十八、九世紀の頃、シュワーベンには、神学校寄宿生ノイローゼ (stiftlerneu-rose) とも言うべきものがあったと考えている。ヘルダーリン、ヴァイブリンガー、メーリケなどの場合はまさしくそれだろう。

＊2　この時期に書かれた『車輪の下』という物語のなかで、おそらく彼は自分の神学生時代を思い起している。ヘルマン・ハイルナーの逃亡は、まさしく彼自身の逃亡である。しかし、彼は、この出来事に近付きながらも、不安の念を覚えて能うかぎりそれから遠ざかっている。

＊3　われわれを納得させてくれぬこの象徴的陶酔に対して、私は、マルカム・ローリが、「領事」ジョフリー・ファーミンの陶酔を描くことによって表現しえたあの孤独と窮迫と堕地獄の運命を対置させようと思う。『火山の下で』は現代の偉大な暗黒的作品のひとつである。何人かの読者はそのことを承知している。

＊4　小説の準備をしているとき、よく彼は、その主題を詩で書いて試してみることがある。ヘッセが、その書物のいくつかを、多くの水彩画で飾っていることを注意する必要がある。その生涯のいくつかの時期に、彼は数百点の絵を描いているのだ。造型芸術というこの克己的な芸術は彼にとって、音楽とは反対に、有益なる規律でありおのれをとらえ返す一手段である。パウル・クレーは、『東方巡礼』の登場人物のひとりである。

＊5　ヘッセは、おそらくこの名前によって、もっとも高度の教養とおさない目覚めとの関係について考えさせようとしたのである。だが、彼の最後の書物である『昔日回顧』のなかで、彼は、子供のときに、作家や芸術家を描いたカードで遊びながら、彼らの作品を数えあげていたという話を物語っている。そして、次のように付け加えている。「この色ずりの絵のパンテオンこそ、あらゆる時代あらゆる文化を包含する文学的芸術的世界を、「カスターリエン」とか「ガラス玉演戯」とかいう名前で表わしたいという考え

に、最初の刺激を与えてくれたものだろう」。

8　日記と物語

＊1　これらの引用のなかのいくつかは、ミシェル・ルルー著『日記』から借りられたものである。

＊2　同様に、ジュール・ルナールはこう言っている。「私は井戸の底に触れたと思う……そしてこの日記は、私の気をまぎれさせ楽しませ、私が何も生み出せないようにしてしまう」。

＊3　プルースト以上に、自分自身を思い出そうとのぞんだ者があるだろうか？　それゆえに、自分の生活を毎日記録することに彼ほど無縁な作家もない。思い出そうと思う者は、忘却に、絶対的な忘却というこの危険に、そのとき思い出が体現するあのすばらしい偶然に、身を委ねねばならぬ。

＊4　だが、ロートレアモンにとって、この書物はおそらく存在している。それが『マルドロールの歌』である。プルーストにとっては、プルーストの作品である。

＊5　他にもいくつかある。たとえば『マルテの手記』、ユンガーの『冒険好きな心』、ジューベールの『手帖』など。ジョルジュ・バタイユの『内的体験』や『有罪者』もおそらくそうである。これらの作品が持つ密やかな法則のひとつは、その運動が深まれば深まるほど、それが抽象作用の非人称性に近付くという点である。カフカもまた同様であって、彼は、自分自身に関する日付のある覚書を、少しずつ、内的であればあるほど一般的な

さまざまな考察で置きかえている。アヴィラの聖女テレサのあのきわめて具体的な神秘的な打明話を思い起してみるがよい。また、それらを、マイスター・エックハルトの説教や論説と、また、サン・フワン・デ・ラ・クルスの註解書と比較してみるがよい、ここでもまた、熱烈な経験により近いのは抽象的作品であることに気付かれるはずだ。その作品は、このような経験に関して、非人称的に間接的にしか語っていないのだが。

IV　文学はどこへ行くか?

2　ゼロ地点の探究

＊1　だがやはり人々は、才能の単調さをなげき、作品の画一性や無個性をなげいている。

＊2　だが、カトリックの小説家とコミュニストの小説家とのあいだには彼らを文学的に区別するものは、ほとんど何ひとつない。ノーベル賞とスターリン賞とは、同じ文学上の慣習と同じ文学上の記号に対して報いている。

＊3　ロラン・バルト『文章表現《エクリチュール》の零度』

＊4　文学に関して、マルクスが社会に関して行っているのと同じ努力を行うことが問題だ（これが重要な点である）。文学は、疎外されている。文学が疎外されている理由の一部は、文学が関わっている社会が人間の疎外にもとづいている点にある。それは、また、それがあらわにするさまざまな要請によっても疎外されている。だが、今日、文学はこのあらわにする（trahir）という言葉の持つ二つの意味においてそれらの要請をあらわ

にしている。つまり、それらを口に出すが、おのれを示していると思いこむことによってそれらを裏切ってもいるのだ〔trahir には「口に出す」「裏切る」という二つの意味がある〕。

5　来るべき書物

*1　一八六七年には、彼は、作品の展開を三つの韻文詩と四つの散文詩に「局限」している。一八七一年には、(もっともこのときはいくらか着想が変っているが)、コント集一冊、詩集一冊、批評一冊だと言っている。シェレール氏が発表した遺稿のなかでは、四巻で、二十冊に分けることが出来るだろうと予想している。

*2　各巻のなかに存在しているがそこでくりひろげられることによってそれから逃れ去ろうとするこの多様な関係を、一巻から他の数巻へとくりかえし豊富化してゆくこの関わりを、彼はのちに次のように表現している。「そのとき、詩篇のなかでの詩句の位置と、書物のなかでの詩篇の真正性との双方について見られる或るシンメトリーが書物を超えて飛び立つ。それは名前を持たぬ美術品のように完璧な天才がいっぱいに書きこんだ花押である」(プレイヤード版全集三六七ページ)。

*3　マラルメは、ここで、ジャーナリストと呪いによってブラン神父を殺したというかどで告発されたあわれな神秘家たちとを対照している。ところで、芸術という見地から見れば、後者は「本質的に芸術に固有な作用を芸術から引離した」というあやまちをおかしてはいるが、前者は後者以上に罪深いのである(魔術は芸術から分離されるべきではな

い)。

＊4 「デ・ゼッサントのための散文」

＊5 だが、このテキストを、彼が演劇の全体を「年毎にくりかえされる或る周期をもってくり拡げられる」唯一にして多様な作品に帰しているテキストと対照してみれば、ここで彼がおそらく、ロマン主義的で錬金術的な目的から遠くはなれていることがわかる。われわれが書くものは、必然的に同一のものであり、同一物にほかならぬものの生成が、そのくりかえしという点で、無限の豊かさを持ったものとなるのだ。(プレイヤード版全集三一三ページ)

＊6 この草稿は、モンドール氏によってシェレール氏に委ねられ、シェレール氏が、これを細心に利用して、『マラルメの書物、未発表の記録による基礎的研究』という題名で出版した。この草稿は、この中心的な計画をわれわれに明らかにしてくれるであろうか? たぶんしてくれるだろう、だが、われわれが実際にこの書物の草稿をまえにしているのだと思いこむほど夢中になってしまわぬことが条件だ。この書物は、何によって構成されているのか? それは『イジチュール』のように脈絡のあるテキストではなく、まだばらばらのままの長い断片で出来ているのでもない。ルーズ・リーフのうえに書き散らされた、ほんのちょっとした覚書や、ばらばらの語や、判読しがたい数字などで出来ているのだ。これらすべての用紙や覚書は同一の仕事に関するものだろうか? われわれにはわからない。出版に際してそれらに与えられている順序は、マラルメの死後、それらが発見されたときの順序と何か関係があるのだろうか? それに、死後見出されたと

きの順序も、偶然の分類かも知れないし、何か昔の仕事がたまたまそんなふうに配列されていたのかも知れないのだ。われわれには、それもわからない。さらにまた、これはより重大なことだが、何か或る決定によって保存されていたこれらの覚書が、大部分は破棄された——とモンドール氏が言う——他のすべての覚書に対していったい何を表わしているのかもわからないのである。その結果、われわれには、マラルメが、その探究の全体のなかでこれらの覚書に与えていた位置もわからぬということになる。おそらくそれらは、彼にとっていくらか無縁になってしまっていない何ものも意味してはいなかった。彼が迎え入れたものではなく、迎え入れることを止めてしまったもの、あるいはまた、彼から遠くはなれたところで言わば気晴らし的に出来あがった表面的な思考だったのだ。要するに、彼は、その言語の固有の構造と形式のうえでの堅固さとをもって表現されたものにしか、意味や現実性を認めなかったから、これら形をなさぬ覚書は彼にとって何の価値もないものであった。そして彼自身、他人がそこに何かを読みとることを禁じていた。これは、あいまいさそのものだった。書かれた時期も不確かなら、個々の覚書の日付も不確かだ。それらの所属も、外面的な結びつきも、目指している方向も、それらの現実性さえも不確かだ。だから、偶然を従属させるために彼自身によって書かれたとも言うべき唯一の本質的な書物が、たまたま集った何枚かの紙のうえに一か八かというかたちでばらばらに投げ出された偶然的な語で構成されたこの上なく偶然的な出版物として示されているのである。これはマラルメの挫折であるという興味さえないような挫折だ。なぜなら、これは、後世の刊行者の素朴な仕事なのであって、こういう刊行者は、時々、ノアの方舟の破片や、モーゼが打ち割った律法の板の断片を持ち帰ってくる旅人そっくりなのである。少くともこれが、書物のエスキスとして示されたこれらの資料をまえにしたとき最初に浮かぶ考えである。だが、第二の考えは別である。つまり、ほとんど何も書かれておらず、書かれたと言うより語によるデッサンとも言うべきこれらのページは、われわれを、必然性が純粋な散乱のイマージュと相会うような点に触れさせるのであって、これらの出版は、おそらく、マラルメの気に入らなくはなかったであろうと思われる。

だが、ここで、この草稿が、作家のはっきりした意志に逆らって出版されたという事実を思い起していただきたいと思う。もっともこれは、そのことで憤懣を述べるためではなく、遺稿の出版が問題となる度毎に、もっとも誠実な人々でさえ同意するあの興味深い精神上の約束無視を思い起していただくためである。カフカの場合は、事情はあいまいだが、マラルメの場合ははっきりしている。マラルメは、突然の死に見まわれた、最初の発作からは回復したし、これはまだぼんやりした脅かしにすぎなかったが、この最初の発作と、あっと言う間に彼に勝ちを占めた第二の発作とのあいだに、ほとんど時が経ってはいない。だが彼はこのわずかな猶予期間を利用して、「私の書類に関する依頼」を書いているのだ。彼は、すべてが破棄されることをのぞんでいる。「つまり、焼いてしまって欲しいのです。文学上の遺産はなにもないのです」。そればかりか、いっさいの外部の干渉や、物見高い検討をも拒否している。破棄さるべきものは、あらかじめ、いっさいの人の眼から遠ざけておかねばならないのだ。「誰かに判断してもらうというようなこともしないように、好奇心からだろうが友情からだろうがいっさいの干渉を断ってください。このなかから、何かを区別したりしないように言ってください。本当ですよ。それに……」。確固たる意志だ。だが、この意志は直ぐに無視され空しいものとされてしまう。死者とはまったく弱いものである。何カ月かのち、すでに、ヴァレリーは、これらの書類を見ることを許されている。この五十年来、かずかずの重要な異論の余地のない未発表作品が、終始一貫したおどろくべき規則正しさで、絶えず発表されている。これはまるで、マラルメが、死んだあとほどものを書いたことがないとでも言ったあんばいである。

私はアポリネールが述べたあの規則を知っている。「いっさいを発表しなければならぬ」。この規則はきわめて意味深い。これは、かくされたものが光へむかい、秘密が何の秘密もない開示へむかい、言わずにおかれたいっさいのものが公けの断言へむかう、深い傾向をはっきりと示している。これは規則でもなければ、原理でもない。誰でももののを書こうとする者がその支配を受けるに至る力なのであって、彼がその力に逆らい反対すればするほど、いっそうきびしくその支配を受けるのである。この同じ力が作品の非個人的な性格を確立している。作家は、作品に対するいかなる権利もなく、作品に面した場合何ものでもない。彼はつねに、すでに死んでおり、つねに排除されているのだ。彼のこころの果されざらんことを、というわけだ。論理的に言えば作者の死後、その意志を無視することが適当なことだと、判断するのなら、当然、作者の生前にも作者などが考慮されぬことを承認しなければなるまい。ところが、生前においては、一見反対のことが起る。作者は発表をのぞみ、出版者はのぞまない。だが、これは見かけだけのことだ。われわれがのぞんでもいないものをむりやりわれわれに書かせ発表させるためにわれわれに加えられる、あのいっさいの人知れぬ、友情にみちた執拗な、異常なまでの力を考えてみるがよい。眼に見えると同時に見えないものとして、この力はつねに現存し、われわれのことなどいささかも考慮せず、われわれを不意打ちして、われわれの手からわれわれの書類を盗み去ってしまう。生きている者はまったく弱いものだ。

この力はいったい何であろうか？　それは、読者でもなく、世間でもなく、国家でもなく、文化でもない。それに名前を与え、それを、その非現実性そのものにおいて現実化すること。これはマラルメの課題でもあった。彼はそれを書物と呼んだのである。

＊7　プレイヤード版全集三七三ページ。

＊8　ハイデッガーが言語に加えている注意は、きわめて執拗な性格のものであるが、それは単独にとりあげられ、それ自体に集中した語に対する注意であり、根本的なものと見なされ、その形成の歴史を通じて存在の歴史が理解されるまで責苦を加えられた語に対する注意であって、けっして、語の関係に関する注意ではないこと、ましてこれらの関係が前提としその根源的な運動によってはじめて展開としての言語が可能になるあの先在的空間に関する注意ではないこと、このことをここで指摘しうるであろう。マラルメにとって、言語は、純粋な語そのものによって作られてはいない。言語とは、そのなかでは語がつねにすでに消滅しているものであり、出現と消滅の、このゆれ動く運動なのである。

*9 「詩とは、その本質的なリズムに還元された人間の言語による、存在の諸様相の神秘的な意味あいの表現である。かくして、それは、われわれの宿りの地に真正性を与え、唯一の精神的な課題を形成する」。また、リヒャルト・ワグナーについての「フランスの一詩人の夢想」のなかでは、次のように言う。「人間と、彼の地上のすみかとは、互いに正当な意義を持つことを証明しあう」。

*10 「歌は、天賦の泉から湧き出る、概念に先立つ泉から」。

*11 草稿によれば、書物は、ルーズ・リーフによって構成される。「こういうわけで、それらの位置を変えることが出来るし、何か或る順序ではなく、順列の法則によって定められたいくつかのはっきりちがった順序で読むことが出来るだろう」と、シェレール氏は述べている。書物とはつねに他のものであり、それはその諸部分の多様性を対照することによって変化し、交換される。かくして、読むという行為の線的な運動が――その唯一の方向《サンス》――が避けられる。そのうえ、書物は、おのれをくり拡げ、またくり拡げ、四散し、また集まることによって、それがいかなる実体的現実性も持たぬことを示すのである。それは、けっして現存するものではなく、おのれを作りあげる一方、絶えずおのれを解体している。

*12 この条件法は、ここで問題となっている詩的生成の意味に関して『骰子《とうし》一擲《いってき》』の最後の語を用いているのではないことを示している。この詩を前にして、われわれは、書物や作品や芸術という諸概念が、そこに包みかくされているさまざまな来るべき可能性に対してどうにもぴったりしないことを痛感するのである。今日絵画はわれわれに、それが

創り出そうとしているものが、つまりその「創出物」が、もはや作品ではありえぬことを、それらは、われわれが、まだ名前を付していない何ものかに応じようとしていることとを予感させてくれる。文学の場合も、事情は同様である。われわれがおもむくものは、おそらく、現実の未来がわれわれに与えてくれるものではないであろう。われわれがおもむくものは、われわれが、古くさい構造物という伝統のなかに凝固させてはならないような或る未来の、豊かさと貧しさをそなえているだろう。

6　権力と栄光

*1　ディオニス・マスコロ『フランスの知的悲惨に関するポーランド人の手紙』

*2　「フランスがこの二十世紀前半に知った唯一の思想運動であるシュール・レアリスムの持つこのうえない重要性を強調しなければならぬ。……両次の大戦のあいだにあってただこの運動だけが、いかなる点からもそれが超えられたとは言いえぬような或る厳密さをもって、純粋な思想の要請であるとともに人間の直接的な部分の要請でもあるような諸要請を示すことが出来た。この運動だけが、飽くことを知らぬ執拗さをもって、革命と詩とが一体をなすものであることを、思い起させることが出来た」。

訳註

I　セイレーンの歌

1　想像的なものとの出会い

1　ギリシャ神話に登場する、上半身女、下半身鳥のかたちの怪物。メルポメネーと河神アケローオスの子で、二人乃至《ないし》四人。『オデュッセイア』に語られているところでは、彼女たちは、スキュラとカリュブディスの近くに住んで、その魅惑的な歌声によって、船乗りを引寄せて、死に至らしめた。

2　オデュッセウスは、キルケの忠告に従って、部下の耳は蠟でふさぎ、自らは帆柱に身をしばりつけていたために、彼女たちの歌を聞いても無事通過しえた。彼女たちは怒って、海中に身を投げたと言われる。

3　ブランショは、この「性急さ」という観念に、不可能な想像空間へ接近する人間にとっての、もっとも恐るべき危険の一つを見ている。『文学空間』におさめられたカフカ論のなかで、ブランショは次のように言う。「彷徨のさなかにあっての性急さとは、本質的過誤である。なぜなら、それは、目的地が間近にあるとか、それに近付きつつあるとか決して思わぬことをひとつの掟として課する彷徨の真理そのものをないがしろにすることだからだ」。

4 ギリシャ悲劇における会話的部分。スタシモンと名付けられる合唱部分と交互に置かれ、劇の展開部を形作る。

5 『オーレリア』は、ネルヴァルが、女優ジェニー・コロンと別れたのち、夢と現実のとけあった内的生活を語った作品。コロンは、オーレリアと呼ばれる神秘的な存在として彼の夢に現われる。『地獄の季節』はランボオが、ヴェルレーヌとの生活とその破局とを核として、おのれの詩と生活の経験を語った作品。『ナジャ』は、ブルトンが、不思議な女性ナジャとのめぐりあいを中心として、その超現実的な経験を語ったもの。

6 『ゴルギアス』は、弁論術を主題とした対話篇。そこでソクラテスがカリクレスに、死後、神によって人間に加えられる審きに関する物語を語る（五二三節以下）。

7 アメリカの作家ハーマン・メルヴィル（一八一九―九一）は、一八五一年にその代表作のひとつ『モビー・ディック（白鯨）』を書いた。これは、モビー・ディックと呼ばれる巨大な白鯨に片足をかみとられたエイハブ船長が、復讐のために執拗にそのあとを追い、日本の沖合でついにしとめるが、銛づながおのれの首に巻きつき、自らも海中に没するという物語である。

8 プルーストの『失われた時を求めて』第七篇『見出された時』で語られる挿話。ゲルマント大公妃邸の中庭の不揃いな敷石につまずいた話者は、大きな幸福感に襲われ、無意識的想起によって、ヴェネチアのサン・マルコ寺院の洗礼場の二枚の不揃いな敷石を思い起し、さらに、ヴェネチアの町全体がよみがえる。

9 『失われた時を求めて』第一篇『スワン家の方へ』に語られる挿話のひとつ。マルタンヴィルとヴィユヴィックの三つの鐘楼が馬車の移動とともに姿を変え、話者は、その背後のかくれた真実によろこびを覚える。

2 プルーストの経験

1 「想像的なものとの出会い」訳註8参照。

2 この個所は、ゲルマント大公妃邸の中庭での経験に引きつづいて話者が語っていることを、ブランショがかわって簡潔にのべている。

3 ニーチェの「永劫回帰」の思想をさすものだろう。『悦ばしき知識』の末尾に現われ、『ツァラトゥーストラ』において展開されるこの思想は、ニーチェのニヒリズムの究極的表現として、衝撃的に啓示されたものである。

4 『失われた時を求めて』の話者マルセルの誤記あるいは誤植であろう。

5 ブルトンが好んで用いた美の定義。『ナジャ』の末尾では「美は痙攣的なものとなるだろう、さもなければ何ものでもないだろう」と語られている。『狂気の愛』第一章も、このような美の分析である。

6 『失われた時を求めて』第二篇『花咲く乙女たちのかげに』の第二部「土地の名、土地」で語られる挿話。

7 『失われた時を求めて』の前身をなすこの草稿は、おそらく一八九五年秋頃から一八九九年にかけて書かれたものらしい。ながらく知られていなかったが、ベルナール・ド・ファロワという若い文学士によって発見された。彼はこの草稿を原型と思われるものに復元し、『ジャン・サントゥイユ』という題名を付して一九五二年に出版した。

8 『ジャン・サントゥイユ』の「ジュネーヴ湖を前にしての海の回想」において語られる挿話である。

9 ドレフュス事件及びゾラ裁判については『ジャン・サントゥイユ』のなかに「《事件》をめぐって」と題して十篇の文章が集められている（プレイヤード版）。

10 訳註7で述べたように、『ジャン・サントゥイユ』は、プルーストが残した断片を復元したものである。

11 いずれも聖書に語られるパレスチナの町。住民の淫乱頽廃のために天の火によってほろぼされる。『失われた時を求めて』第四篇は『ソドムとゴモラ』と題され、性倒錯が分析されている。

12 ブランショのこの記述は、ファロワ版によっている。ファロワは、『ジャン・サントゥイユ』に小説としての統一を与えるために、断片群を時としてかなり恣意的に再構成した。それに対して、ピエール・クララックによるプレイヤード版（一九七一）は、そういう再構成を排して、プルーストの草稿をもとの形に戻した。この挿話は「ジャンの両親の晩年」としてまとめられた五篇の断片のひとつ「老人の眠り」で語られている。

13 『ジャン・サントゥイユ』の序章において、ジャンは、シャン＝ゼリゼーで、ロシアの少女マリ・コシシェフと遊ぶ。『失われた時』では、スワンの娘ジルベルトになる。

Ⅱ　文学的な問い

1　「幸福に世を終えられそうもない」

1　「自立的革命芸術のために」(『野を開く鍵』所収)。ブルトンとトロツキーの共同執筆(戦術上、トロツキーのかわりに、ディエゴ・リヴェラが筆者として署名した)。メキシコで書かれ、一九三八年七月二十五日の日付で発表された。

2　フリーデリケ・ブリオン。シュトラースブルクに近いゼーゼンハイムの牧師の娘。一七七〇年に彼女と会ったゲーテは深い恋愛におちいるが、やがて彼女を捨てる。

3　ポール・ヴァレリーの小説的エッセー『テスト氏』の主人公。純粋意識の人間化とも言うべき人物。

4　ヘーゲルが『精神現象学』において用いている比喩。二つの自己意識のあいだで、自己意識の無限性を実現している方が「主人」であり、この自己意識は他方をおのれの「奴隷」とする。だが「欲望」にとらわれて個別性にとどまっているこの「奴隷」によって、主人は、その「主人」性を支えられており、ここで両者の関係は逆転する。

5　ヘルダーリンの詩作は、初期の押韻詩から、オード、エレジーなどの詩形を経、「ライン河」「パトモス」などの讃歌によって詩的絶頂に達する。一八〇六年以降精神錯乱に陥る。

2 アルトー

1 アントナン・アルトー（一八九六―一九四八）。フランスの詩人、演劇人。シュールレアリスム運動に加わったが、はやく離脱し、言語と思考の接点で『神経の秤り』（一九二五）、『芸術と死』（三三）、『ヴァン・ゴッホあるいは社会による自殺者』（四七）等、すぐれた作品を書いた。演劇の分野でも活躍し、その演劇論はバローに影響を与えた。

2 三六年のメキシコ旅行、翌三七年のアイルランド旅行、旅行中の発狂入院、などをさすのだろう。

3 ルソー

1 一七四九年、ルソーは、ヴァンセンヌに入獄中のディドロを見舞に行ったが、その途中、ディジョン・アカデミーの翌年度懸賞論文の題目「学問と芸術の進歩は、風俗を頽廃させたか、純化させたか」を知った。この結果書かれたのが『学問芸術論』である。この瞬間について、『告白』では次のように書かれている。「これからの、さまざまな不幸の後半生は、すべてこの迷いの瞬間の必然的な結果であった」（『告白』第二部巻八）。

2 「彷徨」の原語「erreur」には、「過誤」の意もあり、ブランショはこの両義性をふまえて、文学経験の根本的なありかたとしている。『文学空間』中の「カフカと作品の要請」に、この彷徨の構造の精密な分析が見られる。

4 ジューベールと空間

1 ジョゼフ・ジューベール（一七五四―一八二四）。フランスのモラリスト。一七七八年パリに出、ダランベール、マルモンテル、ディドロ、シャトーブリアン等と知る。病身で、生涯を読書と思索にすごした。その思索のあとは、死後刊行された。

2 ヴァレリーは、「テスト氏との一夜」のなかで、「もっとも強力な頭脳とは……人に知られることのない、おのれを出し惜しむ人々、何ひとつ打明けることなく死んでゆく人々であるはずだ」と言う。

3 「博愛」という観念は、ジューベールにおいては独特の意味が与えられている。彼は次のように言う。「博愛は、われわれの能力や受容力に、それがふくむすべての事物の能力や受容力を結びつける」。

4 『パンセ』のなかの「無限の宇宙の永遠の沈黙は、私を戦慄させる」という言葉をさすものだろう。

5 ヴァレリー『骰子《とうし》一擲《いってき》』。マラルメがヴァレリーにこの思想を与えたのは一八九七年五月の或る日、ヴァルヴァンでのことだ。

5 クローデルと無限

1 近代的人間を、世界を作り支配する意志的人間の発展と見、その流れはデカルトからヘーゲルを経て、ニーチェにおいて絶頂に達する、という考えは、たとえばハイデッガーがくりかえし説いている。

2 ルナンは、クローデルの少年時代に支配的であった実証的思想の代表的思想家。クローデルは、ルイ＝ル＝グラン中学の賞品授与式で、彼の手から賞品をもらっている。
3 一八八六年十二月二十五日、パリのノートル＝ダム寺院において、晩課の「聖母讃歌」をきいたとき、突如聖寵に触れて回心する。
4 一九〇〇年九月、クローデルは、リギュジェの僧院にこもり、身を聖職に捧げようとするが、その祈りの最中に、神の「否」の言葉を聞き、この試みは挫折する。
5 前註の挫折ののち、彼は失意のうちに再び中国に出発するが、その船中で、ポーランド人の人妻との恋愛におちいる。やがて二人のあいだには子供も生まれるが、一九〇五年、その婦人の決意によってこの関係は終了。この事件を主題としてクローデルは、『真昼の分割』を書き、女主人公はイゼと名付けられる。

6 予言の言葉

1 レカブ人とは、ケニ人の一分派。砂漠の生活様式を守り、ぶどう畑も、畑も、種も持たず、天幕に住む（エレミヤ記三十五章参照）。

7 ゴーレムの秘密

1 ゴーレムとは、ヘブライ語。その額に聖書の章句を刻むことで動く一種の人造人間。東欧の伝説に伝えられる。
2 ヘブライ語で、「教訓」の意。ユダヤ教において、成文化された律法に対する不可欠なおぎないとして口頭で伝えられてきたさまざまな掟を集めたもの。

3 キリスト教到来に先立つ二世紀のあいだユダヤ民族のあいだで行われた汎神論的神秘説。
4 二六六ページ参照。
5 ホルヘ・ルイス・ボルヘス（一八九九—一九八六）。アルゼンチンの代表的な小説家。詩人。カフカ風の幻想と、ジョイスを思わせる複雑な知的構造とをそなえた、精妙な短篇で知られる。『伝奇集』（一九四四）、『エル・アレフ』（一九四九）などが有名である。

8 文学的無限、アレフ

1 アレフとは、ヘブライ語のアルファベットの最初の文字。ボルヘスは、その作品『エル・アレフ』のなかで、「あらゆる角度から眺められた、世界のあらゆる場所が、互いに混りあうことなしに存在している場所」を、「アレフ」と名付けている。
2 幻覚的作用をそなえた麻薬の一種。ミショーは、一九五六年以後、これを服用することによって、怪奇な世界に入りこみ、その経験を、文字とデッサンによる作品で残している。

9 デーモンの挫折、天職

1 イギリスの女流作家（一八八二—一九四一）。ジョイス、プルーストの「意識の流れ」的方法による、抒情的な小説を書いた。『ダロウェイ夫人』、『灯台へ』、『波』などが有名である。
2 ウルフは、激しい神経衰弱のため、自殺した。
3 ブルームズベリトは、ロンドンの上流地区。ここにウルフの兄弟姉妹の家があり、ケンブリッジの同窓生が集まり、のちに、ブルームズベリー・グループと呼ばれた。E・M・フォースターやリットン・ストレイチーが主なるメンバー。ジッド、コポー、マルタン・デュ・ガールは、「N・R・F」誌に拠って、フランス現代文学に指導的地位を占めた。

4 『失われた時を求めて』第五篇『囚われの女』で語られる挿話。大画家ベルゴットは、フェルメールの『デルフト風景』のなかに描かれた黄色い壁を眺めながら失心し、それがもとで死ぬ。

Ⅲ 未来なき芸術について

2 ブロッホ

1 この作品は、ユグノーについての物語、「ベルリンの救世軍少女の物語」及び「価値の崩壊」と題された純粋に論理的で抽象的な文章から成り、それらは、節をかえて、交互に現われる。なお、「論理的付説」という言葉は、「価値の崩壊」の第五回に付されたものであって、全体に対するものではない。

2 ブロッホは、一九三八年三月十三日、ユダヤ人であるという理由でアルト・アウスゼーで州秘密警察の手によって逮捕され、投獄された。彼は死を覚悟していたが、五月初旬、ジェイムズ・ジョイス、エドウィン・ミュア、スティーヴン・ハドスンなどの尽力によって釈放される。七月にロンドンにおもむき、十月には、トーマス・マンの力ぞえで、ニューヨークにわたった。

3 『神曲』において、ダンテを導くのは、ウェルギリウスとベアトリーチェである。
4 この作品は、ウェルギリウスが「到着」し、翌日死ぬまでの十八時間の状態を独白的に描いたものである。
5 ウェルギリウスは、『アエネーイス』において描くべき場所を実際に見るために東方旅行を企てるが、ギリシャのメガラで、暑気あたりのために倒れ、帰国の途中、ブルンディジウムで死んだ。
6 「第一部」は、「水――到着」と題されている。
7 「第二部」は、「火――下降」と題されている。

3 ねじの廻転
1 未詳。ジュリアン・グリーンの『地の上の旅人』の誤記であろうか？
2 いずれも、ボルヘスの作品である。『伝奇集』（一九四四）におさめられている。
3 彼は『ガイ・ダムヴィル』（一八九五）ほかいくつかの劇作を試みたが、完全に失敗した。

4 ムージル
1 一九一八年六月十五日、ドイツでは、皇帝ヴィルヘルム二世の施政三十周年を祝う祝典が行われた。一方、オーストリアでも、この祝典に対抗するために、フランツ・ヨーゼフ一世の即位七十周年を祝う式典を行おうとする。これが「平行運動」であって、本書第二部の主題をなす。

2　外務省の局長トゥツイの夫人エルメリンダ。「ディオティーマ」と呼ばれる。「平行運動」の表面上の中心人物。

3　ウルリッヒのおさな友達ワルターの妻。「野蛮人ウルリッヒによって救世主を受胎」しようとして彼に近付き、のちには同棲もする。

4　キリストが再臨して千年間おさめるとされている王国。

5　フランチェスカはラヴェンナの城主の娘。政略結婚で隣国の城主にとつがされたが、その弟パオロと恋愛におちいり、夫に殺された。ダンテが『神曲』の「地獄篇」で語っている。

7　H・H

1　第一次世界大戦開戦二カ月後に「チューリッヒ新聞」に反戦的平和主義的文章を発表。以後、国民からは非国民視され、ジャーナリズムからボイコットされた。

2　『東方巡礼』、『寓話集』、『ガラス玉演戯』をさす。

3　ジッドの父は、パリ大学法学部の教授で、南仏ユゼスの出身のプロテスタント、母は、北仏ルーアン出身のカトリックであった。

4　デミアンという名前は、「デーモン」から来ている。エヴァとは、もちろん、最初の女性イヴから来ている。

Ⅳ　文学はどこへ行くか

1　文学の消滅

1　ヘーゲルの『美学』のなかにある言葉。この前後は次の通りである。「以上述べたようなすべての関係から、その最高の本分という点において、芸術はわれわれにとって、すでに過去のものでありこれからもそうである。だから芸術は、われわれにとってもまた真の生動性と真理とをすでに失っており、現実に自分の以前の必然性を主張し、そのより高い地歩をとるのではなく、むしろわれわれの表象のなかに移されている」。

訳者あとがき

カフカに、『猟師グラックス』という短篇がある。シュヴァルツヴァルトでかもしかを追っているうちに崖から墜落したその猟師は、たしかにそのとき死んだはずなのだが、彼の「屍体を運ぶ小舟が進路を間ちがえた」らしい。彼の身体はこの地上に残され、彼の小舟は、この世の水の上を走り続けている。かくして、「山国のほかはどこにも住みたいと思わなかった」彼は、死んでから、「地上のあらゆる国々を遍歴している」のである。「それでは、あの世とは御関係がないのですかな」という市長の問いに対して、グラックスは、次のように答えるのだ。「私は、いつも、大きな階段に乗っているようなものでしてね。限りもなく広い戸外の階段のうえをぶらついているわけなのです。上ったり下ったり、右へ行ったり左へ行ったり、しょっちゅう動いてる。猟師のくせに、蝶々になってしまいましたよ」。

この奇怪な寓話は、カフカにおいて死が占める位置を、きわめて直接的なかたちで語っている。「死の残酷さは、それが終末という現実的苦痛をもたらして、終末をもたらさぬ点だ」、あるいは、「死の床のなげきは、実はここでは、真の意味で死んだのではないというなげきである」などという「日記」のなかのカフカの言葉は、いずれも、死に対する同様の接近から発している。そしてさらに、カフカは、『城』において、「死ぬことのない死者の置かれたこの奇怪な境遇」（ブランショ）を、象徴的に語っている。ブランショによれば、『城』の主人公である測量師Kは、「人が生を離れ去るように生れ故郷を離れ、生きるために用いてきた手段そのものを用いて死におのれを受け入れさせようとしている人間」である。だが、彼には、「あらそうこと以外の何ごともなしえない」のであり、「呪いながら果しなく働き続けること、これがおのれを救うために彼にまだ残されているいっさい」なのである。そして、カフカにとって、書くとは、まさしくこの無限のくりかえし、この無限の彷徨にほかならなかった。かくしてカフカにおいては、死の空間（終末をもたらさぬ死だ）と文学空間とが、重なりあうのである。

ブランショは、カフカの文学の持つこの本質的特性に、その全思考を集中したと言ってよい。カフカの場合は、死の空間と文学空間とは、終始完全に重なりあうものではなかった。彼には、文学的要請とともに、根源的な宗教的要請があり、それがさまざまにからみあって、入組んだ現われかたをしている。だが、ブランショの場合は、その作家的出発の当初から、この二つの空間は同義であったようだ。それには、カフカの形成にはユダヤ教の圧倒的な力が働いていたのに対して、ブランショが、象徴派、なかでも特にマラルメの思考の継承から出発したというような事情があるだろう。

ブランショは、『マラルメの経験』というエッセーのなかで、「私はいくつかのきわめて不安なきざしが、書くというただそれだけの行為によってひきおこされるのを感じた」というマラルメの言葉を引いて、ここでは、「書くことが、ある根本的な逆転を前提とするひとつの極限状況として現われている」と言う。「根本的な逆転」とは何か？ 「詩句を掘り進む人間は、確実さとしての存在を離れ、神々の不在に出会い、この不在の内奥で生き、その責めを負い、その危険をにない、その恩恵に耐える。詩句を掘り進む人間は、いっさい偶像を断念し、いっさいと縁を切らねばならぬ。真理をおのれの地平としてはならず、未来をすまいとしてはならぬ。なぜなら彼には、希望を要求する権利はないからだ。それどころか彼は逆に、絶望しなければならぬ。詩句を掘り進む人間は、死ぬのだ。深淵としてのおのれの死に出会うのだ」。すなわち、詩人は、猟師グラックスがかもしかを追うように詩句を追うことによって、死の空間に落ちる。かくして無限の彷徨が始まるのである。マラルメは、このような事情に関して、「今、ぼくは、或る純粋な作品のおそるべきヴィジョンに至りつき、理性も、もっとも親しい言葉の意味も、ほとんど見失っている」と言う。あるいは、「さいわいにも、ぼくは完全に死んだ……これは、ぼくが、今では非人称的で、君の知っているステファヌではないと知らせているわけなんだよ」とも言う。ブランショの文学はまさしくこの時点から出発するのであり、彼はそれを「本質的孤独」と呼んでいる。書くとは、彼にとって、この本質的孤独に身を委ねることなのである。このとき、人は、もはや「私」と言うことは出来ない。なぜなら、書くとは、このとき、「日常流通している言語を完璧化し、それをより純粋化することにはない」からだ。書くという行為は、「それが、そこでは何ものも開示されぬ地点への接近であるときはじめて始まるのであり、その地点では、話すことも、隠蔽作用に包まれていて言葉のかげにすぎず、言語は、想像的な言語、想像的なものの言語、誰ひとり語らぬ言語として、つまり、もし人がおのれの言葉をきかれたいと思えばそれに沈黙を課さねばならぬあの絶えざる呟きとして、言語のイマージュにすぎない」からだ。すなわち、作家とは、このような、「誰ひとり語らぬ言語に、誰にも向けられず、中心も持たず何ものも明かさぬ言語」に属している。

この異様な牽引力が、彼を文学空間に引き出す。彼は、そのために、この世からしめ出されるのだ。だが、それによって彼は、彼岸へ、「約束の地」へ受け入れられるわけではない。なぜなら、「約束の地」が存在するためには、まずこの世が存在しなければならないからである。カフカは、或る日記のなかで、「彼処での「追放」が、此処からの締出しとひとつになって、ぼくを、その境に押しつぶしかねない」と書いている。「ありきたりのキリスト教的観点」から見れば、「この世が存在し、次いで彼岸の世界が、価値と現実性と栄光とを持つある唯一の世界が存在する」わけだが、カフカにとって、「この世からしめ出されるとは、カナンの地からもしめ出されて、荒野をさまようことを意味する」（ブランショ）からである。この世という昼に対立する夜ではないもうひとつの夜、「見出すことの出来ぬ死であり、みずから忘れ去る忘却であり、忘却のさなかにあって休みなき想起であるところの忘却である」ような夜、そういう夜をさまようことを強いられているからである。このとき、彼に残された唯一の可能性は、「彷徨し、彷徨の涯《はて》までおもむき、その境界に近付き、何の目的もない道行を近付くべき道のない目的地の持つ確かさへと変える可能性」となる。すべてが彼のなかに消え去ったときに現われる「すべては消え去った」ということそれ自体が、彼にとっての表現の意味となる。

ブランショは、彼のこのような思考を、前著『文学空間』（一九五五）において、精密に、かつ全体的に築きあげた。本書は、それ以後のエッセーを集めたものだが、彼の思考は、さらにその透視力を増したと言ってよい。ヘッセ論における精妙な対位法的構成、ブロッホ論の言わば重層的な論法などは、対象に対する彼の接近がますます自在を増し、それが彼の根底的ヴィジョンに複雑なニュアンスを与えていることを、充分に証している。

＊

モーリス・ブランショは、一九〇七年九月二十二日、フランス中部ソーヌ＝エ＝ロワール県のカーンで生れた。大学の課程を終えたのち、ジャーナリズムで仕事をしていたが、一九四〇年頃から執筆活動に入った。次のような作品がある。

小説

Thomas l'obscur（見知らぬ男トマ）一九四一、一九五〇改稿

Aminadab（アミナダブ）一九四二

Le très-haut（至高者）一九四八

Le dernier mot（究極の言葉）一九四八

L'arrêt de mort（死刑宣告）一九四八

Au moment voulu（望ましき時に）一九五一

Le ressassement éternel（永劫回帰）一九五二

Celui qui ne m'accompagnait pas（私について来なかった者）一九五三

Le dernier homme（最後の人間）一九五七

L'attente, l'oubli（期待　忘却）一九六二

評論

Comment la littérature est-elle possible?（いかにして文学は可能か?）一九四二

Faux pas（踏みはずし）一九四三

La part du feu（火の分け前）一九四九

Thomas Mann, La rencontre avec le démon（トーマス・マン、デーモンとの出会い）一九五五
L'espace littéraire（文学空間）一九五五
La bête de Lascaux（ラスコーの野獣）一九五八
Le livre à venir（来るべき書物）一九五九

＊

装幀をしていただいた駒井哲郎氏、訳出に際して、ぼくのさまざまな質問に答えてもらった諸氏に、あつく御礼申しあげる。
現代思潮社の石井恭二氏及び万端にわたって御世話をかけた編集部の諸氏にも心から感謝したい。

一九六八年八月　　　　粟津則雄

改訳新版のためのあとがき

はじめてこの訳書を上梓してからすでに二十年をこえる。翻訳に際しての悪戦苦闘を今さまざまざと想い起すのだが、振りかえってみて思い到るのは、この翻訳が私にとって、さまざまな翻訳のうちのひとつに留まるものではなかったということだ。長期にわたる翻訳という作業を通して、私は、ただ通読するだけではつい見落しがちなブランショの思考の細部や、そこで彼が示す微妙な表情に到るまで、何とか納得しうるところまで見定めることが出来た。これは私にとってまことに貴重な経験だったのだが、問題はそればかりではない。

翻訳を進めているうちに、時として、ブランショと私自身との距離が消え、いったいブランショの文章を日本語にうつしているのか、私自身の内部の声をただ書きうつしているだけなのか、判然としなくなったことがある。もちろん、こんなことがしょっちゅうあったわけではなく、ほんの時たまのことに過ぎない。だがそれにしても、単なる共感をこえた、ほとんど神秘的と言いたいほどのこの全身的な合体は、私がめったに味わうことのない謎めいた経験だったのである。

こんなことが起ったのは、私のなかに、ブランショの資質とどこか相通じるものがあったためだろう。だが、ブランショを相手にした場合、資質の共通性などというあいまいな印象に無警戒に身を委ねることは、命とりになりかねぬ。或る出口のない空間に閉じこめられ、そこで彼の思考の腐触的な力に芸もなく身をさらすということになる。だがしかし、だからと言って及び腰で向いあっていては、彼の思考はその形骸しか与えてくれぬ。というわけだから、ブランショを訳すことは、私にとって、主導権を相手に渡したうえでの、安楽な受身の作業ではまったくなかった。何はともあれ、まず相手のことばと思考に虚心に身を委ねることが翻訳者の第一の要件だが、ブランショの場合は、まさしくそのことが、私に、危険をはらんだ彷徨を、いささかもその毒を薄めることなく経験することを強いたのである。そして、このような経験があったからこそ、ブランショは、私の思考を、思考ばかりでなく私の存在の全体を奥深いところから染めあげたと言ってよい。今回の改訳新版に際して、久しぶりにこの書物をていねいに読み返したのだが、ブランショが私にふるう危険な呪縛力は、いささかもその力を弱めてはいない。弱めるどころか、いっそうその力の深さとひろがりとを増しているようにさえ感じられた。というわけで、ブランショが私にとっていかにかけがえのない存在であるかを改めて痛感せざるをえなかった。

それにまた、問題は、ブランショと私との個人的なかかわりに尽きるものではない。周知のごとく、ブランショは、ほとんどつねに、時評や書評というかたちでその批評を書いている。少くとも、時評や書評をその批評の出発点としている。つまり、そのときどきの時代のありように、まずぴったりとその身を重ねあわせることによって出発している。だが、このような条件は、彼の文章の批評的射程を局限とするということにはならない。社会や文学のありようが大幅に変容し変質した現在においてもなお、その批評的効力はいささかも衰えてはいない。それどころか、かつて以上の衝撃力をえているようにさえ感じられる。眼前の作品や事象から出発して、あらゆる存在物がその存在の根拠を失い終ることのない彷徨を強いられる死の空間＝文学空間へと歩み出る彼の歩みは、死からも生からも切り離されて表層を浮遊するかに見える現在のわれわれにとって、無縁どころの話ではないのである。

もっとも、誰を論じ何を論じてもこの死の空間＝文学空間へと引き出さずにはおかぬといったおもむきのある彼の批評は、この死の空間＝文学空間という観念そのものを実体化し、対象をこの観念のための単なる素材と化する危険をつねにはらんでいる。この危険を自覚していればこそ、彼はいささか執拗なほど、時評とか書評とかいったスタイルにこだわるのかも知れぬ。死の空間＝文学空間という観念に本質的な空無性を与えるためにも、現に在る作品や事象の手触りをまず確かめる必要があったのかも知れぬ。かくして、精微で具体的な分析と根源的な観念の運動とが、刻々に新たに結びつき、互いに照らし出しあいながら彼の批評を形作るのだが、その際彼が示す批評的芸は、感服するほかはないものだ。批評的芸そのものを、これほどまでに追いつめている批評家を、私は、現在、ほかに知らないのである。

本書以後に出版されたブランショの著作をあげておく。

L'entretien infini（終りなき対話）一九六九

L'amitié（友愛）一九七一

Le pas au-delà（彼方へ一歩も）一九七三

L'écriture du désastre（隕星《はめつ》のエクリチュール）一九八〇

＊

改訳新版に当って版元を移すことを快く諒承してくれた現代思潮社の石井恭二氏に感謝する。

『踏みはずし』に続いて、装幀は菊地信義氏の手をわずらわした。上梓に当っては淡谷淳一氏に万端にわたってお世話をかけた。記して御礼申しあげる。

一九八九年四月

栗津則雄

ちくま学芸文庫

来《きた》るべき書物《しょもつ》

二〇一三年一月十日　第一刷発行
二〇二一年八月十日　第二刷発行

著　者　モーリス・ブランショ
訳　者　粟津則雄（あわづ・のりお）
発行者　喜入冬子
発行所　株式会社　筑摩書房
東京都台東区蔵前二―五―三　〒一一一―八七五五
電話番号　〇三―五六八七―二六〇一（代表）
装幀者　安野光雅
印刷所　株式会社精興社
製本所　株式会社積信堂

ISBN978-4-480-09506-0 C0198